二見文庫

追憶

キャサリン・コールター／林 啓恵＝訳

Blow Out
by
Catherine Coulter

わが家のドクターへ。あなたのような男性がいるなんて、信じられない。

追憶

登　場　人　物　紹　介

レーシー・シャーロック	FBI犯罪分析課(CAU)捜査官
ディロン・サビッチ	シャーロックの夫。CAUのチーフ
スチュワート・クイン・カリファーノ	連邦最高裁判所判事
キャリー・マーカム	スチュワートの義娘で〈ワシントンポスト〉の記者
マーガレット・カリファーノ	スチュワートの妻でキャリーの母
ベン・レイバン	ワシントン首都警察の刑事
サムナー・ウォレス	連邦最高裁判所判事
エリザベス・ゼビア=フォックス	同上
リディア・アルト=ソープ	同上
イライザ・ビッカーズ	カリファーノ判事の上級助手
ダニエル・オマリー	カリファーノ判事の助手
アニー・ハーパー	ダニエル・オマリーの恋人
イレイン・ラフルーレット	カリファーノ判事の助手
ギュンター・グラス	殺し屋
ドゥーザ・ハームズ	ブレシッドクリークの保安官
サマンサ・バリスター	30年前の殺人事件の犠牲者
ジャネット、アナ、ジュリエット、ビッツィ	マーガレット・カリファーノの友人

1

ポコノ山脈、ペンシルベニア州ブレシッドクリーク近辺
金曜日の夜

ふだんならば目にすることのない暗さだった。一〇〇キロ四方、町の灯り一つなかった。重たげな黒い雲の合間に、鎌《かま》のような鋭い三日月がのぞいている。サビッチは窓を下げて、夜気を嗅《か》いだ。雪が降ろうとしている。それもたっぷりの雪が。これで明日の朝はシャーロックとショーンも真っ白な雪だるまをつくることができる。そのあとは親子三人、クリスタ一湖まで、トウヒとマツが密生する美しい木立を散策するとしよう。

ふいにお気に入りのカントリーが浮かんできた。サビッチは右手にガードレール、左手に雪をかぶった丸石と込みあった木立を見ながら、ジェームズ・クインランが書いた詞を口ずさんだ。「ごたいそうな人生など、味気ないだけ。だからおれは銀行強盗。苦しくなるまで高笑い――」

そのときポンと、ショットガンを発砲したような大きな音がして、サビッチはとっさに横

に身を投げた。続いてタイヤが路面に叩きつけられる衝撃が伝わってきた。パンクだ。タイヤがパンクしたのだ。スバルのハンドルが勝手に動き、車の後部がぐいっと左に振れた。アクセルから足を浮かせて車をそのまま横にすべらせたものの、勢いがついているせいで雪の吹きだまりに突っこみ、シートベルトをしているにもかかわらず、ハンドルで頭を打って、一瞬、気を失った。次に気づいたときには、すべてが静まり返っていた。顔を上げ、首を振った。怪我がないことを祈りながら、ゆっくりと車を降りた。パンクしていたのは、運転席側の後部タイヤだった。

突っこんだ先がガードレールではなく、雪の吹きだまりで助かった。コートのボタンをすべて留め、首にスカーフを巻いて、左前輪の下から雪をかきだした。これでよし。車に戻って、ギアをバックに入れた。スバルはそれほど抵抗することなく後退し、左にがくんと傾いた。サビッチはふたたび車から降り、スペアタイヤとジャッキを取りだした。シャーロックに電話をかけ、いまの状況と二十分ほど遅れることを伝えた。ブレシッドクリークという小さな町にある〈ルーのフレンドリー・ステープルズ〉で調達してきた食料が紙袋からこぼれ落ちていた。〈フレンドリー・ステープルズ〉は旅行者のためにあるような店だ。値付けは高めだけれど、週に七日、二十四時間営業しているので、よそ者には何かと重宝する。しかもサビッチたちが長い終末を過ごそうとしているキャビンまでは、わずか一五キロだった。サビッチは助手席側の床に転がるしなびたニンジンの束をつかんだ。このニンジンが雪だるまの鼻になる。ショーンのために買った低脂肪牛乳の一クォート入りパックは無事だが、大きなスイカは難を免れなかった。一月半ば、自宅のダイニングほどしかない食料品店に置かれたほぼからっぽの野菜箱に思いがけず見つけたスイカは、いまやみごとに破裂して、インスタントポップコーンの箱を濡らしていた。

片づけるのはあとでいい。だが、ざっと見たところ、あらかた使えそうだ。車の後部をジャッキで持ちあげながら、スイカが破裂した車内のようすから、上司のジミー・メートランドが友人や大学生の息子たちに貸しだしているキャビンを連想した。キャビンを使えるようにするため、掃除に二時間ほど要したのだ。

タイヤの交換は時間をかけずに終わった。最後の大型ナットを留めているとき、物音に気づいた。ふと前方に目をやると、五、六メートル先に女性が飛びだしてきた。まっすぐこちらに走ってくる。意味不明のことをわめき、両腕を激しく振りまわして、まっすぐな長い黒髪を背後になびかせている。重苦しい黒雲のあいだから突如、顔をのぞかせた三日月が、その真っ青な顔を照らしだした。

女は近くまできても、息を切らしながら叫びつづけた。意味をなさない言葉が弾丸のように飛んでくる。

サビッチはすぐに立ちあがった。「大丈夫だ。出会ったのがおれでよかった。おれはFBIの捜査官だ。心配いらない」シグはベルトのホルスターに入っている。彼女は恐怖のあまり肩で息をし、甲高い声でまくしたてる調子には、油脂のようにべったりとヒステリーの症状が現われていた。「男が、男がうちに来て、殺されそうになったの！　ああ、お願い、助けて！」

彼女から抱きつかれたサビッチは、とっさに怯《ひる》みつつ、腕をつかんでそっと抱きよせ、背中を軽く叩いた。コートどころかセーターすら着ておらず、夏用の薄手のストラップドレス一枚のようだ。「大丈夫だ」彼女の髪につぶやきかけた。せいぜい三十歳。落ち着かせてやらないと、恐怖でぶっ倒れそうだ。だが、いくらなだめようとしても、彼女の興奮は収まらなかった。恐怖をサビッチの顔に叩きつけるようにして、ひび割れた声でくり返し訴えた。

「あの男が家にいるの。家にいて、あたしを殺そうとしてるの。だから、助けて！」

同じ科白《せりふ》のくり返し。具体的な説明も名前もなく、森から道路に飛びだしてきたときから、新しくわかったことは一つもない。彼女はいまやかすれ声で、いたずらに興奮を積みあげ、焦点を失った瞳を血走らせていた。

サビッチは彼女の顔を両手で押さえて、目を合わせた。「聞いてくれ。おれはＦＢＩの捜査官だ。きみの身は守るから、どこに住んでいるかだけ、教えてくれないか？」

「あちら」彼女は手を振りまわすようにして、左を指さした。

「そうか。で、まだ男がいるんだな？」

「そうよ、そう。そこにいて、あたしを殺そうとしてる」

「わかった。さあ、しっかりしてくれ。いま保安官に電話するからな」

「いいえ、お願い、お願い、いますぐあたしを助けて。あの家に連れて帰って！　男がいるの！　ねえ、助けて！」

「なんできみを殺そうとする人間がいる場所に戻りたいんだ？」

「お願いだから、あたしを連れて帰って、あなたが捕まえて。お願いよ！」

サビッチは身を引き、彼女の腕をつかんだまま、青ざめた顔を直視した。瞳の色は濃く、顔はいつ昏倒《こんとう》してもおかしくないほど白くなっている。「保安官に連絡する」サビッチが言うと、彼女は手を逃れて走りだした。

すぐに捕まえたものの、彼女は身をよじり、泣きじゃくりながら、意味の通らないことを口走っている。それでついに、「わかった。きみを家に連れて帰る。おれのことを信用してくれ。だめだ、動くんじゃない。だが、きみと二人だけで行くのは、無防備にすぎるから、せめて助けを呼ばせてくれ」

彼女の片腕をつかんだまま、携帯を取りだして、九一一を押した。彼女は逃げようとせず、そこでおとなしく突っ立っている。電話は通じなかった。おかしい。同じ場所から三十分ほど前にシャーロックに電話をして、話をしたところだ。もう一度かけてみた。さっき買ったしなびた人参と同じように、携帯はうんともすんとも言わなかった。どういうことだ？　最後にもう一度、試してみた。やはりかからない。「なぜだか、携帯がかからない」

「あたしを助けて」サビッチは青白い顔を見おろした。もはや選択の余地はない。彼女を車に乗せて保安官事務所まで行くこともできるが、どれだけ抵抗されるかわかったものではない。彼女から放たれる恐怖や切迫感は荒れくるう波のようだ。「いいかい。これからおれはきみを家まで連れていく。心配はいらない。だから、車まで一緒に戻ろう」

食料品を袋に戻して後部座席に置いた。潰れたスイカを木立のあいだに投げ捨て、彼女を車に乗せてシートベルトを締めてやった。彼女はくどくどと礼を述べ、それを聞きながら、彼女が危機に瀕していたことを確信した。運命の気まぐれに首を振らずにいられない。のんびりと週末を過ごし、妻と息子と三人で森のなかを散歩し、トウヒとマツの区別のしかたを息子に教えてやりたかっただけなのに、どういうわけか、仕事に引きずりこまれてしまった。ヒーターの温度を最大にしたが、彼女はうわの空だった。というか、寒さ自体を感じていないようだ。

「きみの家は?」

彼女は右側に折れる前方の脇道を指さした。「あの先よ。急いで。あたしを殺そうとしたの。待ってる、あの男が待ってる——」

サビッチはクレイトン・ロードに入った。細い道ながら、きちんと舗装されている。「こちらでいいんだな?」

彼女がうなずいた。「お願い、急いで、急いで——」苦しそうに息をあえがせている。サビッチは道路の中央を走った。雪が刻々と積もっていく。

角を曲がると、左手の小高い丘に大きな家があり、一階の窓に光が灯っていた。

「あれ。そう、あれがあたしのうち。さあ、急いで、お願い、急がないと——」

「ああ、もう着いたぞ。きみはここで待ってて——」

だが彼女は外に飛びだし、玄関に向かって走りながら、ふり返って叫んだ。「早く、早く！　あの男を止めてくれなきゃ！」

　サビッチはシグを取りだしてあとを追い、彼女の腕をつかんだ。「あせるな。その男のことだが——知りあいなのか？」

　彼女は黙っていやいやをし、髪を振り乱しながら、ただくり返した。「早く、早く！」

　玄関には鍵がかかっていなかった。彼女を背後に押しとどめながらドアを開け、左右に銃を振った。怪しいものは見えず、妙な物音もしない。

　走りだそうとした彼女をとっさに捕まえて、尋ねた。「リビングはどこだ？」

　いっそう怯《おび》えたようすで、彼女の瞳孔が広がった。すすり泣きながら、黙って右側を指さした。

「わかった、大丈夫だ。リビングに行こう」サビッチはゆっくりと慎重に歩を進め、全方位をカバーするようにシグをめぐらした。

　いっさい人の気配がなかった。まったくだ。ほかに人がいるとは思えなかった。

　暖炉の火が赤々と燃えているところを見ると、彼女が家を飛びだしてからあまり時間がたっていないのだろう。広いリビングはくつろぎたくなるほど暖かく、外の暗さと寒さを押しやるように、すべての明かりがつけてあった。

「おれの話を聞いてくれ」サビッチは彼女をソファにかけさせた。「いや、黙って話を聞いて。きみはここに残るんだ。おれが言っていることがわかるか？」

　彼女が口を動かす。そのまま錯乱状態に陥りそうでひやりとしたが、彼女はやがてゆっくりとうなずいた。

「動くんじゃないぞ。絶対にだ。きみに何かあるといけないから、このソファから動いちゃいけない。おれは家のなかを調べてくる。もし人影を見たり、物音を聞いたりしたら、なるべく大声で叫べ。わかったな？」

こんども彼女はうなずいた。

サビッチはリビングを出しな、最後にもう一度だけ彼女をふり向いた。硬直して両手を膝《ひざ》に置き、ぼんやりと虚空を凝視している。サマードレスの細いストラップの片方が肩から落ちていた。サマードレス？

大きな家だった。戸口を抜けると次の部屋がある。なぜ明かりという明かりがついているのか？ 明るい部屋に隠れたがるばかが、どこにいる？ ダイニングルームから広々としたキッチンへと抜け、入口の間《マッドルーム》へと進んだ。広い玄関の右側には、図書室と書斎と化粧室と、それに昔風の女性部屋らしき狭い居室があった。室内には小ぶりの書き物机とフラシ天のラブシートがあり、美しいペルシア絨毯《じゅうたん》が木の床をおおっている。それにたくさんのファイルキャビネットと、古いタイプライターがあった。

サビッチは一階の隅々まで見てまわったが、待ち伏せしている人間はいなかった。

人殺しにしろなんにしろ、彼女が言っていた男は消えていた。ありそうな話だ。彼女は助けを求めて男から逃れた。男はそれを知っているし、もともと追われる身だった。サビッチが急いでリビングに戻ると、彼女はさっきのソファに腰かけたまま、膝に手を置き、こんどは暖炉を見つめていた。

「ここには誰もいない。少なくとも一階にはいなかった。きみが飛びだしたあと、男も逃げたんだろう。さあ、もう少し話を聞かせてくれないか。その男というのは何者なんだ？　知りあいか？　なぜきみを殺そうとした？　ただの物盗《ものと》りで、きみにびっくりした可能性はないのかい？　きみは殺されそうになって逃げ、そいつに追われたのか？」

彼女はむっつりと黙りこんでいる。のろのろとサビッチを見あげ、やがて天井を見やった。

彼女の左手の薬指に結婚指輪があるのに気づいたのは、そのときだった。夫はどこだ？

「答えてくれないか、ミセス――？」

彼女が上を向いたままなので、サビッチも眉をひそめて、天井を見あげた。ゆうに三メートルの高さのある天井には、濃い色の古風なモールディングが施されていた。

そのとき突然、頭上で物音がした。大きくて重い、大人の男の足音らしき音だった。あるいは、誰かが家具を倒したのか。それにしても、なぜ彼女は音が聞こえる前から天井を見ていたのか。

強い恐怖心が押し寄せて、息が詰まった。シグを掲げ、天井をにらみつけた。当然ながら、もうなんの物音もしない。サビッチは自分にいやけがさした。何を期待しているんだ？

あらためて心を鎮めようと、くり返し深呼吸をしていると、また物音がした。だが、こんどはなんの音かわからなかった。

わかっているのは、二人の頭上に何者かがいるということだけだ。

「男は上か？」からからに渇いた口でそう尋ねた。

彼女の唇が動いた。だが、声は出ず、底知れぬ恐怖に満ちた苦しげな吐息だけだった。

「きみはここにいてくれ」サビッチは彼女に伝えた。「わかるな？ そうだ、動くんじゃないぞ。おれは二階を見てくる」

幅の広いたっぷりとした階段まで歩いた。なぜ二階の明かりは一つもついていないのか？ シグをしっかりと握りしめ、一歩ずつ立ち止まって物音がしないかどうか耳をすませながら、階段をのぼっていった。

まただ。また音がする。頭に血がのぼった。何者かがゲームをしている。そう、これまで出会ったなかでもっともおぞましい犯罪者タミー・タトルを思い起こさせるゲームを。いまだに、夜、寝ていると、彼女が悪夢として襲いかかってくることがある。だが、この二階にいるのはタミーではない。ありがたいことに、彼女はとうにこの世を去った。

階段には敷物がなく、磨きこまれた無垢《むく》のオークがむきだしになっていた。静まり返った屋内にサビッチの足音だけが大きくこだまし、ひと足踏みだすごとに、その重みで厚板がかすかに沈んだ。

階段をのぼりきり、一瞬立ち止まって、耳をすませた。何も聞こえない。壁に手を這《は》わせ、明かりのスイッチを押すと、長い廊下が照らしだされた。二階の床は厚地で幅の広い古風な絨毯でおおわれている。サビッチは部屋を見てまわった。いずれも長く使われていないとおぼしき寝室だが、一室だけ、使われているらしき少年の部屋があった。四方の壁には昔のロックバンドのポスターが張りめぐらされ、あちこちに玩具《おもちゃ》やゲームが置いてある。衣類は脱ぎ散らかされておらず、ベッドも整えてある。そして部屋の中央には無敵を誇った一九七二年のマイアミ・ドルフィンズのサインボールが置いてあった。廊下のどん詰まりは広いマスタースイートルームだった。ベッドは整えられ、整然と片づけられていた。クロゼットの扉を開けると、床にジーンズとスエットシャツ、それに左右の足が重なるようにしてひと組の女物のブーツが置いてあった。サビッチはその後、五つあった古風なバスルームを一つずつのぞき、数えるのがいやになるほどたくさんのクロゼットのなかを確認したあと、ロンドンとパリの写真がべたべたと張ってある奥まった小部屋にたどり着いた。器機類はさほどなく、テレビが一台、部屋の片隅にぽつんとあるきりで、その上にテレビガイドが無造作に置いてあった。玉突き台に、数客の安楽椅子、少なくとも二世代は使われてきたであろう傷《いた》んだ革張りのソファが一つ。

沈黙だけが深く立ちこめていた。

さっきの物音がなんであったにしろ、それをたてた人物の気配はまるでなかった。無力感に襲いかかられ、そんな自分が疎《うと》ましかった。物音をたてた男は、二階の窓からそっと外に抜けだしたのか？　シグを握りしめ、警戒心をみなぎらせながら、いま来た通路をゆっくりと引き返した。そのときふと、右後ろすぐの位置に気配を感じた。一瞬立ち止まるや、いっきに腰を落として回転し、シグを構えた。塵《ちり》一つ舞っていないが、空気そのものが重くなっているような気がする——何かがそこにいるのに、目には見えないだけとでもいうように。

サビッチはかぶりを振った。

何が起きているのか、まったくわからない。説明できる人物がいるとしたら、階下で花柄のソファに坐って暖炉を見つめている女、この寒風吹きすさぶ冬の夜には不似合いな、夏向きのドレスを着たあの女だけだった。お茶を飲ませて落ち着かせ、話を聞きだして、保安官のところへ連れていかなければならない。

階段の手前まで来たとき、またもや物音が聞こえた。音の出どころは頭上だった。

2

屋根裏。さっき頭上から聞こえたのは、床板がきしむ音だった。何者かが板から板へと移動しているようだった。転ばないように、そしてなるべく音をたてないように注意しているのが感じられるような音だった。どこぞの愚か者が、サビッチをびびらせようとしているということだ。彼女と一緒に聞いた物音も、同じ愚か者の仕業だろう。つまり逃げてはいなかったのだ。

サビッチは怒りに駆られつつ、身じろぎせずにいた。じっと天井を見つめ、次の足音が聞こえるのを待った。だが、居場所を教えてくれるはずの音はせず、がらんとした家の静けさだけがのしかかってくる。

見ると、長い廊下の突きあたりの窓枠に、屋根裏への梯子《はしご》を引っぱりだすコードがめだたないように這わせてあった。サビッチは駆けよってコードをはずし、梯子を引きだした。天井から苦もなく梯子が登場し、いちばん下の段が廊下の絨毯に触れた。

暗がりがぽっかりと顔をのぞかせている。サビッチはペンライト付きのスイスアーミーナイフを取りだし、スイッチを入れた。弱々しい光だが、ないよりはましだ。

全神経を尖《とが》らせて、階段をのぼった。木製の梯子の段を踏みしめて上半身を屋根裏に突っこみ、ペンライトの明かりで周囲を見まわした。ショーンが海賊ごっこのときにつけているアイパッチと同じくらいの、真っ暗闇だった。月明かりを通す窓一つない。屋根裏に入りこむのがいやで、梯子に残った。たとえシグがあったとしても、これだけ暗いと、身の守りようがない。なおもペンライトを周囲に向けたものの、光の届く範囲はかぎられており、せいぜい三メートル先までしか見えなかった。

サビッチはおもむろに口を開いた。「誰かいるのか？」

返事はない。ささやき声一つ聞こえなかった。霊廟《れいびょう》のなかにでもいるように、空気そのものが古く沈殿しているように感じられる。もう一度、ペンライトをめぐらせた。

手を止めて、ふたたび耳をすませた。「誰かいるのか？」

反応はなかった。空気の一部となっている厚い埃《ほこり》の膜を蹴散《けち》らすネズミすらいそうにない。

そのとき何かが周囲の空気を吸いあげるような音がしたかと思うと、大きくて黒いものに取り囲まれた。それが無数の羽をはばたかせるように動き、正面からぶつかってくる。バランスを失ったサビッチは、後ろに身を泳がせ、足をすべらせるや、絨毯の床に背中から落ちた。その場に倒れたまま、一瞬、動けなくなった。脳が停止状態に陥り、ただ怪我をしていないかどうかだけが気がかりだった。

しっかりしろ。いつまた襲われるかわからない。シグを上に向けて耳をすませたが、頭上の黒い穴からはなんの音も聞こえてこない。物音に注意しながら、ゆっくりと回転して床に坐り、自分の体にうかがいを立てた。明かりはちらつくことなく、はっきり見えている。どうやら問題ないようだ。そろそろと立ちあがり、伸びをして、ふたたびぽっかりと開いた天井の黒い穴を見あげた。何がぶつかってきたのだろう？　人間でないとしたら、そしてそうでないのは確かだが、説明のつく選択肢はわずかしかない。たとえばコウモリ。コウモリの群れの邪魔をしてしまったのではないか、とサビッチは考えた。なぜコウモリがこんなきれいな家に巣くっているのか謎だが、どう逆立ちしてもそれ以外には考えられなかった。してみると、さっきの物音もコウモリだったのか？　ひょっとしたらここポコノ山脈近辺にはコウモリが多く、それが冬季の寒さのせいで、暗くて暖かい場所に集まっているのかもしれない。

もうたくさんだ。大股で階段まで行き、きつくシグを握りしめたまま、最後にもう一度、立ち止まって耳をすませた。

あとは彼女をなだめて、話を聞きだすしかない。一段飛ばしで階段をおり、リビングに駆けこんで、何も見つからなかったと報告しようとした。

女がいない。

携帯電話を取りだして、シャーロックの番号をダイヤルした。さっき通じなかったのを思いだしたのは、そのあとだった。だが、すぐに妻の声がした。

「ディロン、どうしたの？　車の故障？」

「シャーロック、よかった、つながったか。さっきは、かからなかったんだ。困ったことになった」

短い沈黙をはさみ、シャーロックの引きつった声がした。「それで、あなたは無事なの？」

「ああ、無事だよ。だが、困ったことが起きた」

「話して」サビッチはかいつまんで説明した。屋根裏から飛びだしてきた何かに倒された話をするときは、声に動揺が滲《にじ》まないように気をつけた。

「彼女はいなくなった。また逃げだしたんだろう。ひどく怯えて、動転してたせいで、話も聞きだせなかった。彼女を見つけなきゃならない。まだ危険なのかどうかわからないが、本人はそう思いこんでるし、この寒空に、コートはおろかセーター一枚着てないから、凍え死ぬ可能性もある」

「ディロン、いまからブレシッドクリークの保安官事務所に向かって。来るとき見たけど、メインストリートのまんなかあたりよ。わたしもショーンを連れてすぐに行くわ。これから保安官に電話して、事務所で会ってもらえるよう頼んでおく。気をつけてね、ディロン。その女性がいるかもしれないから、あたりに目を配りながら、ゆっくり来て。大丈夫、一緒に考えましょう。愛してる」電話の背後からショーンが歌う大きな声がした。それがいかにも正常なことに思えて、口元がゆるんだ。

十分後、シャーロックはジミー・メートランドが息子たちのためにキャビンに置きっぱなしにしておいた古いジープから降りた。夫のことが心配だった。ふだんにも増して恐怖を感じるのは、休暇中に起きた椿事《ちんじ》だからかもしれない。ショーンは後部座席で小さな寝息をたてて眠っているので、不安のままに顔を曇らせた。しばし足を止めて、小さな保安官事務所を眺めた。建物の前面にある横長の窓の向こうに、明かりが一つだけ灯り、豊かな白髪をいただいた年配の男性がコーヒーメーカーをいじっている。よかった、たぶんあの男性が保安官なのだろう。電話の話をまじめに取りあってくれたらしい。

ドゥーザー・ハームズ保安官はコーヒーポットを背にして事務所の中央に立っていた。盛りあがった胸板の前で腕を組み、女のジープに続いて男の運転する車が入ってくるのを見ていた。男はジープの助手席側のドアを開け、子ども用のシートのストラップをはずし、眠っている少年を抱きあげた。三人が身を寄せあってふり返り、ひと塊となってこちらに歩いてくる。

男は事務所に入るなり、身分証明書を取りだした。「ハームズ保安官ですか？　わたしはFBIのディロン・サビッチ捜査官、こちらが妻のレーシー・シャーロック捜査官です。早急に手を打たなければならないことが起きたので、妻からこちらに電話してもらいました」

「ああ、待ってたよ」ハームズは応じながら、彼らを見た。おや、おや。FBIの捜査官が二人。しかも夫婦者で、小さな子ども連れときた。いったいどういうことだ？　シャーロック捜査官からは、夫から重要な用件でとだけ聞かされている。テレビの上に残してきた飲みかけのバドライトがふと恋しくなって、ハームズは足を小刻みに踏み鳴らした。

ブレシッドクリークの保安官となって、まもなく三十二年になる。旅行者がらみのトラブルならば、何から何まで知りつくしている。相手がFBIの捜査官とて、同じこと。だが、礼儀の大切さは心得ているし、どんなにうちでフィラデルフィア・セブンティシクサーズの試合が見たかろうと、人への接し方は知っている。

ふたりと握手し、小さな男の子の頭をなでると、椅子を二脚引きだした。「手を打たなければならないこととはなんなんだね、サビッチ捜査官？　早々にわたしに会いたいと、奥さんからうかがったが」

「ある女性のことです、保安官。激しく腕を振りながら、男に殺されかけたと叫んで、わたしの車の前に飛びだしてきたんです」

ハームズは無言のまま、少しだけ前のめりになり、サビッチの顔に目をそそいだ。そんな話は聞いたことがない。「彼女はいまどこにいるんだ、サビッチ捜査官？　その女性というのは？」

サビッチはあったことを語って聞かせた。コウモリに攻撃されて、屋根裏への梯子から廊下に落ちたことも包み隠さず話した。

「コウモリね」保安官はうなずいて、先をうながした。

「それ以外に説明がつきません。こんなところでのんびりしているわけにはいきません、保安官。保安官助手を集めて、家の周囲を調べさせてください。彼女はまた逃げだしました。無事でいるとは思えない。男に命を狙われていると思いこんでる。なんにしろ、まともな状況じゃないんです」

「心配はわかるが、サビッチ捜査官。彼女を自宅まで送り届けたと言っていたな。自宅はどのへんだったかね？」

サビッチは表に面した窓から保安官を投げ飛ばしそうになった。時は味方をしてくれない。日の落ちた寒い冬の夜、彼女は半狂乱の状態で一人外にいる。密生した木立のなかに立ちすくみ、寒さに震え、涙を流している姿が目に浮かぶようだ。そうこうするうちに、男の手に落ちるかもしれない。いや、それより何より、いま助けなければ凍死してしまうだろう。

「クレイトン・ロードの大きな家です。さあ、急ぎましょう、保安官」サビッチは立ちあがりながら答えた。「車ならここから十五分の距離です」

「待ってくれ、サビッチ捜査官。きみが二階からおりたら、彼女はいなくなってたんだね？」

「はい。わたしは彼女をリビングに残し、動くなと指示しておきました。そして戻ったときは、温かいお茶でも淹《い》れて彼女をなごませたら、多少は筋道の通った話を聞きだせるかもしれないと思っていました」

「殺そうとした男が誰だったのか、彼女は言わなかったんだな？」

サビッチはかぶりを振った。

シャーロックが助け船を出した。「彼があぶないと言うなら、その女性はほんとうにあぶない目に遭ってるんです、保安官。ここを出て、彼女を探しにいけますか？」

「クレイトン・ロードの大きな家だと言ったね？」

この老人を殴り倒してやりたいとサビッチは思ったが、これは一地域の事件だった。自分も関係者とはいえ、短気を起こしてはならない。「ええ、クレイトン・ロードの左側にある小高い丘の上です。ルート85号線から入る細い道の先にあって、一階の明かりがすべてついていたから、のろしのようでした」

ハームズ保安官はテーブルに置いてあった噛《か》み跡のある鉛筆をいじりだした。「ルート85号線からクレイトン・ロードに入って、一キロほど行ったところにある家のことか?」

「はい。たぶんブレシッドクリークからだと、十二分から十五分の距離です。さあ、保安官、こんなことをしているあいだにも時は刻々過ぎていきます。フィラデルフィア支局の協力が必要ならわたしが電話しますが、それには時間がかかります。あの女性にそれだけの時間の余裕があるとは思えない。いますぐここを出て、彼女を探すべきです」

保安官はゆっくりと立ちあがり、卓面に両手をつけて身を乗りだした。「きみが言ってるのはバリスターの家だよ、サビッチ捜査官。たしかに、きみの言うとおり、バリスターの家はそのあたりにある。で、そこに女性が住んでいたと言うのかね?」

「ええ、そうです、住んでました。美しい家だった。とても大きいのにぬくもりがあって居心地がよさそうで、リビングの暖炉には火が入っていた。ただ、ほかには誰もいなかった。夫も、助けてくれる人も。下から上までくまなく探したから、間違いありません」

「コウモリに倒されてから、下に戻ったんだな? そのときには彼女が消えていた?」

「ええ。わたしが倒れる音を聞いて、怖くなったのかもしれませんね。外の森に逃げたんでしょう」

「どんな女だったね、サビッチ捜査官?」保安官は淡いブルーの瞳でひたとサビッチを見すえて、念を押すように尋ねた。

「三十前後の痩《や》せた女性で、髪は黒。まんなか分けのストレートで、長く伸ばしていました。目の色は覚えていないが、顔色がひどく青ざめていた。冬の恰好《かっこう》でなかったのは確かで、それも案じている原因の一つです」

「たいした観察眼だな、サビッチ捜査官。さて、バリスターの家まで行って、周囲を調べることはできる。森を煌々《こうこう》と照らしての大捜索だ。だが、はっきり言って、それは時間の無駄というもんだろう」

「どういうことですか、保安官?」

「いや、じつを言うとね、サビッチ捜査官、バリスターの家はかれこれ三十年ぐらい、放置されてるんだ。わたしの人生の半分は、無人の状態が続いてる」

シャーロックが眉をひそめて尋ねた。「三十年? そんなに長いあいだ、空き家になっていたと言うんですか?」

「そうだ。毎年税金が支払われてるんで、バリスター家がまだあの家の所有者であるのはわかってるんだが、みんな出てっちまってね」

「考えられない」サビッチは立ちあがり、デスク越しに身をのりだした。「あなたが言っているのは、別の家です。いいですか、保安官、わたしは寝ぼけていたわけじゃない。あの女性はあなたと同じように本物、さっき描写したとおりだった。あの家に行かなきゃなりません。彼女を見つけて、助けてやらなければ」保安官に背を向け、顔だけふり返って言った。「シャーロック、きみはショーンをキャビンに連れて戻って、おれの帰りを待っててくれ。どれくらい時間がかかるか、わからない」

「一緒に行ったほうがいいかね、サビッチ捜査官?」

「あなたの判断に任せます、保安官」

シャーロックは保安官事務所の玄関ドアの脇に立って、厚手のジャケットと手袋という恰好のショーンを揺すっていた。「みんなで行けばいいでしょう?」

全員で保安官が使っている黒いSUVの大型車に乗りこんだ。それから十分後、サビッチが沈黙を続けるなか、保安官はルート85号線からクレイトン・ロードに入った。雲が低く垂れこめた、暗くて寒い夜だった。あたりには、雨の匂いでなく、雪の匂いがたちこめている。サビッチはいまにもあの女性が、激しく手を振りながら現われそうな気がしてならなかった。そう、あの頼りないドレスを身につけて。あんな恰好では凍え死んでしまう。いや、もう死んでいるかもしれない。あのとき犯人の男が、距離を置いてなりゆきを見守っていたら、どうなるだろう? 彼女が家から出てくるのを見て、あとを追ったに違いない。

さっき入った家が住み手を失ったバリスター家だという保安官の話は、まったく信じていなかった。

「そろそろ見えてくるぞ」保安官が言った。サビッチは、さっきより車の轍《わだち》が多く、アスファルトの傷みがひどいような気がした。長いあいだ手入れされずに放置されてきたようだった。いや、ただの記憶違いだろう。じきに、煌々と照らされた大きくて美しい家が見えてくるはず。そう、三〇メートルほど行くと、小高い丘が左に現われ、その丘の上に四方を木立に囲まれるようにして家が建っていた。記憶にあるより、木立が迫っているようだ。

それにいまは明るくない。一つも照明がついておらず、まるで丘の頂きに黒くて大きい老朽船が乗っているようだ。誰かが戻ってきて、明かりを消すか、電源を落とすかしたのだろう。だが、サビッチの頭の片隅では、その理由を尋ねる小さな声があがっていた。

「これがバリスターの家だ」ハームズ保安官は言いながら、大きくて真っ暗な家の前に車を停めた。「きみが若い女性を連れ帰った家かね、サビッチ捜査官？」

サビッチは返事をしなかった。革の手袋をはめながらゆっくりとSUVを降り、玄関に進んだ。目にしていることを受け入れたくなくて、一瞬、立ち止まる。幅の広い木製のステップをたどって、家の幅いっぱいにつくられた屋根付きのポーチにのぼった。

そのとき黒雲のあいだから月がのぞき、はじめて家がはっきりと見えた。

一時間ほど前に入ったと同じ家だった。だが、同じとは言いがたい。その家は長年、見捨てられてきたように荒れ果てていた。周囲の樹木が家に迫り、二階の窓に枝があたっている木もある。一階の窓には板が打ちつけられ、割れたガラスがポーチに散乱していた。玄関の脇の壁には落書きまであった。

この家は死んでいる。しかも、死んでずいぶんになる。サビッチは心臓の鼓動を感じながら、外れそうになっている玄関のドアに目をやり、じっくりと眺めて、現実を受け入れた。

そうするほかなかったからだ。一瞬目をつぶって、さっきの女を鮮明によみがえらせ、きれいな女だったことにはじめて気づいた。女の怯えがひどすぎたせいで、気がつかなかったのだ。

家に背を向け、車に戻った。

ハームズ保安官がエンジンをかけながら言った。「サマンサ・バリスターという女だ。一九七三年の八月にここで殺されてな」

「彼女の写真が見たい」サビッチは言った。

シャーロックは夫の手を握りしめた。

シャーロックが二時間後に目を覚ますと、サビッチは寝室の窓辺で降りしきる雪を眺めていた。

ベッドから起きあがって夫に近づき、背中に抱きついた。

「起こしたかな?」

「ううん。彼女のことね? 筋道だった説明ができないかどうか、考えてたんでしょう?」

「それができなくてさ。頭がおかしくなりそうだよ。何度考えてみても、おれがこの身で体験したという事実をないがしろにすることはできない。おれは別世界でもかいま見たのか?」

シャーロックは彼の肩にキスした。「だったら、そのまま受け入れればいいのよ」

「そうは言っても、おれの脳の理性的な部分がそれを拒む」ふり返ってシャーロックを抱きよせ、髪に顔をうずめた。

「もう一つあるんだ、シャーロック。さっき思いだしたんだが、おれはタイヤがパンクしたとき、きみに電話をした。それから十分もしないうちに彼女が森から出てきて、おれはどうしても電話で助けを呼びたかったが、携帯がかからなかった。ところが、彼女がいなくなったあと、あの家できみにかけると、また通じるようになってた」

シャーロックは力を込めて彼を抱きしめた。「あの家のほうが、電波状況がよかったのかも」言葉を切り、夫の顎《あご》に触れた。「わたしも思いだしたことがあるわ、ディロン」

聞いて嬉しい話じゃないのがサビッチにはわかった。

「あなたがわたしに電話してきたのは、八時ぐらいだった」

「ああ、そうだった」

「二度めに電話してきたのは、それからわずか十五分後のことよ」

サビッチは鋭く息を吸いこんだ。「そんなはずはない」言い返した。「そんなわけないだろう？　だとしたら、あのすべてがその時間で——いや、考えられない。彼女とはかなりの時間一緒にいたし、屋内の捜索にはさらに時間がかかった。それがすべて十五分のできごととは、おれにはとうてい信じられない」

「時間に関しては、両方が考え違いをしてるのかも。それがいちばんありそうよ」ぎゅっとサビッチを抱きしめ、こんどは頬に触れた。「もう遅いし、雪が降ってる。あと四時間もしないうちにショーンが起きだして、出かけようと騒ぎだすわ。今回の件はまた明日、話しあいましょう。どうするかを決めるのは、それからでも遅くない。

彼女があなたの前に現われたのには理由があるはずよ、ディロン。あなたは何かしなきゃならない。でも、まずは眠らないと」

サビッチはベッドに戻り、シャーロックを抱きよせた。朝までつらつら考えごとをするつもりだった。あの女性に何が起きたのか、調べなければならないのはわかっている。そんなことが自分の身に起きるとはどうにも納得できないとしてもだ。だが、サビッチの意に反して、暗い天井を見つめて過ごす時間は長くは続かず、三分もしないうちに、深い眠りに落ちていた。

土曜の朝の六時半にサビッチの携帯電話が『炎のランナー』のオープニングテーマを奏でだした。まっ先に思い浮かべたのはサマンサ・バリスターと、彼女にまつわる奇妙なできごとだった。

「サビッチだ」サビッチはそう名乗ると、しばらく耳を傾けてから、シャーロックに目をやった。ひそひそ声でせわしげにしゃべっている。「どうしたの？　何があったの？」

携帯電話を切り、ベッドサイドのランプを灯した。「メートランドがおれたちをワシントンに連れ戻すために、ヘリコプターをよこすそうだ」

「そんな一大事なの？」シャーロックは言った。「ショーンと雪だるまの一つも作れないほどの大事件ってこと?」

「ああ。聞いて驚くなよ」

3

連邦最高裁判所、ワシントンDC
金曜日の深夜

スチュワート・クイン・カリファーノ連邦最高裁判所判事は、地下の駐車場から外に出た。吹きつける寒風を嫌って顔を伏せ、最高裁判所の建物の正面にあたる西側にまわった。いったん立ち止まり、顔を上げてエントランスを見あげる。世間によく知られたギリシア風の三角屋根を十六本の大理石が支え、軒縁には〝法のもとの正義の平等〟という文字が刻まれている。カリファーノはほかに類を見ないこの新古典主義建築を愛していた。ここぞ、わが家と呼ぶにふさわしい場所。いずれは浮き世に別れを告げるなり、引退するなりするにしろ、いまはまだ自分がここを離れることを想像できない。この建物に足を踏み入れるたびに、ギリシアの神殿を訪れたような気分になる。そしてなかに入ると、すぐに西の検問所に詰めている三人の守衛に声をかけ、毎回、それぞれの連れあい——アマンダとジョージアとトミー——のことを尋ねながら空港にあるような防犯ゲートを抜け、大ホールへと進んだ。一瞬立ち止まって、頭上一メートル足らずの位置にある監視カメラに小さく敬礼し、大理石の床に足音を響かせながら大ホールを歩いた。今夜シフトについている守衛の全員が、すでにカリファーノの到着に気づいている。駐車場に車を入れたときから、動きに目を光らせているはずだ。寒さ厳しい一月、金曜の夜中に訪れても、それに驚く守衛は一人もいない。時間に関係なく裁判所に来るのがもはや習慣と化していた。

いつものように立ち止まり、継ぎ目のない大理石の円柱から、その円柱によって支えられている格間《ごうま》天井を惚《ほ》れ惚《ぼ》れと見あげた。はじめて連邦最高裁判所に足を踏み入れたのは、二十二歳、ハーバード・ロースクールの一年生のときだった。ここに立ちすくみ、大ホールのみごとさや華麗な装飾、アラバマ産のクリーム色の大理石のアーチをうっとりと眺めていたのを覚えている。

なぜ閉鎖時間をとうに過ぎてからやってくるのか？　その理由を守衛から問いただされることはないが、じつを言うと、ここはカリファーノにとって避難所だった。世間の人たちが自宅でくつろぐころ、ここは他人から干渉されることのない完璧なプライベート空間となる。ここならば人から見られたり聞かれたりする心配がないし、詮索《せんさく》がましい目や、果てしない会話、延々と続く口論に邪魔されずにすむ。そう、イライザにも。カリファーノはふと笑みを浮かべた。

足を速めてホールの奥にある法廷をおざなりに見やると、右側に折れた。足音を響かせながら進み、自分の執務室の前で立ち止まった。ロマンチックな薄暗がりをふり返ると、ゴム底の靴をはいた守衛たちが交替していた。すでにドアノブに手をかけていたカリファーノは、十七年前にそこに取りつけられた自分のネームプレートを見て、今夜は図書室にしようと決めた。執務室は少々息苦しいうえに、イライザやフルーレット、ダニーという助手たちとの会話や、秘書の一人であるメアリーの涙の記憶が生々しく残っている。メアリーはこの三月には退職の予定だった。

カリファーノはドアに背を向けると、急ぎ足でエレベーターに乗りこみ、五十万冊の蔵書を誇る図書室がある三階に向かい、メインの読書室に入るなり、深々と息をついた。愛してやまない場所だった。壁には手彫りのオークの板が張りめぐらされているものの、曰《いわ》く言いがたいぬくもりをもたらしているのは、オークやマホガニーではなく、彼を取り囲んでいる書物全体だった。ここには動きを監視するカメラや電子の目がない。コートを脱ぎ、カシミヤのスカーフと革製の手袋をはずし、お気に入りの席にかけた。時間をかけて古めかしい照明器具の角度を調整しながら、しばし手を止めて、美しいアーチに目をやった。そしておもむろに椅子に腰かけ、背もたれに体をあずけて、ジャクソン対テキサス判決について考えだした。四人のリベラルな判事の投票により、次の火曜日にはその死刑について審理が行なわれる。リベラル派の判事たちは、十六歳以上の少年犯罪者に対する死刑を五対四の評決で合憲とした一九八九年のスタンフォード対ケンタッキー判決の再考を求めていた。そして、未成年者に対する死刑を廃止するため、カリファーノとエリザベス・ゼビア＝フォックスを取りこんで多数派を形成したがっている。カリファーノにはその審理に今回の事件が適しているとは思えなかった。犯人である十六歳の少年は言語道断の凶悪な殺害事件を三件起こし、公判中の父親の証言によると、少年はサイコパスであり、八歳のころから典型的な兆候のすべてが出ていたという。父親はなんとか対処しようとしたが、少年が魅力と知性に恵まれていたために、精神科医もソーシャルワーカーも本性を見抜くことができなかった。そしてついに殺害事件を起こし、少年はテキサス州ブラフで死刑を宣告された。

カリファーノが注目しているのは、賛否のいずれにしろ、弁護士が一九八九年以降に何が変わったと論証するのかという点だった。新しい論理の展開を願っているが、その可能性は高いとはいえない。カリファーノ自身、まだどちらに投票するか決めていないとはいえ、死刑の適応から全未成年者を省く方向に傾いているのは確かだった。たとえ刑が執行されるころには、未成年だった犯人が少なくとも四十歳になっているとしても、だ。

やわらかな革にくるまれた椅子の肘掛けをなでた。認証式が終わったあと、その足でこの図書室に来て、最初に腰をおろしたのがこの椅子だった。最高裁の判事と言えば聞こえがいいが、いずれも孫のある身。そろそろだ、とカリファーノは思った。来たる審理の検討を終えて、決断をくださなければならない。かすかに震える手で胸ポケットからひと束の書類を取りだし、光を照り返すデスクの卓面に広げて、読みはじめた。

読むのを中断して、顔を上げた。足音か？　守衛が巡回しているのだろう。カリファーノはそう考えて、ふたたび書類を読みはじめた。九・一一以来、連邦最高裁判所のビルとその関係者の警備には、以前の三倍の人員があてられている。最新式の機器が導入されたものの、ありがたいことに、図書室はまだ手つかずだった。

その日、自分が書いた文章を読んでいると、新たな怒りが湧いてきた。と、またもや足音が聞こえた。かすかな足音だけれど、さっきよりも近い。ゆっくりと、ごくゆっくりと動いているのがわかる。忍び足で歩く守衛には心当たりがなかった。無事を確認するための、新顔の守衛がここまで調べにきてくれたのだろう。

椅子を回転させて、暗がりに目を凝らした。続いてアーチの列に目をやり、最後に図書館の開いた戸口を見た。どちらを向いても、手元の小さな明かりの輪に押し寄せる夜の闇があるきりだった。ふいに恐怖が襲ってきた。

声がした。太い声。近いのにくぐもったその声が、何かをささやいている。わたしに話しかけているのか？　肘掛けに手を置いて、半分腰を浮かせた。

「そこにいるのは誰だね？」

わたしの細いささやき声には、恐怖の膜がかかっていただろうか？

全《まった》き静寂。だが、もはや慰めは得られなかった。カリファーノは声を張った。「そこにいるのは誰だね？　返事をしたらどうだ？　守衛を呼ぶぞ」

立ちあがってコートに手を伸ばしたが、携帯電話を持ってこなかったことを思いだしただけだった。三メートル先の壁に取りつけられた内線電話を見た。ものの数秒で守衛が駆けつけるだろう。

臆病なたちではないけれど、そういう問題ではない。恐怖に喉元をつかまれて、電話に飛びかかろうとした。手を伸ばしたとき、鋭利な何かが首にかかった。「ほら、悪くないだろう？」何者かが耳元でささやいた。

カリファーノはワイヤーを引っぱった。きつい。ワイヤーと皮膚のあいだにシャツのカラーがはさまっているにもかかわらず、あまりのきつさに息ができなかった。

左耳のそばで低い小声が言った。「ただ、これじゃうまくないよな？」頭を殴られた。脳内に痛みと白い光が広がって、倒れそうになるのがわかる。手が垂れ、シャツのカラーが引きちぎられて、首筋があらわになった。

襲撃者に背後にまわられ、膝立ちにさせられた。ワイヤーが皮膚に食いこみ、粘ついた血があふれだして、激痛にむせび泣いた。ワイヤーが少しだけゆるんだので、どうにか指をすべりこませた。と、あの親しげな低い声が笑った。「ほーお。けっこうしぶといんだな」

ワイヤーはゆっくりと、しかし着実に輪をせばめ、指の肉を切り進んだ。その瞬間、頭がくっきりと冴えわたり、このままでは死ぬことを悟った。いましかない。ワイヤーが苦もなく骨を切り裂き、頭で痛みが爆発した。それでも、叫び声を放てるようにワイヤーを押した。大きな声ではないが、守衛ならその奇妙な声を聞きつけて、駆けつけてくれるはずだ。

「往生際が悪いぞ、ミスター・判事。だが、もうあきらめたらどうだ？」

聞き覚えのある声？　それとも、死が近いために、犯人の声に親近感を覚えるのか？　ワイヤーがぐっと引き絞られ、死の苦しみに目から涙が吹きだした。指の骨が切り離され、ワイヤーが喉に食いこむ。このままだと首を切り裂かれる。息ができない。思考が混濁する。

激烈な痛みが遠のき、脳に靄《もや》がかかり、思考があちこちに飛ぶ。それなのに死ぬ間際に思ったのは、わたしの一票はサイコパスの少年の死刑適用に投じよう、ということだった。ワイヤーがゆるんで首から外されると、スチュワート・クイン・カリファーノ判事は最高裁判所の図書室の床に倒れこんだ。静かなあたりの空気には、いまや死によってもたらされた最期の辱《はずかし》めの臭いが漂っていた。

4

ワシントンDC
土曜日の午前

雪が軽やかに風に舞うなか、キャリー・マーカムはうつむいたまま、踏みしめるように一歩ずつブーツの足を前に出した。電気毛布にぬくぬくとくるまれる場面が思い浮かぶものの、一歩また一歩と、前に進むしかない。

いまにも歯の根が合わなくなりそうだった。不実なジョナがクリスマスにくれたスキー用の厚手のウールソックスの上に高価な革のブーツを重ねているにもかかわらず、踵《かかと》が濡れてきている。わかっている。八ブロックも歩こうなどと思った自分がばかだった。だが、腹立ちすぎていて、みずからハンドルを握る気にも、タクシーを使う気にもなれなかった。母と義父《ちち》と一緒に朝食のテーブルを囲む前に、歩いて怒りを発散させておきたかった。こうしてみると、その怒りだけが前に進む原動力になっている。あろうことか、寒さはさらに厳しさを増していた。

まだ九時を少しまわったところだから、二人と話をする時間はたっぷりある。なんなら、〈ニューヨークタイムズ〉紙の記者にして冷血漢のジョナ・ブレイザーのことを持ちだしてもいい。彼のことを誤解していたと認めるのは片腹痛いけれど、もし二人が聞きたいというのなら、あの嘘つきの話をするしかない。

あたり一帯にまっ白で羽のようにやわらかな雪が舞っていて、寒いけれど、ロマンチックだった。切ないほどの清らかさは、いつまで続くのだろう？　ただ、冬のお伽《とぎ》の国に迷いこんで、凍え死ぬのはごめんだ。ようやく角を曲がってベックハースト・レーンに入った。昔ながらの美しい大邸宅が道から奥まったところに建つ、静かな並木道だった。

キャリーは急に立ち止まった。見かけない車が三台停まっている。ＢＭＷとベンツとセクシーなジャガーという雑多な組みあわせだ。いずれもこれといった特徴のないありふれたセダンで、フードに積もった雪の厚みからすると、しばらく前から停められているらしい。どういうこと？　立ち止まって眉をひそめ、鉛色の空からレースのように降ってくる静かな雪を見つめた。

そうか。どうしてこう鈍いのだろう。あれは警察の車。つまり、何か困ったことが起きたのだ。キャリーは転びそうになりながら玄関に走った。恐怖で息が切れていた。革のバッグを探ったが鍵が見つからず、手はかじかんで震えている。玄関のドアをどんどん叩いた。

「入れて！　誰か入れてちょうだい！」

近づいてくる足音が聞こえた。母の軽いハイヒールの音ではない。ドアが勢いよく開き、黒のパンツスーツ姿の女が現われた。「はい？　何かご用？」

「キャリー・マーカム、ミセス・カリファーノの娘よ。どうなってるの？　あなたはどなた？　ああ、母に何かあったの？」

奥から男の声がした。「娘さんか？　こちらにお連れしてくれ、ナンシー」

そのとき、痛ましげなすすり泣きが聞こえてきた。母の声。

キャリーはリビングに駆けこむなりぴたりと立ち止まった。男が三人。うち二人はダークスーツ姿、残る一人は革のジャケットに白いシャツを着、タイとパンツとハーフブーツは黒だった。母のそばに坐っていたミスター・革ジャケットが、立ちあがって近づいてきた。身長の高い大柄な男で、しぶとそうな顔つきが、クリーム色と青色で統一されたやわらかな部屋の雰囲気にそぐわなかった。スーツ姿の二人にしても穏和とはいいがたいタイプだけれど、服装だけはおとなしい。「ミズ・マーカム？」

「ええ。ここで何が起きてるの？　あなたはどなた？」母親のもとへ行こうとすると、革ジャケットの男が前に立ちはだかった。「少し時間をいただきたい、ミズ・マーカム。ミセス・カリファーノの娘さんだね？　ニューヨークにいるはずの？」

「ええ、そうよ。信じるかどうかはあなたの勝手だけど、恋人がほかの女とベッドにいるのを見て、早く戻ってきたの。さあ、わたしに殴り倒されないうちにそこをどいて」

男は笑顔で見おろしている。笑顔とは名ばかりの辛辣《しんらつ》な表情だが、おもしろがっているようではあった。

「いまなんと？」

キャリーは男の胸を強く押した。「ちょっと、どいてったら！」

マーガレット・カリファーノが顔を上げた。腫《は》れた目のまわりにマスカラが滲み、ひどい顔をしている。

「キャリー？　レイバン刑事、わたしの娘ですよ。危害を加えられる心配はありません」

「お母さん？　いったい何があったの？　誰があなたに危害を加えると言うの？」

キャリーが見ていると、母が立ちあがり、ふらつきを抑えた。強くて自信に満ちているはずの母が、ぎょっとするほど弱々しい。手を差しだして口を動かしたものの、肝心の言葉が出てこず、男を見て手をひらめかすと、ふたたびソファに坐りこんで手で顔をおおった。

レイバン刑事。そう、いかにも警官然とした男だ。

「気の毒だが、ミズ・マーカム」男が口を開いた。「きみの義理の父上が亡くなられた」

キャリーはそろそろと刑事に顔を戻した。「ばかなことを言わないで。そんなことを言うために、すてきな土曜日の午前中にうちに来たわけ？　なんて残酷な人なの」刑事を突き飛ばそうとしたが、動かなかった。

「いいか、ミズ・マーカム」刑事は言った。「こんな伝え方しかできなくて残念だが、亡くなったのは事実だ。きみの義理の父上は昨晩、何者かに殺された。お気の毒に」

彼の言葉を受け入れられずに、キャリーは首を振った。「母と話したいの。あなたたちはみんな出てって。お母さん、何があったの？　事故なの？」

「いいえ、キャリー」マーガレットが小声で答えた。キャリーがぎゅっと抱きしめると、つぶやきが吐息となって頰にあたった。「事故じゃないのよ。レイバン刑事が言ったとおり、スチュワートが死んだわ。昨日の夜、最高裁判所の図書室で殺されたの」

キャリーにはいまだ耳にしている話が受け入れられなかった。「最高裁判所の判事が裁判所の図書室で殺されるはず、ないでしょう？　ありえない。あなたたち全員、勘違いしてるのよ」

「ショックだろうが、ミズ・マーカム」レイバン刑事は言った。「だが、勘違いではない」

首を振りながら言い返す。「ああ、そう、わかったわよ。誰が殺したっていうの？　なぜ？　どうして？　ええ、たしかに義父《ちち》は遅い時間に最高裁判所に出かけるのが好きだったわよ。他人に干渉されずに一人でいるのが好きだから。でも、なぜ昨晩あそこに行かなければならないの？」

刑事は答えた。「まだ詳細はわかっていない。いまＦＢＩの科学捜査班がうちの警官五、六人と数えきれないほどのＦＢＩの捜査員とともに現場にいる。判事は首を絞められていた。まだ犯人はわからないが、かならず捕まえる。

安全を確保して、きみの母上に連絡が取れるまで、一時的に報道管制を敷いたが、マスコミに嗅ぎつけられるのも時間の問題だろう。おれたちに負けず劣らず、マスコミにもしつこい連中がいる。紙媒体とテレビのレポーターの両方がまもなくここへ押しかけてくる。ハゲタカどもが降下して、煙突を下ってくる前にきみたち二人を本署へ移すよ」

「マスコミぐらい、なんとでもなるわ。それより、いま母をよそへはやれないわ」

「ミズ・マーカム、ここに閉じこめられるよりはましだ。窓をばんばん叩かれて、ハンドマイクでいまの気分を尋ねられるんだぞ」

だがキャリーはすすり泣く母の背中をなでながら、蚊《か》の鳴くような声で彼に尋ねた。「死んだの？　あのスチュワートがほんとうに？」

「ああ。お気の毒に」

キャリーがレイバンのほうを見た。いや、虚空を見つめて状況を理解しようとしているだけだ、とレイバンは思った。

「いえ、もう何も言わないで」キャリーは言った。「ううん、やっぱり訊きたいことがある。守衛は何をしてたの？　あそこにはたくさんの守衛がいる。鋭くて優秀で、義父はその大半と顔見知りだった。危険な人物が侵入してきたら、迷わず行動する。そう、射殺するわ。それに、建物全体が監視されてるはずなんだけど」

「こちらで把握していることはすべて話す、ミズ・マーカム。だが、まずはここを出るという点については、おれに従ってくれ。FBIも地元警察も司法省も、いまきみたちがマスコミに追いまわされることを望んでいない。おれたちと一緒に来てくれ」

キャリーは男を見あげた。「あなたは何者なの？　大柄でいやみなことと、しゃれた恰好をしてることはわかったけど」

「ワシントン首都警察のベン・レイバン刑事だ」刑事は言い、キャリーは取りだされたバッジをしげしげと見た。「クレイダー巡査と、ボアズ刑事とルボー刑事については、あとでチェックしてくれ。さあ、ここを出るぞ。ハロウェイ警部によると、FBIが敏腕捜査官を呼び戻したそうだ。スキーかなんかで街を離れていたらしいが、そいつとは本署で落ちあうことになっている。もちろん、ミュラー長官とメートランド副長官が捜査の指揮にあたる」レイバンは彼女に手を差し伸べた。「FBIが呼び戻したその敏腕捜査官はきみを拷問にかけて、本人が気づいていないことまでほじくりだすだろう」

「そう。涙に暮れる未亡人を痛めつけおわったんで、こんどは娘に矛先《ほこさき》を向けるわけ？」

「ああ。実際は彼の義理の娘なんだろ？」

キャリーは立ちあがり、面と向かって尋ねた。「何が言いたいの？」

「正確を期しただけのことだ、ミズ・マーカム。おれの仕事には正確さが求められる」

「わたしの仕事でも同じよ、レイバン刑事。でも、それ以外のことがお留守にならないように気をつけなきゃいけないけど」

レイバンは、もう一秒たりとも我慢ができなかった。「出なきゃならない」キャリーが腹を立てているのがわかった。たぶん、母親を思ってのことだろう。さっき彼女の目から生気が消えるのを見たときは、母親と一緒に倒れるのではないかと思ったが、もうその心配はしていない。一転、闘志に逸《はや》って、いまにも爪を噛みだしそうだ。そう、この女にはふだんから爪を常食していそうな雰囲気がある。

マーガレット・カリファーノはまったく無力だった。クレイダー巡査とキャリーの両方の手を借りなければ、濃紺の美しいカシミヤのコートもブーツも身につけられず、手袋すらはめられなかった。声を押し殺して泣きつづけるだけで、抵抗はしないけれど、かといって協力的でもなかった。そしてキャリーは、スチュワートが死んだという事実で頭がいっぱいになっていた。殺されるなんて――どうしてそんなことになったの？

男三人はただ突っ立ったまま、いらいらしつつも、我慢強くミセス・カリファーノの準備ができるのを待った。

キャリーとクレイダー巡査はマーガレットをなかば抱きかかえるようにして、車列の最後尾に停まっていたフォードアの白いクラウンビクトリアまで運んだ。レイバン刑事はまずティッシュの箱と、ピザの空箱、左耳が取れそうになっている犬の縫いぐるみなどを押しやってから、二人が後部座席に乗りこむのを手伝った。

そしてキャリーの隣りに体を押しこみ、ドアを閉めた。「ボビー、出してくれ」

「おい、近づいてきてるんじゃないか？」ボビー・ルボー刑事が言った。「ハゲタカどものお出ましだぞ。ナンシーは彼女の車で、レイはあんたの車を運転してくることになってるからな、ベン」

ルボー刑事が雪におおわれた道路に車を出すとほぼ同時に、マスコミの最初のバンが目当ての家を探しはじめた。

レイバンは同僚の肩を叩いた。「行け、ボビー」

キャリーはレイバン刑事に小声で話しかけた。「犯人はどうやって裁判所に侵入して、しかも三階の図書室まで行ったの？」

レイバン刑事はキャリーに向かって顔をしかめ、助手席の窓の上にある持ち手をつかんだ。車が路面をすべりだす。「その話をする前に、カリファーノ判事が昨晩、図書室で何をしていたか知らないか、ミズ・マーカム？」キャリーが驚いたことに、刑事はポケットから携帯端末《PDA》を取りだし、入力用の小さなペンを構えた。

「知らないわ。さっき話したとおり、義父はあそこで一人になるのが好きだった。資料を読んだり、陳述書を検討したりしてたんだと思うけど。何か特別な理由があって昨日出かけていったとしても、わたしにはわからない。それより、なぜわたしに電話しようとすらしなかったのか、聞かせてもらいたいんだけど」

「きみのお母さんは、きみがニューヨークでどのホテルに滞在しているか知らなかった。きみの自宅に電話しなかったのは、きみが留守だと聞いていたからだ」

「なるほどね。さあ、あなたの質問に答えたんだから、わたしの質問にも答えて。殺害犯はどうやって義父までたどり着いたの？」

母が怯むのがわかった。話を聞いているのだ。キャリーはレイバン刑事――なんという名前だろう――が、その答えを知っているのを願った。刑事は即答を避け、マスコミの車が追ってきていないかどうか後ろの窓から確認した。顔を前に戻して言った。「現時点でわかっているのは、ヘンリー・ビッグズという守衛がいま意識不明で入院していることだ。何者かが煙草を吸いに外に出たそいつの頭を殴り、制服を奪って、建物に忍びこんだ。医者はまだ予断を許さないと言っているが、詳細がすべて明らかになるとしたら、ビッグズが意識を取り戻したときだ。ほかの守衛が気づかなかったところを見ると、犯人はヘンリー・ビッグズと同じような背恰好なんだろう。つまり、制服のサイズも合っていた。

FBIの科学捜査班は優秀だ。なんらかの証拠を見つけだす。殺人犯が何も残さずに現場を去ることは、まずありえない」

「犯人は義父をつけてたのよ」キャリーは言った。「義父の日課を調べ、最高裁判所のなかをうろつき、守衛の動きを追った。だとしたら、誰かしらが犯人を見て、その存在に気づいてるはず。それに、ほら、あそこの内部には監視カメラがあるわ。犯人もカメラに映ってるのよね?」

「ああ。犯人特定につながる映像が映っている可能性があるから、すでに監視カメラのテープは調べにまわっている。犯人はたぶんツアーにでも混じって、何度も裁判所を訪れているはずだ。テープで確認できるかもしれない」

キャリーは手袋に包まれた母の手をなでながら、フロントガラス越しに粉雪を見つめていた。「つまり、いまのところは明白な動機はわからなくて、頭をかち割られた守衛は病院送り、意識不明でいまだ話せないってことね。どんな風貌なの?」

「最高裁判所の警備責任者によると、ビッグズは胸板の厚い長身の白人男性で、歳は五十前後だそうだ。つまり、犯人もそれと大きく異なる外見はしていない。それで、昨晩のことだが、きみは夜中前に帰宅したんだろう、ミズ・マーカム?」

「ええ、そうだけど。いい気分だわ。わたしが疑われるなんて」

「これがおれの仕事なんでね、マダム」

キャリーはほほえみたくなったけれど、やめておいた。「あなたにわかるかしら」ゆっくりとしゃべりながら、窓の外に目をやった。「理性は義父が死んだことを受け入れてる」だが、母の落胆ぶりには理性など関係ない。やがて正気づくにしろ、いまは母を守ってやらなければならない。それがキャリーの張りあいとなっていた。

マーガレットがキャリーの肩に顔を伏せたまま言った。「キャリーは明日来る予定になってたんですよ、刑事さん。わたしたち、キャリーの誕生日のパーティを開いて、この子を驚かせるつもりでしたの」

「ありがとうございます、ミセス・カリファーノ。明日でいくつになるんだい、ミズ・マーカム？」

「二十八よ、レイバン刑事。あなたは次の誕生日でいくつ？」

「三月二十日に三十二になる」

マーガレットが顔を上げた。「娘は人を手にかけるような子じゃなくてよ、刑事さん」

「でも、じつを言うとね、お母さん」キャリーは言った。「昨日の夜、銃を持ってたら、ろくでなしのジョナを殺してたかもしれないの。でもって、彼が一緒にいた尻軽のほうは、ドロップキックを食らわせて、窓から落としてやりたかった」

レイバンは思わず頬をゆるめ、次の瞬間、ドアのほうに体を振られた。車がスリップして、大きく横すべりしたのだ。さいわいほかに走行車はなかった。こんな日に外にいるのは、警官と愚か者だけだ。本署のデーリー・ビルディングまで、残すところ二キロ。黒い大型SUV車が踊るように路面をすべり、古いキャデラックをかろうじてかすめて、給水栓にぶつかった。レイバンは不思議な気がした。いま自分は人生を一瞬にして奪われたと感じている女の隣りに坐り、ありありとその悲しみを感じ取っている。

「ええ、レイバン刑事。昨晩、帰宅したのは十一時よ。ラガーディアからレーガンまでデルタのシャトル便を使って。ニューヨークにとどまる気なんて、まるでなかったもの」

何はともあれ、レイバンがまずすべきは、キャリーがニューヨークからデルタ便に乗ったかどうかを確認することだった。

5

ジュディシアリー・スクエア、首都警察本部、ワシントンDC

数人の部下に取り囲まれたハロウェイ警部は、花崗岩でできた堂々たるエントランスホールで一行を出迎えた。マーガレット・カリファーノとキャリーのことをしきりに気遣い、レイバンに小声で話しかけた。「ベン、ジミー・メートランド副長官からさっき電話があってな。例の二人の捜査官はポコノ山脈からヘリコプターで連れ戻されて、ミセス・カリファーノから話を聞くためにいまこちらに向かっているそうだ。それと、これから数日間、お二人をかくまっておく家が手配できた」

一行はセキュリティチェックを受けて署内に入った。なかは暖かく、汗と湿ったウールとコーヒーの匂いに混じって、禁止されているはずの煙草の臭いがふと鼻をついた。レイバンは手をこすりあわせながら、ハロウェイ警部に言った。「連邦最高裁判所の判事が連邦における食物連鎖の上位にある以上、ＦＢＩにも慣れるしかないんでしょうね。ＦＢＩの凄腕捜査官とやらは、例によって強引な連中かもしれません」

「メートランドが言うには、この二人はヘゲモニー争いで時間を無駄にするようなばかじゃないそうだぞ」

「こんにちは、レイバン刑事。また会えて嬉しいわ」

ディロン・サビッチが防犯ゲートを抜けて現われる前から、レイバンは笑顔になっていた。シャーロックも一緒だ。「連中とは知りあいなんです、警部。信じられますか？　驚いたことに、荒くれ男と番人の組みあわせでしてね。彼はお若いころのあなたにそっくりですよ、警部」

「やあ、ベン」サビッチは首を振った。「ハロウェイ警部、こちらがわたしの番人のシャーロック捜査官です」

レイバンは一同を引きあわせると、たちまち真顔になった。「そして最後に、こちらがキャリー・マーガレット・カリファーノ判事の義理の娘さんだ」

マーガレット・マーカム。カリファーノはシャーロックをしげしげと見た。「そんなにきれいな髪、見たことがないわ。どうやってカールしていらっしゃるの？」

サビッチが声をたてて笑った。ほんの一瞬にしろ、未亡人がほかのことに興味をもってくれたことが嬉しかった。「それが何時間もかかりましてね、マダム。ベッドに来てくれと頼んでも、もう一つローラーを巻かなきゃならないからと待ちぼうけをくらわされるんです」

シャーロックは夫の腕をつついてから、マーガレットの手を取った。「気づいていただけて光栄です、ミセス・カリファーノ。このたびのこと、心よりお悔やみ申しあげます、マダム、ミズ・マーカム。わたしたちが来たのは最善を尽くすためです。なんとしてでも、責めを負うべき人間を捜しだします。いまは最悪の時期です。捜査局としては、これから数日間、あなたたちを保護するのが得策だと考えています。早くも始まっているマスコミの激しい取材攻勢からお二人を守るためです。もしご希望なら、一両日中には記者会見の場を設定しますので、何かありましたら、そのときお伝えください」

キャリーは言った。「母が不当な扱いを受けないと約束してくれるわね」

「ええ。それだけでは不充分だけれど、わたしたちにお約束できるのはそれだけです。マイルズ・ケタリング氏がバージニア州コールファックスにある美しい住居を提供してくれました。そこならマスコミの狂乱に巻きこまれずにすむし、緊急時に備えて捜査官も派遣します。ご自宅の電話は捜査官がまずふるいにかけて、重要な電話だけコールファックスに転送させます」シャーロックはあえて、自分とディロンから質問がたくさんあることは言わなかった。二人の身の安全を確保するのとはべつに、それがミセス・カリファーノをしばらくのあいだ隔離したい主たる理由だった。娘まで連れていけるのは、ボーナスのようなものだ。

「なぜですか、サビッチ捜査官？　なぜわたしの夫が殺されなければならなかったのですか？」

未亡人の声にも、化粧の崩れた顔にも、困惑が表われていた。サビッチは答えた。「まだわかりませんが、いずれ突き止めます」

「お二人の着替えを持ってこさせるために、捜査官をご自宅に派遣します。ミズ・マーカム、あなたはミセス・カリファーノに同行してもらうのがいちばんだと思うの。マスコミはあなたの存在を嗅ぎつけて、あなたのアパートの外で待ち伏せしてるはずよ」

「わかったわ」キャリーは母親が二人のFBI捜査官を見つめているのに気づいた。いや、見つめているのではない。圧倒されて、惚《ほう》けたように目を向けているだけだ。そのとき、シャーロックも同じことに気づいた。二人は左右からマーガレットの手を取り、なかば運ぶようにしてベンチへと導いた。「かけてください、ミセス・カリファーノ。いまは何も心配なさらないで。娘さんも一緒ですからね」

マーガレットが顔を上げた。「でも、あの人は死んだんですよ。わたしの夫が。もういないんです。なんの前触れもなしにいなくなってしまった」

「わかります。さあ、下を向いて、ゆっくりと深呼吸しましょう。そう、そんなふうに」シャーロックはキャリーにうなずきかけた。「あなたもあまり心配しないようにして、お母さんの面倒をみてあげてほしいの。あなたたちがケタリングの家に移動してくれたら、わたしたちも話をしに向こうへ行くわ」

マーガレットがなにごとかキャリーにささやきかけた。

キャリーが言った。「母にお茶をお願いします」

「お安いご用だ」ハロウェイ警部が応じた。「ミセス・カリファーノさえよければ、上にあるわたしのオフィスに移ろう。あそこなら静かで暖かくて落ち着ける」

警部はミセス・カリファーノの腕を取り、エレベーターへと導いた。

「わたしもすぐに行くわ、お母さん」キャリーはシャーロックを見た。「あんな母、生まれてはじめて見た」

シャーロックがマーガレット・カリファーノに目をやると、エレベーターのドアが閉まるところだった。「親が落ちこむ姿を見るのは、つらいものよ。それで、あなたはどうやって持ちこたえてるの、ミズ・マーカム？」

「キャリーと呼んで。わたしはまだ大丈夫だけれど、母はショック状態に近いみたい。母のために家を用意してくださったことにお礼を言うわ、シャーロック捜査官。でも、わたしはコールファックスの家に移る必要はないの。母には親友と呼べる同性の友だちが四人いるから、許可さえしてもらえれば、その人たちが母に付き添って、なにくれとなく力になってくれる。彼女たちがいたら、どれほど母の気が休まるか、わからないわ。

わたしはここに残って動きまわり、義父《ちち》を殺した犯人を捜す手伝いをさせてもらったほうがいいと思うの。もちろん、ホテルに寝泊まりするし、マスコミに邪魔されないように偽名を使うつもり」

「冗談じゃないぞ、ミズ・マーカム」レイバン刑事が言った。サビッチと話をしていた刑事は、キャリーを見ようとすらしなかった。

「母は保護と慰めと支えを必要としているけれど、わたしには必要ないもの。なんなら、マスコミに見つけてもらいたいくらい」

レイバン刑事は言った。「マスコミの餌食《えじき》になりたがるのは、愚か者だけだ」

キャリーは深呼吸して、手で顔をあおいだ。「知ってるかもしれないと思ってたんだけど……じつは、わたしもその一人なの」

「何を言ってるんだ？」

「つまりね、レイバン刑事、あなたはわたしがカリファーノ判事の義理の娘であることは知っていたけれど、わたしの職業まで調べてなかったってこと。わたしは〈ワシントンポスト〉の取材記者なの。ハゲタカの一味ってわけ」

「なんだと、ちく――」威勢よく悪態をつきたかったが、途中でやめた。

「そうとも言う」キャリーは応じた。「いまあなたが言いかけたことよ。よく我慢したわね」

「つまりきみは、くだらない記者がまた別のくだらない記者をベッドに連れこんでいる現場を目撃した、この三角関係における三人めの記者だってことなんだな？」

「こんどもじょうずに避けたわね。わたしのことだけくだらないと言わなかった」

「まだそこまで断言できないだけだ。しかし、きみをどうしたらいいんだ？　とりあえず、重要参考人のための取調室の一つにでも移動しないか？」

キャリーは刑事をじろじろ見た。「部屋が暖かいんならいいわよ。足が濡れてるの。そうね、話をするのはかまわない。でも、厳しい取り調べの前にお茶をいただきたいんだけど」

サビッチが笑い、ナンシー・クレイダー巡査が言った。「わたしは猛烈にコーヒーが飲みたいです」

「それもいいわね」言うなり、キャリーは苦しくなった。一同の視線を感じて、咳払いをした。「義父はコーヒーを煙草の悪友とみなして、絶対に家に持ちこませなかったわ。一度、買ったコーヒーを魔法瓶に入れてあの家に持っていったことがあるんだけど、隠れてがぶ飲みするしかなかった」

クレイダー巡査がキャリーの腕に触れた。「取調室までコーヒーを持ってきてもらえるように頼んでおくわ」

シャーロックはバッグからティーバッグを二つ、取りだした。「まさか煙草の悪友とまでは言わないけど、ディロンもそれに近いのよ。わたしたちにはお湯をもらえる?」

キャリーは通路に導かれた。通路の床は薄汚れたレタス色で、くぼんだ部分に泥水が溜まっていた。考えてみると、アメリカ合衆国の連邦最高裁判所の判事が絞殺されたというのに、自分たちはコーヒーのことを話題にしている。警官にしろ、そうでないにしろ、周囲にはあまりひとけがない。なぜだろう。疑問に思ううちに、土曜の午前中だと気づいた。

取調室は狭いなりに、暖かだった。椅子が六脚に、傷だらけのテーブルが一つ。壁は通路のリノリウムと同じレタス色に塗ってある。もし自分が犯罪者なら、この部屋から出るためだけに自白してしまいそうだと、キャリーは思った。

コートを脱ぎ、椅子にかけて、濡れた靴下を乾かすためにブーツを脱いだ。

コーヒーとお茶のための熱湯が届くまで、誰一人口を開かなかった。

キャリーがレイバン刑事を見ると、彼は革のジャケットを脱いでいた。続いて特別捜査官に目をやった。クレイダー巡査は黙って壁を背にして坐っている。「わたしはハイスクールのとき、討論部にいたの。義父の指導のおかげで、敵なしだったわ。まだ母とは結婚していなかったけれど、つきあうようになって半年はたっていたと思う。自分のことしか興味のない十代の娘から見ても、すばらしい人だった。ある日、議論で負かされて、彼に言ったことがあるの。あなたならフェンスの支柱にもタンゴを踊らせられる、って」言いおわるやいなやキャリーは泣きだし、シャーロックからティッシュを渡された。涙がしゃっくりに変わるころ、ようやく冷静さを取り戻した。

レイバン刑事はシャツの袖《そで》をまくりあげながら言った。「それからどれぐらいしてから、きみのお母さんとカリファーノ判事は結婚したんだ?」

ゆっくりとブラックコーヒーを飲み、動揺が収まったのを確認してから、キャリーは答えた。「母が彼と結婚したのは、わたしがブリンマーカレッジに入ってからよ。たぶん、決めるまでに時間がかかったんだと思う。理由は明白、母は当時もいまも、大金持ちだから。最高裁判所の判事といえども、母のお金に惹かれないとはかぎらない」

「ほかに理由は?」

「鋭いのね、シャーロック捜査官。母の妹のマリーはせっかく再婚したと思ったら、新しい夫に十二歳の娘、つまりわたしのいとこのモイラを性的に虐待されたの。母に直接尋ねたことはないけれど、それが結婚を先延ばしにしたもう一つの大きな理由だったんだと思う」

「で」レイバン刑事が言う。「きみのお母さんは、きみが家を出るまで結婚を待った」

「母は慎重な人よ」キャリーは言った。「わたしに関することには、つねに用心を怠らなかった。新しい夫がどんなに信頼できる人だとしても、危険は冒さなかったでしょうね」

「何に対しても慎重な人なのかい？」

「母はすごい人なのよ、サビッチ捜査官。たしかにお金持ちのお嬢さんではあるけれど、他人がブドウの皮をむいて口に放りこんでくれるのを黙って待ってる人ではないの。みずから事業にのりだし、いまでは街の繁華街に高級ブティックを四店持ってる。どの店もはやってるわ。突っ走るきらいはあるけれど、それが母のやり方なの。で、あなたの質問だけれど、ええ、母はお金に関しても慎重だから、義父とは口座をべつにしているはずよ。母はお金を稼ぎ、稼いだお金を守ってきた。母にとってはそれと世間の評判がとても大切で、実家がどうのこうのは関係ない。母の誇りのよりどころは、彼女が何をなし遂げ、どんな人物なのかだから。わたし、二人がいろんなことで討論するのを見るのが大好きだった」ふたたび涙声になり、足元を見つめた。「ええ、母はなにごとにつけ慎重な人」

サビッチはお茶で口を湿してから話しだした。「判事はお金に対するお母さんのそんな態度をどう考えていたんだろう？　口座をべつにすることを含めて、全般に。判事は古い時代の人だから、口座を一つにして、妻のお金を管理したいと思ったんじゃないか？」

キャリーは肩をすくめた。「意見が言えるほど、わたしは実家にはいなかったから。わたしが帰ったときは、どちらも言い争いになりそうな話題を持ちださなかったし。五年前に一度だけ、本気で口論してるのを見たことがあるくらいよ」

「どうして口論していたか、覚えてる？」シャーロックが尋ねる。

「母は義父が何かをしたのを知って、そのことを怒っていたみたい。それが何かはわからないけれど、母は逆上しかけてた気がする。でも、二人はわたしに気づくと、それきり口を閉ざした。さっきも言ったとおり、それが五年前で、以来、似たようなことには一度も出くわしてないわ」

　こんどはレイバン刑事だった。「判事に、お母さん以外の女性の影を感じたことはないか？　あるいは、きみに言いよるそぶりとか？」

　キャリーは首を振った。「義父にはまったく見当違いな質問ね。そういう人じゃないわ」

「五年前の話だが」サビッチが言う。「きみの印象では、お母さんのほうが優勢だったのかい？」

「あなたたち、途切れることなく次つぎに質問を投げてくるのね。わたしの母なら魔王と討論しても負けないと思うわ、サビッチ捜査官。もし同じ件について何度か言い争ったとしたら、わたしなら粘り強さを買って、母が勝ったほうに賭《か》ける。母は強い人よ。いまはこのおぞましい殺人事件ですっかり落ちこんでいるけれど、見てて、かならず立ちなおるから」

　シャーロックが尋ねた。「お母さんは判事のことを愛してたと思う？」

「ええ、そう信じてる。さっきも言ったとおり、二人はわたしの前ではまず喧嘩《けんか》をしなかったし、相手の選択に口出しするようなこともしなかった。二人きりのときはどうかって？　当然、喧嘩したでしょうね。夫婦なんて、しょっちゅう言い争うものでしょう？　それなのになぜそんな質問をくり返すの？　母が彼を殺したとでも？」

「まさか」サビッチが弁明した。「いまおれたちが訊いているのは、カリファーノ判事がどんなふうに日々を送り、身近な人たちとどう接してきたかを知るための質問だ。判事の人となりを深く理解すればするほど、犯人を見つけやすくなる。カリファーノ判事に敵となりうる人がいたかどうか知らないか？　判事のことを嫌っている人でもいい」

キャリーはまだ温かいコーヒーカップに片手を添えて考えた。「義父が快く思っていない政治家や、クズだとみなしている弁護士は何人かいたけど、それは誰もが思うことよね。義父に近い人となると――悪いけど、すぐには思いつかない」

「ところできみは、最近被害者といい関係にあったのか？」レイバン刑事だった。

「ええ、うまくいってたわ。正直に言うけど、わたしには義父が何者なのかよくわかってた。母親が結婚した相手が連邦最高裁判所の判事だという事実は、いやでも気づかされる。それを知った人はひどく怯えるけど――世のなかにはおべっか遣《つか》いが多いの――でも、わたしに言わせれば、彼は義理の父親であって、それ以上でも以下でもなかった」

「きみはさっき判事の優秀さを称えてた」

「レイバン刑事、義父はあなたを朝食に平らげたうえで、なおクロワッサンを楽しめるような人だったわ」

クレイダー巡査が笑い声をあげ、そのあと口に手を添えて咳をした。「失礼しました。コーヒーが変なところに入ってしまって」

「おれも大学では多少ディベートをやった」レイバン刑事の声に混じっているのは、いらだちだろうか？

シャーロックが言った。「ミズ・マーカム――」

「キャリーと呼んで。あなたとは仲良くなれそう」

「ありがとう。わたしはシャーロックと呼んで。夫はディロンよ」

「あなたたち、結婚してるの？」

「ああ、ずっと前から」サビッチが答えた。「ホーガンズアレーで彼女に撃たれて命を落としてからずっと。ホーガンズアレーというのは、クワンティコにある世界一の犯罪発生率を誇る架空の町だ。訓練中の捜査官が悪党を捕まえるための場所なんだが、彼女はおれを追いつめて、仕留めた」

「おれはベン」レイバンは言い、一瞬キャリーを見た。彼女は落ち着いているようだが、この先の保証はない。「それで、キャリー、カリファーノ判事に最後に会ったのはいつだ？」

「先週末よ。いつものように、土曜日のブランチを一緒にとった」声を詰まらせて、黙りこんだ。キャリーは唾を飲んだ。「今朝も一緒にブランチをとろうと思って来たの。驚いたわ。両親がわたしがニューヨークにいると思っていたなんて」

「判事はきみの交際相手のジョナって男のことをどう思っていた？」

「ジョナの人柄を知りたいんなら、〈ニューヨークタイムズ〉の彼が書いた記事によく人柄が出てるわ、レイバン刑事。義父に一度言われたことがあるの。ジョナがお堅い記事だと思っている文章の最初の二行を読んだだけで、偏った考え方が匂いたつようだって。でも、義父は、客観的な記事を読みたければ、火星に行くしかないだろう、とも言っていたわ。そんなものはこの地球上には存在しないから。実際は、ジョナ・ブレイザーのことを日和見《ひよりみ》主義者だと思ってたみたい。わたしがいるのに気づかないで、そう口にするのを聞いたことがあるの」

サビッチが尋ねた。「きみの記事のことはどう思ってたんだろう、キャリー？」

「さっきも言ったけど、義父はとても利口な人よ。わたしの取材記事に感心して、それが二度続くようなら、褒めてくれたわ。でも、それ以外のときは口出ししなかった。わたしが〈ワシントンポスト〉の記者になったとき取り決めをしたの。ちょっと、そんな顔しないで、レイバン刑事。わたしが〈ポスト〉に入れたのは、義父のコネがあったからじゃなくて、わたしにそれだけの資質があったからよ」キャリーはいったん黙って、深呼吸した。「ええ、たしかに会社側は、わたしが最高裁判所がらみの内部情報を集めてくるのを期待してたんでしょうけど、わたしは一度もしてない。それでうまくいってたの」

「ベンと呼んでもらえるかと思ってた」

「わたしに意地悪なあいだは考えさせてもらう。その顔、やめてよ。義父のコネで仕事についたわけじゃないんだから」

シャーロックが手を挙げた。「さあ、二人ともいいかげんにして。キャリー、お母さんは〈ニューヨークタイムズ〉のその記者のことをどう思ってらしたの？」

「隠そうとしていたけれど、毛嫌いしてるわ」

レイバンが口をはさんだ。「つまり、きみは両親が我慢ならないと思っている男を好きな人間に分類してたわけか？」

「わたしはまだ若くて愚かなの。ジョナのことを思慮深い人だと思ってた」

「若いというほど、若くないぞ」レイバンは指摘した。

「親切に教えていただいて、感謝の言葉もないわ」

「まあ、おれはそれが理由で警察本部長にはなれそうもないが。で、きみのその記者のことだが——いろいろ考えてみたところ、結局はよくいる浮気男と判明したわけだ」

「そのとおりよ、レイバン刑事」

「ご両親はどうしてその男に対してそれほど強い悪感情をいだいてたの？」シャーロックが尋ねた。「あなたがその人と結婚すると思ってらしたから？」

キャリーは眉をひそめてコーヒーカップの底に残ったカスを見やると、かがんでブーツを引きあげ、腰を起こした。「彼の何がそうも母の神経にさわったのか、わたしにはわからないわ。訊いてみたこともあるんだけど、すっとはぐらかして、答えてもらえなかった。義父のほうは、たまたまわたしが聞いた話以外、ジョナについては何も言わなかったけど」

「いいだろう」サビッチが言った。「ひととおり質問が終わったら、ハルト本部長に言って、きみときみの母上をコールファックスまで送ってもらおう」

「協力してもらって、ほんとうに助かったわ、キャリー」シャーロックが言った。「何か思いだしたら、すぐに電話してね。あなたはむずかしい立場に置かれていると思うけれど、お願いしたいことがあるの。今回の件に関する情報を新聞社に伝えたり、特定の人物に流さないでもらえないかしら。今回のことはこちらでしっかり掌握しておく必要がある。蓋《ふた》をしておくため、あなたに遠慮してもらえると、ほんとうに助かるんだけど」

「捜査の邪魔になるようなことは絶対にしない」キャリーは少し考えてから、言い足した。「編集長のジェド・クームズは逆上するでしょうけど、わたしから話をつけておくわ。わたしはしばらく姿を消す。彼から首にされないといいんだけど」

「いや、そいつはいつかきみを説得して口を割らせられると思うだけさ」レイバン刑事が横から言った。

「少なくとも、葬儀までは情報を流すのを控えて」と、シャーロック。「来週末になると思うけど」

キャリーはシャーロックをしげしげと見た。「お葬式のこと、まったく考えてなかった。わたしが手配しなくちゃ。母の友人たちに助けてもらって」首にスカーフを巻き、ドアに向かって歩きだした。

「コートだ、キャリー」レイバン刑事が声をかけた。「コートを忘れてるぞ」

6

最高裁判所の壮麗な白い大理石の円柱には、警察の黄色いテープとFBIの青いテープの両方が張りめぐらされていた。サビッチから見ると、けばけばしく飾りたてられたギリシアの霊廟のようだった。科学捜査班の第一陣はすでに仕事をおえて去った。最初にサビッチたちを出迎えてくれたのは、連邦裁判所警察の二人の警官に両脇を守られて立つ、アリス・アルペルン執行官だった。だが、執行官は衝撃もあらわなまま、よそよそしかった。辞任に追いこまれるのだろうか？　すでに政治家やマスコミから最高裁判所の判事の殺害を自陣で許したとして、袋叩きにされており、多額の警備予算が計上されているだけに、厳しい批判が執《しつ》拗《よう》に続いていた。

雪はまだ降っていた。やわらかくこまかな雪が花嫁のベールのようだ。風はやんでいるが、サビッチは午後が深まるにつれて気温が下がると踏んでいる。いまサビッチは、シャーロックとベン・レイバン刑事とともに三階の図書室にいた。不思議と敬虔《けいけん》な気持ちになっているせいで、三人とも小声だった。

サビッチはジャケットのポケットに携帯電話を戻し、二人を見た。「数分前に、大統領と

FBI長官と司法長官の三人が、スチュワート・クイン・カリファーノ判事の死を発表したそうだ。想像どおり、メディアは二十四時間、臨戦態勢に入った。ミセス・カリファーノの避難が間に合ってよかったよ。今回はFBIが過去に担当したどんな事件より、大がかりな捜査になる。指揮はFBIがとるが、ワシントン首都警察にも協力をあおぐ。うちの上司のメートランドへの連絡係は、おれが仰せつかった。そして、首都警察側のかなめとなるのがきみだ、ベン。本部長のハルトにいたるまで、首都警察のお偉方に最新情報を提供しつづけるのがきみの仕事になる。首都警察側にもFBIとの仲介部署ができる。必要なものがあるときは、遠慮なくおれに言ってくれ。最初の全体ミーティングは今日の午後、FBIの本部で開かれる。シャーロック、きみはさっきからこの部屋を見ていた。何がわかった？」

シャーロックは美しい装飾が施されたテーブルをはさんで向かいにある椅子を指さした。

「判事はコートを脱ぎ、手袋をはずして、カシミヤのマフラーをとると、それをきちんと椅子の背にかけた。そして隣りの椅子に腰かけた。ここは居心地のいい場所だから、ゆったりとした気分だったでしょうね。判事は一人だけれど、守られていた。金曜の夜といえど、この建物のなかには十人以上の守衛がいたはずよ。しかも建物内のすべてが最新鋭の通信システムでつながれている」

「だから判事は、一人でいても不安を感じなかった」ベンが言った。

「そうよ。わたしが興味を持ったのは、ここで一週間ずっと働いている判事が、楽しみのために金曜日の夜にここへやってきたこと。来るからには何かしら理由があったんでしょうね。

検討したい書類があったのかもしれないし、自宅のコンピュータを使いたくない、あるいは妻に知られたくない用件があったのかもしれない。判事はコンピュータに精通していたそうよ。なんにしろ、判事はプライバシーを求めていた。じゃあ、なんの書類だったの？　判事はそれをコートから取りだした。ブリーフケースは持ってきていなかった――」

「犯人がブリーフケースを持ち去ったのかもしれない」ベンが言った。

「判事はブリーフケースを持っていなかったと守衛の一人が証言してる」サビッチが言った。

「セキュリティを通るときに、ほかのもろもろと一緒に書類の束を取りだしたそうだ。当然、判事にはチェックを受ける義務はないが、それがカリファーノ判事の習慣だった。そして図書室に移動し、ここに坐ってゆったりとそれを読んでいるときに物音を聞いた」

「そうよ」シャーロックは言った。「彼は何かを耳にし、読むのを中断した。顔を上げ、場合によっては声を出したかもしれない。そしておそらく、急に怖くなり、助けを呼びたくなった。椅子から立ちあがり、壁の電話を使おうとした」

サビッチが続ける。「たぶんその段階ではなんの前触れも攻撃もなく、殺人犯は不意を衝いて背後から判事に近づき、首にワイヤーをかけたのだろう」

「犯人は男よ」と、シャーロック。「そんな殺し方をできるほど怪力の女性はいないと、検死官が言ってるの。犯人は途中、シャツの襟をはずすために輪をゆるめなければならなかった。それには力がいる」

「判事の首には切り傷が二箇所あった」サビッチが補足した。「つまり一度は引っぱったものの、判事の襟に邪魔をされたわけだ。それで輪をゆるめたために、判事が輪の内側に指を差し入れ、その状態のまま殺した」

シャーロックが言った。「その力たるや、半端じゃないわ。細くて鋭利なワイヤーだったから、指の骨まで切り落とされた。犯人は手袋をしていたんでしょうね。ひどく残忍なやり口、そのこと自体を楽しんでいるんじゃないかと思うほどの残忍さよ」

ベンが言った。「どうしてそんなことが言えるんだ?」

シャーロックは首を振った。「そうね。ほんとうのところはわからない。でも、わたしにはそんなふうに感じられる」

「気になるのは、カリファーノ判事が犯人を知っていたかどうか。絞殺する前に判事に何か話しかけたのか? それとも、後ろから忍び寄って、黙って片づけたのか」

シャーロックは小首をかしげた。「わたしは犯人が判事に話しかけたような気がする。首にワイヤーをかけて自由を奪ってから、嘲《あざけ》ったんじゃないかしら。犯人は自我の肥大した人物で、カリファーノ判事のように大柄、そして年齢のわりに元気な人物を倒せるだけの腕力と体格のある男よ。

犯人は大きなリスクを犯してここに侵入した。守衛を殴り倒して、その制服を着て裁判所内に入った。これで内部を自由に歩きまわれると思ったのね。夜遅い時間だったから、ほかの守衛に直接話しかけられることでもないかぎり、誰にも気づかれずに三階の図書室まで行けると踏んでいた」

ベンは二人を見つめた。「おれが考えてることがわかるか？　ただカリファーノ判事を殺せばいいのなら、はるかに容易な方法があるってことだ。それなのになぜ、犯人はここ、テロ対策で厳重に警備されている最高裁判所で犯行に及んだ？　そこに意味があるのか？　それとも頭がおかしいだけか？　シャーロックは楽しんでいるんじゃないかと思うほどの残忍さと言った。プロらしい手口なのに、それらしくふるまっていない」

「もしプロだとしたら」シャーロックは言った。「法外なお金が動いてるわね」

「もしプロなら」サビッチが静かに言い添えた。「この仕事を楽しんでるんだろう。報酬は二の次かもしれない」

「もう一度考えてみましょう」と、シャーロック。「ベンの指摘をよ。なぜ不必要なリスクを犯してまで、カリファーノ判事をここで殺したのか？」

「それがわかれば、犯人も捕まる」と、サビッチ。

ベンは二人を順繰りに見やり、最後にサビッチに目を据えた。「何かのテストとか、挑戦という可能性はある」

「まあな」サビッチは言った。「だが、殺す前に痛めつけるだけではもの足りず、屈辱を与えたいほどカリファーノ判事を深く嫌悪している人物がいるのかもしれない。だとすると、それが最高裁判所で殺害する理由になる」

シャーロックは図書室のデスクの艶やかな卓面に軽く触れた。濃色の木材が昼過ぎの淡い日射しを照り返している。「わたしには犯人がプロだとしか思えない。プロでなくて、判事を知っていて、深く嫌悪している人物だとしたら、もっと人目のない場所に連れていって、最低限のリスクで殺すくらいの知恵はあるはずよ」

「つまり、犯人にとってはこれが快感を得る方法で、楽しみのために判事を殺したわけか」ベンはしばらくして語を継いだ。「FBIにしては、理屈に合ったことを考えるな。じゃあ、リスクを犯しているにもかかわらず、犯人はプロだと言うんだな？」

シャーロックがうなずいた。「犯行手口が類似しているプロの殺し屋を洗いだして、どこにいたか調べてみるわ。締め具を使い、高いリスクを好む暗殺者。的はずれじゃないわよね？」

「ああ、思うね」ベンは言った。「今回の事件はテロとは無関係ってことだな」

サビッチが言った。「基本的なことはすべて踏まえる。すでにCIAが本格的な捜査にのりだしてるが、いまのところ何も出てきていないし、犯行声明も出されていない。復讐の線がおれには濃厚に思える。それに近い、個人的なことじゃないかという気がする」

「頭のおかしな人間やなんらかの過激思想の持ち主による無差別殺害じゃないってことだな？」

「絶対ないとは言わないが、可能性は低いと思う」

最高裁判所を出た三人は、イーストキャピタル通りに出た。ベンが言った。「今回の事件に含まれる真実に気づいてるか？　人に命を狙われたら、もう死んだも同然だってことだ。近衛兵がいようと、動作センサーや無数の警報システムがあろうと、どうにもならない」

「きみの言いたいことはわかるが」サビッチは言い返した。「それを進んで受け入れたがる人間はいないだろうな。殺されたのは最高裁判所の判事だ。元警官や、自分のことを利口だと思っているテレビの解説者から、絶えず徹底的な注目を浴びるし、大統領からは日に二度、捜査の進捗《しんちょく》状況の報告を求められるだろう。まずは国じゅうの人間の目が殺害犯に向けられるだろうが、一日半もすれば大統領が誰をカリファーノ判事のあと釜に据えるかに興味が移る。

ただ、これからしばらくは最大限の資源が投入されると同時に、FBIにも地元警察にも身動きできないほどの重い期待が寄せられる」

シャーロックが言った。「結局、すべてがカリファーノ判事が激しい反感を買ったという事実を差していて、殺人の背後に金銭の授受があるという次の出発点につながる」

「つまり、判事におおいなる恨みをいだいている人間が、みずからの手を血で染めたがらなかったとしたら」ベンが言った。「アリバイはまったく意味がないってことだな」

「まあ、そういうことだ」サビッチはあくびをした。骨の髄までへとへとだった。ポコノ山脈ではあの家に何が起きたのか考えていてろくに眠れず、土曜の早朝にはワシントンに戻れと電話がかかってきた。やはりFBIの捜査官だった父のバック・サビッチはどうだったのだろう? 十年に一度くらいは、土曜日の朝寝坊を楽しめたのだろうか?

〈ワシントンポスト〉におけるキャリーの上司、ジェド・クームズ編集長は、どうにも自分を抑えることができなかった。「出社しないとは、どういうことだ？　いいか、キャリー、今日は土曜だぞ。おまえはニューヨークにいるはずが、実家に戻っていた。判事と関係があるのはわかってるが、だからこそ、おまえにはここにいてもらわんと――」

キャリーは受話器を耳にあてつつ、編集長の声を追いだした。ジェドはひと言ですむことをくどくどと言いたがる。

だが、彼の腹立ちは理解できる。キャリーを今回の事件の内実を探る直接のパイプと見なしていたからこその怒りだ。好きなだけわめかせ、彼がようやく長く忘れていた礼儀を思いだしたときは、慰めの言葉まで差しはさんだ。ぜんまい仕掛けの玩具が動かなくなるのを待つように、彼がおとなしくなるのを待った。ジェドはその間、少なくとも三回はピューリッツァー賞のことを口にした。そしてついに、息を切らせはじめた。熱弁をふるうあいだ、ほとんど息をしていなかったのだ。

「わかったわ、ジェド」キャリーはついに言った。「でも、肝心なのは殺されたのがわたしの義父で、母がわたしを必要としてるってことよ。わたしが記者かどうかは関係ない。今回の件でＦＢＩにそむくつもりはないし、しばらく仕事から離れていると彼らにも言ってある。

わたしが情報を漏らしたせいで、捜査が台なしになるのは、あなたも望んでないはずよ」

「FBIの心配をするのは、おれの仕事じゃない。おれの仕事は新聞を出すことだ」

キャリーは送話口に笑いかけた。「葬儀がすんだらまた電話するわ、ジェド。わかると思うけど、母がひどい状態なの。いつ復帰できるか、わからない」

「キャリー、おふくろさんに話を聞いて、個人的なことを少し――」

「いいえ、ジェド」

粗野な悪態。そして、深いため息が続いた。「葬儀の詳細がわかったらすぐに連絡してくれよ。正確なことまではわからないにしろ、大々的な葬儀になるのは確かだ。大統領や、未来の大統領候補たちが参列して、個人的には大嫌いだとしても、弔辞でカリファーノのことを褒めちぎる。そうだろ、キャリー？　捜査とは関係のないことだってたくさんあるんだ」

「負けたわ、ジェド。その点はあなたの言うとおりね。本決まりになったら、すぐにこちらから連絡する」

「だが――」

「いつ検死官が遺体を返してくれるのかもわからないの」目に涙が溜まってくる。キャリーは唾を飲みこんだ。

「キャリー、聞いてるのか？　どうかしたのか？」

「なんでもないわ、ジェド。悪いけど、もう行かなきゃ。葬式のときにまた会えるわね。一週間の休暇を認めてくれてありがとう」

「わからないんだ、キャリー。おまえはうちの一員だし、自分の置かれた――」

携帯電話を切り、ポケットに戻した。三秒もしないうちに鳴りだしたので、電源を切った。もし自分の家族が殺されたら、ジェド・クームズはどうするだろう？　仕事中毒のジェドは、スクープを取るためなら冷酷にもなる男だが、こと自分のこととなったら、やはり例外をもうけるのではないだろうか。

7

ケタリング邸、バージニア州コールファックス

キャリーは母とともに匿《かくま》われているコロニアル様式の美しい家のリビングに入った。母には、古くからの友人の一人であるアナ・クリフォードが付き添ってくれている。気の毒なことに、アナにはコカインの売買で服役中の息子がいるが、ほかの二人の子どもは、善良な市民として暮らし、高給取りになっている。ご主人はもの静かな人で、バージニアで大きな建築会社を経営していた。アナはキャリーの母の手を握り、静かな声で話しかけていた。キャリーはふと足を止めてから、階段をのぼりだした。クロゼットに服をかけていたら、玄関の呼び鈴が鳴る音がして、それにアナの声、母の声が続いた。

サビッチ捜査官とシャーロック捜査官、それにレイバン刑事だった。捜査が一段落するまで、ちょくちょく顔を合わせることになるのだろう。

キャリーはジーンズをはき、フリース素材のスエットを着て、キッチンに向かった。サビッチ捜査官と母のお茶、それにほかのみんなのコーヒーを淹れるためだった。カウンターに

クロワッサンがいくつかあったので、温めるためにオーブンに入れ、明るいキッチンに立ったまま窓に目をやり、降りしきる雪を眺めた。

大きな銀のトレイを持ってリビングに行くと、母がすすり泣いていた。レイバン刑事はそわそわし、シャーロック捜査官が母の腕をやさしくなでている。

これほど意気消沈した母を見るのは、生まれてはじめてだった。そのとき母が顔を上げ、アナ・クリフォードとシャーロック捜査官からそっと離れた。ほほえもうとしている。笑顔にはなれていないけれど、一歩前進ではある。「キャリー、お茶をいただけると嬉しいわ。そのあと、あなたと話さなくては」

母は一転して淡々とした声で言った。キャリーは母に笑いかけて、みんなに飲み物を出すと、コーヒーカップを持って椅子にかけた。二人の捜査官がゆっくりとカップに口をつけ、クロワッサンを食べている。母に心を鎮める時間を与えるためなのがすぐにわかった。対するレイバン刑事はそわそわとして、身の置き場に困っている。見ていると、彼は二つめのクロワッサンに手を伸ばし、キャリーのほうを見て、にやりとした。「警察署にあるのは、砂糖とラードを固めてつくったジャム入りドーナツだけだってのは真実でね。この繊細な生地を支えている純粋なバターとは大違いだよ」

マーガレット・カリファーノが言った。「みなさんが自然にふるまってくださって、それが慰めになるようよ。コレステロールの心配をしていらっしゃるの、レイバン刑事？」

「自分は遺伝的に恵まれてましてね、ミセス・カリファーノ」

「それにまだお若いわ」

キャリーは刑事の長身痩躯《そうく》を見て、笑い声をあげた。「さぞかしドーナッツをたくさん食べてるんでしょうね」

マーガレットはウーロン茶に口をつけ、その深い味わいに体を震わせた。

サビッチが言った。「こんなときに質問しなければならないことをお許しください、ミセス・カリファーノ。ですが、殺害事件の捜査は待ってくれません。いまお話しをうかがえますか？」

「ええ、サビッチ捜査官。もちろんです」

「ご主人が殺された日ですが、ふだんと違うようすはありませんでしたか？　何か、あるいは誰かを気にしているようすとか？」

「いいえ。昨日もいつもと同じでした。少なくとも、わたくしが見たかぎりでは。でも、お店の一つに急いでいたので、きっと何かを見落としていたんです」

「ミセス・カリファーノ、ご自身を責めてはいけない。いまはぼくの質問に答えていただかなければなりません」

マーガレットは深々と息を吸った。「ええ、そうね、あなたのおっしゃるとおりだわ。ごめんなさい」

「大丈夫ですよ。さあ、ご主人は昨晩、裁判所の図書室に行く理由を言われましたか？」

「いいえ、何も。わたしも尋ねませんでした。その気になると、あそこへ出かけていくのは、みんなが知っておりましたから。アナ、あなたも知っていたでしょう?」

アナがうなずいた。「ええ、知っててよ。スチュワートの避難所だったのよね」

マーガレットが言った。「以前に聞いたことがあるんです。あそこだけが考えごとに没頭できる場所だと」声がわなないた。急いで顔を伏せてお茶を飲み、ふたたび胸を張った。

「特別に何かを調べていたとしても、わたしは知りません。金曜日の定例会議で、スチュワートが審理を許可する必要がないと考えていた件に関して、少数の判事から命令書の許可を希望する声があがったのかもしれません」

「命令書?」サビッチの眉が吊りあがる。

「あら、ごめんなさい。事件移送命令書、最高裁の審理を求める正規の要請のことです。四人の判事が上訴を認めるほうに投票すれば、審理の日程が決められます。四人に達しなければ、上告は否認されます」カップの底のお茶のシミをじっと見つめた。「さっきも言ったとおり、その可能性はあります。あの人が何を考えていたか、わたしにもわかりません。玄関をくぐりながらそのことを考えていたかもしれませんが、仕事に関しては何も言いませんでした」

「判事とのあいだに個人的な問題があったのですか、ミセス・カリファーノ?」

キャリーが音をたてて息を吸い、マーガレットはそんな娘の腕を黙ってなでた。「いいえ、サビッチ捜査官。問題はありませんでしたよ。世間のご夫婦と同じように、ときには意見の相違もありましたけれど、結婚して九年、主人を殺そうと思ったことはありません。よもや今回の件が、わたしたちの生活に関係があるとは、考えていらっしゃらないでしょう？　テロリストやなんらかの過激派がスチュワートの命を奪ったんです」

シャーロックが言った。「判事はテロリストについて、何かおっしゃっていましたか？」

「いいえ。スチュワートはとても穏健で、物議をかもすことを好まない人でした。わたしが知るかぎり、どちらの側に対しても、いたずらに敵意を煽《あお》る人ではありません。ですから、常軌を逸した過激派に殺されるなんて、おかしいのです。なんのためにあの人を？　なぜエイブラムズ最高裁判所長官ではないのです？　でなければ、左に寄りすぎているアルト＝ソープ判事とか、右に寄りすぎているアルデン・スピロス判事とか。ご両人とも中絶や死刑や差別撤廃処置といった重要問題に対してひじょうに先鋭的な意見をお持ちです。そのほうが筋が通っているでしょう？」

「そうかもしれません」サビッチは相づちを打った。

「どなたかと対立したとお聞きになったことはありませんか？」レイバン刑事が尋ねた。

「判事から見て承服しがたい人物とか、判事を嫌う方とか」

「レイバン刑事、スチュワートは容易には胸の内を明かさない人でした。もっとも親しくしていただいていたのは、サムナー・ウォレス判事です。あの方なら、スチューワートに悩みごとがあったかどうか、どなたかと、とりわけ過去に接点のあったどなたかと揉《も》めていたかどうか、ご存じでしょう」顔の前で両方の手をひらひらさせた。「世間の人たちは判事と聞くと、ローブを着てマホガニーの大テーブルを囲み、仏頂面で法律用語を口にし、難解な判例について話しあっていると思っています。ですが、実際の判事はほとんど一緒にいません。だいたいは一人で書類を読み、でなければ助手たちと会合を開いています。

定例会議があるのは水曜と金曜で、わたしはすべて事務的なものという印象を受けていました。もちろん、だからといって会議中に論争しないとか、声を荒らげないとか、かっとしないとか、そういう意味ではありません。金曜の会合には判事だけが出席を許されているので、敵意をむきだしにしても、マスコミに情報が漏れる心配はないんです。

スチュワートが好む以上に政治が幅を利かせていました。どの判事も当人の政治信条を強く反映した考えをお持ちで、三十年前、そうウォーターゲート事件以降、その傾向が強まったのです。

スチュワートは誰もが書き留められないと知っている忌むべき発言を笑ったものです。判事のなかには性差別主義的な傾向を持つ人もおられます。考えてみれば、古い世代に属する人が九人そろっているのですからね。とはいえ、女性判事の一人が激しく反対していても、男性判事たちは感情を抑えるように気をつけていたようですが。それに、民主党にしろ共和党にしろ、いずれかに属する判事は歴史的に男性を助手に選びます。いまでも三十六人の助手のうち、女性は十人にすぎないんですよ。スチュワートは女性の助手を二人使っていました。

そうね、判事について、隠しだてのない事実をお知りになりたければ、助手に訊かれるといいのではないかしら。裁判所を真に運営しているのはあの方たちです。あの方たちが意見を記し、気にかかっている案件について判事にはたらきかけ、ときにはそれ以上のこともします。彼らはあのギリシアの神殿もどきの建物――わたしたちはそう呼んでいるんですよ――のなかで行なわれていることを、すべて把握しています」口をつぐみ、見るともなしにサビッチに目を向けた。「主人を殺したいと、最高裁の判事であったあの人の命を奪いたいと思う人がいるなど、わたしにはいまだ信じられません。わけがわからない。まともな人のやることとは思えないわ」

「そうかもしれませんね、ミセス・カリファーノ」サビッチは言った。「ご主人のように成功された方は、その過程で敵をつくるものです。一九八七年にレーガン大統領から最高裁判事に任命されるまでのカリファーノ判事の経歴を追うと、ニューヨーク州にて検事副総長、検事総長、上位司法裁判所の判事補を歴任され、そのあとは米国連邦巡回控訴裁判所の判事をしておられた。六十四歳という年齢は、敵をつくるのに充分なだけ長く働いていらしたことを示しています。考えてみてください、ミセス・カリファーノ」

「あの人は長く法曹界に身を置いてきたんですよ、サビッチ捜査官。復讐をするのに、それほど待つでしょうか？　わたしには考えられないわ」

ベンが言った。「自分がまだ警察に入って日の浅いころ、教官が二十年前に逮捕した相手に撃たれましたよ、マダム。復讐に規制はありません」

「そうね、あなたのおっしゃるとおりなのでしょう。でも、数年前にくだした決断が、いまになって命取りになるなんて、考えるだけでも怖くなります。いいえ、わたしには誰も思い浮かびません。少なくとも、あの人の口から聞いたことはありません」

「上級助手との関係はいかがでしたか？」

「上級助手といったら、ハーバード・ロースクールをトップの成績で卒業したイライザ・ビッカーズね。もちろん会ったことはありますよ。集まりがあれば言葉を交わすし、電話でもときおり話をします。スチュワートは彼女のことを、社会福祉の面では心情的にリベラルだけれど、法律面では保守的で、社会工学的な考えを恐れていると言っていました。そこがスチュワートは気に入ったようです。よく気の利く賢い女性で、ほかの二人の助手は彼女の指示に従っていますよ。だいたいの判事は助手を四人抱えているのに、スチュワートは三人でした。彼女を信頼して高く買っていたんでしょう。わたしも彼女は好きですよ。一年だけ判事の助手として働く人が多いなかにあって、彼女は二年めでした」

ベンが尋ねた。「いまごろ、その三人はどうなってるんですか？」

マーガレットは肩をすくめた。

「三人の弁護士が通常より少し早く世間に放たれるのね」シャーロックが言った。「ぞっとしないわ」

マーガレットがほんの一瞬、頬をゆるめた。

シャーロックは言った。「もしお許しいただければ、ミセス・カリファーノ、あなたと判事の住所録に目を通して、あなたのお友だちや、判事がおつきあいのあった方々のリストをつくりたいのですが」

「どうぞ」彼女は右手首に巻いた華奢《きゃしゃ》なロレックスを見おろした。「ジャネットとビッツィとジュリエットはまもなく来ます。アナ、みんなに電話してくれたのよね？」

アナはうなずき、マーガレットと一緒に住所録を取りにいった。

それから三十分後、キャリーはシャーロック捜査官とサビッチ捜査官とレイバン刑事を玄関まで見送った。「これからほかの判事たちに話を聞くの？」

「ああ。カリファーノ判事をもっともよく知る人物たちだからね。むろん、裁判助手からも。彼らから提供される情報は、すべて重要だ。きみの義理のお父さんの人物像を浮かびあがらせて、実際にどんな人物だったか把握しなければならない。何を好み、何を嫌ったか、彼の神経を逆なでした人物や、その逆だった人物。とくに金曜日の行動に変わった点がなかったかどうかを、聞きださなければならない」

玄関のドアまで来ると、キャリーはベン・レイバンをまっすぐに見た。「これから二手に分かれるんでしょう？」三人がうなずくのを見て、キャリーは言った。「わたしは十六のときから、判事という人種を知ってる。判事の助手についても、母よりよくわかってるつもりよ。たとえばイライザだけど、彼女は超のつくやり手で、義父《ちち》の執務室を鉄拳で統治してきたの。で、ものは相談なんだけど、わたしがレイバン刑事に同行するのはどう？　足りない部分を補えるし、基礎的なことを教えてあげられるかもしれない」

サビッチは首を振った。「いや、ミズ・マーカム、それはできない。彼らについて知っていることはすべて聞きたいが、正規の捜査に参加させることはできないよ」

キャリーは引かなかった。「協力させてよ、サビッチ捜査官。内輪話を持って〈ポスト〉に走るつもりはないわ。スチュワートは堅苦しいくらいしゃちほこばった人で、冗談の一つも言えなかったけれど、人としてはいい人だったし、法律家としてすばらしい心の持ち主だった。そんな人が殺されたかと思うと、腸《はらわた》が煮えくり返りそうなの」

「忘れろ、ミズ・マーカム」ベンが言った。「うちでお茶でも飲みながら、ゴシップ記事でも書いてるんだな」

「わたしはゴシップなんて書きません」キャリーは言葉を切り、ベンを指さした。「言い方を変えるわ、刑事、捜査官。捜査に協力させてもらえないなら、いますぐ仕事に戻らせてもらうわ。いまでもわたしには、第一面を飾るに充分なくらいの内部情報があると思うんだけど？」

「脅迫よ」シャーロックは眉を吊りあげ、尊敬のまなざしでキャリーを見た。「汚いわ」

「そうよ、シャーロック。でも、わたしの話を聞いて。わたしはばかじゃないし、彼らを知ってるし、口の閉じ方を知ってる。強引になるのは記者モードに入ったときだけだし、それだって使い道がある。編集長から迷惑がられながら、〈ポスト〉には休みをもらったの。お願いだから、手伝わせて」

ベンが言った。「脅迫未遂でぶちこむこともできるんだぞ、ミズ・マーカム。あきらめろ。きみは警官じゃない。捜査のＡＢＣすら知らないんだ。捜査はプロのおれたちに任せろ」

キャリーはポーズを決めて、指先で彼の顎を軽く叩いた。「あらそう。わたしにはもう見えてるんだけど。〝FBIと首都警察、混乱〟って見出しが。協力させてくれないんなら、こちらも勝手に取材させてもらうわ。母もわたしの友人も判事も助手も、わたしには話してくれるし、あなたたち以上のことが聞きだせるでしょうね。

考えてみて、レイバン刑事。その人たちが警官とわたしと、どちらに話したがると思う？わたしは彼らにとって信頼できる知人なのよ」

「誰かに殴り倒されたことはないのか、ミズ・マーカム？」

キャリーは得意げな笑みを返した。「試した人はいたけど。あなたは考えるのもやめておいたほうが身のためでしょうね、刑事」ベンをじろじろ見る。「あなたぐらいなら、汗一つかかずに倒せるもの」

「わかった、もういいだろう」サビッチは言うと、愉快そうな目つきでキャリーを見ているシャーロックのほうを向いた。

勝利を確信したキャリーは、さらに踏みこんだ。「じつは空手の黒帯だから、自分の身は自分で守れるの。いざとなったら、レイバン刑事も守ってあげられると思うけど。このなかで心配な人がいるとしたら、シャーロック捜査官よ」

サビッチは笑い声をあげた。「きみの言うとおりかもしれないな」ため息をつく。「これから三日間は、インタビューの連続になる。五十人を超える捜査官と警官がこの事件を担当することになるだろう。そこに一人記者が加わるだけの話だ。ベン、きみにミズ・マーカムを任せられるか？」

「よしてくれよ」ベン・レイバンは言った。「記者をしょいこめというのか、サビッチ？記者だぞ。しかもそんじょそこらの記者じゃなくて、実際はなんもわかっていないくせに、自分のことを賢いと思ってる取材記者ときた。

それと、大口叩きのミズ・マーカム、もしあんたに倒されるようなら、おれは警察を辞めて、モンタナの片田舎にぽつんと建つ山小屋でも探すさ。サビッチ、脅迫の件を心配しているようだが、彼女はあんたが連れてってくれ。彼女をおれと容疑者のそばに近寄らせるわけにはいかない。断じて」

8

キャリー・マーカムは、チェビーチェイスにあるサムナー・ウォレス判事の家に向かう車内で、ハンドルを握るベン・レイバン刑事に話しかけた。「約束どおり、知ってることを教えてあげる。たぶん、警察はまだつかんでないはずよ。母はスチュワートが裁判所のなかでいちばん親しかった人として、サムナー・ウォレス判事の名前を挙げたでしょう？　以前はそうだったにしろ、最近は違ったの。驚くでしょうけど、ウォレス判事には女性関係の噂《うわさ》があって、うちの母にまでその気になった。スチュワートはそれに気づいて、古いゴルフ仲間を遠ざけるようになった」

ベンは内心のショックを顔に出さないようにしたが、キャリーは声をあげて笑った。「わかる。彼のイメージからは想像もつかないもの。たぶん、スチュワートが気づいていたことを母は知らなかったんでしょうね。ことを荒立てたくないから、黙ってただ無視して、相手の攻勢が激しくなったときは自分で対処してきたのよ」

ベンは想像を絶する現実を受け入れかねて、まだ悪戦苦闘していた。「つまり、アメリカ合衆国の最高裁判所の判事が、しかもおれの親父よりも年配の男が、きみのお母さんに言いよってたってことか？　間違いないのか？」

「ええ。よく聞いてよ、レイバン刑事。ウォレス判事は六十五くらいになるけど、まだお墓に入るどころじゃないんだから。前に母が友人の一人と、たぶんビッツィだと思うんだけど、彼のことを電話で話してたの。母はにっこりして、よくはしゃぎまわる人よねと言ってた。わたしが聞いているのを知って、すぐに電話を切りあげたけれど」

「盗み聞きしてたのか？」

「もちろん。それもわたしの仕事のうちだもの。母はわたしには何も言わなかったけれど、電話を切ってからそれらしい顔をして見せたから、間違いなく、わたしが聞いているのに気づいてたんでしょうね。ちょうどそのころから、スチュワートはウォレス判事のことを話題にしなくなった」

「つまり、ウォレス判事は年配の、しかも妻帯者なのに、きみのお母さんに横恋慕してたわけだな？」

「うちの母は美人だもの、レイバン刑事。誰が母に興味を示しても、不思議はないわ。ただ、判事が実際に言いよったことがショックなだけで」

「懐疑心が言わせただけで、きみのお母さんを侮蔑《ぶべつ》するつもりはなかった。いつごろのことだ？」キャリーが答えるより先に、ベンの携帯電話が鳴った。彼はしばらく耳を傾けると、眉をひそめて電話を切った。「サビッチが検死官のドクター・コンラッドと話したと電話してきた。死体公示所にはテレビ局のバンが押しよせてるが、情報の流出防止につとめるため、公示所の冷凍室で働くスタッフで、連れあいを含む外部の人間に情報を漏らしそうな人間については、外に出さないと脅しているそうだ。それと、意外な知らせがある。カリファーノ判事は膵臓《すいぞう》ガンを患っていて、余命半年だったそうだ。ドクター・コンラッドによると、まだ痛みはなかっただろうから、本人は気づいていなかった可能性が高い。つまり縮まった寿命は半年で、殺されたとはいえ、いったん症状が現われたら苦しんでいたかもしれない」

「そんな」キャリーは言った。「信じられない。どちらにしても、死ぬ運命だったなんて。本人が知らなくて、よかった。ガンで死のうとしてる、しかも六カ月の寿命だなんて知らされたら、どんな気分になるかしら？」

「二人は判事がかかっていた医者たちのところへまわって、判事が知っていたのに黙っていたのかどうか、尋ねてみるそうだ」

キャリーはシートの背にもたれた。「かわいそうな、スチュワート」声を押し殺して泣きだした。涙が頬を伝う。なんと痛ましい皮肉だろう。もう一度義父《ちち》を失ったような気がした。

ベン・レイバンはサムナー・ウォレス判事の家をふり返った。六〇年代に建てられた平屋の前にはテレビ局のバンが数台停められ、縁石にも車が三台連なっていた。「連邦保安官がどこかにいるはずなんだが。マスコミの連中を見ろよ」ベンがフォード社の、見た目は地味だが馬力は充分の白いクラウンビクトリアを家の正面に寄せると、記者たちが車から飛びだして、駆けよってきた。

ベンは彼らを見ないようにして、道路から奥まった木立のなかに建つ、レンガと材木造りの広大な家に目をやった。「あれじゃあ、叫んでも、近所には聞こえない。これじゃチェビーチェイスの一角というより片田舎だ」

ベンとキャリーは車を降りると、記者にだんまりを決めこんだまま、雪をかぶった歩道を玄関へと進んだ。歩道をなかほどまで進んだころには、記者たちに群がられていたものの、ベンはそれでも足を止めず、取りだしたバッジを高く掲げて、記者たちの顔面で振り、大声を放った。「いまはコメントできない。提供できるニュースはないぞ」

雪が少し激しくなった。キャリーは顔を伏せ、自分だと気づかれずにすむのを祈った。そうはいかなかった。「おい、マーカム、ここで何してんだ？　カリファーノ判事はきみのおじさんかなんかなのは知ってるが、なんで警官と一緒なんだよ？」

「やあ、お気の毒にな、マーカム。でも、教えてくれ――」

「ばかじゃないの」キャリーは小声だったが、少なくとも二人の記者がその声を聞いていた。レイバン刑事にならって、記者全員を無視しつづけた。もう顔にマイクを突きつける記者はいない。ベンが噛みつきそうな顔でにらみつけたからだ。記者たちは一歩下がったけれど、離れたのはそこまでだった。

「どうして銃を使って威嚇《いかく》しないの？」

「効かないからさ。前に試してみたが、記憶によると、笑われておしまいだった。裏づけのない脅しは、脅しにならない。親父がよくそう言ってたよ」

「お父さんも警官だったの?」

「ああ、そうだ。いまは私立探偵をやってる。愉快な人で、どんな事件にもおもしろみを見いだすんだ。前に一度、根っからの悪党を相手にしたことがあるんだが、そいつの体には母親に会いにいくたびに蕁麻疹《じんましん》が出たと言ってたよ。仕事ではひじょうに成功した。親父のことだぞ、悪党のことじゃなくて」

キャリーは目をぱちくりさせて彼を見あげ、思わずにっこりした。記者たちの叫び声を頭から締めだした。「実の父が生きていたときは、笑い声が絶えなかったのを覚えてるわ。あなたは運のいい人ね、ベン」

「考えようだな。四人のきょうだいがいて、それがそろいもそろって全部おれより上の不愉快でお節介なやつばかり。しょっちゅう口を出してきて、ブラインドデートを設定したがるとしたら、どうだ? きみみたいにひとりっ子になりたいと、何度、夢に見たことか」

笑いながらキャリーは言った。「人はみんなないものねだりをするものよ。あなたは軽くウェーブのかかったセクシーな髪をしてて、それを少し伸ばしてるせいでよけいにセクシーに見えるんだけど、わたしのほうは板みたいにまっすぐな髪で――」

おれの髪がセクシーだと? 少し長めにしているからよけい? 「お世辞を言って、おだてるつもりだな? それに、きみには自分がどんなふうだか鏡で完璧に見えてるんだから、自分の――いや、やめておこう。あと少しだ、歩きつづけるぞ」

テレビのレポーターはカメラマンが追いつくのを待って、叫んだ。「やあ、キャリー。義理の父親が最高裁判所で殺された気分を聞かせてくれ」

キャリーは立ち止まった。「もう我慢できない」レポーターに言い返そうと、そちらに歩きだした。

ベンが腕をつかんで耳元にささやく。「黙ってろ。きみの存在自体が連中にはニュースになる。無視して、下を向いてるんだ。あと少しでなかに入れる」

ベンは呼び鈴を押し、声をあげた。「首都警察のベン・レイバン刑事です。なかに入れてください」

じっくりと見られているのがわかっていたので、のぞき穴にバッジを掲げて見せた。三つほど質問されたのちにドアが開き、ベンは連邦保安官と顔を突きあわせる恰好になった。二人は黙ってバッジを見せあった。

「あなたがどこにいるか、不思議に思ってたのよ」キャリーが言った。連邦保安官の背後には同僚がもう一人いて、やつれた顔をした年配の女性がその肩越しに顔をのぞかせていた。

「急いで入ってくれ、レイバン刑事とそこの女性。ウォレス判事を狙うハゲタカどもに殴り倒されるぞ」テッド・リックス連邦保安官が言い、背後の保安官が手の関節を鳴らした。

「そうとも、急いでくれ」

「連中がうろつきだして二時間になる。家に入れてもらうのがいちばん有益だと思ったんでね」リックスはにやりとした。「それに暖かい」

年配の女性が近づいてきた。「主人はあの方たちにお話しすることも考えてたんですけどね、もう少し威厳の保てる状況でないと、思いとどまったんですのよ。夫婦そろってここへ閉じこめられてしまって。主人は書斎におります」

二人の連邦保安官が脇によけると、ベンは女性に自己紹介をした。当然ながら、ミセス・ウォレスはキャリーを知っている。ベンは急いでつけ加えた。「念のために申しあげておきますが、この件に関しては、ミズ・マーカムは〈ポスト〉にはかかわりがありません、マダム。協力者として同行してくれました」

「ご愁傷さま、キャリー」ミセス・ウォレスは言った。「わたしたちみんな、それは悲しんでいるのよ。なかでもサムナーは打ちひしがれています」キャリーは黙ってうなずき、彼女の手を取ることしかできなかった。その手には力強さと励ましが宿っていた。ミセス・ウォレスは黒いウールのパンツにアメフトチームのたっぷりとしたスエットシャツ、屋内用のスリッパという恰好だった。キャリーの記憶にあるミセス・ウォレスは、寸分の隙なくドレスを優雅に着こなして、髪をきれいに整えた、自分の価値を知る女性だった。だが、いまはほとほと疲れた顔をしている。母とベス・ウォレスが友好関係を保っているのは知っているけれど、どれくらい仲がいいのか、キャリーにはわからなかった。

コートを脱いで、内側の小さなラグでブーツの底をぬぐうのを思いだしたのは、キャリーだった。ベンもそれにならった。キャリーが二人分のコートを玄関のクロゼットにかけると、ミセス・ウォレスから手招きされた。「さあ、こちらへいらして」連邦保安官は玄関に残り、リックスはのぞき穴から外をうろつく記者たちを見ていた。

ミセス・ウォレスは二人を先導して、長い廊下を進んだ。壁という壁、平らな面という面にアールデコの芸術品と一九三〇年代の工芸品が飾ってあった。オークの床に三人の足音が大きく響き、四メートル近い天井にその音がこだました。

「サムナーは打ちひしがれているんですのよ」ミセス・ウォレスはほかにいまの状況を差す言葉がないかのように、同じ言葉をくり返した。「あなた方にも想像がつくでしょうけれど」一瞬動きを止めて、背筋を伸ばした。突きあたりのドアをノックするなり、ドアを開いた。

室内は暗かった。ミセス・ウォレスはため息をついて暗がりのなかに入り、ランプの明かりをつけた。光の環がくっきりと浮かびあがり、老人はその円の中央の小さなソファに坐っていた。すっと背筋を伸ばし、脚のあいだで手を握りあわせて、前方を凝視している。

「ウォレス判事」ベンは声をかけながら近づき、バッジを取りだした。「首都警察のベン・レイバン刑事です。お話しをうかがわせてください」

ウォレス判事はゆっくりとベンを見あげた。そして、その先にいるキャリーに目をやった。

「キャリーか？　ここで何をしておるんだね？　なぜ警官が一緒なのだ？」

「ここへは記者としてではなく、義父の家族として来ました」

判事はゆっくりと立ちあがった。キャリーに近づき、腕のなかに抱き取った。キャリーの身長は判事とあまり変わらない。彼をぎゅっと抱きしめながら、牡牛のように屈強な老人だ、と思った。「スチュワートは立派な人間、立派な判事だった」ウォレスの声は喉にからんでいた。「どれほど寂しくなるかわからない」キャリーをさらに強く抱きしめた。

キャリーは泣きたくなった。おかしな話だけれど、泣かずにすんだのは、この男が自分の母親、つまり親友と思われていた同僚判事の妻に言いよっていたという事実のおかげだ。ウォレスを慰めたいと思う一方で、彼が自分のしたことを本気で後悔しているのかどうかが気にかかった。

しばらくすると、ウォレス判事が体を起こした。もう背筋が伸びている。ふたたび威風堂々とした最高裁判事の姿勢に戻った。

判事はベンに話しかけた。「坐らんかね、刑事？ ベス、コーヒーを頼めるか？」

キャリーはコーヒーを飲みたくなかった。だが、もうミセス・ウォレスは歩きだしていた。

「なぜきみがここにいるのかね、刑事？ ＦＢＩはどうした？ ご存じのとおり、二人の連邦保安官がわたしたちを警護してくれている。果たして同一犯による殺害の企てからなのか、マスコミからなのか、わたしにはわからんが。きみはどう思う？」

「両方でしょうね」ベンは答えた。「ＦＢＩのことですが、彼らもお話しを聞きにこちらへうかがう予定ですが、ウォレス判事、自分もＦＢＩが組織した捜査班の一員です。会っていただいて、心から感謝しています。さて、カリファーノ判事についてですが、どんな情報でもけっこうです、お聞かせ願えませんか」

ウォレス判事はため息をついた。「わたしたちを守るために、多数の守衛が配置され、厳重な警備態勢が敷かれている。なのになぜ、こんなことが起きるのだ？ 最高裁判所というのは、わが国の司法の礎《いしずえ》となる場所、わが政府の自由とバランスの象徴たる場所ではないのか？」

なんと雄弁な語りだろう、とベンは思った。とてもマーガレット・カリファーノを口説くような人物には思えない。事件のことを話してはいけない理由は見あたらなかった。「守衛の一人が煙草を吸うために外に出るのを、犯人は知っていたようです。その守衛の頭を殴り、制服を奪って、建物内に戻った。真夜中過ぎの静かな時間帯で、残念ながら犯人は殺害に成功しました」お粗末な話ではあるが、真実なのだから、しかたがない。「ウォレス判事、カリファーノ判事と親しい友人でいらしたとうかがっています。金曜日のことですが、ウォレス判事に何か変わったようすはありませんでしたか？　あるいはこの一週間ほどで？　どこか注意散漫だったり、悩んでいるようだったり？」

「いいや、まったくだ。スチュワートは金曜日もいつもと同じだったし、この一週間も変わりなかった。次の案件で死刑についてまた審議するのをいやがっていたのは知っているが、それを言ったら、わたしも同じだ」

「なぜですか、判事？」

「死刑反対論者が論を展開するのに、十六歳の少年がきわめて残虐な手口で三人を殺害した事件を使うのは適当でないと考えていたからだ。一九八九年に出された判決をひっくり返すかどうか、スチュワートは決めかねていた。リベラルな判事たちは過半数を得るために、スチュワートを引きこみたがっていた。何かとはたらきかけもあったようだ。スチュワートならどう決断したか、わたしにはわからないが」

「だが、その件を考えるために裁判所の図書室にいたとは考えておられないのですね？」

「可能性はある。一人で考えたいことがあったり、案件や今回のように物議をかもす問題を研究したいとき、スチュワートは図書室にこもるのがつねだった。あの場所に親しみのようなものを感じていたようだ。人としての根源を思いださせてくれるたくさんの本に囲まれているのが好きだったのだろう。あそこにいると、自分の仕事の意義を意識しやすいと言っていたよ」

「犯人になりうる可能性のある人物をご存じありませんか？」

ウォレス判事が手をこすりあわせた。それを見て、マクベス夫人のようだとキャリーは思い、そんなイメージが浮かんできたことを奇妙に感じた。沈黙の果てに、判事が口を開いた。重々しくゆっくりとした話しぶりは、法廷で意見を述べるときのようだった。「いいや、誰も思いつかない。過去にも、現在にも、わたしが知るかぎりでは」

「カリファーノ判事が個人のレベルで困っていたことはありませんか？　意見の相違とか、言い争いとか？」

「いや、それもないな。スチュワートは人から好かれる男で、幸せな結婚生活を送り、義理の娘も人気者だった」キャリーのほうを見て、笑みらしきものを浮かべた。

「あなたがいちばんのご友人だったとか？」

「彼とは長いつきあいになる。どちらもハーバード・ロースクールに通い、当時はよくクラブに入り浸って酒を飲んだものだ」黙りこんで、ため息をついた。

懐かしい青春時代。ベンは最高裁判所の判事もかつては若くて愚かなことをしでかしたであろうことに思い至ったが、それでも想像するのはむずかしかった。ウォレス判事は最高裁判事の一人という、大統領をファーストネームで呼べる地位にある。

　そろそろ核心を突かなければならない。サビッチから受けた注意がよみがえった。「いいか、ベン。どの判事からやり玉に挙げられてもおかしくないことを忘れるな。如才なくふるまって、敬意を払え」しかし、何をどうしても敬意を払えない質問もある。銃殺隊がライフルを構える音が聞こえるようだが、頭のなかで質問を準備し、無理やり口から押しだした。

「教えていただきたいことがあります、判事。マーガレット・カリファーノと個人的なおつきあいはありましたか？」

　ウォレス判事の目が光った。怒りか、あるいは困惑か。いや、困惑ではない――だとしたら、なんだ？　自分が観察されていて、そのことに発言を求められた驚きか？　そうかもしれない。判事はわずかに青ざめ、ゆっくりと息を吸いこんだ。ベンは叱責《しっせき》に備えて身がまえた。脅される可能性もある。キャリーがウォレス判事に視線をそそいでいるのがわかった。

　だが、判事の返答はあっけないものだった。「くだらん」

「ほんとうに、くだらない」ミセス・ウォレスが戸口から言った。「よくそんなことが言えたものね、お若い方。あなたがいま話しているのは、合衆国最高裁判所の判事なんですよ」

　ベンは謝りたいのをぐっとこらえて、ちらりとキャリーを見やった。いまだ判事の顔を凝視したまま、じっとしている。

ミセス・ウォレスの話はまだすんでいなかった。「そんなことがサムナーにできると考えること自体、どうかしていますよ。わたしたちはスチュワートとマーガレットの両方と友人なんですから、わたしに対する侮蔑でもあるわ、刑事さん。夫はわたしに対して昔から変わることなく誠実です。いまこんなときに、スチュワートの殺害がらみでそんなことを尋ねるなんて――許せません」運んできた銀のトレイが震えていた。キャリーがさっと立ちあがり、トレイを受け取った。

ミセス・ウォレスが入ってくるのがあと二分遅かったら、とベンは思わずにいられなかった。よりによって、最悪のタイミングで登場するとは。こうなると、答えは一つしかありえない――否定だ。ベンはうなずきながら言った。「おふた方にお詫びいたします。警察官にはときに、自分の意に反して尋ねなければならない質問があるものです。では、ふたたびカリファーノ判事のことをお尋ねします。カリファーノ判事を殺したいと思うほど憎んでいる人物に心当たりはありますか？」

「あるわけがなかろう」ウォレス判事は即答した。「そんな疑問があって、たとえば脅迫状が届くようなら、すぐにFBIにまわされていた。そうしたことは捜査局が担当する。だが、判事のなかで、もっともそうしたものに縁遠そうなのがスチュワートだった。いいかね、刑事、わたしたち九人の判事は、一日の大半を最高裁のなかで過ごす。わたしたちは、熱弁をふるう被告側の弁護士ではないし、犯罪者に判決を言いわたすこともない。そういうことから長いあいだ遠ざかっている」

気詰まりな沈黙をはさんで、ウォレス判事が言った。「テロリストの犯行だとは思っていないのだな、刑事?」

「わからないのです、判事。だからこそ、二人の連邦保安官があなたの警護にあたっています。この事件が解決するまで、警護は続きます。それでですね、判事、申し訳ないとは思いますが、参考のためにお聞かせいただきたい。昨夜はどちらにおられましたか?」

判事は片方の眉を吊りあげて答えた。「妻もわたしも昨夜は家にいて、隣りに住むブレア一家とブリッジを楽しんでいた。彼らは夜中近くに帰っていった。そうだったな、ベス?」

ミセス・ウォレスがうなずいた。「そのあとわたしたちもベッドに入りました」誰も手を触れていない美しい銀のコーヒーポットを見おろす。「イライザ・ビッカーズのことをお話ししておいたほうがいいのではなくて? スチュワートの助手ですけどね、感じのいい女性とは言えないんですよ」

ウォレス判事が顔をしかめて妻を見た。「彼女について伝えるべきことなどないよ、ベス」それでもミセス・ウォレスが口を開こうとすると、判事はさえぎるように言った。「イライザは最高裁判所でもっとも優秀な助手の一人だ。スチュワートと角突きあわせては、つねに論争していた。思うところがあるときは、ひときわその傾向が強く、スチュワートに自分の意見を押しつけたいときは、彼を執務室から出そうとしないほどだった」判事はため息をついた。「彼女がスチュワートについて一年半近くになる。きわめて珍しいことながら、スチュワートは彼女を二年以上使うつもりだとしきりに言っていた」

ベス・ウォレスが悪意のしたたる声で言った。「彼女はスチュワートを嫌っていたんですよ。間違いありません」

おかしな展開になってきたと思いながら、キャリーは尋ねた。「ミセス・ウォレス、なぜそう思われるのですか？」

「ばからしい」ウォレス判事は妻に口をはさむ隙を与えなかった。「めったに裁判所に来ないおまえに、なぜそんなことがわかるのだ？」

「あなたの助手の一人、タイ・カーティスから聞いたんですのよ、サムナー」

判事は眉をひそめたものの、乾いた笑い声とともに、手を振って否定した。「タイが自分より優秀な彼女を嫌っているからだ。そんな話は忘れなさい、ベス」

ミセス・ウォレスはコーヒーポットをじっと見て、それ以上は何も言わなかった。

判事夫妻に敬意を払ってその場を辞したベンとキャリーは、いまだ玄関の脇に立っていた二人の連邦保安官と握手をした。ベンはこのとき早くも、ミセス・ウォレスが一人のときに話すにはどうしたらいいか、策を練りだしていた。外にはまだ記者たちがおり、大声で質問を放っているが、彼らがそれに対して受け取ったのは、キャリーが手早く丸めて放った硬い雪玉一つだった。雪玉はある記者の頭に命中した。

「手近なものを利用すべきだと言うのがおれの持論だ」ベンは言った。「悪くない攻撃だったぞ」

キャリーは大笑いする記者たちに軽く会釈して、車に乗りこんだ。「で、次はどこへ行くの？」降りしきる雪の向こうに、ＦＯＸテレビのボブ・シンプソンの顔が見えた。何カ月か前にキャリーに振られて、がっくりしていた男だ。キャリーは彼に向かって小さく指をひらひらさせた。「ほかの人たちもウォレス判事に話を聞きにくるの？」

「ああ、来るよ」ベンがクラウンビクトリアをそろそろと公道に出す。

キャリーは窓の上の持ち手をつかんで、飛びすさっていく世界を見た。さいわい車の数は多くない。ワシントンの住民はその評判にたがわず、自衛本能に従って生きているのだろう。

「きみをコールファックスに送ってから、ＦＢＩの本部に向かう。第一回の組織的な会合が開かれるんだ。これほど危険をはらんだ事件を担当するのははじめてだが――」

ベンは蛇口を締めるように、ぴたっと口を閉ざした。

「だが、何？」

「きみは民間人だ、キャリー。おれと一緒にこの車に乗ることすら、本来なら許されない」

「そう興奮しないでよ、レイバン刑事。わたしは――」

「ベンでいい」穏やかに言った。「きみはおれの髪をセクシーだと言った。そのあとで堅苦しいのはいやだろう？」

キャリーは笑いたいとすら思わなかった。「ベン、その件については、もうサビッチ捜査官と話がついてるのよ。いいかげんにあきらめたらどうなの？　あなたの髪がセクシーかどうかは関係ないわ。わたしもその会合に参加したいの」

ベンはクラウンビクトリアをバージニア方向に向けた。

キャリーが不満げな足取りでケタリングの家に入るのを見届けてから、ベンはフーバービルディングに向かった。サビッチが正式な捜査に民間人を参加させた主たる理由を本人に打ち明けるかどうか知らないが、ベンが思うに、サビッチは自力で調べると言ったキャリーの発言を信じ、そのせいで犯人の目に留まるかもしれないことを恐れたのだろう。ベンの願いはキャリーの身の安全。あの大口叩きの記者の警護を何よりも優先させなければならない。

9

ベセスダ海軍病院、メリーランド州

サビッチは連邦最高裁判所警察に所属するヘンリー・ビッグズのたるんだ灰色の顔を見おろした。その頭部には幅広の包帯が巻かれている。前もって仕入れてきた情報によると、彼は五十になる妻帯者で、すでに成人した三人の子がいる。警察官として安定した日々を送ってきたビッグズだが、残念なことに、喫煙習慣を捨てられなかった。いまはベッドにあお向けに横たわり、身動き一つせずに腕から点滴を受けている。目は閉じられ、息は少し苦しそうだった。かなり具合が悪そうだが、加熱バッグを透かして胸が上下するのが見える。長いあいだ雪の降る屋外に置き去りにされていたので、体温を安定させるための処置だ。凍え死んでいてもおかしくなかった。そのとき、人の気配を察したのか、瞼《まぶた》がぴくりとし、ゆっくりと目が開いた。サビッチの背後から、ドクター・ファラデイが声をかける。「ビッグズさん。ＦＢＩの捜査官が二人、話を聞きに来てますよ。ほんの短い時間です。起きられそうですか？」

「あの野郎を捕まえて」ビッグズ巡査はつぶやいた。「電気椅子に送ってくれ」

シャーロックは彼の腕に触れた。「任せておいて、ビッグズ巡査。電気椅子でぱりぱりにしてやるわ」

ビッグズが苦労して笑顔になろうとした。「あんた、FBIか?」

「ええ」シャーロックは答えた。「二人ともね。何があったか知りたいから、思いだせるかぎりの情報を提供して。疲れてどうしようもなくなったら、そこで休みにするけど、早急にあなたに協力してもらう必要があるの」背後で医師が落ち着きなく身じろぎするのを感じたシャーロックは、ふり返って明るい笑みを浮かべた。「わたしたちはこれから彼を拷問にかけます。彼が疲れたら立ち去りますので、先生、部屋を出ていただけますか?」

甘くて鋼《はがね》のような声でシャーロックに言われたら、誰も逆らうことはできない、とサビッチは思った。

ビッグズ巡査はしばらくサビッチを見てから言った。「あなたが仕切ってるんだろう、サビッチ捜査官?」

「仕切ってるのはFBIさ、ビッグズ巡査」

「じゃあ、最高裁判所警察の執行官たちが全部をお膳立《ぜんだ》てしてるわけじゃないんだな?」

なぜビッグズがそんなことを考えたのか、サビッチにはわからなかった。「当然、アリス・アルペルン執行官とその部下たちもかかわることになる。あなたは運がよかった、ビッグズ巡査。あなたの友人のクレンデニング巡査があなたを心配して、外に出たんだ。犯人はあなたを殴り倒し、縛りつけた状態で壁際に置き去りにしていた」

「で、そいつがなかに入ったとき、誰もおれじゃないのに気づかなかった」

サビッチは言った。「そうだ。だが、いま巡査全員から話を聞いている。誰かしらが何かに気づくなり、異常を察知するなりしていたかもしれない。警報装置が鳴りだしたときには、すでに犯人は立ち去っていた。

さあ、いいぞ、ビッグズ巡査」サビッチはかがんで灰色の顔をのぞきこんだ。光が弱まってきた瞳に痛みと怒りがちらついている。「今週のこと、とくに昨日のことを思いだしてくれ。うろついている人物を見かけなかったか？　あたりをうかがったり、佇《たたず》んだり、いったん出ていって戻ってきたり。あなたの目を惹いた挙動不審な人物だ」

ビッグズ巡査は目をつぶった。ゆっくりと首を振る。「裁判所から一ブロックもない場所に住宅街があるから、人がうろついてるのはいつものことなんだ。おれが勤務中の夜のほうがめだつんだが、これといって気にならなかった」

「おれたちが帰ったあとも考えて、何か思いだしたら、電話してくれ。さて、昨夜のことだ。十二時十五分過ぎ、最後に煙草を吸ってから二時間がたっていた。あなたはいらいらとして落ち着かなかった。煙草をやめたいと思っているあなたとしては、休憩を飛ばしたかったが、奥さんと喧嘩をしたあとで、むしゃくしゃしていた。外に出るのは気が進まなかった。寒いし、雪がちらつきだしている。それでも、どうしても一本吸いたかった。その先どうしたか、教えてくれ」

「なんで女房と喧嘩したのを知ってるんだ？」

「奥さんに聞いたのよ」シャーロックが答えた。「とても心配して、許してほしいと言ってらしたわ」

痛みに曇った瞳に、一瞬光が射した。「原因は長男さ。いま考えてみるとたいしたことじゃない気がする。だが、あいつと言いあいになって、えらく腹を立ててしまった」ビッグズ巡査は言った。「そう、昨晩のことだったな。おれが担当してるのは、一階の大ホールから法廷内までだ。つねに目を光らせ、変わった物音がしないかどうか耳をすませながら、巡回する。それなのに、カリファーノ判事が死んでしまった。あんないい人が、おれのせいで」

シャーロックは彼の腕に手を伸ばし、そのまま引っこめなかった。「カリファーノ判事が入ってきたのは、見てたの？」

「いいや。だが、同僚がそう言ってた。カリファーノ判事はよく来た。いつ来てもおかしくなかった。ちょっとした冗談になってて、判事が何時にくるか賭けをしたもんさ。奥さんと喧嘩して、追いだされたんだろうって、笑い話になってたよ」

「なぜ昨晩、裁判所に来たのか、心当たりはないんだな？」

「誰かが言ってたな——考えなければならないことがたくさんあるとかなんとか、カリファーノ判事が入口のところで言ってたって。で、ジェリー・クインシーは火曜日に審理を控えてる死刑のことじゃないかと思ったらしい。十六の小僧が三人殺害した。もちろんいまは十六どころか、三十近いが。ジェリーは判事が図書室に向かうのを見た。あそこが判事のお気に入りの場所なんだ。アーチがあって、本があって、そりゃあきれいな部屋なんでね」

ビッグズ巡査が目をつぶって唇を舐《な》めたので、サビッチは待った。シャーロックが痛みをやわらげようと、彼の額をなでている。

「それで、あんたが言ったとおり、十二時十五分ぐらいだったよ、サビッチ捜査官。おれは煙草欲しさに、肘を囓《かじ》りそうになってた。で、上司のミセス・パークスに言ったら、外に出て吸ってこいと言ってくれた。おれはロッカーからコートと手袋を出してきた。地下にあるんだが、知ってるか?」

「ああ、知ってる」

「おれはそこから外に出た。インフォメーションデスクの脇にある側面のドアを使った。建設工事中で、ハリウッドの未完成のセットみたいだった。木材の山やら簡易トイレやら一時的な建物やらがならんでて、白い雪がそのすべてを包みこんでた。きれいな景色だったが、そりゃあ寒くてね。あまり風がないのがせめてもの救いだった。おれは煙草に火をつけた。どんなに深々と吸ったか、あんたには想像もつかんだろうさ。グリナに対する怒りがすっと消えた」巡査はそこで言葉を切った。肺の奥深くまで煙を吸いこんだ感覚を思いだしているのではないか、とサビッチは思った。

「おれは立ったまま壁に肩をつけて、つらつら考えだした。息子はロースクールに通ってるんだが、それで困ったことになってた。それと、グリナとの喧嘩——そのとき何か、聞こえてはいけない音が聞こえた。おれたちは訓練を受けてるから、音の区別がつく。どれが建物や風の音で、どれが本来聞こえないはずの音なのかがわかる。人や物が大理石と接触する音も区別がつく。大理石に指を這《は》わせる音だってわかるぞ。そういう音には神経が研《と》ぎすまされるもんだ。それはともかく、おれが銃に手をやってふり返ると、何かで頭を殴られた。気を失ったよ、サビッチ捜査官。それきりだ。地面に倒れたことすら覚えていない。目を覚ますとここにいて、看護師が面倒をみてくれていた」

「すばらしいよ、ビッグズ巡査。さあ、リラックスして、もう一度考えてみてくれ。あなたは煙草を吸いながら、息子さんのことを考えていた。すると、物音が聞こえた。どんな音だった?」

「背後の仮の建物の裏に人がひそんでいるような音だった。しかも、二メートルと離れていない位置に。なんだろう、と思ったのを覚えてる。〝誰だ?〟と、声をかけたぐらいだ」

「二メートルもしないところから、物音が聞こえたんだな?」

「三メートルなかったのは、確かだ。あそこの建築物を見たろう? 建物のすぐそばに建ってる。ああ、すぐ近くだった」

「物音を聞いてから、頭を殴られるまでの時間は?」

「ほんの数秒ってところだ。さっきも言ったとおり、おれは物音を聞くとすぐに、はっとしてふり返った。銃まで抜いてな。そしてふり返ると同時に後頭部をがつんとやられた」

シャーロックが言った。「相手は二人だと思う、ビッグズ巡査? 一人があなたの気を惹いてふり返らせ、もう一人がその背後に近づいたとか?」

巡査の目がふたたび閉じられた。サビッチは励ました。「そうだ、もう一度思いだしてみてくれ。そのとき何を考え、何を聞いたか。いいか。あなたはそこに立っている、ビッグズ巡査。そして、神経を尖らせて、耳をすませている。警戒しているんだ」ビッグズ巡査が絶望に満ちた暗い声で言った。「いま本気で集中してみたが、一人だったと思う、サビッチ捜査官。おれの気をそらして、そちらに向かせるために、何かを投げたのかもしれない」

シャーロックは彼の腕をなでて、手を握った。

「二人いたんなら、両方の気配を感じたはずだ――この手のことには、恐ろしく感覚が鋭いほうなんでね。それでも、犯人はおれを出し抜き、殴り倒した」

「ありがとう、ビッグズ巡査。また話を聞かせてもらうが、こんどは具合がよくなってからだ。休んでくれ。貴重な情報を提供してくれて、感謝してる」

「アルペルン執行官は何か知ってるのか？　今回の事件をどう考えてる？」

「あなたが早くよくなるように祈ってたわ」シャーロックが答えた。「あと少ししたら顔を見にくるからって、彼女からの言づけよ。いまフランク・ハリー捜査官が執行官から話を聞いてるの。今回の件で考えていることがあるなら、彼女から直接あなたに話があるはずよ」

「彼女はいい上司なんだ。部下から哀れみをかけられるのをよしとする人じゃない。彼女から首にされないといいんだが」

シャーロックは病室を出ると、外にいた守衛にうなずきかけた。静かな通路を歩きながら言った。「彼はこれから死ぬまで、この件を背負って生きていくのね」

「ああ。そして二度と煙草を吸わないだろう」

二人は待合室でビッグズの妻を見かけ、通りすがりざまに、励ますようにうなずきかけた。

「さて」サビッチは言った。「本部に戻らないとな。おれが任命されたことで、フランク・ハリー捜査官からどんないちゃもんをつけられるやら」

二人は横殴りの雪のなか、入り組んだ巨大な建物群をあとにして駐車場に向かった。ポルシェに乗りこむなり、サビッチはヒーターを最大にした。シャーロックは手袋を外しながら言った。「フランクなら乗り越えてくれるわ。それがミュラー長官の希望だもの」にやりとして、夫の腕に触れる。「わたしたちのほうが優秀だって、わたしから言っとく。そのあとあなたが彼をジムに誘ったらいい」

サビッチは笑みを返し、雪ですべって消火栓にぶつかりかけた車を立てなおした。「なんにしろ、フランクは優秀だ。情報収集の面であてにしてる。たとえ、地位や年齢にこだわる古いタイプの人間にしてもね」

シャーロックは六メートルほど前方で角を曲がろうとしているSUVを見ながら、縄張り争いについて考えた。ここのところ、昔気質の捜査官の引退が相次いでいる。ミュラー長官の号令のもと、FBIは組織の再評価と再編を進め、テロリズム対策と国防を優先順位のいちばんに据えた。大統領からはすべての政府機関が横の連絡を取り、情報を共有して力を合わせるようにという指示が出ており、そのコンセプトがようやく浸透しつつある。だが、いまだ自尊心や競争心が邪魔をして、思いどおりにはいっていなかった。

一大事件を前にして、ミュラー長官は副長官のジミー・メートランドともども、みずから陣頭指揮にのりだし、そのメートランドがサビッチの上司だった。少なくとも表面上は、どちらからも波風を立たせるわけにはいかない。

10

FBI本部

「教えてもらいたいもんだな。なんでおまえが責任者なんだ、サビッチ？」

案のじょうの態度を取るフランクに半ば安心して、サビッチは気楽に答えた。「指揮してるのはおれじゃなくて、ミュラー長官とジミー・メートランド副長官だ。おれは食物連鎖の下にいる」

長官と副長官が来ていないいまなら、フランク・ハリーも腹の内をぶちまけられる。フランクはサビッチとシャーロックが五階の広い会議室に入るなり、何人かずつ固まって立っている五十人ほどの捜査官たちから二人を切り離した。会合前の会議室にはざわめきが満ち、この九時間のうちに行なわれた事情聴取と最新の報告書の内容がやりとりされていた。

「まあ、おまえはそう言うだろうが、にしたって、ほかの捜査官ほど低くはないぞ。事情聴取の分担を決めるのも、ビッグズとのやりとりをするのもおまえだし、捜査全体の方向性を調整するのもおまえだ。なんでこのおれじゃない？」

組織にはエゴと縄張り争いがつきものなのだろうと、シャーロックは思った。FBIの規模と官僚主義を考えたら、むしろよくこの程度ですんでいると言っていい。フランクの腕をそっと叩いた。「ディロンが需要人物の事情聴取を担当するのは、彼が優秀だからよ、フランク。何か問題があるんなら、長官に相談して。そうじゃないんなら、自分を抑えて、みんなと足並みをそろえることね。いいかげんにしないと、下のジムに引きずっていって、マットに叩きつけてやるわよ」

勤続二十年あまりの古株捜査官といえども、シャーロックを叱りとばすほど腹を立てるのはむずかしい。フランクはにやけ顔で彼女を見おろした。巻き毛の美しい小柄な妖精を目の前にすると、つい頬がゆるんでしまう。「体格が倍のおれを本気で倒せると思ってるのか？」

「興味ある？　いつか試してあげる」シャーロックは一級品の笑顔で言い返した。「ところで、あなたに訊きたいことがあるんだけど。ほんとに書類の処理を一手に引き受けたいの？マスコミ対策も？　そんなのばかげてると思わない？　あなたは今回の捜査になくてはならない人よ。あなたが得意とする現場にいてよ、フランク。何かが起きるのはそこ、わたしたちが時間の大半を割くのはそこなんだから」

だが、フランクはそれでも食いさがらずにいられなかった。「こんなことがあるか、サビッチ。おれに任されるべき事件で、二番手扱いされてるんだぞ。これはおれが担当すべき事件なんだ」

別の捜査官に話しかけていたシャーロックが、フランクの左肘の背後から言った。「誰を選ぶかは、ミュラー長官の気持ち一つよ。あきらめるしかないわ、フランク」

フランクは言葉を退けるように、手を振った。「よしてくれよ。アルペルン執行官と一緒に裁判所の床を拭かされるのがオチさ。じつを言うと、彼女の話を聞いて、あの頭でスラムダンクしてやりたくなった。そりゃそうさ。彼女の部下、あのばか野郎のビッグズ巡査が煙草を吸いに外に出た。あげく、新米警官よろしく、まんまと倒されたんだからな」

「それはそうね」シャーロックは言いながら、アルペルン執行官はフランクの追及を受けて保身にまわったのだろうと想像した。いまだ彼女から有益な情報を引きだせていない。

「おっと」サビッチが言った。「お歴々の登場だ。席につこう。話しあって決めなければならないことがたくさんある」

フランクは席につきたくなかった。サビッチの両腕を折ることしか考えられなかった。だが、団体行動を優先しなければならないのは火を見るより明らかだった。捜査局で生きてきた人間として、それ以外の選択肢はありえない。だが、今回はそれがやけにきつかった。最高裁判所の図書室で判事が殺されるなど、前代未聞のできごとだ。キャピトルヒルの頂に建つ気取ったギリシアの神殿、すなわち連邦最高裁判所は、ワシントンでもっとも警備しやすい場所だと考えられてきた。そしてここにいるフランク・ハリーは、犯罪捜査課一の腕利きであるにもかかわらず、ミュラー長官はフランクの課よりもコンピュータを使ったサビッチの課を重んじた証しとして、サビッチを捜査責任者に任命したのだ。

「ミュラー長官」

全員が居ずまいを正し、FBI長官が上層部や議会、そしてマスコミで何が問題にされているかを話すのに耳を傾けた。長官は最後にこう締めくくった。「われわれには、この忌むべき犯罪を犯した人間あるいは人間たちを捕まえるだけの資源が与えられている。わたしはきみたちを信頼している。世界一優秀な警官であることを証明してみせてくれ」長官は質問がないかどうか室内を見まわしたあと、ジミー・メートランドに次を託した。メートランドはこれが国家およびFBIにとっていかに重要な捜査であるかを端的に述べた。「カリファーノ判事は最高裁判所警察の鼻先で殺された。こちらが好むと好まざるとにかかわらず、われわれも連邦政府に雇われた警官である以上、同じ苦境に立たされ、われわれ全員が同じブラシで色を塗られている。何がなんでもこの事件を解決しなければならない」メートランドは捜査責任者としてサビッチを紹介した。サビッチは講演用の台に近づき、マイクの高さを調整した。上司より一〇センチ以上背が高いからだ。

五十数名の捜査官と、CIAから派遣された職員、財務省検察局員、国土安全保障省の職員を見わたした。「われわれ全員がもっとも恐れているのは、カリファーノ判事の殺害がテロリストの犯行であることだ。国土安全保障省とCIAの両者はこの可能性をあらゆる角度から検討し、世界じゅうの政府に連絡を取り、それを示唆する情報の提供を求めている。しかしながら、現在われわれは、いくつかの理由でテロリストの仕業ではないとの結論に傾きつつある。それを裏づける情報はなく、その手の行動を考えているグループが存在する気配もなければ、テロ組織による犯行声明も出されていない。また今回の手口は、国外に拠点を置くテロ組織のいずれの手口とも一致しない。一方、過激派や狂信者など、自国のテロリストが社会的な地位のある人物の暗殺を試みる可能性はあるものの、だとしたらなぜ最高裁の長官でないのかという疑問が残る。そのほうがより世間の注目が集まり、混乱が深まっただろう。

そう考えてみると、どこのテロ組織がどんな理由でカリファーノ判事を殺害対象に選ぶだろう？ カリファーノ判事はほぼ穏健派とみなされてきた。いや、多少修整を加えておけば、ほかの判事と同じように、対象となる問題によって右から左まであらゆる立場をとりうる人物だった。たとえば、差別撤廃措置に関してはおおむね保守的な立場をとる一方で、職場におけるセクシャルハラスメントについては広義の定義を支持していた。問題によって立場のぶれる判事はほかにもおり、つまり、カリファーノ判事は主たる殺害対象となる人物とは思えない。

忘れてならないのは、殺害犯がきわめてリスクの高い筋書きに従っていることだ。最高裁判所警察の巡査を文字どおり殴り倒し、制服を奪って、建物内に侵入をはかった。いくら原理主義的な思考の持ち主だとしても、この行動に伴うリスクは大きい。そして、そのあとカリファーノ判事を絞殺して、そっと抜けだす。これは爆破犯や、群衆内での銃撃犯がとる行動ではない。単独で、しかもきわめて秘密裏に動いている男の行動だ。

すでにきみたちの多くが考えているように、単独犯行の可能性が高い。犯人は至近距離で直接に手をくだしている。復讐の線は可能性としてありうる。スチュワート・カリファーノ判事はニューヨーク州の地方検事、検事副総長、検事総長を歴任したのち、一九七九年にはニューヨーク州の最高裁判所の陪席判事となり、そのころにはドラッグの取引や組織犯罪の起訴を担当している。つまり二十年服役した犯人が、彼の殺害を計画する可能性があるわけだ。したがって今後、彼のかかわった事件のうち、世間の注目を集めた事件をすべて洗いださなければならない。

同時に、われわれにはテロリストや異常者による犯行ではないと断定する猶予も与えられていない。判事の殺害がさらなる攻撃の端緒にすぎないかもしれないからだ。判事のみならず、国会議員に対する警備が強化された。承知のとおり、連邦司法官が判事に付き添うのは旅行の場合だけだが、いまは一時的な措置として週七日、二十四時間態勢が敷かれている。

きみたちの多くがおもに苦い経験を通じて知っているように、マスコミはこちらの動きをいちいち追跡し、この事件にかかわっている人物を割りだせば、その人物を徹底的につけまわす。そこできみたちに期待されるのは、プロの姿勢だ。マスコミの質問に対してはすべて、副長官のメートランドに公式コメントを求めるように伝えてもらいたい。

いまこちらにはカリファーノ判事の通話と面会の記録、助手や秘書の分を含む自宅と執務室のコンピュータのすべてがある。また、最高裁判所が審理することになっていた案件の一覧と、人種問題や中絶、個々の死刑判決など、この数年でカリファーノ判事が裁定をくつがえすにあたって決定的な役割を果たした案件を列挙してある。うんざりするほど長い一覧だが、一つずつ検討しなければならない。

知ってのとおり、現場検証と予備的な事情聴取はすでに始まっている。きみたちを四人ずつ十二のチームに分け、このあとオリー・ヘイミッシュがチーム編成と担当業務を張りだす。各自の能力と経験に配慮したつもりだ。ＦＢＩのさまざまの部署から捜査官を集めることができて、たいへん幸運だと思っている。ミュラー長官が言われたとおり、われわれは世界一優秀な警察組織、情報機関として、今回の事件を早急に解決しなければならない。ところで、きみたちにはまだ馴染みがないだろうが、今回の捜査にあたってわたしの課から画期的なツールを提供する。わたしの課では数多くのコンピュータプログラムを開発し、その結果、データ発掘能力と人工知能エンジンを組みあわせることに成功した。そのプログラムはわたしが愛用するラップトップ機にちなんで、ＭＡＸと呼ばれている。これはきわめて有効なプログラムで、この重大事件を機にきみたちにも利用してもらえるようにする。その潜在的な能力の説明は捜査官のドラッカー、ブルナー、ハートに任せる。今回の捜査において、彼らから協力を求められることがあるだろう。それによってきみたちが手に入れるのは、ＭＡＸがもたらしてくれる情報という恩恵だけだ。彼らと一度も働いたことがないと心配の向きには、細部に目の行き届く優秀な人物たちだと伝えておく。混沌《こんとん》に包まれているとしか思えない状況に陥ったとき、彼らがＭＡＸの能力を活かして尋常でない力を発揮するだろう」

サビッチはいったん言葉を切った。「では、解散の前に、まだカバーしきれていない方面の捜査について、意見があったら聞かせてもらいたい」

捜査官たちは率直な意見交換を求め、まもなくその矛先はサビッチが大きな掲示板に張りだした犯行現場の写真へと向けられた。ミーティングはメートランドが立ち去ったのちも長く続いた。その間に大量のコーヒーが消費され、室内の暖かさをよそに、窓には雪が積もった。やがて上階のカフェテリアからサンドイッチとピザが配達され、休憩となった。

フランク・ハリーは、サビッチが見かけたことのない大柄な男に話しかけているのに気づいた。出入口付近に腕組みして立つその男は、黒のパンツと白のシャツ、黒のタイ、黒の革のジャケットという、隙のない恰好をしていた。険しげな表情から、頭のよさとそれを自覚していることが感じられた。フランクは男に近づき、正面に立った。

「何者だ?」

「首都警察のベンジャミン・レイバン刑事だ」

フランクはサビッチに話しかけた。「なんで地元警察がここにいるんだ、サビッチ?」

「たまたま最高裁の建物がワシントンDCの管轄にあったからさ、フランク。捜査を主導するのはこっちだが、レイバン刑事は首都警察本部の本部長との連絡係をつとめる」

フランクはもう一度ベンを見てから、まだ開けていないピザが二箱残っているテーブルに向かった。

「フランクのことは気にするな」サビッチは言った。「優秀な捜査官なんだが、身内を守ろうという縄張り意識が強いんだ。で、ミズ・マーカムをどうやって厄介払いした? ここに入りたくて、きみについてまわっただろう?」

ベンは豊かな髪を手で梳《す》いて立たせた。「厄介払いしたわけじゃないぞ。コールファックスの家まで安全に送り届けたんだ。彼女につけられなくてラッキーだったよ。あの女なら、守衛にうまいことを言って、入ってくるだろうからな」

　サビッチは笑い声をあげた。「恐ろしく優秀そうな女だよな、ベン。鋭くて洞察力がある」

「かもな。だが知ったことか。おれにわかるのは、彼女が厄介な女だってことだけだ。ウォレス判事の家でも、記者を殴りたがったんだぞ。信じられるか？　自分も記者だってのに」

「まあ、そうだな。カリファーノ判事が彼女の義理の父親で、逆の立場にあることを忘れるなよ。しかも、彼女はいまこちら側にいる。彼女を使って、話をさせるんだ。いまは本人も気づいていない事実を知っているほうにおれは賭ける。脳みそのなかにあって、出る機会を待っている事実があるはずだ」

「じつを言うと、すでに彼女の有能さは証明されてる」ベンはそう前置きし、サムナー・ウォレス判事がマーガレット・カリファーノにちょっかいを出していたことを伝えた。「あまりのことにたじろぐだろ？　あの判事には孫もいるんだぞ」

「その点については一考の余地があるな」サビッチは言った。「きみの言うとおり、キャリーは表彰ものだ、よくやってる。彼女からそれを聞いてからは、きみも彼女が〈ポスト〉に材料を提供しないと信用できたろ？」

「そりゃ、たしかに、いまのところはまともにやってるがな。ところで、さっき言ったとおり、おれは彼女をケタリングの家で降ろしてから、こちらに戻ったんだが、何度か溝に落ちそうになった。道路はひどい状態だ」

「予報では今夜にも雪が小降りになり、明日には上がるそうだ。できることなら、凍結しないでもらいたいもんだ。道が凍ると、車での行き来に苦労する」

「それでも、ここのピザがうまいのだけが救いだよ」

「ああ。捜査のあいだ、捜査官はここに足留めされることが多いから、カフェテリアからぞくぞくと好きな食べ物が提供される。シャーロックが評価してない唯一の料理は、メキシカンさ。おっと、ハリー捜査官がまたこちらを見てるぞ。自分がミュラー長官から指揮官に指名されるべきだったと思ってるもんだから、機嫌が悪くてさ。大目に見てやってくれ」

「気にしてないよ。首都の仲間はみな興奮しきりだ。ラッキーなことに、おれは現場任務の責任者にしてもらえた。あんたのほうで必要なときには、一ダース程度の警官を動かせる」

「任務を割り振るから心配するなよ」

「ところで、サビッチ、尋ねたいことがあるんだが。ケタリング保安官はどうしてる?」

サビッチは満面の笑みを浮かべた。「そうか、おれたちが出会うきっかけだったたな。あの二人はテネシー州のジェスボローに戻って、マイルズはいま、新しいヘリコプター用の施設をあちらに建設中、ケイティはジェスボローの保安官に復帰したよ」

ベンが首を振る。「有能って意味じゃ、彼女こそ有能だよ」

「おれたちも有能であらねばな」サビッチは言った。「夜中にキャリーから電話をかけられて、口角泡を飛ばしてどなられたくない。ウォーレス判事の情報のお礼を彼女に言っておいてくれ。そのつながりで何か興味深い事実が明らかになりそうだ」

「ああ、そうだな。彼女をおれにつけてくれた礼は、もう言ったっけか？」

「いや。きみからは感謝の言葉一つ聞いてないぞ。ベジタリアンピザが何枚か残ってる。ウォレス判事とその奥さんとのあいだでどんなやりとりがあったのか、食べながらじっくり聞かせてもらうとするか」

11

彼女が真正面に走りこんできた。長いストレートの髪を振り乱し、両腕を激しく振りながら。目が血走っている。叫んでいるのはわかるが、目の前にいて、こちらに向かって叫んでいるのに、声が聞こえない。近くに、すぐ近くにいる彼女の恐怖が、みずからのもののように感じられた。

そして次に気づいたとき、彼は丘の上にあるあの大きくて美しい家のなかにいた。明かりがすべてついている。リビングのソファをふり返ると、前後に体を揺する彼女がいる。厚い髪がベールのように顔を隠し、背後では暖炉の火が煌々《こうこう》と燃えている。物音がした。彼は天井を見あげ、ひそやかな足音に耳をすませた。

そしてゆっくりと、全身に警戒心をみなぎらせて梯子《はしご》をのぼったが、屋根裏には誰もいない。と、すばやく力強く何かが飛んできた。コウモリのような、超自然物のような何かが飛んできて、後ろざまに倒され、息ができなくなった。

サビッチははっとして起きあがった。息が荒く、心臓の鼓動が壊れそうなほど速くなっている。息ができず、ただベッドに起きあがったまま、空気を吸いこもうと苦労していた。

「ディロン、どうしたの？　わたしがそばにいるから、もう大丈夫。悪い夢を見たのよ」

サビッチはまだ話せなかった。シャーロックが胸や腕をなでてくれている。「サマンサ・バリスター」ようやく口に出して言った。「彼女を見た。いたんだ、おれのすぐ前に。そのあと、おれはあの家に戻っていた。足音を聞いて、梯子をのぼった。あのコウモリだかなんだか、そいつに叩き落とされて、廊下に倒れた」

「さあ、大丈夫、もう目が覚めたわ。横になって」シャーロックは夫を押し倒し、胸に手のひらをあてて、鼓動を感じた。続いて彼のほうを向いて体を押しつけ、首筋に唇をつけてささやいた。「もう大丈夫。きっといまはサマンサの殺人事件にかかわれないと思っているから、悪夢を見たのよ。でも何があったにしろ、サマンサの身に何かが降りかかったのは三十年前よ、ディロン。いますぐ手を打つ必要はないの」言いながらサビッチの胸をなでつづけていると、心臓の鼓動が遅くなって、呼吸が安定してきた。

「道で彼女を見たんだ、シャーロック。恐怖に引きつってた。叫んでいるのがわかるのに、彼女の声は聞こえなかった。そしたら、彼女がそこにいて、おれに向かって叫んでた。男を止めてくれと叫んでいるようなのに、声は聞こえなかった」

しばし黙りこむシャーロックを見て、サビッチには妻の心の声が聞こえるようだった。

「きっと彼女はあなたに会いにきたのね。三十年前の事件とわたしは言ったけれど、現実にはサマンサがあなたに会いにきてる。あなたにだけ、ポコノ山脈でよ。半狂乱になるような何か、何かひどいことが起きて、だからワシントンまで呼びにきたのかもしれない」

「たとえばどんなことだ？　三十年もたったいまになって？　それで、おれはどうしたらいい？　いまはワシントンを離れられない。幽霊を追いかけてる余裕はないんだ」

シャーロックは彼の鼻と口と喉にキスした。「いちばん近い支局に連絡して、情報を集めてもらうことはできるわ」

サビッチはちょっと考えると、首を振った。「いや、これは個人的なことだ。おれが対処したいし、おれじゃないと手に負えないと思う。奇妙に聞こえるのはわかってるが、彼女がおれを指名したのがわかるんだ」

「わかった。だとしたら、MAXが空いた時点で、この事件を調べさせましょう。データベースの隅々まで調べあげるのよ。バリスター家のことを探りだし、事件後、彼女の息子とご主人がどうなったかを追跡するの」

「MAXが空くには、まだ何日もかかるぞ」

「わかってる。でも、サマンサもわかってくれるわ」

夫が安堵《あんど》感に緊張を解くのがシャーロックにはわかった。サビッチは横向きになって、シャーロックを抱きよせ、こめかみにつぶやきかけた。「わかってるのか？」

シャーロックがかぶりを振る。カールした髪がサビッチの耳をくすぐった。

「人によってはおれがおかしくなったと見なして、精神科医に診断を仰ぐケースだ」

「あなたくらいまともな人はいない。そんなあなたを疑うくらいなら、わたし自身が精神科医の診断を仰ぐわ」サビッチの唇に強く口づけし、首筋に頭を乗せた。「もうすぐ三時よ。

ショーンも七時までは起きないから、時間を無駄にしないで、眠りましょう」

サビッチは眠りに落ちたきり、もうサマンサ・バリスターに悩まされることはなかった。

ワシントンDC
日曜日

ベン・レイバンは全国放送からローカル放送まで、テレビのニュースを次つぎと切り替えながら、ウィーティーを食べていた。ウィーティーが好きな母親から、毎朝このシリアルを食べさせられていたのだから、簡単にはやめられない。ミュラー長官が映らない局はなく、それに司法長官や大統領、ときには本土防衛部長の映像までがはさみこまれた。それこそマスコミが捕まえた人物をかたっぱしから、つまり首都圏にいた政治家のほぼ全員が登場した。誰もが一家言あるようだった。政治家とキャスターは先頭に立ってFBIや最高裁判所警察を非難し、場合によってはテロリズムに対して充分な防御を講じてこなかったとして大統領にまでその矛先を向けた。当然のことながら、ミュラー長官はテロリスト説を否定する論拠をあげたが、誰も取りあおうとはしていない。犯人はテロリストか、数年前にワシントンで無差別殺人を犯した通称ワシントン・スナイパーのような異常者でなければならず、それ以外の犯人は受けつけないと決めているようだ。

カリファーノ判事の殺害から一日としないうちに、大統領が誰を後任の最高裁判所の判事に任命するのか、その候補者が取りざたされるようになった。

ベンはシリアルを食べた食器を流しに運んで、水を入れた。あと三十五分したらキャリー・マーカムを車に乗せ、最高裁に二人いる女性判事のうちの一人、エリザベス・ゼビア＝フォックスから話を聞くことになっている。

コールファックスのケタリング邸の前にクラウンビクトリアを停めたときには、キャリーがリビングの窓の一つからこちらを見ていた。玄関までまだ二メートルを残して、ドアが開いた。

「雪がやんだわね。凍ってる？」

「いや、そこまではいってない。出かける準備はできてるようだな」

「ええ。でも、母からもう少し話が聞きたいと言ってたでしょう？　それと、ベン、こちらがわたしたちを守ってくれる連邦保安官、デニス・モーガンとハウイー・ベントレーよ。おふた方、こちらは首都警察のベン・レイバン刑事」

ベンが二人の保安官と握手を交わして、記者を見かけたかと尋ねると、ありがたいことに、静かなものだという返事が戻ってきた。あらかじめ発信元を確認したお悔やみの電話がぞくぞく入ってきており、ミセス・カリファーノと同時にここへやってきたとしか思えない女友だち四人が一丸となって対処していた。

万事、とどこおりなく運んでいるようだ。ベンは玄関前の踏み段にブーツの底をこすりつけてから、キャリーに導かれて暖かなリビングに入った。落ち着ける家だった。たくさんの光が射しこみ、天井が高い。警察学校を卒業して以来、ずっと集合住宅に住んできたベンにしてみると、この家の広々とした感覚が心地よかった。

「ミセス・カリファーノ」声をかけて、リビングに入った。

彼女は四人の女性と一緒だった。いずれも地味な色の服を着た同年配のご婦人で、その目は電話を取ろうと立ちあがった新米未亡人にそそがれていたが、ベンが声をかけると、全員がいっせいに彼を見あげた。

ベンは言った。「落ち着いておられるといいのですが」

マーガレット・カリファーノはうなずいた。「むずかしいことですけれど、刑事さん、かろうじて」

ベンは彼女の隣りのエンドテーブルに載っている電話にうなずきかけた。

「またお悔やみの電話ですか？」

「ええ。それはそれはたくさんの方が、わざわざ電話してきてくださって。アナ・クリフォードを覚えていらして？」

ベンは前日、見かけた女性にうなずきかけた。紹介されるのを待っていたほかの女たちは、キャリーが名前を呼ぶのに合わせておっとりと頭をかしげた。「ジャネット・ウィーバートンとビッツィ・セントピエールとジュリエット・トレバーよ」お金持ちらしい優雅な名前、信託財産の似合う名前だった。ベンが警官となって九年。あらゆる人たちに出会ってきたとはいえ、ワシントンDCを拠点としていると、上流人士たちと近づきになる機会は多くない。

いずれもやさしく穏やかそうで、マーガレットのことを心配しているのが手に取るように伝わってくる。彼女たちの住所と電話番号はすでに書き留められているが、彼女たちとその家族から話を聞くことになるのかどうか、ベンにはまだ判断がつかなかった。ミセス・カリファーノ一人と話ができるかと尋ねた。キャリーが顔をこわばらせながらも、四人の女たちを部屋から追い立ててくれる。

ベンはミセス・カリファーノの隣りに腰かけた。美しい横顔をしばらく眺め、キャリーに似ているのに気づいた。すっと通った鼻筋、高い頬骨。ベンの母親と同年配ながら、ウォレス判事が惹かれた気持ちもわからないではない。だがベンの場合、母親のことを考えたときに浮かんでくるのはウィーティーや豪快な笑い声であって、セックスではない。ありがたいことに。

「ご主人の殺害犯を逮捕するため、たくさんの人間が昼夜をわかたず働いています、ミセス・カリファーノ」

「ええ、そうでしょうね」心に蓋をしたような、感情のこもらない小声だ。

「カリファーノ判事は金曜の夜、最高裁判所で考えなければならないことがあると言ったそうです。もう一度、記憶を探っていただけますか、ミセス・カリファーノ。それはなんだったのでしょう？　判事と口論でもされましたか？　仕事のことで気に病むことがあったとか？　そういうことを思いだしていただきたいのです」

彼女はため息をつき、膝《ひざ》の手を握りあわせた。ひどく青ざめている。「何度も申しあげたとおり、わたしに思いつくのは、次に控えていた案件、テキサスの死刑判決のことだけです。またお尋ねになられそうだから言いますけれど、金曜の夜、主人とは口論などしていません。もちろん、ときには言い争いになることもありました。どこのご夫婦でもあることです、刑事さん。あなたは結婚していらっしゃらないの?」

「独身です、マダム」

「したほうがいいわ。とうに適齢期ですよ」

「最高裁判所の守衛は、金曜の夜のカリファーノ判事は考えごとをしておられた、それが重くのしかかっておられるようだったと言っています」ただの誇張だが、試してみる価値はある。「あなたは判事にもっとも近い存在です。判事は何を考えておられたのでしょうか、マダム?」

ミセス・カリファーノはため息をつき、顔の前で手を振った。「ああ、そうね、彼がわたしに不適切な態度を取ったサムナー・ウォレスに機嫌をそこねていたのは、わかっていました。でも、それはあなたもご存じのことよね、刑事さん。ええ、娘から聞きましたよ。ウォレス判事から話を聞く前に娘がお話ししたんだとか。今回の事件には無関係のことですから外に出ないことを願っていますけれど、あなたはすべてお聞きになりたいんでしょう? 主人はサムナーがわたしに何をしたか知っていました。先週わたしが話したからです。サムナーのことをしきりに褒めていたので、サムナーのやり口を話しました。彼の偽善が許せなかったんです」

「それでご主人は？」

「もちろん、腹を立てました。サムナーにそれをぶつけたのかどうかは知りません。意外なことに、主人がその後二度とその件を口にしなかったからです。わたしからも持ちだしませんでした。ですから、金曜の夜にそのことを考えていたのかどうか、わたしにはわからないのです、レイバン刑事」

「サムナー・ウォレスはその件を否定しました、マダム」

「でしょうね。そうでしょう、刑事さん？」ミセス・カリファーノは首を振った。「気の毒なベス。結婚してからずっと、彼のそんな仕打ちに耐えているなんて。今回のことにサムナーはどんなようすでした？」

「ご夫婦とも、平静とは言えません。連邦保安官二人が自宅の警護についていますから、安全は保証されていますが、お二人のプライバシーは保たれていないばかりか、危険にさらされている感覚すらあるでしょう。それに、表の庭にマスコミの連中が押しかけているんで、幽閉されているような状態です」

「キャリーが記者でなければどんなにいいか」ミセス・カリファーノは言った。「苦しみのなかにいるのが明らかな人に対してそんなことをしておいて、ばかの一つ覚えのように知る権利を持ちだして自分たちの行為を正当化しようとするんですからね。そんなのは、ただの口実です」

心から賛同できる意見だったので、ベンはうなずいた。「教えてください、ミセス・カリファーノ。ウォレス判事は分別盛りの年ごろであり、最高裁の判事です。あなたにかかわるこの評判はあまりに突飛で、本来あるべき姿、つまりわが国のために重大な問題を判断する思慮深い法の番人という姿にはほど遠いものがあります」

「ええ、そうでしょうね。不快な驚きをもたらすでしょうけれど、彼が一人の男、大人になってから数々の不貞行為をはたらいてきた男だという事実は残ります。わたしの経験からしても、とりわけ政治の世界で多大な権力を握る男性は、その力に惹かれる女性たちに力を誇示したがる傾向にあるようですよ」

ベンには否定のしようがなかった。それを裏づける例は多数存在する。ウォレス判事には六人の孫がいると言いたくなったけれど、口をつぐんでおいた。

「金曜の夜、ご主人がウォレス判事にその件を突きつけたかどうかは、おわかりにならないのですね、ミセス・カリファーノ?」

「ええ、申しあげたとおり、まったくわかりませんわ、刑事さん。いえ、ちょっと待って。そう言えば、スチユワートが電話で話すのを聞きました。金曜ではなく木曜だったと思いますけれど。なごやかな電話ではなかったわ。でも、どなるような調子でもなかった。相手がサムナーかどうかはわかりませんけれど」

「ご主人はなんとおっしゃっていたんですか?」

ミセス・カリファーノは押し黙り、膝の両手を握ったり開いたりした。

「確か、〝いますぐこんなことはやめろ〟とかなんとか——その手の言葉でした。覚えているのはそれだけよ、刑事さん。とくに怒っている口調ではありませんでした」

「ご主人はそこで言葉を切り、相手の返答を待っているふうでしたか？」

「ええ、そうだったと思います。そのあと受話器にうなずくようにして、それ以上何も言わずに電話を切りました。ふり返ってわたしに気づくと、肩をすくめて、〝心配いらないよ。もう終わったことだ〟と、そう言ったんです。口出しされたくないと思っているのがわかったので、それきり尋ねませんでした。スチュワートはいろんな意味で孤独を愛する人でした。ご存じのとおり、最初の連れあいを失って、そのあとわたしと出会って結婚するまでのあいだに、一人でいることや、人に相談しないことに慣れてしまったのね。いいことではありませんよ、刑事さん。孤独になってはいけないんです。

あなたも結婚なさることね、刑事さん。他人と歩む人生のほうが健全です。近くにいてあなたの考えていることを感じ取ってくれる人と」そう言うと、ミセス・カリファーノはわっと泣きだした。

ベンにはどうすることもできなかった。

12

それから一分ほどしても、ベンは途方に暮れていた。それでもなんとか口を開いた。「判事を殺害した怪物は自分が逮捕します、マダム。お約束します。話してくださって、ありがとうございました。自分が思っていたとおり、やはり思いだしていただけることがあったし、ウォレス判事のことを話してくださって、感謝しています」

未亡人は涙を拭いて、笑顔になろうとした。「わたしにはなんの関係も見いだせないけれど、あなたはすべての秘密を暴かないと気がすまないようですね」

「はい、マダム」

それから数分して玄関ホールに戻ったベンは、マーガレット・カリファーノの待つリビングに向かう四人の女性たちに会釈した。キャリーはつかみかかってきそうな顔で、その場に突っ立っている。ベンは顔の前で手を広げた。「もう出られるか?」

キャリーはリビングを指さした。「あら、あの五人の殺人鬼のうちの誰かを逮捕しなくていいの?」

「きみのおふくろさんは逮捕しないが、ほかの四人のご婦人については今後検討させてもらうよ。それにしても、おもしろいことを言うじゃないか、キャリー」

デニス・モーガン連邦保安官はついぷっと噴きだし、急いで咳にまぎらわせた。

「ええ、そのとおりよ。あなたはもう出られるの?」キャリーは早く出発したくて、いまにも踊りだしそうにしている。ベンはリビングにうなずきかけた。「きみには教えてやるよ、キャリー。おれには全員が疑わしい。何かを隠しているような気がしてならないんだ。あそこに戻って、ひとりずつじっくり絞りあげてやったほうがいいかな?」

「ああ、おもしろい」キャリーは言った。「行きましょう」

ベンは連邦保安官に目顔で挨拶して、彼女を外へ押しやった。「金があるってのは、すごいことだな。おれのおふくろも彼女たちと同年配だが、はっきり言って、別の惑星の住人みたいだよ。おふくろの髪はきれいにセットされちゃいないが、楽しげで、東ミシシッピ一の笑顔の持ち主だ」

キャリーに腕をこづかれた。「俗っぽいのね。彼女たちだって、あなたのお母さんに負けない笑顔の持ち主よ。みんな小さいころから知ってるけど、苦労がないわけじゃないんだから。ちゃんと自分の面倒をみられる人たちだってこと。運動してるのよ。美貌を保つのに、お金はあまり役に立たない。そうよ、あなたのお母さんもジムに連れてってあげたら? きっと元気になるわ」

キャリーが転びかけたので、腕をつかんだ。ベンには母親がトレッドミルの上を歩いたり、バーベルを上げたりする図が想像できなかった。しかし、考えてみると、母と父は一緒に夜のウォーキングに出ることが多くなった。「気をつけろよ。この私道は弱虫向きじゃない」

「FBIの本部で行なわれた昨日の午後の会議だけど――わたしも出たかった」

「記者がFBIの本部に入れるわけないだろ？　仮に忍びこんだとしても、留置場に入れられるのがオチだぞ。でっかい女性看守に身ぐるみ剝がされて、身体検査のうえ、歯の詰めものまで抜かれちまう。その先は神のみぞ知るってもんさ」

これが笑わずにいられるだろうか。キャリーは大笑いしたものの、すぐに真顔に戻り、帽子を耳までかぶった。いまにも凍りつきそうなほどの寒さだ。「どうせ会議には、ほとんど女性がいなかったんでしょ？　マッチョな男ばっかりが偉そうにならんで、世界の問題を解決するのはおれたちだとばかり――」

「きみは性差別主義者らしいな、ミズ・マーカム」穏やかでなにげない口調を保ちながらも、キャリーから手を放して私道ですべらせてやりたくなった。「おれがいま支えなかったら、きみは尻もちをつく。もちろんここにはマッチョがいて、きみを立たせてやってるが」そのあと、こともあろうに、彼女の尻を見てしまった。きれいな形をしているのに気づいて、慌てて目をそらした。

キャリーはベンの目つきを見て、眉を吊りあげた。「いま賞賛の目つきをしてくれた気がするんだけど。そうね、だったらわたしも言うけど、あなたもいいお尻をしてるわよ、レイバン刑事。蹴《け》りたいとき以外は、感心して見てるの。さあ、気が変わったところで、教えてもらえる？　会議に参加するほど重用されている女性捜査官は、何人いたの？」

「おれの記憶によると、女性の特別捜査官が一ダースはいたよ。満足したか？」

「しょぼいもんだけど、まあいいわ」ベンのクラウンビクトリアを見つめて、口を閉ざした。

「おれに連れて歩かれなくなったら、きみが私道の雪かきをしたらどうだ？　それがいやなら、マッチョな男を何人か呼んで、かわりにやらせるといい。きれいでかわいい、おふくろさんのお金持ちのお友だちには、やらせたくないだろ？」

一瞬考えこむような顔になったキャリーは、眉根を寄せてベンを見あげた。「ええ、あたりまえでしょう。マッチョな男にはぴったりの使い道よね」

キャリーが餌に食いつくのを期待していたベンは、拍子抜けした。腹立たしいが、賢い女だ。「いいだろう。きみは自分がいかに役に立つか、さかんに宣伝していた。あの四人の女性たちのことを教えてくれ」

「そうね。四人とその家族とは、昔からのつきあいだけど、そのなかで好きになれないのは、ジュリエット・トレバーの息子だけよ。甘やかされて育った金持ちの坊やで、ひどく頭が切れるの。この組みあわせにはいらいらさせられっぱなし。いいえ、そういう関係じゃないわ――向こうが誘ってこなかったわけじゃないけど。そう言えば、ハイスクールの卒業祝いにミセス・トレバーからエルメスのスカーフをもらったのよ。すごいでしょう？」

「エルメスのスカーフの何がすごいんだ？」

「とても高価で、感涙するほどきれいなの」

「ああ、そうだな。スカーフを見てむせび泣いている自分が目に浮かぶようだよ」ベンは彼女に目配せした。「そんなのは女だけだ」

車が走りだすと、キャリーが愛想よく言った。「あなたのこと、おしゃれな人だと思ってるって、もう言った？　あなたなら、エルメスのスカーフに合わせて買った靴の話を聞きたいかもね」

ベンはうーんとうめいて、天を仰いだ。「そうきたか。話の行き着く先が見えたぞ」

「そう？　わたしは常々男性に同情してるの。あなたにしても服装のセンスはいいし、異性の受けを計算に入れてるのもわかるけど、いかんせん靴の買い物をする才能が遺伝子的に欠けてるのよね。男性でその遺伝子を持っている人には、まだお目にかかったことがないんだけど、その遺伝子があると、自宅にどれだけ靴があっても、きれいな靴を見ると、財布からクレジットカードを取りだしてしまうの。その点、男どもの脳にはホームセンターががっちりと組みこまれてる。ほんと、気の毒」キャリーはヒーターの出力を最大にした。

ベンは笑い声をあげた。「マッチョな男のいい使い道がまた一つ見つかったな。トイレの修理さ」

「そうね。あなたの公正さはわかったから、昨日あったことを全部、話して聞かせて」

自分でも意外だったが、ベンは言われたとおりにした。彼女は質問を重ね、しだいに考えこむような表情になった。そして、ついに言った。「膵臓ガンだったことが世間にも知られるのね？」

「ああ、すでにおおぜいの人が知ってる。みなこぞって話題にしたがるだろう。その点では、残念ながら、例外なしに知れわたるだろう」

キャリーは涙が目に染みるのを感じた。いずれにしろ義父《ちち》の命は長くなかった。だが、本来ならあと半年の命が残されていた。運がよければ、新薬が登場して――。

「おれは膵臓ガンについて調べてみた。命取りの病だが、そのことを考えてもしかたがないぞ、キャリー。何者かが彼を惨殺した。おれたちが注目すべきはその事実だけだ。どんな運命が彼を待ち受けていたとしても、おれたちにはどうすることもできなかった」

「昨日の夜、編集長が電話してきたの。ありがたいことに、わたしの携帯宛てにね。あの家にかかってきたら、慌てたでしょうね。情報が漏れたら、たいへんなことになる。ジェド・クームズにケタリング邸の番号が渡ったら、世も末よ」

「情報を提供する見返りとして、何をよこすと言った？」

「ピューリッツァー賞が獲れるように、あと押ししてくれるって」

ベンは口笛を吹いた。「断わりにくいな」

「心配しないで。そのうち自力で獲るから。去年もあともう一歩のところまでいったの」指を二本立てて、それをぎりぎりまで近づけて見せた。

「どんな記事を書いたんだ？」走っている車は多くないが、ベンは運転に慎重を期していた。燦々《さんさん》と降りそそぐ日射しに、雪が溶けはじめ、あちこちに溶けかけの雪があるせいで、いつ排水溝にはまってもおかしくない。

「あなたたち警官と同じように、わたしにも情報提供者がいるのよ。その一人から、ここワシントンのバリンホテルに幼児ポルノの組織があると聞いて、それを記事にしたの」

びっくりしたベンはハンドルを持つ手に力をこめ、あやうく電柱にぶつかりかけた。ふたたびまっすぐに走れるようになるまで、しばらく不安定な状態が続いた。「キャデラック一味の記事を書いたのは、きみだったのか？」

うなずく彼女を驚きの目で見ることしかできなかった。「いいか、キャリー。きみのあの記事に、どれだけの人間が腹を立てたかわかってるのか？　警察はすでに証拠集めのための潜入捜査を進めていたのに、そこへきみが破壊槌を手に乗りこんできた。おれたちにしてみたら、あと一歩で追いつめられるところまで来てたんだ」

「そうでしょうとも」キャリーは鋭い目つきになった。「潜入捜査については聞いてたけど、成果があがっているという話は入ってこなかったわ。わたしが警察のために証拠を集めたようなもんよ、レイバン刑事。ま、あなたたちもよくやったわよね――わたしが真実を暴いてからは」

たしかに、解決にあたってキャリーに負うところは多かったし、記事が出る一日前には警察に知らせてきた。その点では彼女の言うとおりだ。しかも、いまいましいことに、彼女が掘りだした証拠のほうが警察よりも多かった。認めるしかない、とベンは思った。「そうだな、きみはよくやったと言えるかもしれない。連中には恐喝を禁じた連邦法が適用された。検事総長は全員を起訴した。顧客のなかには有名人もいて、大金が動いていた」

「わたしを駆りたてたのは子どもよ。世界じゅうから誘拐されてきた子どもたち。肉体的には傷つけられていなかった。閉じこめられて、求めに応じさせられていたわ――その意味では、言われたとおりのことをさせられただけだった」

「全員親元に戻された」

「ええ。でも、少なくとも短期的には、人生をめちゃくちゃにされたのよ。かわいそうに」

「それはわかったが、なんでピューリッツァーを獲れなかったんだ？」

「〈ニューヨークタイムズ〉のオルセン・タインズがルイジアナ州のウェルズ知事の政治スキャンダルをすっぱ抜いたから。北部リベラルの〈タイムズ〉は、南部の保守である知事を検挙させるため、ありとあらゆる手を使ったの」

「やけにさばさばした口ぶりだな」

「どうしろと言うの？〈ニューヨークタイムズ〉を爆破しに行けとでも？」

「少なくとも、ほかの女とベッドにいるのをきみに見つかるような〈ニューヨークタイムズ〉のまぬけな記者とつきあわないことはできたろ？　おれなら、タインズに面と向かって、賞をもらうにふさわしかったのは誰かを、わからせてやる」

キャリーはにやりとした。「ありがとう、レイバン刑事。男のなかの男からアドバイスをもらったせいで、体がほてって息があがりそうよ」

「息があがりそう？」

「わたしが見るところ、どうやらあなた、しばらくはわたしの存在を受け入れるしかないと観念したみたいね」

「よせよ。まあ、きみも、思ってたほどひどい女じゃないが。おれたちはこれから馬の産地であるバージニア州に向かい、そこに住むゼビア＝フォックスの家を訪ねる。彼女がなんの助けになるかわからないが、万が一ということもあるからな」

「最高裁の九人の判事は一本の瓶に閉じこめられた九匹のサソリのようだって。フォックス判事がそう言ったのよ」

ベンは彼女を見て、肩をすくめた。「そうだな。判事全員が四六時中、同じ狭い場所にいるわけだ。彼女が何か見聞きしているかもしれない。違うとわかるまでは、おれは希望を捨てない。フォックス判事は、ほんとうにそんなことを言ったのか？」

キャリーはうなずいた。「ええ、いま説明してあげる。ご存じのとおり、彼女は最高裁判事に任命された最初の黒人女性として歴史に残る存在よ。スタンフォード大学でクラスのトップとして法律評論誌にかかわった――六〇年代の黒人女性としては画期的、目覚ましい実績よ。そして、最高裁の保守派だったレインズ判事の助手になることを切望した。米連邦控訴裁判所の判事二人が彼女を推薦したけれど、保守もリベラルも男性しか受け入れておらず、それはいまも大筋では変わっていない。これは彼女の評価できる点だと思うけれど、三十六人いる助手のうちの十人が女性で、そのうち三人が彼女の助手よ。

彼女の立場は義父に近くて、通常は保守として投票する。死刑は賛成。囚人の権利拡大には反対。けれど、義父と同じで、リベラルにまわることもある。女性の権利の強力な擁護者で、性差別には断固反対、中絶には賛成。ただし、部分分娩中絶には強固に反対している。

夫は馬を調教してレースに出し、繁殖にも熱心に取り組んでるわ。そして彼女は、エリザベス・ゼビア＝フォックスと、名前をつないで使ってる。女性判事二人がともに旧姓を残しているなんて、興味深いと思わない？　そのせいで、結婚前に何者かであったかのような重みが加わってるんじゃないかしら。

彼女は黒人で女性だけれど、彼女の承認を阻もうとする動きがあったの。連れあいが大金を持っていて、それが不正行為によるものかもしれないという口実でね」

「何が問題になった？　馬の脅迫を禁じた連邦法に関する案件だと、彼女がむやみに影響されるとか？」

キャリーは笑い声をあげた。「いいえ。例によって政治的なことよ」

「彼女が承認されるまでに何があったんだ？」

「彼女は中絶には絶対賛成の立場をとっていないのに——なんと——死刑には賛成だった。そのせいで、議会に承認されるまでにはひと悶着あったの。みんな歴史的な瞬間であることを知ってた。彼女を撃ち落としたいと思う人間はいなかった。今日わたしたちが行くのを彼女は知ってるの？」

「ああ、知らせてある。彼女が好きなのか？」

「ええ、好きよ。彼女には品位があって、背後に控える夫には、彼女をつけまわすやつは痛い目に遭わせてやるといわんばかりの無言の力がある。わたし個人としては、彼が悪いことをしているとは思っていないの。唯一の罪は民主党員だってことね」

「だが、もしそうだとしたら、共和党員から難癖つけられる」

「ええ、そうよ」

「サビッチ」キャリーはぽつりと言うと、眉をひそめて、黙りこんだ。

ベンは片方の眉を吊りあげた。

「彼、キュートよね。彼に会うたび、ジェームズ・デントンを思いだすわ」

ベンは天を仰いだ。「彼にちゃんと伝えておこう。大喜びするだろうな」

「彼のお尻――」

「落ち着けよ、ミズ・マーカム。フォックス牧場に着いたぞ。そうそう、誕生日おめでとう」

キャリーはぽかんとした顔になった。

「きみも今日で二十八歳だ」

「いやだ、信じられない。ええ、そう、そうだった。忘れてた。どうかしてるわよね？　ありがとう」

13

バージニア州サマートン

延々と続く白いフェンスや、たくさんの白い放牧場や、起伏する丘や森から判断するに、フォックス牧場は広大だった。巨大な納屋があり、二棟の大きな厩舎《きゅうしゃ》があった。雪化粧をほどこされたすべてが、完全に静止しているようだった。日曜の午前のひとときは想像を絶する美しさでベンにはそれがかつて見たことのない魔法の風景に見えた。

マスコミのバンが一台、エントランスゲートの前でアイドリングしている。ベンがインターコムに近づくと、バンから記者が飛びだしてきた。

「やあ、きみ、FBIか？　ぼくたちを入れてもらえないかな？　ゲートすら通してもらえないんだ」

「悪いな」ベンは言った。「ワシントンに戻ったらどうだ？　いまごろはいい天気で、気持ちのいい日曜日の朝だそうだ。公園でピクニックできるぞ」

「おれたちもそうしたらどうだと言ってたところだ」黒いウールのコートを着た長身の男が

言った。連邦保安官の帽子をかぶり、私道に続くゲートの向こうで腕組みをしている。ゼビア＝フォックス判事の警備担当者だ。「そこらじゅうにマスコミが張りこんでいるあいだは、暗殺者も判事には近づかない。おれたちの仕事は彼女をこの狼藉《ろうぜき》者たちから守ることだ」

「たしかにな」ベンはバッジを取りだした。「判事に話を聞きにきた」

連邦保安官はじっとバッジを見て、眉を片方吊りあげたが、何も言わなかった。「進んでくれ。おれはこの魅力的な紳士たちをここに足留めしておく」

「おい、〈ワシントンポスト〉のキャリー・マーカムじゃないか。ここで何してるんだ？　なんで――」

ゲートが低い音をたてて開き、ベンは記者に小さく手を振った。記者は開いたゲートを通り抜けようと、バンに駆け戻ったものの、銃をベルトにつけた二人の連邦保安官がゲートの前で仁王立ちしている。ベンは、報道の自由とかなんとかがなりたてる記者たちの声を背後に聞いた。ゲートは二人を通すとするすると閉まったけれど、記者はそれでもクラウンビクトリアの排気ガスのなかでこぶしを振っていた。

ベンは不規則に広がった白い平屋建ての前で車を停めた。前面がすべてポーチになっている。夏にこのポーチに坐ったらどんな感じか、想像がついた。ビールなんぞ飲みながら、自分の髪が伸びる音を聞くことになるだろう。ご丁寧に、ゼビア＝フォックス判事本人が玄関まで出迎えてくれた。いちおうベンのバッジを見ると、二人を細長いエントランスホールに招き入れ、そこで二人はコートを脱いでスカーフをはずした。そのあとリビングに案内され、アーチ型の戸口まで来ると、ベンは立ち止まって喜びのため息をついた。幅も奥行きもたっぷりした部屋で、床から天井まであるひじょうに古い石の暖炉があった。梁《はり》がむきだしになった天井に、居心地のよさそうなたくさんの大きな家具。ソファに坐ったら、中国まで沈みこんでしまいそうだ。幅の広い艶のあるオークの板を張った床のあちこちに、ペルシア絨《じゅう》毯《たん》が敷いてあった。

「きれいなお宅ですね、マダム」

「ありがとう。キャリー、あなたに会えて嬉しいわ。スチュワートのこと、ほんとうにお気の毒でしたね」豊かな乳房に抱きよせられて、軽く後頭部を叩かれたキャリーは、すんでのところで泣きそうになった。ゼビア＝フォックス判事の安定した力強い鼓動や、がっしりとした体から放たれる温かさを感じ、薔薇《ばら》の香りを吸いこんだ。とうに六十歳を超えているが、体は引き締まって贅肉《ぜいにく》がなく、豊かな髪はいつもながらのタイトなシニョンにして頭皮にぴったり張りついている。キャリーは腕のなかでゆっくりと身を引き、涙に潤んだきれいな黒い瞳を見つめた。

「ありがとうございます」涙声になっているのを意識しながら言った。「落ち着かなくて」

「わかりますよ。わたしたちみんなそうです。ショッキングな事件だもの。さあ、こちらで坐りましょう。話をして、この狂気から何かを探りださなければ」

判事は二人にマグでコーヒーを出し、トレイを指さした。ベンが見ると、コーヒーの隣りにカバーをした皿が置いてあるが、判事はおおいをはずそうとしない。ウィーティーを食べてから、ずいぶん時間がたっていた。

「FBIの捜査官ではないんですね。驚きましたよ、レイバン刑事」

「自分はワシントンDCの首都警察の所属で、FBIとともに事件の捜査にあたっています。自分たちが必要としているのは、マダム、カリファーノ判事に関する情報です。ご存じのことをすべて教えてください。日々の営みや、何を好み何を嫌ったか、ほかの判事との関係。それ以外にもあなたが考えつくかぎりのすべてをです」

判事は椅子の背にもたれて脚を組み、コーヒーに口をつけた。「わたしたちの法廷は保守派が優勢でしてね、刑事。六対三が通常の投票パターンでした。けれど案件によっては、スチュワートとわたしがリベラルにまわります。リベラル派の中核を成すのは三人。アルト＝ソープと、ブルームバーグ、サミュエルの三判事です。サミュエル判事は八十二歳になりますが、大統領がまた次に保守派を任命すると言って、引退を拒否しています。はっきり言って、多少耄碌《もうろく》してきているし、心臓にも問題を抱えています。以前、彼のデスクの上に〈プレイボーイ〉が置いてあったことから、助手たちのあいだに畏敬《いけい》と賞賛の念が広がりました。わたしがサミュエル判事のことを話しているのは、彼が多くの問題で表立ってスチュワートを嫌っていたからです。黒い法衣を着たネアンデルタール人だと常々、悪口を言っていて、これにはスチュワートを含むみんなが大笑いしたものです。

保守派には長官のエイブラムズ、スピロス、グティエレス、ウォレス、カリファーノ、それにわたしがいて、さっきも言ったように、スチュワートとわたしはちょくちょく暗黒側に引きずりこまれました」判事は含み笑いとともに言い、ベンとキャリーは笑い声をあげた。

ベンは言った。「つねに策略があるようですね」

「ええ、いつものことです。ですが、政治的な好みの問題とはべつに、わたしたち全員が議論を愛しています。言葉をこまかく分解し、なぜどうしてその言葉を使うのか、法的な基礎と論理性を検討します。わたしたちはニュアンスにこだわることに時間を使いすぎると非難されることが多いけれど、あながち的外れな非難ではありませんね。わたしたちは長い時間を一人で過ごします。大量の文書を読み、検討し、沈思黙考する。正式なミーティングは週に二度だけ、水曜日と金曜日です。判事どうしのコミュニケーションの多くはありとあらゆる種類のメモを通じて行なわれ、わたしが個人的に好きなのは参加《ジョイン》メモです。これはある判事から別の判事に、ある案件について議論の準備があることを端的に知らせるメモです。もちろんそれですんなり議論に入れることは多くありませんが、このメモによって議論の開始が宣言されます。

おたがい礼儀には気をつけていますが、物議をかもす議題の場合は、どうしても騒々しく論争的な態度になります。みなそれぞれに行動指針を持ち、どの判事も、誰にも言わずに多数意見の内容の一部を変えるといった、欺瞞《ぎまん》をはたらきます。大量の書類が行き来しているので、決定事項のすべてに注意して目を通すのは、助手の仕事なのです。

そして中道派とみなされていたスチュワートは、どちらの派にとってもいらだたしい存在でした。わたし自身がたぶんそうであるように、スチュワートも両派から言いよられることを楽しんでいました。わたしと彼には、多くの決定事項に妥協案を盛りこむことができたからです。

スチュワートは鋭敏な精神の持ち主でした。議論を分解して、強みと弱みの両方を示すことができました。ですが、彼にはけっして変わることのない核となる信念があった。善良な人だったのです」判事は顔を伏せ、膝の上で握りしめた両手に目を落とした。

ベンが言った。「サミュエル判事についてはいま聞かせていただきました。ほかにもカリファーノ判事を快く思っていない判事がおられたのですか？」

ゼビア＝フォックス判事は笑い声をあげた。「リディア・アルト＝ソープ判事ね。根っからのイデオロギー主義者なんですよ、刑事。彼女はきわめてリベラルだったブレナン時代の最高裁を心から愛しています。つねに自分の行動指針を押しとおそうとするけれど、残念なことに、優雅さも戦略も欠けているせいで、コンセンサスを得て望みを通すより、騒ぎを起こしてしまう。あの人はすぐにすねるのよ、レイバン刑事。最高裁と、その規則や手続き、聖なる権威を守ることに、とても熱心。あなたから話を聞かれたら、今回のことにひどく憤慨してみせるでしょうね。彼女が腹を立てると、声の音域が驚くほど広がります。

彼女はほかの判事以上にカリファーノ判事のことを嫌っていました。ずいぶん前にスチュワートが彼女を笑うというあやまちを犯して、それを根にもっているんです。エイブラムズやスピロスやウォレスやグティエレスと違って、スチュワートが彼女と同じほうに投票することがあっても、関係ありませんでした。ほかはみなスチュワートに好意をもち、彼のことを尊敬していました」

ベンは罪深いほど濃いコーヒーをひと口飲んだ。「金曜の真夜中近く、カリファーノ判事は最高裁の図書室にいました。一人で考えたいことがあったのは、確かです。何かお心当たりはありませんか？」

ゼビア＝フォックス判事は眉をひそめ、茶色のスエードでできたフラットシューズを見つめた。「金曜の会合のときに、スチュワートがどこかうわの空だったのを覚えています。けれど、そのあとほかの判事たちが次に扱うことになっている死刑判決の案件に関する議論に突入してしまいました。リディアはスチュワートがまだ一九八九年に出された結論をくつがえすかどうかを決めていないのを知っていながら、我慢できなかったんでしょうね、彼に嚙《か》みついたんです。その後会合が終わって、わたしも忙しくなってしまったので、それきり忘れていました」キャリーを見て、言った。「そのままにしてしまってほんとうに悪かったと思っているわ、キャリー。訊けば何か言ってくれたかもしれないのに、自分のことにかまけていて、そのまま放置してしまった。ごめんなさい」

「あなたのせいじゃありません」キャリーは応じた。

ゼビア＝フォックス判事はうなずいた。次に顔を上げたとき、その顔には笑みがあった。「このブリオッシュの匂いを嗅いでみて。冷める前にお一つどうぞ」皿をおおっていたナプキンを外した。「夫は十五年以上前に一流料理人になって以来、毎週日曜日の朝になると、これを焼いてくれるんですよ」

ベンは皿ごと抱えこみたいのを必死で我慢した。ブリオッシュをひと口食べたとたん、口のなかで溶けるのを感じ、ウィーティー以外の朝食もありうるのではないかと考えだした。

「殺害を依頼するほど、カリファーノ判事を憎んでいる人物をご存じありませんか？」

「まさか！　あんな残忍な犯罪を思いつく人物など、想像すらつきません」

「最高裁は閉鎖的な社会です、マダム」キャリーは言った。「あなた方を九人の王子さまと王女さまにたとえる人もいるくらいです。あの一つの建物のなかで、三百人以上の人たちが判事の要求に応えるため、来る日も来る日も顔を突きあわせ、関係が近しいほど、衝突も起こりがちです。あなたからご覧になって、アルト＝ソープのほかに、わたしの義父《ちち》を嫌っていたかもしれない人はいませんか、マダム？」

「スチュワートはいい人だったんですよ、キャリー。誰かが彼を嫌っていると思わせる噂を聞いたことはないし、それらしい何かを目撃したこともありません」

ベンは言った。「ほかの判事の連れあいや家族のなかに、カリファーノ判事を好きでないかもしれない人はいませんか？」

ゼビア＝フォックス判事は首を振った。「いいえ。でも、そうねえ、リディア・アルト＝ソープの二度めの夫、ハリー・ソープは興味深い存在かもしれない。最初の夫はヨットの事故で亡くなり、すでに六十間近だったリディアは、半年もしないうちにハリーと再婚したんです。最高裁の判事だから、当時はスキャンダルになったけれど、すぐに静まりましたよ。正直に言って、わたしはハリーのことを気の毒に思っています。ボルティモアのインナーハーバーにレストランの旗艦店を持つ、とても成功したビジネスマンなのだけれど」

「そこで食事をしたことがあります。すばらしいレストランでした」キャリーは言った。

「アルト＝ソープ判事のご主人の店だとは知りませんでした」

「そうなのよ。でも、リディアは二人で表に出るときは、毎回、彼にひどい態度を取るんです。彼に恥をかかせたり、そうでないときは無視するか。けれど結婚生活には、さまざまな理由でたくさんの意味があります。各判事が家族連れで顔を合わせたことが何度かあるのだけれど、ハリー・ソープがスチュワートに憎々しげに目を向けているのを、わたしは見たことがあります。たぶんリディアから聞いた話が原因なのでしょう。ごめんなさい。スチュワートの殺害とは関係のなさそうな話なのだけれど」

「これほどたくさんの情報を提供してくださったのは、あなたがはじめてです、マダム」ベンは言うと、間髪を入れずに続けた。「ウォレス判事は最高裁で働く女性職員の誰かと不適切な関係になったことがありますか？」

ゼビア＝フォックス判事は動じなかった。さも当然といわんばかりの口調で答えた。「その件に関して、何かと噂になっているのは確かです。サムナーの長く続いた癖のようね」キャリーは咳払いをした。「わたしの義父はどうでしたか、マダム？　必要以上に好いていた女性職員はいましたか？」

ベンは顔を伏せていた。そちらの線はまったく考えていなかったのだ。黙って判事の答えを待った。

驚いたことに、判事はゆっくりとうなずいた。「スチュワートのほうはなんとも思っていなかったのかもしれません。それはわからないけれど、わたしの目に狂いがなければ、彼の上級助手であるイライザ・ビッカーズはスチュワートに恋をしていました。きつい状況よね。スチュワートより三十以上若いし、彼はあなたのお母さまと幸せな結婚生活を送っていらしてるわ、キャリー。通常は助手が勤めるのは一年かぎりなのに、イライザが彼のもとで働くようになって二年めです。スチュワートも彼女に好意があったのかどうか。わたしに言えることがあるとしたら、次の七月で彼女の二年めの任期が終わることにスチュワートがひどくうろたえていたことね。彼女を失いたくなかったのでしょう。きわめて頭の切れる弁護士ですからね、イライザ・ビッカーズは」

キャリーには想定していなかった答えだし、それはベンにも判事にもわかっていたが、キャリーは取り乱すことなく質問を重ねた。「イライザ・ビッカーズが義父に恋していたと、本気で思われますか？　あのスチュワートと？　父親と歳が変わらないんですよ」

「わたしのこれまでの経験からして、長ずるにつれて年齢は重要なものではなくなっていきます。問題なのは別のこと。尊敬できるかどうかとか、頭脳とか、善良さとか。彼女はスチュワートを愛していたのか？　ええ、そうだと思いますよ。わたしの個人的な意見ですけれど」

キャリーは尋ねずにいられなかった。「どうか正直にお答えください。スチュワートも彼女を愛していたんでしょうか？」

「それはわからないわ、キャリー。二人でいるときにそれらしい雰囲気だったことはないけれど、一度だけ、スチュワートが話しているときのイライザの表情を見てしまったことがあります。彼を愛しているのが、手に取るようにわかりました。誤解しないでちょうだいね。イライザがばかな真似をしたり、うっとりしてたわけじゃないのよ。しっかりした人だし、彼女の優秀さに気づかない人は痛い目に遭わされます。見ていて嬉しくなるような女性よ。三十五歳くらいになったら、すばらしい女性になっているでしょうね。いつか最高裁の判事になってもおかしくない逸材です。

どうやらあなた方は、スチュワートが知りあいに殺されたと考えているようね。個人的な恨みが原因で、テロリストの仕業ではないと考えている。だから、わたしもこのことをお話ししたんです。わたしはスチュワートを殺した人物が捕まることを強く望んでいます。わたしの提供した情報が役立つとは思えないけれど、手がかりになることをあまさず伝えなければならないのはわかっています」

ベンはブリオッシュを盗み見しつつ、手を伸ばしたい衝動をこらえた。「カリファーノ判事の残る助手二人と、二人の秘書についてはどうお考えですか、マダム?」

ゼビア＝フォックス判事はほほえんだ。「スチュワートの助手も、ほかの助手たちと同じように、それぞれに信念と偏見と譲れない核を持っています。もちろんまだまだ若いけれど、よりよい方向へ変わりつつある。最高裁に一歩入れば、いたるところから議論の声が聞こえてきます。地下の食堂は論争や議論、激しいののしりあいの温床です。ときには助手に影響されることもあります。若い人たちには情熱があり、きわめて理想主義的です。彼らには長期的な判断ができず、決断の結果を推し量ることができないのを承知しつつも、影響されずにいられないことがあるのです」

続いてキャリーが尋ねた。「サムナー・ウォレス判事がわたしの母に不適切なふるまいをした可能性があると思いますか？」

ゼビア＝フォックス判事は、こんども動じなかった。「あってもおかしくないでしょうね。あの人はいつもそんな調子ですから。さっきも言ったとおり、サムナーが女性に目がないのはみな知っています。好みの女性が現われると、歳など忘れてしまうのでしょう」

「ウォレス判事と義父が親友だったというのは、ほんとうだと思われますか？」

「サムナーがあなたのお母さまにおかしなことをして、それがスチュワートの耳に入ったとすると、そうはいかないでしょうね。とはいえ、サムナーがマーガレットにちょっかいを出さずにいたことを願いますけれど」と、判事は立ちあがり、二人に順番に目をやった。「あなた方は、二人ともまだまだお若いわ。その特別な時間をどうか楽しんでちょうだい。刑事、犯人の逮捕をお願いしますよ」

数分後、二人は真昼の太陽のもとに出た。暖かな日射しに雪が解けだしている。ベンは屋敷を警護する二人の連邦保安官に手を振りながらゲートを抜け、ハイウェイに入った。「事情聴取のあいだじゅう、判事の亭主がそばにいたな。たぶん、リビングを出てすぐの場所だ」

「なぜわかったの？」

「アフターシェーブローションの匂いがした。オールドスパイスだ」

「なぜ出てこなかったのかしら。顔だけでも見せてくれれば、コーヒーとあの絶品のブリオッシュのお礼が言えたのに」

「いい質問だ。それに、きみが唐突に尋ねたあの質問、カリファーノ判事の恋愛に関して尋ねたのも、たいしたもんだ。正直言って、おれには考えもつかなかった」

「答えは、わたしにとっても予想外のものだったけれど」

14

ジョージタウン、ワシントンDC
日曜日の午前

サビッチとシャーロックはリディア・アルト＝ソープ判事宅の玄関前のステップに突っ立ち、閉じられたばかりのドアを見つめていた。まだ扉が揺れている。

シャーロックが言った。「彼女を逮捕すべき？」

「おれたちを無能よばわりした無作法の罪でか？」

「まずはそれよ。ねえ、ディロン、わたし、棍棒《こんぼう》で殴られたような気分。あの大演説はなんなの？ そのあとわたしたちの顔の前でドアを閉めたのよ」シャーロックは言うと、大笑いした。「そう、二人のFBI捜査官の顔の前でね。ずいぶん刺激的だと思わない？」

「おれはまだなんと言ったらいいのか、決めかねてるよ」

判事本人が玄関のドアを開け、二人の前に立ちはだかった。ドアが閉じているあいだにこちらの正体を名乗ってあったので、判事には二人が何者かわかっていた。判事は腕組みして、そこに立っていた。「それで、なぜここへ来たの？ また記者？」

シャーロックは甘い笑みを浮かべてバッジを取りだし、なかを見せながら言った。「ごらんのとおり、アルト＝ソープ判事、わたしたちはFBIの捜査官です。お邪魔してもよろしいですか？」

アルト＝ソープ判事は石でも入っているのかと思うほど、硬い声で言った。「こんなのばかげてます。みなさんに言ったのよ。わたしは何も知らない。知っているのは、あなたたちが無能なばかぞろいだってことだけ。おかしな連中がアメリカ合衆国の最高裁判所に侵入して、最高裁の判事を殺害したんです！ 言語道断！ 不名誉かつ許しがたい行為だわ！ あなた方がこの事態を招いたのよ。アリス・アルペルン執行官を筆頭に、あなた方全員が首になってしかるべきです。司法長官は銃殺。大統領は辞任！」

この糾弾も一斉射撃の幕開けにすぎなかった。

二人はサビッチのポルシェへ歩いて戻った。サビッチは通りの向かいの車内にいる連邦保安官二人に手を振った。彼らの顔には、まぎれもなく哀れみの表情が浮かんでいた。

走りだした車のなかで、シャーロックが言った。「全身打ち身の気分だし、アルト＝ソープ判事が憤慨していること以外には何もわかっていないけど、今回の訪問にも得るべき点はあったわ」

「なんだ？」

「イライザ・ビッカーズにたっぷり時間を割けるってこと。マクレーンに住んでるのよね？」

サビッチは注意深く角を曲がり、うなずいた。「彼女、たいへんな剣幕だったな」

「わたしたちは法律の専門家からこっぴどく非難されたのよ」シャーロックはため息をついた。「ミズ・ビッカーズから話を聞いたら、家に昼食に戻って、ショーンとリリーに会ってきましょう。せめて二人が笑顔で、わたしたちに会って喜んでくれるといいんだけど。それが自尊心の支えになる。そう言えば今日、サイモンがリリーに会いにニューヨークから来るのよね？」

「そうとも。おれの妹に早く結婚を受け入れさせようとしてるんだ。うまくいくかな？」

「なんとかなるでしょ」シャーロックはマクレーンまでの道のりに備えて、シートにもたれた。「サイモンは口がうまいから」

サビッチのポルシェが私道に入るや、イライザ・ビッカーズのコンドミニアムの玄関が開いた。オークスと名づけられたこの集合住宅群は、汚れのない雪のブランケットに包まれて美しかった。個々のコンドミニアムは大きく近代的で、手入れが行き届いている。敷地もきちんと保たれ、歩道の雪はどけてある。背後にはカエデとオークの森があった。サビッチは妻に話しかけた。「おれが忘れてたら、彼女の最近の経済状況を調べるように言ってくれ。高級な地域に建つ高級な住宅。最高裁の助手には、どれくらいの稼ぎがあるんだ？」

「たぶんたいした額じゃないでしょうね。名誉職の意味あいが強いだろうから。ローズ奨学金の受給者に選ばれるようなものよ」

イライザ・ビッカーズは思いがけずきれいな女だった。一八〇センチ近い長身に豊かな胸を持つ大柄な女性で、焦げ茶のストレートヘアを長く伸ばしていた。白いソックスにジーンズをはき、クリーム色のたっぷりしたニットのセーターを着ていた。大きな眼鏡のせいで少し目がゆがんで見えるものの、そのあとにっこりしたとき、シャーロックはとてもきれいな女性であることに気づいた。笑顔になったのは一瞬で、彼女が泣いていたのは明らかだった。握りしめた手で頰をこすり、涙をこらえて小声で言った。「ごめんなさい、ほんとに。入ってください。少ししたら落ち着くと思います」

リビングは広々としていて、森に面したたくさんの窓から光が射しこんでいた。モダンな暖炉に、白いソファと椅子。アクセントとなるクッションがあちこちに散らしてある。絨毯も白。シャーロックは思わず靴を脱ぎ、サビッチもそれにならった。

「ええ、そうですよね。なぜ、白なんか選んだんでしょう？　たぶん彼氏のいない時期だったから。ええ、しばらく清らかな状態に戻ってたんです。それがいまは苦痛で。入ってください。コーヒーかお茶をお持ちしましょうか？」

「お茶をいただけると嬉しいわ」シャーロックは言った。「何も入れずに」イライザは小さくほほえんだ。あの美しい笑み。大きな眼鏡の奥にある瞳は澄んでいた。「すぐに戻ります」

「彼の匂いがする」シャーロックは言った。

「彼？」

「カリファーノ判事よ。彼の匂いがするの。最高裁判所の彼の執務室と同じ匂いよ」

「だとしたら、イライザが崇め奉っていただけでなく、関係があったんだな。カリファーノ判事はここに出入りしていた」

「ええ。しかも最近のことよ」

イライザ・ビッカーズは、二つのマグを持ってリビングに戻った。どちらのマグにもUVAとあった。「バージニア州立大学か。いい学校だ」サビッチが言った。「あそこのロースクールは国内でも五本の指に入る。ただ、きみはハーバード・ロースクールだと思ってたよ」

「ええ、UVAに行ったのは弟なんです」二人それぞれにマグを渡した。「ありきたりなリプトンです。お気になさらないといいんですけど」

「充分よ」と、シャーロックはマグに口をつけた。

イライザは華奢《きやしや》ではないが、太ってもいなかった。しっかりとした体つきで、彫像のように堂々としていた。彼女が眼鏡をはずして、大ぶりのセーターの裾《すそ》でレンズを拭いている。その目を見たサビッチは、そこに悲しみと混乱を見ると同時に、まごうことなき知性が宿っているのを感じ取り、すぐさま敬意を抱いた。

ごく事務的に切りだした。「たいへんなやり手だと聞いてるよ、ミズ・ビッカーズ」

「イライザと呼んでください、サビッチ捜査官。ええ、そうです、だと思います。誰かががんばらないと間に合わないし、重要なのはスピードです。判事の執務室には次つぎに片づけなければならない書類が送られてきて、そのすべてに目を通して、返事を出さなければなりません。わたしはずっとそれを処理してきました。はじめてスチュワート――カリファーノ判事の執務室に足を踏み入れたときから。そのせいで人に嫌われているとは思いませんけれど、わかりませんよね。でも、いちいち気にしていられないわ。わたしたちは必要なことをやるだけです」

「カリファーノ判事は次の七月にきみが二年めの勤務を終えて離れていくのをいやがっていたと聞いたよ。助手としてのきみかな？　それとも恋人として？」サビッチは一瞬の間をはさんで続けた。「彼とは恋愛関係だったんだろう、イライザ？」

イライザは口をあんぐり開け、それを閉じると、ため息をついた。「あなたにばれたというのに、意外に思えないのはなぜかしら。ただ、誰にもばれていないと思っていました。正直に言って、スチュワートがわたしのことを助手である以上に恋人として信じてくれていたのかどうか、わたしにはわからないんです」笑みを浮かべようとしたが、こんどはうまくいかなかった。「わたしも彼も別れがたく思っていましたが、七月には離れようと決めていました。わたしとスチュワートの関係を口外しないでいただけたら、とてもありがたいのですけれど。とりわけ、マーガレットには」

シャーロックが言った。「恋人関係になってどれくらいだったの？」

「四カ月。お願いです。マーガレットには言わないでください。傷つけたって、いいことはありませんよね？　残酷なだけです」

「あなたたちの不倫関係が判事の殺害に関係していたら、ミセス・カリファーノに黙っておくわけにはいかないわ」

イライザはその発言に衝撃を受けて、白いソファの背にならべてあった色鮮やかなクッションにもたれかかった。「スチュワートの殺害にどんな関係があると言うんですか？　彼はわたしがこれまで出会ったなかで、もっとも立派な人でした。聡明で親切で穏やかで、どこまでも思慮深い人でした。最高裁の判事という地位を愛し、なにより、その職責をみごとに担っていた。わたしたちには彼が必要だった。この国は、そして司法は、彼を必要としていました」

なんと高邁《こうまい》かつ理想主義的な発言だろう、とサビッチは思った。それが彼女の口から滔々《とうとう》と流れだした。名女優なのか？　それとも、本心なのか？　少なくとも、イライザは優秀な弁護士である。それを忘れないほうがいい。ふたたび彼女の瞳のなかに涙を見て、いったん質問の矛先《ほこさき》を変えた。「助手たちについて教えてくれないか、イライザ？　彼らの名前は？」

シャーロックはまばたき一つしなかった。言うまでもなく、ディロンは残る二人の助手について、パーティでの酒量から好きなスポーツにいたるまですべてを調べあげているが、いまの彼は率直そのものにしか見えない。彼のことをよく知らなければ、その表情を額面どおりに受け取っていただろう。

「仲間うちでダニーボーイと呼ばれている助手がいます。本名、ダニエル・オマリー。よくからかうんですよ。フランスに渡って塹壕《ざんごう》のイギリス人たちに合流しようと、ラッパを小脇に抱えて、アイルランドの海岸に立っていそうだって。ダニエル・オマリーは理想主義者のような、熱意にあふれた顔をしています。でも、実際は、ちっとも内実が伴っていないんです。ダニーの体には理想主義の欠片《かけら》もありません。生まれが貧しいだけに、強烈に豊かさを求めて育ち、彼にとってはそれがニューヨーク市の大手事務所で働くこととイコールなんです。ダニーは二十六ですが、実年齢よりも若くて、仕事をうまくやり遂げようと必死です。それもこれも、スチュワートから輝かしい推薦状をもらって、最高裁をやめたあと、大手事務所に入るためです」口を閉ざして、セーターの裾をひねった。「もうその推薦状ももらえませんね」咳払いをする。「そう言えば、彼を一度、こてんぱんにしなきゃならなかったことがあります」

サビッチは訊いた。「どうやって懲《こ》らしめたのか、尋ねていいかな?」

「忠誠の誓いのなかで〝神のもとに〟政教分離の原則を犯すことに賛成したと知ったら、あなたのおばあさんも——魂の安らかならんことを——お墓のなかでひっくり返るかもね、と言ってやったんです。彼は、祖母はアイルランド人でアメリカ人じゃないから理解できないと言い逃れようとしたんで、〝神のもとに〟の一節がつけ加えられたのは、あなたが生まれるよりずっと前の一九五四年だと知ったら、おばあさんは拍手喝采するでしょうね、と言い返してやりました。そして彼がいつも首にかけているセント・クリストファーのメダルを思いきり引っぱって、顔が赤くなるのを見ながら、笑い飛ばしたんです。彼は降参しました。それでおしまいです」

サビッチはイライザの論に分があると感じたので、うなずいた。「ダニーに恋人はいるのかい？」

「ええ、できたのは最近ですけど。女性にはすごく奥手なんです。相手は内務省の職員で、じつはコンピュータおたくなんですけど、うまくいってるみたいですから、きっとそれでいいんでしょうね。誤解しないでください、捜査官。ダニーはロヨラの法学を優秀な成績で卒業して、以前助手をしていたことのある教授から推薦状をもらい、いまも助手のネットワークに通じています。といっても、これは三十六人いる最高裁の助手の一人ずつに言えることですけれど。ダニーはお金には恵まれなかったけれど——それも助手にはよくあることなんです——苦労して乗りきってきました」言葉を切り、こんどはかろうじて笑顔になった。「一九二二年の国会で、はじめて各判事に一人の助手を雇う予算が計上されたのをご存じですか？　そのときに決められた給料は、年に三六〇〇ドルでしたから、現在の十分の一くらいです。物価上昇分を考えると、たいして変わっていません」ふたたび笑顔になり、美しいリビングを見まわした。「伯父がボストンで法律事務所をやってるんです。わたしはここへ来る前、そこで働いていました」

サビッチは笑顔を返した。「ありがとう。それでもう一人の助手は？」

「スチュワートは今年、通常の四人ではなく、助手を三人しか選びませんでした。理由は知りません。尋ねもしませんでした。なので、残る助手は一人、イレイン・ラフルーレットです。おかしな名前だし、本人も嫌ってます。改名したいけれど、父親が癇癪《かんしゃく》を起こして勘当されてしまうかもしれないから、我慢すると言っていました。でも、イレインと呼ばれるのをいやがるので、みんなフルーレットと呼んでます。学生たちが遊ぶのに忙しいチューレーン大学に通い、たいして努力もせずにトップになり、そのあとスタンフォードに行って、自分はもっと勉学に励んでビールを減らさなければいけないと気づき、そこから努力したんです。大舞台で活躍できるほどの実力はまだありませんが、いずれはそうなるんじゃないかしら。彼女はとても性格がいいんです。それにやっぱりスチュ、いえ、カリファーノ判事を尊敬してました。実際には、彼が歩いた土地さえ崇めるほどで、何か怪しげな仕事をしているらしい父親のかわりに慕っているのかもしれません。スチュワートはいつも彼女の話に耳を傾け、口にダクトテープを貼りたいと思うときでも敬意を持って接していました。一度、わたしと判事がどなりあっているときに、彼女が執務室に駆けこんできたことがあります。判事をわたしから守らなければいけないと思ったみたいで。危機一髪でした」

彼女はサビッチやシャーロックにうながされるまでもなく、カリファーノ判事との関係に話を戻した。サビッチは尋ねた。「危機一髪というのは？」

「彼女が駆けこんでこなければ、五分後にはたがいの服をむしり取っていたかもしれません。わたしたちは議論が大好きでした。言いあうと刺激されて、荒々しい気分になるんです。彼の執務室で愛しあったことはありませんが、いま思っても、あのときはあと一歩でした。

スチュワートは掛け値なしに弁の立つ人でした。楽しみのためだけにどのようにも頭をはたらかせて、反対の立場の人の論を張ることもできました。それくらい優秀だったんです。どちらの立場でこの能力が発達したのは、ある問題を両面からつぶさに検討するためです。

もたくみに論を展開できたので、ほぼすべての人を論破できました。それが彼に与えられた才能です。ですが、ときには進んで意見を変える人でもありました。わたしの意見を聞き入れてくれたことすらあります。誤解しないでください。わたしへの愛情ゆえに、ある案件や事件に対する意見を変えたことはないし、つねに彼自身の正義感に照らし、憲法に抵触することなくそれを実現する最善の方法を探ってのことです。彼はわが国の憲法はいまのわたしたちの世界に役立つものであるべきだという信念を持っていましたが、古い精神——憲法のことを彼はそう呼んでいたんです——に学ぼうという姿勢も持っていました。

彼にも弱点はありました。弁護士を嫌悪しがちなところです。わたしが知るかぎりでも、そのせいで何度か判断がぶれました。ですが、彼のおかげで、わたしは個々の状況で正義と法律のバランスをどう取るべきかについて、自分自身の考え方を形成することができました。わたしたちは意見を異にし、論争したんです」イライザは急に押し黙り、握りしめた手を見おろした。「そして彼は死んでしまい、誰にどうして殺されたのか、まだわかっていない」

イライザが声を押し殺して泣きだした。シャーロックは彼女に近づき、体を抱きしめてそっと前後に揺すりながら、小声で髪に話しかけた。「わかるわ、イライザ。みんなとても残念だと思ってる。ミセス・カリファーノにはたぶん話さずにすむと思う。避けられないこともあるかもしれないけれど、いまのところは考えつかないもの。大丈夫、イライザ？　あなたのために、誰か呼びましょうか？」

イライザはシャーロックの肩に寄せていた頭を左右に振り、ゆっくりと腰を起こした。

「あなたはすごく小柄なのに、力はあるんでしょう?」

シャーロックは彼女の頬に軽く触れた。「ええ、そうよ。でも、そういう痛みを見ているのは耐えられないの。わたしの話を聞いて。彼を悼むのは正しいことだし、失ったもののすべてを考えずにいられないのもわかるけれど、あなたには若さと賢さがある。きっと今回のことを乗り越えられる。これからも前に進んで、いつか結婚し、運がよければ子どもにだって恵まれる。サビッチ捜査官とわたしにはショーンという子がいて、その子のためなら、二人とも命も惜しくないと思ってるのよ。そうよ、ものごとは変えることができるし、いいほうに向けることができる。あなたとはまた話すことになるわ、イライザ」

立ち去る前に、サビッチはイライザと月曜の午後、最高裁判所の建物で会う約束をした。

「おれにはわからないんだが」サビッチはイグニションキーをまわしながら言った。「彼女は判事と結婚するつもりだったのか?」

「わたしとしては、そんな罠《わな》にはまらないだけの賢さがあったと、思いたいわ」

「次に会ったとき、忘れずに尋ねてみなきゃな。答えを聞くのが楽しみだよ」

15

ジョージタウン、ワシントンDC
日曜日の午後から夜

リリー・サビッチはスープとポレンタを食卓にならべた。ありえない組みあわせだけれど、ショーンはこれが大好きで、イチゴの砂糖煮を載せた焼きたてのバゲットもやはりショーンの好物だった。ショーンはポレンタをスープに浮かせ、ハミングしながらその大半をスプーンで喉に流しこんだ。

シャーロックは息子のナプキンを首にはさみなおし、顎《あご》についたポレンタを拭き取りながら尋ねた。「サイモンはいつ来るの、リリー?」

「少し遅れてて、到着は夜になるそうよ。メトロポリタンのための大作が手に入ったみたい。鼻高々だったわ。あなたたちは思ったより早く帰れたのね」

「ええ、そうなの」シャーロックは言い、スープを口に運んだ。「最高裁判所で殺人事件が起こるのを許したといって、アルト＝ソープ判事にこてんぱんにやっつけられて、家にさえ入れてもらえなかったからよ」

「徹底的に絞られてさ」サビッチは言った。「めったにない経験だ」

「あなたたちが誰かに絞られるだなんて、あたしには想像もつかないけど」リリーは物足りなさそうに言い足した。「その場に居あわせたかったな。でも、まあ、いいわ。それで、それとはべつに、捜査の具合はどうなの？」

「意外な展開がいくつかあってね」スープの味のすばらしさに、サビッチはひっくり返りそうになった。「おまえがこのスープをつくったのか、リリー？　すごいじゃないか」

リリーは怯《ひる》むことなく答えた。「そうよ。ショーンと二人で野菜を刻んだんだから」シャーロックにウインクして、〝バルドゥッチ〟と口の形だけでMストリートにある高級デリの名前を伝えた。リリーは続けた。「アルト＝ソープ判事にそんな目に遭わされたあとだと、テレビなんてつけたくないだろうけど、きっと胸焼けするわよ。まったく、ＦＢＩや大統領の職務を論じる専門家がこんなにいるとは思わなかった。しかも際限がないんだから」

「この街で働くのは高くつくのさ」サビッチは言った。「さあ、リリー、もう邪魔しないでくれ。このスープでスピリチュアルな経験をしてるところなんだ。ショーン、おまえも気に入ったんだろ？」

息子はスプーンのスープを口に運び、大半は喉を伝ったものの、野菜と液体の一部が顎からしたたった。父親に向かってにかっと笑い、スープからポレンタの塊を取りだして、手でぎゅっと握りしめた。

「いつかやると思ったのよ」リリーが言った。ショーンは開いた手を口に押しつけている。

「指のあいだで潰れる感覚が楽しいみたい」

「なんにしろ」サビッチは言った。「来てくれて助かったよ、リリー。母親が病気だっていうんで、ガブリエラには来てもらえなくてさ」

「気にしないで。あたしは楽しいんだから」サビッチは妹が声を詰まらせたのに気づいた。

リリーは一年以上前に娘を失い、いまは甥《おい》の存在をありがたく感じている。ただ、ショーンといたいがためにワシントンに足留めされ、ニューヨークに住むサイモン・ラッソとの結婚の妨げになっているのかもしれない。その一方で、〈ワシントンポスト〉に政治漫画『皺《しわ》なしリーマス』が掲載されるようになったリリーは、以前よりもよく笑い、闊達で幸せそうだった。

「ほんとよ、リリー、わたしたちに食事をつくってくれて、この小さな暴君の面倒をみてくれて感謝——」シャーロックの発言は、彼女の携帯の音によって妨げられた。「ごめん」一同に背中を向けて、電話に出た。「シャーロックです」

「ジミー・メートランドだ、シャーロック。いますぐ来てくれ。また殺しだ」

「誰が殺されたんです？」

「カリファーノ判事の助手だったダニエル・オマリーだ」

「そんな」シャーロックは言った。「どこで？」

「被害者の恋人がアパートで発見した。大急ぎで現場まで来てくれ。住所はわかるか？」

「はい。いますぐ向かいます」

サビッチもリリーも立ちあがっていた。「どうしたんだ、シャーロック?」

「ダニエル・オマリーよ。ダニーボーイが殺されたの。リリー、悪いんだけど——」

「母さんに世話を頼むつもりなら、やめて。ショーンはあたしのものよ。行って」

ショーンも一緒に出かけたがり、リリー叔母さんのお腹の上で赤いボールを転がして遊ぶほうが楽しいと納得させるのに、数分かかった。


ダニエル・オマリーは簡単には殺されていなかった。必死に戦ったのだ。だが殺人者のほうが強かった。凶器はダニエル自身が首に下げていたセント・クリストファーのペンダントだった。

彼のアパートのリビングと寝室をつなぐ狭い廊下で大の字になって死んでいた。指は切り落とされていた。太い鎖の下に差し入れたからだ。リビングは荒らされていた。親の代から使っているのではないかと思われるソファがひっくり返され、大きなテレビ用の椅子がばらされ、テレビは叩き壊され、大量の書籍は棚から引きずりだされて、その大半が二つに割かれていた。

彼のアパートがあるビルトモアストリートNEは、ここのところ高級化が進んでいた労働者階級が住む細長いブロックのなかほどにある。小さなアパートだった。狭いリビング、ちんまりしたキッチン。そのなかにあるすべてが壊され、冷蔵庫のドアは開け放たれ、古いリノリウムの床にはクレーターのようにミルクの水溜まりができていた。一つきりのバスルームも、やはり床にすべてがぶちまけられ、破壊されていないのは、細長い寝室の窓枠に置いてあった枯れた鉢植え三つだけだった。マットレスは裏返されて、切り開かれていた。小さなドレッサーの抽斗《ひきだし》は全部引っぱりだされ、下着や靴下やプルオーバーが床に投げてあった。小型クロゼットの中身は切り刻まれ、それは二足の靴も同じだった。

キッチンからすすり泣きが聞こえてくる。

二人は通路で、ジミー・メートランドと検死官からうなずきかけられた。サビッチとシャーロックがしゃがみこむと、ベン・レイバン刑事が隣りで顔を上げた。「メートランド副長官のおかげで入れてもらえたよ。副長官は特捜班のリーダーたちにも電話をしてたから、ここはじきに人でいっぱいになる。FBI本部の全員にあらためて電話をするより効率がいいと思ったんだろう」

「キャリーも一緒なの、ベン?」シャーロックが尋ねた。

「ああ。下の車で待ってる。ついてきたら手足切断の罰だと言いわたしてきた」

サビッチが言った。「それでいい。彼女にこんな現場を見せたくない」

三人はダニー・オマリーの遺体を検分した。「カリファーノ判事と似てるわね」シャーロックが言った。「必死にあらがったけれど、最後には犯人のおもちゃにされてる。鎖をはずせるかもしれないと希望をもたせて、けれど、もちろんそんなことはありえない。殺人犯は力のある男、怪力の持ち主よ」

「そしてサディスト」ベンが言った。「カリファーノ判事の絞殺と同じように、今回もダニーを絞め殺すことに正真正銘の快感を感じている。淡い期待を与えておいて、指ごと首を絞めることにだ」

シャーロックが言う。「犯人はワイヤーを持参したのかしら。来てみたら、ダニーがペンダントをはめているのを見て、鎖が使えると思ったのかもしれない」

サビッチはゆっくりとうなずいた。「そうだな、たぶんきみの言うとおりだ。犯人は準備をしてきた。まちがいなく、最初から殺害目的だったはずだ」

ジミー・メートランドが割りこんできた。「今回は使える物的証拠がありそうだ。犯人は何かを探していた。バスルームまでハリケーンが通ったあとのようなありさまだ。なんの頓着もせずに破壊し、戸棚の鏡や、そこらじゅうのガラスまで割り、薬瓶を全部開けて、中身を床にぶちまけていった。シャワーカーテンまで引きちぎられている。にしても、ここを徹底的に調べあげてやる。犯人の探しものが残っている可能性があるかぎり」

「何かを探していたわけじゃなく、怒りに駆られて、すべてを壊したかっただけかもしれない」ベンが言った。

「可能性はある」メートランドは言った。「だが、その説が間違いで、何かを探していたほうに賭《か》けたい」立ちあがって、キッチンへ向かった。

サビッチとシャーロックはオマリーの遺体の検分を続けた。「この匂い、わかる？　うちでカウンターやバスルームの掃除に使ってる洗剤と似た匂いよ」シャーロックはオマリーのていったんだわ」

指を拾いあげて、匂いを嗅いだ。「爪の下まで洗って、戦った痕跡の皮膚や血をきれいにし

「ドクター・コンラッドは優秀だ」サビッチは言った。「何か残っていれば、ドクターと科学捜査班の連中が見つけてくれる」

二人は立ちあがり、若い男の死体を見おろした。灰色の顔、出っ張った眼球、排出物の臭い。いまのシャーロックには、もうぱりっとした制服にラッパを持ち、アイルランドの海岸に立つ彼の姿が想像できなかった。オマリーは二十六歳にして死んだ。「若かったのに――まだ、これからだったのに。ひょっとしたらイライザが間違っていて、ほんとうにダニーボーイだったかもしれない。ラッパを小脇に抱え、正義のために闘い、金儲《かねもう》けに走る弁護士にはならなかったかもしれない。なぜ、彼が殺されなければならなかったの？」

「わからないが、何かがおかしい」サビッチは言った。

「ああ」ベンだった。「そうだな。なぜ部屋を荒らしまわったんだ？」

シャーロックが言った。「犯人は何かを探してたのよ。でも、それは何？　カリファーノ判事の助手がそれほど重要な何を持っていたと言うの？」

「考えなきゃならないことがたくさんあるが、さっき言ったとおり、何かがおかしい。それにダニーのことを知る必要がある。恋人と話をしてみよう。彼に何が起きていたか、彼女なら知っているかもしれない」

キッチンから戻ってきたメートランドは、青ざめると同時に憤慨していた。「ちくしょう、

まったく信じられない野郎だな。なんでまだ子どものような青年を、こんなふうに殺さなきゃならない？」ダニー・オマリーの死体を見おろした。「この若さだぞ。つらすぎて、こっちの身が灰になりそうだ」

シャーロックは言った。「恋人から何か聞きだせましたか？」

「恋人はアニー・ハーパーという名だが、金曜の夜、ダニーと映画に行ったそうだ。なんの映画だか覚えてなかったが、彼女によると、ダニーはサブタイトルのついているような、イタリア映画が好きだった。その夜は二人一緒だった。土曜の朝、ニュースでカリファーノ判事の殺害を知ると、ひどく興奮していたそうだ。わたしの話はこれぐらいにして、あとは直接彼女に事情聴取してくれ。印象を聞かせてもらいたい。だが、いちおう伝えておくと、いまは動揺がひどくて何を言っているかよくわからんぞ。ここへ来て、渡されていた鍵で入ったら、恋人が殺されていたんだからな」

「とりあえず病院に運んだほうがよさそうですね」シャーロックは言った。「鎮静剤を与えることになるかもしれません。こちらから彼女の家族に連絡します」

メートランドはうなずいた。「そうだな、それがいいだろう。彼女が被害者の考えていたことを知っているよう祈るばかりだ。ここだけの話、ひじょうに気分の悪い事件だ。

さて、アニー・ハーパーはわたしが病院へ運ぼう。ここはドクター・コンラッドと二つの鑑識班に任せる。いま捜査官をやって、近所の聞きこみをさせている。捜査班のリーダーが一ダースがたここへ来るから、一段落ついたら、リビングに来てくれ」

「わかりました。万が一に備えて、彼女に護衛をつけたほうがいいですね」

メートランドはうなずいた。

それから五分後、十二人の捜査官が荒れ果てた狭いリビングの中央に立っていた。メートランドが口を開くと、全員が黙りこんだ。「ダニー・オマリーのことを知るすべての人間からもう一度、早急に話を聞きたい。アリバイをチェックし、通話記録を調べろ。近隣の聞き込みからはまだ何も出てきていないが、地道に歩いて、近所に住む全員から話を聞け――令状は求めるだけ、すべて発行されるからな。

きみたちは正式の手続きを心得ている。殺害犯は手際のよい仕事ぶりを見せている。ダニーのアパートを壊しまわったとき、何を探していたのか？　それを突き止めなければならん。ドクター・コンラッドの予備検査によると、ダニーはカリファーノ判事の殺害から二十四時間ほどで殺されている。つまり今朝早くか、土曜のひじょうに遅い時刻に殺害された。土曜日は恋人のアニー・ハーパーが泊まっていなかった」

「彼女、運がよかったですね」オリー・ヘイミッシュ捜査官だった。「そのうち本人もそれに気づくでしょう」

「ああ、そうだな」メートランドは言った。「そして、その思いとともに生きていかなきゃならん。ダニーの殺害犯はその味を感じるほどに、大接近してきている。この血なまぐさいループのなかにいる誰か、すでに事情聴取をしている誰かであって、外部にいるまったくの他人とは思えない。さあ、今日のうちにすべてを片づけるぞ」

サビッチが続いた。「念頭に置いておかなければならないのは、次のシナリオだ。まず、ダニー・オマリーとカリファーノ判事のあいだに何かつながりがある場合。ダニーの背景にある何かが二人を結びつけているとしたら、それを見つけださなければならない」

深呼吸をして、話を再開した。「もう一つ、考えうるシナリオは、ダニーがカリファーノ判事の殺害について何か気づいた場合だ。すぐに犯人のあたりがついたか、あるいはカリファーノ判事の執務室で、見聞きしてはいけないものを見聞きしたか。それを材料にして、ダニーは行動したのかもしれない」

ジミー・メートランドは言った。「そう考えるのが、わたし一人であることを願っていたんだが」

「若いやつが背伸びをしてばかをやるのが、長官はお嫌いですからね」オリー・ヘイミッシュだった。「まあ、ほかに理由があることを祈りましょう。ひょっとしたら、殺人犯の頭のなかで、二人がなぜか結びつけられてただけかもしれないんですから」

サビッチはうなずいた。「おれにはそれ以外に、犯人がアパートを家捜しした理由が思いつかない。脅しの材料を探していたに違いないんだ。ダニーはまさか自分まで殺されることになるとは思わずに、殺人犯にからんだのかもしれない。もしダニーが知っていることを材料に恐喝しようとしていたのがわかったら、何をどうやって知ったのかを探らなきゃならない。つまり、ダニー・オマリーの足跡を逐一追うことになる。

請求書を一枚ずつあたり、コンピュータのハードドライブの中身まで徹底的に洗う。もしダニーが使っていれば、痕跡が残っているはずだ。誰が何を担当するかは、すでにメートランド副長官が決めておられる」言葉を切り、破壊しつくされた部屋を見わたし、狭いリビングに詰めこまれた男女の捜査官を最後に見た。「ダニー・オマリーが恐喝にかかわっていたのを望む人間は誰もいない。だが、その可能性がある以上、真正面から取り組む必要がある」マイクルズ捜査官を見た。「彼から話を聞いたとき、ピート、何かを隠している印象はあったか？　率直に語っていないと思わせるそぶりとか？」

マイクルズ捜査官は即答した。「聖歌隊員みたいに従順でしたよ、サビッチ。無垢《むく》そのもののようすで、事情聴取のあいだじゅう、手をぐねぐねさせ、目に涙を浮かべてました。自分が気がつかなかったせいで——」マイクルズは悪態をついた。

「気にするな、ピート」サビッチは言った。「何もなければそれがいちばんなんだ。今後、これまでに増して関係者からの事情聴取に力を入れる。メートランド副長官が言われたように、犯人は近くにいる。この点は前提にしてもらって、いいだろう。おれたちの手でこの怪物を早急に捕まえよう。まずは、カリファーノの助手の一人が殺された原因の究明だ」

シャーロックが言った。「ダニーが恐喝に手を染めているのがわかったとして、何を知っていたらそんなことができるの？　金曜の夜には、最高裁の建物にも近づいていないのよ」言葉を切り、捜査官全員を見まわした。「ダニーがそれほど愚かでないことを祈るばかりね」

16

サビッチは、イレイン・ラフルーレットの家に二時間以内に行って話を聞くようにと、ベン・レイバンに指示を出すと、シャーロックとともにマクレーンにあるイライザ・ビッカーズのコンドミニアムを再訪した。

サビッチは言った。「おれの口から彼女に伝えて、ダニーのことを聞いたときどんな表情をするか、どう反応するかを、この目でじかに確認したい。いまのおれたちにとっては、イライザとラフルーレットがいちばんの手がかりだ」

ノックに応じてイライザが出てくると、サビッチは単刀直入に切りだした。「やあ、イライザ。こんなことを伝えるのはつらいんだが、ダニー・オマリーが死んでね」

知らせを聞いて、イライザは腹に一撃を受けたようだった。まっ青になって、つぶやいた。「そんな、まさか」そして、ふらふらと玄関からあとずさりをした。玄関ホールにある小さなサイドテーブルにぶつかりそうになったので、サビッチが腕をつかんだ。

「そんな」イライザはくり返し、二人を見つめて首を振り、腕をしきりにこすった。「そんなの嘘です。そんなこと。ああ、神さま。ダニーが、そんな」両手で顔をおおい、体を揺すり、立ったまま泣きだした。

「坐りましょう、イライザ」シャーロックは声をかけた。サビッチとともに彼女をリビングに導き、グラスに水を汲んで運んだ。イライザは口にグラスをあてがわれたことにも気づいていないふうだったが、ひと口飲むと、人心地がついたようだった。

イライザが取り乱した顔を上げるには、さらに数分かかった。目はショックに見開かれ、焦点が合っていなかった。「世のなか、どうなってるの？ ダニーを殺したい人がいるなんて、どういうこと？」

「まだはっきりしたことはわからないわ」シャーロックが答えた。「でも、ダニーのアパートはめちゃめちゃに荒らされてたの」

イライザは途方に暮れている。「でも、なぜそんなことを？ ちっとも理由がわからない。ダニーには隠し財産なんてないのに」

「ダニー・オマリーが恐喝を試みていた可能性があるの」シャーロックは言った。「そのせいで、アパートが荒らされたのかもしれない。ダニーが恐喝の材料に使っていたものを探すためよ。もしダニーが実際、恐喝していたのなら、そのせいで命を落としたことになる。わたしたちが対峙《たいじ》しているのは、冷酷な怪物、自分の身を守るためなら、そしてカリファーノ判事を殺すために彼を雇った人物を守るためなら、どんなことでも平然とできる男よ」

「背後に二人いるってことですか？」

「ええ。何者かが殺し屋を雇った。雇われた男は殺しのプロよ、イライザ。わざわざリスクを払っているけれど、そうすることに快感を感じているふうがある。アドレナリン中毒なのね。そういう男にとって、リスクは大きければ大きいほどいい」

イライザは惚《ほう》けた顔をしていた。「嘘よ、ダニーがそんなこと、信じられない。だいたい、彼が何を知っていたの？　何を？　やわな人なんです。それに、今年は将来大金持ちになるために奴隷のように働く年だとみなして、身を粉にして働いていたんです。ばかな人じゃなかった。そのダニーが恐喝？　そんな側面は一度だって見たことがないわ。だって、自分の知っていることを材料にして、人殺しを脅すんですよ。なぜ、ダニーはわたしに相談しなかったの？　あなたに電話しなかったのはどうして？　お金にこだわる人だったけれど、そんなことを？　わたしにはどうしても理解できません」イライザが声を落とした。「別の理由があるんです。そうに決まってる」

シャーロックは言った。「わたしたちもすべての選択肢を検討してるわ、イライザ。でも、理屈の通る話はたいしてないの。何者かがカリファーノ判事の下で働いていた人をすべて殺したがっている可能性はある。それが最終目標の場合に備えて、あなたを守るために捜査官がここへ来ることになってるの」

イライザは現状を把握できずにいた。二人にもそれがわかったので、彼女がしゃべるのを待った。「世のなか、狂ってる」

「ええ、そうね」シャーロックは同意した。

ため息を漏らしたイライザは、リビングの端まで歩いて、また引き返してきた。「ひょっとしたら、ダニーには脅迫する気なんて全然ないのに、犯人はダニーが何かを知っていると信じこんだのかもしれない」

「可能性がないとは言わないけれど」シャーロックは言った。「それはないと思う。わたしたちとしては、ダニーの恋人が何かを知っていればと思ってるの。でも、それまでは彼が脅迫したと仮定するしかないわ」

「耐えられない。こんなこと、耐えられない。でも、わかりました。もしダニーが恐喝してたんなら、わたしに見る目がなかったんです。お金にがめついのに、それがわたしにはよくわかっていなかったんです。どれだけ時間をかけたら、人の内面を知ることができるの？」

「ダニーが金銭的に困っていたかどうか、知らないかしら？」シャーロックは尋ねた。

イライザは首を振った。「わたしが知るかぎりでは。ご存じのとおり最高裁の給料は充分とは言いがたいものですけれど、簡素ながらあのアパートは彼のものだし、お金には慎重な人だという印象があります。まだロースクールを卒業したばかりでしたから。それに、最高裁で一年働きたいと強く願っていました。新しいドアを開く機会になるから。カリファーノ判事に選ばれたときは、母親と部屋のなかを踊ってまわったと言っていました」

「ギャンブルとか、夢中になる何かとか――たとえば車やボートはどう？　お金のかかる趣味はなかった？　流行の服装を追うとか？」

彼女はこんども首を振った。

「だったら、彼はなぜそんなことをしたのかしら、イライザ？」

「彼の道徳観に疑問をいだいてるってことですよね？」イライザはさっと立ちあがり、そわそわと歩きだしたかと思うと、ぐるりと回転した。「ああ、ダニー、なんて困った人なの？」ふたたび目に涙があふれ、顔をこすりだした。その目はサビッチにもシャーロックにも向けられず、たぶん心のなかにいる同僚だった若い男、知っていると思いこんでいた青年、いい口喧嘩《くちげんか》の相手であった若者に向けられているのだろう。ただ、それも彼の命があればこそのことだ。どなろうにも、もう二度と会うことはできない。

シャーロックは言った。「彼はカリファーノ判事の殺害から、二十四時間もたたないうちに殺されたわ。つまり、土曜の朝、殺害事件があったのを聞いて、自分の持っている情報が大金に値するのに気がついたことになる。そしてそれを殺害犯を雇った人物になんらかの方法で伝えた。どうしたら知ることができたのかしら、イライザ？」

「きみはカリファーノ判事を知っている」こんどはサビッチだった。「ダニーは判事が何者かと話すのをたまたま聞くなり、判事がうっかりデスクに置き忘れた何かを読むなりしたに違いない。心当たりはないかい、イライザ？」

イライザはふたたびソファに腰かけた。ブルージーンズをはいた膝のあいだで両手を握りしめ、軽く体を揺すっている。

サビッチは声を低め、一定の速度で言葉を紡ぎだした。人から話を聞きだすための、穏やかな声だった。「金曜日のことを思いだしてもらいたい。きみは執務室にさっき入ってきたところだとする。金曜の朝、ダニーが何をしていたか、細大漏らさず、逐一再現してくれないか。彼がカリファーノ判事といつ話したかについては、慎重に頼む。さあ、肩の力を抜いて、思い起こしてみてくれ、イライザ」

まだ彼女にはその心がまえがなかった。「ダニーのお母さんとお父さんと三人のきょうだいはニュージャージーに住んでるんです」

「そうだね。彼らには知らせがいってるよ」

「あなたたちが殺害の原因をどう考えているかは、伝えてないんですよね？」

「ああ」サビッチは言った。「カリファーノ判事が殺されたニュースが放送されたとき、彼らはダニーに電話したそうだ。ダニーの無事を確認したかったんだな。ダニーは大丈夫、心配いらないと答えた。さあ、始めようか、イライザ。きみの助けがいる。ダニーもきみを必要としている。この三時間、きみは金曜日のことをずっと考えていた。それをぼくたちに話してくれ」

「ええ、そう、考えていました」彼女は言った。まだ気もそぞろだった。それでも、イライザ・ビッカーズは賢明な女性だった。イライザがサビッチに目を向けたとき、シャーロックには彼女が何を見ているのかわかった。それはサビッチの黒い底なしの瞳——なんの脅しもなくただ信頼を請う瞳、無言の理解を約束してくれる瞳だった。イライザの表情が引き締まる。シャーロックは軽く身をのりだし、カリファーノ判事の恋人であり上級助手であった女性、出会い方が違えば友人になれたかもしれない女性に全神経をそそいだ。

イライザはおもむろに口を開いた。その声は淡々として落ち着いていた。「金曜の午前中は、判事だけが全員、長官の会議室に集まりました。午前十時半きっかりです。ですが、スチュワートは忘れていたようだったので、わたしが声をかけました。大急ぎで執務室を出ていったのが、午前十時三十分ちょうどでした」

「裁判所に登庁したのは何時だった？」

「いつもと同じ時間、八時十五分前です。スチュワートは時間に正確でした。わたしのほうもいつもどおりの時間に登庁し、一緒にコーヒーを飲みました。朝食のセサミベーグルを食べる彼と、第八巡回区の前にいくつかの案件について検討しました。各判事にはそれぞれ、十三ある連邦控訴裁判所のうち、一つまたは複数の裁判所を監督する責任があります。スチュワートの担当は第八巡回区でした。フルーレットが書いたウインターズ対ケンタッキーの案件に関する多数意見草案に目を通し、ダニーが準備した覚え書きと、わたしが書いた口頭弁論後のメモを検討しました。スチュワートはそのすべてをさっさと片づけると、やらなければならないことがあるので、しばらく一人にしてくれと言いました」

「珍しいことなのか？」

「いいえ、まったく。だからあえて今朝、お話ししなかったんです。九時十五分ぐらい前まで、彼を一人にしておきました」

「そんなとき、通常彼はどんなことを考えてるんだい？　裁判のこと？　あるいは個人的なこととか、仕事以外のこととか？」

　イライザは目をそらすことなく、サビッチを見つづけていた。「そのすべてです。火曜日に審理される案件では、死刑がふたたび取りあげられることになっていました。スチュワートはこの問題を熟慮して、一九八九年にくだされた判決をくつがえすかどうかを検討していました。

いまになってみると、その件はもう何日も話しあっていたので、それ以上一人で考える余地はなかったはずです。そうだわ、それ以外の問題だったのよ。マーガレットが年に一度開くパーティのことだったのかも。彼女はAリストの知人を全員招き、スチュワートはそのリストを承認しなければなりませんでした。選挙があって党が変わるたびに、Aリストの中身は一新されました。ご存じだとは思いますが、ここはおかしな街です。判事だけがみずからの政治傾向と、そのときの在任者の顔ぶれによって、棺《ひつぎ》で運びだされるまで続けるか、引退するかを決めるんです。

だいたいの判事は、政治家やワシントン社交界の大物女性たちと交わることより、一人でいることを好みます。意見が合う人や会話を楽しめる相手とはつきあうこともありますが、それも頻繁ではありません。興味も大きく異なっています。たとえばゼビア＝フォックス判事のご主人は馬を育てています。グティエレス判事は金融に対して天才的な勘の持ち主です。プライベートをとても大切にする大金持ち、それがグティエレス判事です。幸せな結婚生活を送り、たくさんのお子さんとお孫さんに囲まれています。善良な男性であり、立派な頭脳の持ち主です。セーリングとカニ漁を愛し、チェサピーク湾を隅々までご存じです」

サビッチは彼女を本題に引き戻した。「で、カリファーノ判事は考えごとをするために執務室にいたんだね。午前九時十五分前から十時三十分まで。一人で過ごすには、長い時間じゃないか？」

「ええ、いまあらためて考えてみるとですけれど。いつもはわたしやダニーやフルーレット、それに秘書なんかが出入りするのに、あの日は、内側の執務室のドアがしっかりと閉じられていました」

「なぜだろう、イライザ？　きみは判事のことをよく知っている。考えられる理由は？」

イライザは黙って厚い灰色の靴下を見つめていたが、やがて意を決したように口を開いた。

「こんなに立ち入ったことは誰にも話したことがないんですけど、でも、もう知ってらっしゃる気がするから。ウォレス判事に関係のあることかも。スチュワートは家にウォレス判事を呼ぶのをいやがっていて、でも、マーガレットが彼と奥さんの両方をパーティに呼ばなきゃならないこともわかってました。ええ、そうです、ウォレス判事がマーガレットに言いより、先週ついにマーガレットがスチュワートにそのことを打ち明けたんです。スチュワートはものすごく腹を立ててましたけれど、わたしと浮気していることを考えると、皮肉な話ですよね」イライザは肩をすくめ、一瞬サビッチから目をそらした。罪悪感のせいか？　それとも困惑？　憤り？「でも、結局のところ、スチュワートは奥さんと義理の娘のキャリー・マーカムを愛してました。わたしは三番め。わかってたのに、それでもよかった」

「やけにものわかりがいいんだな、イライザ。きみは彼を愛していて、彼もきみを愛していたのに、二人には未来がなかった」

キャリーは肩をすくめた。まだサビッチを見つめている。「真実をお知りになりたいんなら言いますけれど、たぶん彼はわたしの若さと同じくらい、わたしの頭脳を愛してたんだと思います。わたしが彼を愛していたかどうか？　父親でも通るくらい年配の男性を？　そうですね、最高裁の判事と寝ることにはそそられるものがあります。少なくとも、最初からそのことに自覚的な程度にはわたしは自分を知っています。彼には力があって、それが毛穴から放たれているようでした。そして自信。たっぷりの自信があった。でも、そうですね、わたしは彼を愛していました。彼の力になって彼を守りたかったし、彼のために問題を取り除いてあげたかった。じゃあ、彼は？　マーガレットを捨ててもかまわないほど、わたしを愛していた？　そんなことは起こるはずもありませんでした。そう、わたしが去れば、それで終わっていたはずです。わたしは正気に戻るとそれに気づき、受け入れてもいました。わたしはプレッシャーのかかる最高裁での日々を愛し、彼から学ぶことを愛していました。法律を国家のツールとして見ることができるようになったのは、彼のおかげです。それに対して最高のものを返したい。それがわたしの願いでした」

「金曜日の午前中のことに戻るよ、イライザ。まだきみは彼を会議に送りだしていない。いいかい、執務室のドアは閉じている。それほど長いこと閉めたままになっているのは、めったにないことだったんだね？」

「はい。でも、だいぶしてから彼が顔を出して、フルーレットに何かを頼みました。そう、スピロス判事から来た参加《ジョイン》メモでした。アラバマの強制バス通学問題で、スピロス判事はスチュワートに論戦を挑んでいたんです。スチュワートはわたしたちにうなずきかけて、執務室に戻りました。こんどはドアをきちんと閉めませんでした。いつものように少し開いていたせいで、彼が電話で話している声が聞こえてました。十時をまわっていたと思います。相手は誰だかわかりません。秘書に電話をかけてくれとも頼みませんでした。

ドアは頑丈なので、少し開いていても、内部のプライバシーを保てます。もちろん外のあちこちに人がいます。ツアー客も入ってきます。執務室まで押しかけてくることはありませんが、話し声は絶えず聞こえるし、最高裁警察もいたるところにいます。つねに何かしら音がするけれど、執務室に入ってきちんとドアを閉めれば、そこはまるで別世界です。少人数が集まって話せるように、濃い色の革のソファと椅子が向かいあわせに置いてあります。もちろん、三人の助手と囲むための大きな会議テーブルもあります。それに、マーガレットからプレゼントされたジョージ王朝様式のきれいな銀器のセットがあって、それで来客にコーヒーをふるまうことにスチュワートは喜びを覚えていました。でも、執務室はごらんになったんですよね。どんな部屋なのかもうご存じなのに、すみません」

サビッチは言った。「たしかに見たけれど、きみのように、そこを使っていたわけじゃないからね。さあ、イライザ、先に進もう。執務室のドアはほぼ閉じられていた。きみはそのとき何をしてたんだい？　ダニーはどうかな？」

「サビッチ捜査官、彼から声がかかるのに備えて、わたしは意識の一部をつねにスチュワートにふり向けていました。そのときわたしは、アルト＝ソープ判事の助手の一人、ボビー・

フィッシャー、そう、チェスの名人と同じ名前の助手と話をしていました。ボビーはアルト＝ソープ判事の腰巾着というか、とにかくそんな感じの人です。たんにへつらっているんじゃなくて、本気でアルト＝ソープ判事を尊敬しているから、だから判事からも重用されるんですよね。端から見ると情けないし、ほかの助手たちは彼に対する軽蔑《けいべつ》を隠そうとしません。ともかく、ボビーがわたしたちのオフィスに来て、無駄話をしていました。実際、ちょくちょく来ていて、その日もわたしのところへ来る前に秘書とたっぷり五分は話していたんで、わたしはこの困り者を追いだすことしか考えていませんでした。そうやって訪ねてくるときは、いつもデートの誘いだったんですが、わたしは毎回無視してました。ダニーがそこにいて、同意意見を書いていたのを覚えています。同意意見というのは、多数意見と結論は同じだけれど、理由が異なる場合に公表されるものです。彼はデスクに張りついて、集中していました。そのとき、ボビーが自分の腕時計を見おろして、ひと声あげると、オフィスを飛びだしたんです。理由は言いませんでしたが、いやなやつ、またわたしに断わられたからかもしれないと思ったんですが、ふと、フルーレットのデスクの背後にある大きな時計を見て、あと一分で十時半なのに気づいたんです。長官の会議室で金曜日の会議が開かれる時間です。それで、スチュワートの執務室のドアを急いでノックして、なかに入りました。

彼は電話を手にしていました。わたしを見るとさっさと受話器を置き、わたしが慌てているのに気づいて、どうしたんだと尋ねました。わたしがいつものように〝金曜の会議〟と簡潔に言うと、スチュワートはこともなげに首を振りました。椅子に腰かけ、表面に革を張った美しいデスクをペンで小刻みに叩き、眉をひそめて虚空をにらんでいました。そのあとまだ心を決めかねているように首を振って立ちあがると、黙って大きなため息をつき、会議に向かいました。

次にスチュワートを見たのは十二時少しすぎ、わたしはデスクでサンドイッチを食べていました。ダニーとフルーレットは重圧のかかる職場からいっとき逃れたいと言って、通りの先にあるカフェに出かけていました。スチュワートは入ってくると、わたしにうなずきかけて、すぐに執務室に戻りました。こんどはしっかりドアを閉めました」

ここでサビッチが尋ねた。「なぜ今朝は話してくれなかったんだい、イライザ？」

「奇妙だとも、ふだんと違うとも思わなかったんです。スチュワートは真剣に考えごとをするときは、一人で執務室にこもります。わたしを呼び入れるのは、あることについて話しあいたいときや、いい意見が浮かんだときです。

ときには話をするために、裁判所の外に出ることもありました。背後にある住宅街まで行くんです。外の空気を吸うためだけに、外に出ます。頭を整理しやすかったんでしょうね」

「でも金曜日はまだランチの時間帯だった。彼は何を食べた？」

「わたしが彼の好きなピタサンドイッチとローストラムを買ってきました」

「彼はひとりで食べたのかな？　執務室で？」

イライザがこくりとうなずく。

「きみには声をかけなかった？」

イライザの首が左右に振れた。

「めったにないことなのかい？」

「いいえ、そうでもありません」

「ダニーはどこにいた？」

「ダニーは十二時四十五分ごろに、フルーレットは一時少しすぎに戻ってきました。ダニーは少しようすがおかしくて、何をするでもなくぶらぶらしていたかと思うと、カリファーノ判事に尋ねなきゃならないことがあると言いだしました。わたしは忙しかったので、何を尋ねたいのか訊かずに、〝つまらないことならやめておいたら。判事は考えごとで忙しいみたいだから〟という意味のことを言いました」

「それに対して、ダニーはなんと？」

「彼は〝いや、この話なら時間をとってくれるよ、イライザ。きっと何分かくれる〟と言ったんです。ああ、ごめんなさい、どうかしてました。いつもと変わらないような気がしてたのに、いまこうして思い返してみると、こんなに違うなんて。彼は何を言いたかったのかしら？　あのときもう何かを知ってたんですよね？」

シャーロックが答えた。「たぶんね。よく思いだしてくれたわ、イライザ。それで、ダニーは執務室のドアをノックしたのね？」

「はい」

「カリファーノ判事が何か言うのが聞こえた？」

「確か、〝なんだい、ダニー？　さあ、入って。ただし手短かに頼むよ、忙しいからね〟とか言っていたと思います」

「ダニーが判事のところにいたのは、時間にしてどれくらい？」

「はっきりしませんけれど、それほど長くありません。たぶん十分ぐらいじゃないかしら、わからないけど。わたしはある弁護士から手続きに関する電話を受けていて、そのあと、こんどは司法次官のオフィスから、やっぱり手続きに関する問いあわせの電話が入ったんです。その間、五、六人が出たり入ったりしていました。

　執務室から出てきたダニーは、静かでした」イライザは続けた。「自分の席に戻り、黙りこくっていたんです。お話ししたとおり、ダニーはよそよそしいタイプではなくて、よく知らない人には多少遠慮がちなところがあるにしろ、わたしやフルーレットにはいつもべらべらしゃべってました。そのダニーが椅子にかけたまま、黙りこんでいたんです。わたしは彼にある意見確認について尋ねようとしたのを覚えています。カリファーノ判事が気を揉《も》んでいたから。ああ、意見確認というのは、最高裁に判断を仰ぐ正式な手続きのことです。ダニーがそこに腰かけて、何かに気を取られているのがわかりました。そのあと、またわたしが忙しくなってしまって、何も言わずに終わったんです。残りの時間はいつもの金曜日と同じように過ぎました。みな週末何をするか話してました。確か児童書のフェスティバルがデュポンサークルであったはずです」

「ダニーは本に興味があったのかい？」

「はい。彼は恋人と一緒に、物語の語り手のパフォーマンスを観にいくと言ってました」

「金曜の夜、恋人と映画に行く話はしてたかい？」

「いえ、記憶にありません」

シャーロックが尋ねた。「ミセス・カリファーノのパーティはいつの予定だったの？」

「次の週末です。お気の毒なマーガレット」

「彼女なら大丈夫よ。お友だちに囲まれてるし、娘さんもいるわ」

「ええ、五人組のお友だちとして、有名ですよね。いつもすばらしいと思っていました。五人の女性が長年友情を育んで、人生を分かちあい、たがいに助けあうなんて」

シャーロックは言った。「金曜日、カリファーノ判事は何か持っていた？　書類とか、ほかの何かとか？」

「スチュワートには背広の胸ポケットに、そのとき扱っている書類を入れておく習慣がありました。シャーロック捜査官、彼の姿が目に浮かびます。胸を叩いて、持っていきたい書類が無事にポケットに収まっているのを確かめるんです。でも、金曜日に彼が書類を持って出たかどうかはわかりません。かわいそうなダニー。彼は知ってたんでしょうか？　そう、アニー・ハーパー。アニーに電話をしなければ」

イライザは意識散漫になりだしたが、すでに必要なことは聞いていた。サビッチは立ちあがった。「しばらくアニー・ハーパーには連絡がつかないかもしれないよ、イライザ。少し休んだら、散歩に出てもらいたい。もう一度、金曜日のことを思い返して、オフィスに歩いて入った瞬間から、ことこまかにすべてを思いだしてもらいたいんだ。気づいたことがあったら、どんなに些細《ささい》なことでもいい、すぐに電話をしてくれ」

サビッチは携帯の番号の入ったカードを渡した。「ダニー・オマリーのことを意識の前面に置いて、彼の行動をたどってくれ。シャーロックとおれはフルーレットに会ってくる」

「じゃあ、あなたからダニーのことを話すんですね。フルーレットは今朝電話をしてきたんです。判事の件ですっかりしょげて、たいへんなショックを受けていました。でも、父親が飛んできたみたい。たぶん判事の葬儀が終わったら、彼女を連れて帰るつもりなんでしょう。これでダニーも死んでしまったから、フルーレットの父親も、二つの葬儀が終わるまでここに残るしかありません。なんかもう、すべてがめちゃくちゃ」

「そうね、イライザ」シャーロックは言った。「ほんとうにそうね」

「ダニーが恐喝なんてしていなかったことを証明してください」

サビッチもシャーロックも返事を避けた。見通しはいかにも暗かった。

17

サビッチはすでに、イレイン・ラフルーレットの父親が資産家であることを知っていた。ビッグ・エド・ラフルーレット。大手不動産開発業者として、商業地ニューオーリンズで幅を利かせている人物。地元の警察と関係が深く、保護を求めると同時に口も出し、地元政治の場面においても一定の地位を得ていた。フルーレットはロースクールに入るまで人生に目的のない学生だったが、いまは〝やる気満々〟が彼女の形容詞になった。父親の力を借りることなく、自力でものごとを進めたがっていた。ただし、住居に関してだけはべつだ。なぜその必要もないのに、ダニーのような暮らしをしなければならないのか。すてきな高級住宅街に住み、ダニー・オマリーのねぐらとは、プラザホテルのオークルームと波止場の酒場ぐらいの差があった。手入れの行き届いた褐色砂岩の美しい建物がフルーレットの家で、司法試験に合格したときに父親から贈られ、彼女名義になっていた。

同じブロックにブラウンビクトリアが停めてあり、なかにベン・レイバンとキャリー・マーカムが乗っていた。四人はそろって褐色砂岩の家に向かった。

「キャリー、会えて嬉しいわ」シャーロックは言った。「ベンの腕をねじあげて連れてきてもらったの？」

「じつは、また彼を脅さなきゃならなかったのよ。〈ポスト〉の編集長に電話して、いい情報を流すって」キャリーは声を落とし、シャーロックに身を寄せた。「でも、今日はあまり気にしてなかったみたい。頑固な人だけど、なんとか食いついてる」

シャーロックは彼女の腕に触れた。「ダニー・オマリーのアパートでは、ベンに言われたとおり、車にいてくれてよかったと思ってる」

「ほんとはドアのハンドルに手錠でつないでおいたんだ」ベンが言った。「ああ、そうだよ。おれは手荒なことはしない。今回は彼女もおれに従ってくれたしな」

「ベンはダニーとわたしの義父《ちち》を殺したのは同一犯だと言うの。ダニーのことはよく知らなかったけど、顔見知りで、裁判所で会うたび笑いかけてくれた。それなのに、こんなことになるなんて」

「ほんとね」シャーロックは言った。「フルーレットのことを知っている人がいてくれて、心強いわ。あなたには記者として訓練してきた目もあるし」

ベンは女二人を見ていた。嬉しそうというより、あきらめの表情を浮かべている。メートランド副長官からダニー・オマリーの件で電話をもらったとき、キャリーがベンの自宅の玄関まで来ていたのだ。なんとか置いてこようとしたが、彼女は頑として言うことを聞かなかった。フルーレットの家に来る途中で、彼女に言われるがままランチをとった。キャリーは辛くて刺激的な四川料理が大好きだと言い、ピザでなければ中華と決めているベンにも、異論はなかった。彼女はベンがいままで利用したことのない店を二軒知っていた。

四人は男女一人ずつの叫び声を聞きながら赤レンガでできた六段のステップをのぼり、中央にライオンの頭部を模したノッカーのついたまっ赤な玄関ドアの前に立った。

しばし足を止めて、耳をすました。

「ろくでなし！　カリファーノ判事の投票であなたのくだらない事件を審理させたくて、あたしを使ったんでしょ！　なんて卑劣な人なの——」

「よせよ、フルーレット。見当違いもはなはだしいぞ。ぼくは弁護士だし、案件を抱えていることはきみも知ってた。ぼくが案件を抱えているのを知っていたのに、なぜいまになってごちゃごちゃ言うんだ？　なあ、じいさんは死んだんだぞ。いまさらぼくたちがどうなるもんじゃないだろう？」

玄関のドアが勢いよく開き、四人は後ろに下がった。出てきたのは三十代半ばの男性で、整った顔立ちに、乱れなく整えられた淡い茶色の髪、贅肉のないランナー体型をしている。

彼女の怒声がまだ聞こえてくるのに、口笛を吹いていた。

「あんたなんか腐れ死にしちゃえ！　あそこが腐って落ちちゃえばいいのよ！」

男は知らない四人組を目にして、片方の眉を吊りあげた。イレイン・ラフルーレットを呆《あき》れ顔でふり返りつつよこしまな笑みを浮かべ、家の前に停めてある暗緑色のジャガーへと向かった。車のキーを投げあげ、それをつかんで、リモートコントローラーで扉を開けた。

サビッチは戸口に出てきた若い女性にＩＤを開いて見せた。「捜査官のサビッチとシャーロック、レイバン刑事、それにマーカムだ。きみがイレイン・ラフルーレットかい？」

「ええ。話なら、もう別の捜査官にしたけど。あたしは何も知らないわ。こんどはなんなの？」

シャーロックはすっと前に出て、彼女に身を寄せた。「入れてくれる？　外は寒くて」

イレインは自然に下がった。まだ頬が紅潮して、怒りに息を荒らげている。

シャーロックはジャガーのエンジンをかけている男を指さした。「あなたの言うとおり、とんでもない男みたいね。聞こえちゃったの。わたしがこてんぱんにしてあげましょうか？」

イレインは自分よりは一〇センチは背の低い、赤い巻き毛のきれいな女を見つめて、笑いだした。「ううん。あなたに指を折らせる価値のない男よ。でも、あなたの言うとおり。あいつ、カリファーノ判事が亡くなって、あたしに口添えしてもらう必要がなくなったから、あたしを捨てたのよ。あたしがそんなことするわけないのに。あんなやつと寝なくて、ほんと、よかった。

キャリー？　こんなところで何してるの？　ああ、そうだった、ごめんなさい。お義父《とう》さんのこと、ご愁傷さま」

キャリーは言った。「ありがとう、フルーレット。この人たちに同行したのは、事情聴取を手伝うためなの。あのクズ野郎のことだけど、さっさと捨てられて、運がよかったわよ。でも、そもそもどうしてあんなのに引っかかったの？」

「だって、かわいかったんだもん。それに、頭いいし。でも、深い仲にならなくてよかった」

サビッチとベンは口をつぐんだまま、女二人についてリビングに入った。豪勢な部屋だった。磨きあげられた床には、必要に応じてペルシア絨毯が敷いてあり、あちこちに置かれたアーリーアメリカンの高級アンティーク家具が居心地のよさをかもしている。暖炉では炎が燃えていた。

イレインが来客を予期していなかったのは、見ればわかった。古い灰色のスエットを着て、足には靴下だけをはき、化粧をしていない。ブロンドの髪はポニーテールにしていた。顔立ちはすっきりとして、緑の瞳には知性の輝きがある。

「あの男、別れの挨拶のためだけに来たの?」シャーロックが訊いた。

「そうなの。少なくとも電話ぐらいよこして、身支度する余裕ぐらいくれてもよさそうなもんなのに、いきなり押しかけてきて、別の女とつきあうって宣言したのよ。相手がウォーレス判事のもとで働くソーニャ・マクギブンズじゃなければ、驚かなかったと思うけど」ソーニャ・マクギブンズと聞いても、サビッチの頭には何も浮かんでこなかった。だがMAXのもとへ戻ってデータベースを開きしだい、その女のことを調べあげようと決めた。

シャーロックが言った。「伝えるのはつらいんだけど、ミス・ラフルーレット――」

「よして、シャーロック捜査官。あたしが元カレにどなり散らして、大騒ぎするのを見てるんだから、フルーレットと呼んで。みんなからそう呼ばれてるの」

「わかったわ、フルーレット。伝えるのはつらいんだけど、ダニエル・オマリーが殺されたの。カリファーノ判事を殺害したのと、同一犯の可能性が高いわ」

イレインは身動きできなくなった。車のヘッドライトに照らしだされたシカのように立ちすくんだまま、シャーロックを凝視している。思考停止に陥っているのだろう。目は焦点を失い、呆然《ぼうぜん》としている。ようやく、唇を湿して話しだした。「ダニーが、あたしたちのダニーが、死んだ？」

「ええ。まだ殺されてから二十四時間たっていないわ。それで、賢いあなたにならすぐにぴんときたと思うけれど、フルーレット、カリファーノ判事の殺害とダニーのあいだにはなんらかの関連がありそうなの」

「どんなふうに？」

「ダニーが何かを知っていて、場合によっては殺害犯を脅迫しようとした可能性も考慮しなくてはならないんだけど、それにはあなたの協力が欠かせないわ。いますぐ、彼を殺した犯人を見つけなければ」

「どうしてダニーがそんなことを？」

シャーロックは答えた。「彼のアパートがめちゃめちゃにされていたわ、フルーレット。誰かが何かを探したのよ」

「それで、その何かはダニーが殺害犯のことを書いたろくでもない文書だと考えたの？」

シャーロックは肩をすくめた。「いかにもありそうな話だと思うけど」

イレインは暖炉の隣りの壁にもたれるサビッチを見やり、続いてレイバン刑事、そしてキャリーを見た。「わからない——あたしには理解できない。ダニーがカリファーノ判事の殺害犯について何を知りえたというの？」

「坐って、フルーレット。金曜のことを話しましょう」

イレインは腰かけ、何度か深呼吸してからうなずいた。「ダニーが判事の執務室に入ったのを覚えてる。彼はなかに入ってドアを閉めた。そんなこと、いままで誰もしたことがなかった。もしドアを開けたら、開けたままにするのに、ダニーはそれを閉めたの。そう、閉めたのよ」

「つまり、彼はカリファーノ判事と二人きりで話したかったのね？　誰にも邪魔されずに」

「そう言われてみれば、そういうことになるんだと思う」

「金曜の朝はあなたとダニーのどちらが先に登庁したの？」

「あたし。各自がその日にすべきことの内容によって、どちらが先に出るか決まるの。これから数カ月は、それほどひどくないのよ。犬の日なの。そう、四月と五月は犬の日と呼ばれてて、全員が週に九十時間働かなきゃならない。重大な決定事項が山積みになって——」

シャーロックは本題に戻した。「それで、金曜日のダニーは何時に出てきたの？」

「ああ、ごめんなさい。九時十五分ぐらいかな」

「彼は何をしてた？」

「コーヒーを飲み、階下のカフェテリアで買ってきたパンを食べてた。何かを読みながら、ノートを取ってたけど、何を読んでるか、訊かなかった。あたしもやることがあったから。イライザがカリファーノ判事と一緒にいないのを見て、少し意外に思ったっけ。二人は毎朝いちばんに顔を合わせてるから。判事はいつもベーグルを食べてた。でも、あの日、イライザは彼女のデスクで仕事をしてた。登庁したあたしは、いつもみたいに少しおしゃべりして、ダニーともやっぱりそうした」

「イライザがどんな作業をしてたか、わかる？」

「いいえ。ほら、あたしにも大切な仕事があったから。反対意見の草案を書いてたの」

「それで、あなたたち三人は仕事をしてた。そこへボビー・フィッシャーが油を売りに来たのね」

「ええ。彼はイライザに気があるんだけど、全然相手にしてもらえないの。彼、アルト＝ソープを崇拝してて、気持ち悪いから。うちのオフィスでは鼻つまみものよ。しばらくするといなくなった」

「それで、イライザはカリファーノ判事の部屋に行ったのね？」

「ええ。エイブラムズ長官の執務室で金曜午前の会議が開かれる時間だったから。ボビーはケツのあ——そのことを言ってくれなかった。ケチ臭い男だと思わない？」

シャーロックは先に進めた。「それで、イライザがカリファーノ判事を連れて出てきて、判事は会議に走ったのね？」

「ええ。でも、すぐじゃなかった。イライザは三分か四分ぐらい執務室にいたはずよ。あたし、時計を見あげたのを覚えてる。エイブラムズ長官が遅刻を嫌うのを知ってたから」

「ダニーがカリファーノ判事の部屋に入ったのは、何時だった?」

イレインはぽかんとした顔になった。「覚えてないわ。ううん、ちょっと待って。あたし、トイレに行きたくなって、戻ってきたとき、ダニーはデスクにいなかった。あたしがどこだと訊いたら、イライザが執務室のドアを指さしたわ。

あたしは眉を吊りあげたけれど、イライザは黙って肩をすくめて、そのうちに電話が鳴りだした。ダニーやあたしが名指しされないかぎり、秘書はイライザに電話をまわすの。そのあと三十分は、あたしたち二人とも大忙しだった」

「じゃあ、ダニーがどれくらい執務室にいたのか知らないのね?」

「十分か、ひょっとしたら十五分くらい。ああ、神さま、かわいそうな、ダニー。あなたが言ってるようなことを、なんでしたのかしら? なんでなの? そんなの意味がわからない。あの人、ばかじゃないのよ。ニューヨークの弁護士事務所が三顧の礼で彼を迎えたがるような推薦状をカリファーノ判事に書いてもらおうとがんばってた。彼もあたしもイライザの引き立て役でしかないのに、気にしてなかった。イライザはほんとすばらしいし、それにダニーとあたしが去年の七月に来たとき、それまでに一年勤めていたイライザには、もう仕事のやり方がわかってたから」

イレインは前の通りに面した窓を見やった。カーテンが開いている。「いまさらどうでもいいことよね?」

「ええ」シャーロックは相づちを打った。「そうね、もうどうでもいいことね。それでダニーは、カリファーノ判事に何を話したか、少しも言わなかったの？」

イレインはゆっくりをかぶりを振った。「ええ。でも、いま彼の顔を思い浮かべてみると、彼——悦に入ってた。そう、得意そうな顔をしてた。そんな顔のダニーははじめて見たから、印象に残ってる。何が起きてるんだろうと思ったの」

「で、ダニーは得意そうだったのね？　何かに気づいて、それをカリファーノ判事に突きつけたような感じだった？」

「あのときはそんなふうに思わなかったけど、言われてみたら、そういう感じかも。ああ、まだ二日しかたってないのに——ダニーがもうこの世にいないなんて」

「カリファーノ判事のデスクに書類がなかった？　彼が胸ポケットに書類を入れるところを見たか、電話で話すところを聞いてない？」

イレインはのろのろと首を振った。「待って——そう言えば、エイブラムズ長官の会議に走って出ていくときに、胸のポケットに何かを入れて、そのあとポケットを叩いてた。でも、いつものことだから」

「なんの書類だかわからない？」

「いいえ、全然」

「カリファーノ判事が裁判所の誰かと親しいという噂《うわさ》を聞いたことない？」

ぎょっとして、イレインは身を引いた。「いいえ、まさか、シャーロック捜査官。判事はご高齢のちゃんとした方だし、結婚してたのよ」一瞬、口をつぐんだ。「でもウォレス判事なら、噂があったわ。その手の噂。孫までいる最高裁判所の判事なのに、むかつくと思わない？」

シャーロックは彼女の手をぽんと叩いた。

興味深い、とサビッチは思った。ベンに目をやると、キャリーの手を握っておとなしくさせている。ほかの助手たちが気づかなかったのなら、イライザ・ビッカーズとカリファーノ判事はたいした役者だったのだろう。そんななか、ゼビア＝フォックス判事は気づいていた。シャーロックが席を立つと、ほかの人たちもそれにならった。シャーロックはイレインに名刺を渡し、サビッチがイライザに言い置いたとおりのことを伝えた。「ばかげてると思っても、何かあったら、わたしに電話して。わたしたちはこの犯人を逮捕するわ、フルーレット。それだけは約束する」

車で六ブロック移動し、首都警察の本部からわずか一ブロックの位置にある〈ボーモンド〉というコーヒーショップに入った。サビッチはここぞとばかりにお茶を、残る三人はコーヒーを注文した。

「で、キャリー、フルーレットの印象を聞かせて」シャーロックは口火を切った。

「彼女、本気で怯《おび》えてたわね」

ベンは重々しくうなずいた。「きみの言うとおりだ。おれはいま気づいたが、彼女といるあいだは感知できなかった」

サビッチが言った。「彼女がそれを隠してたと思うかい？」

「そう見えなかったのは確かかね」キャリーは答えた。「でも、こうは言える。イライザがわたしの義父と関係していたことに気づいていなかったなんて、意外だわ。あの狭い空間で毎日顔を合わせてるのよ。それに、あまり一緒にいなかったゼビア＝フォックス判事は、イライザの彼に対する思いに気づいていた」

「そうだな。おれも意外に思った」ベンは言った。

キャリーはフォークを手にしたまま、ブースの背にもたれた。「まだぴんとこないのよね。スチュワートはうちの母とすごく結婚したがってた。それがどうしてこんなことになるの？母がかわいそう。知ってたのかしら？感づいていたと思う？」

「知らなかったことを願うよ」サビッチは言った。「フルーレットは怯えていた」続けて言いながら、ウェイターが差しだした箱からアールグレイのティーバッグを選んだ。「怯えなきゃならない理由があるのか？」

「カリファーノ判事とダニエル・オマリーが死んだんだぞ」ベンが言う。「もしおれがビッカーズかラフルーレットなら、当然、おれも怯えたろうな」

「でも、ダニーの行動には不審な点があるわ。二人の話が真実ならだけど」シャーロックは言った。「どちらの女性もそういうことに手を出すほど愚かには見えないんだけど、どう思う、ディロン？」

「ああ、それはないだろう。捜査官が彼女たちを守ることになってるから、ついでに目を光らせてくれるさ。まもなく警備につくだろう」サビッチはティーカップを持ちあげてそっと口をつけ、嬉しそうにため息をついた。「首都警察から一ブロックも離れていない場所でうまいお茶にありつけるとはな」

シャーロックは笑いながら、夫の腕を叩いた。「ここにはベンが出入りしてるから、あなたもここへ来る口実があるわね。キャリー、ほかに気づいたことは？」

キャリーは首を振った。「ううん、もうないと思う。イライザ・ビッカーズはスチュワートが離婚して自分と結婚すると思ってたのかしら？」

「いいえ。将来については達観してたみたい。実際、そうだったんだと思う。イライザは働き者のいい人で、驚異的な速度で仕事を学んでいたんでしょうけど、なにより内部の人間であること、権力の近くにいることに喜びを感じ、カリファーノ判事が彼女に与えた装飾品の一部はそれだったんでしょうね。でも、イライザは彼があなたのお母さまとあなたを愛しているのを知っていた。本人がそう言ってたの。あなたも、こだわらないほうがいいわ。いまさら関係のないことだから」

けれど、キャリーはこだわらずにいられなかった。「どうしたら母が知らずにいられるの？　感づかないはずがないのに。わたしだって、あの二人くらい長く結婚生活を続けてきたら、相手の不貞には気づくはずよ」

「疑いをほのめかしたことはないの？」

「ないわ」キャリーはベンを見やり、その表情に驚いた。ひどく醒めた瞳に、僧侶のような厳粛な顔つきをしていた。「どうかしたの?」

ベン・レイバンは答えた。「不倫には賛成できない」

サビッチはティーカップを掲げて、シャーロックのカップにカツンとあてた。「それを言ったら、おれたちもだよ」

「だが、もしキャリーの言うとおりだとしたら、フルーレットは何に怯えていたんだ? イライザ・ビッカーズにも怯えている気配があったか?」

サビッチとシャーロックはそろって首を横に振った。

サビッチが言った。「本部に戻って、しばらくMAXに働いてもらわないとな。手分けして、全関係者の背景情報と事情聴取した内容をすべて入力する。そう、助手や判事、それにきみのお母さんやカリファーノ判事の友人や知人についてだ、キャリー。こうして集めた情報を整理する時間がきたようだ」

「金銭に関する情報も含むの? 銀行口座の入出金とか?」

サビッチはこともなげに肩をすくめた。「MAXは少し前にプラチナレベルに達した。どんなものでも、ほぼ見つけることができる。その気になりさえすれば、シベリアのデータでも掘りだしてくるぞ」

「はいはい、わかりました。早く本題に入ってよ」

ベンが言った。「〈ポスト〉の編集長に話すつもりじゃないだろうな、ミズ・マーカム? 連邦権力の乱用を非難する記事を出すつもりか?」

キャリーはポーズを取り、シャーロックにはそれがとても効果的に見えた。ベン・レイバンがフォーマイカのテーブルの下にもぐりこみそうになったほどだ。「露ほども考えてなかったけど、あなたはそういうことを言うわけね——ほんと、可能性はいくらでもあるわ」

「いい尻をしてるとおれがこの女に伝えたと思ってみてくれ」ベンはカフェの客、全員に向けて言った。

シャーロックは大笑いしながらベンの肩を叩いた。彼女に何かを言われる前に、ベンはつけ加えた。「キャリーはきみの夫のことを魅力的だとも言ったんだぞ。それを聞いてどう思う、シャーロック?」

「目と趣味のいい女性だと思うわ」シャーロックは言った。「ふーむ。ディロン、あなたはどう思う?」

「きみに異論を差しはさむほど、おれがばかだと思うかい?」サビッチは言った。

「おれの考えてることがわかるか、ミズ・マーカム?」

「あなたのことだから、三秒もしないうちに答えを話すでしょ、レイバン刑事」

「タイダルベーシンに連れていって、その立派な尻を雪のなかに投げだしてやる。ルーズベルト記念公園なら、きみがいくら叫ぼうと、滝の音がかき消してくれるだろうからな」

「やれるもんならやってみたら、レイバン刑事」キャリーはからのコーヒーマグを掲げて、敬礼をした。

「いい見世物になってるぞ」サビッチは財布から紙幣を取りだした。「中傷合戦をしたければ、二人でここでやってろ。おれたちはここを出て、ドクター・コンラッドと鑑識班の連中にまた話を聞きにいきたい。そのあと本部に戻ってMAXだ」

「MAXでサマンサ・バリスターの夫と息子について調べたら、何が出てくるか、あなたも知りたいんじゃないの？」シャーロックが尋ねた。

「サマンサ・バリスターって誰？」キャリーは尋ね返した。敏感な記者の耳が戻ってきた。

「あら、知らないの？」シャーロックは笑顔で言った。「三十年前に自分を殺した犯人をデイロンに捜してもらいたがってる幽霊よ」

「そうなの？　へえ、そうなんだ」キャリーはサビッチからシャーロックへと視線を戻した。だが、二人はコートを着て手袋をはめるのに忙しくて、何も言おうとしない。キャリーはシャーロックの袖《そで》に手をやった。「いいことを教えてあげる。わたし、どうやらあなたの話を信じたみたい」

18

その日の午後遅く、四人はベンのクラウンビクトリアに乗りこんで、ヒントン・アベニューにあるボビー・フィッシャーのアパートに向かった。「今日は四人一緒に行動したい」サビッチは言った。「悪いな、ベン。ポルシェだとおれとシャーロックしか乗れない」

「それについていま悟りを開こうとしてたとこさ」ベンは言った。「赤のポルシェ911か。運転できる歳になるころには、あんたんとこの息子もいっぱしの不良になってるだろうな」

サビッチはにやりとして言い返した。「かもしれないが、ありがたいことに、いまのところはスパゲッティを引っぱって耳に巻きつけるぐらいしか想像できないよ」

ジョージ・ワシントン大学近くの大型団地にあるボビーのアパートを訪ねると、最高裁の助手三人が一緒にピザを食べながらハイネケンを飲んでいた。室内はそこそこ片づいているものの、あまり広くないうえに、若者たちが思い思いの場所に寝そべっている。高級な家具が置いてあり、それがサビッチには意外だった。

ボビーが四人をリビングに案内すると、ほかの三人が飛び起きた。いずれも二十代半ばの、くだけた恰好《かっこう》をした若者で、その表情から察するに、たぶん夢中になってカリファーノ判事の殺害事件の話をしていたのだろう。無理もない。ボビー・フィッシャーはどうしたらいいかわからなくなったように、一瞬、戸口で立ち止まった。

サビッチが言った。「おれはＦＢＩのサビッチ捜査官、彼女がシャーロック捜査官だ。そして彼が首都警察のベン・レイバンで、彼女はキャリー・マーカム。きみたちがここに集まっていてくれたおかげで、時間が節約できるよ」

「でも、捜査官、話ならもう――」

「ぼくは何も知りませんよ、捜査官。ぼくはグティエレス判事の助手で、判事はカリファーノ判事をよく思っていた――」

「ぼくは下痢で一日じゅうトイレにいた」

サビッチは公正な目で四人を見た。みなびくつき、興奮して、ほろ酔い加減だ。新聞紙の散らばった床には、一ダースほどのビールの空き缶が転がっていた。この空き缶の中身が口を軽くさせてくれるかもしれない。全員の紹介がすむと、声が静まった。サビッチは言った。

「きみたち全員がすでにＦＢＩからの事情聴取に応じたことはわかっているが、ぼくたちがここへ来たのは、きみたちがまだ知らないだろうことを伝えるためだ」

四人――男三人に女一人――全員が身をのりだし、サビッチの顔を凝視した。

「ダニー・オマリーが亡くなった。殺されたんだ」

そう告げたサビッチには、シャーロックとベンとキャリーが自分と同じように鋭い目つきで助手たちを観察しているのがわかっていた。助手たちはまずは驚きに襲いかかられ、やがて言葉が染みこむと、はっきりとショックの表情を浮かべた。まだ誰も表立って取り乱していないのは、予期していなかった一撃を吸収するだけで精いっぱいだからなのだろう。

「いいだろう」ベンは言った。「坐って話をしよう」

サムナー・ウォレス判事の助手であるタイ・カーティスは整った顔立ちをした長身痩軀《そうく》の若者で、イライザ・ビッカーズのことを嫌っているともっぱらの評判だった。平手打ちを食らったような顔をしていたカーティスは、手で梳《す》いて髪を立たせた。「そんな、ダニーが。まさか、そんなはずないよ。あいつが――そんなことに？　嘘だろ？　まさかぼくたちの一人に自白させたいわけじゃないですよね？」

「現実問題として」サビッチは言った。「自白はそれほどよくあることじゃない」

尋ねたのはボビー・フィッシャーだった。「なぜダニーが殺されなきゃならないんですか、レイバン刑事？」

ベンは答えた。「ダニーが殺されたのは、なんらかの形で判事の事件に関与していたからだ。実行犯や、実行犯を雇った人物をゆすろうとしたのかもしれない。ダニーが警察には黙って、何か情報を握っていたんじゃないかとにらんでる。なにせ、判事の殺害から二十四時間ほどで殺されてるんだからな」

四人の顔に新たな感情が表われた――恐怖。純然たる恐怖だ。無理のないことだとベンは思った。自分たちの仲間の一人が突然、暴力的に命を奪われたのだから。助手たちの顔を順番に見ながら言った。「愚かな行為に対して究極のツケを払わされたんだ」キャリーは彼のその声に容赦のなさを聞き取った。「だからこそ、きみたち自身のためにしろなんにしろ、警察に何かを隠そうなどということは考えるな。知っていることがあるなら、いま話してくれ。それが身の安全につながる。おれはこれ以上死体を見たくない。殺害死体を見たことがないのなら、死体公示所に案内して、きみたちの身にどんなことが起きるのかじかに見せてやろう」

男の助手三人はいまにも吐きそうな顔になった。

やはりウォレス判事のもとで働くソーニャ・マクギブンズが、〈ピザヘブン〉から配達された箱に残っていた冷えたピザをひと切れつかんで、むしゃむしゃと食べはじめた。細長く固まったチーズが顎に落ちても、本人は気づいていないようだった。

サビッチは彼女の美貌に注目していた。背の高いブロンドで、典型的な美人顔だった。臍《へそ》の下までお腹の肌を見せている。かろうじて骨盤をおおうことしかできない股上の浅いパンツに、白のレース地のトップス。ウォレス判事が彼女を選んだ理由の一つは、この外見だったのではないかと、サビッチは思った。この若い娘に心を奪われた可能性すらある。

むさぼり食べながら、その合間に彼女は言った。「あたしたちは何も知らないってば、レイバン刑事」

ボビーがピザの最後のひと切れを手に取った。遅ればせながら、すっかり固くなっていそうなそれをキャリーに差しだした。

「けっこうよ。あなたがどうぞ」キャリーは言い、肩をすくめないように注意した。

ベンがボビーに話しかけた。「おれが聞いた話をまとめると、きみは金曜の午前中、カリファーノ判事のオフィスにいて、イライザ・ビッカーズとしゃべっていたが、長官の会議があるのを思いだして、オフィスを出ていったそうだな」

ボビー・フィッシャーはそろそろとうなずいた。「そうです。ぼくは――」ほかの三人から離れて、ベンに近づく。「わかったよ。何か隠しごとをしていると思われるのもいやだから。つまりぼくはイライザをデートに誘ってたんですが、彼女がなかなかうんと言ってくれなくて。観たいショーがケネディセンターであって、彼女と一緒に行きたかったんです」

「それで、彼女は誘いにのってくれたの?」シャーロックが尋ねた。

ボビーはかぶりを振った。「いいえ、頑として。こっちとしては最後にするつもりだったんです。知ったことじゃないですよ。よくあることでしょう? だいたい、彼女はいつもぼくに対してあばずれみたいな態度だったんです」

「あばずれみたいな態度をとった理由はなんなの?」尋ねたのはキャリーだった。助手たちが彼女のことをベン・レイバンと同じ、地元警察の警官だと思っていたとしたら、それはそれでけっこうだ。さいわいキャリーはこの四人には面識がなく、彼らもキャリーとカリファーノ判事の関係を知らなかった。

ボビーは貧弱な肩をすくめ、キャリーの目を避けてそっぽを向いた。「ぼくを好きじゃないから。彼女はぼくのことをアルト＝ソープ判事の腰巾着呼ばわりして、それがいやな感じの言い方だったんです。そりゃあぼくはいつも、自分の判事に賛同しましたよ。すばらしい人ですからね。彼女のようになろうと思って、当然でしょう？」

キャリーが言った。「じゃああなたは、あなたの誘いに応じてくれないから、イライザをあばずれだと思ったのね？　だとしたら、少しひどいんじゃない、ボビー？」

ほかの助手三人は立ったまま、話を聞いている。タイ・カーティスとソーニャ・マクギブンズはもっともだとばかりにうなずき、デニス・パルマーは何食わぬ顔をしていた。たぶん、訓練して身につけた表情なのだろう。

「だって、彼女はぼくの誘いに応じなくて、断わり方もすごく感じが悪かったんです。ぼくは貧乏ってわけじゃないんだ。ちゃんとした場所に連れていけるし、最高裁判所の助手ってことは、そのへんのロースクールを出たてのボンクラとは違うってことです」

ベンは言った。「助手になるというのは、絶好のチャンスらしいな」

ボビーが言った。「ああ、そうですよ。で、アルト＝ソープ判事に会ったとき、ぼくはすごい一年になるのがわかったんです。ぼくは訴訟を扱いたい。エンターテインメント業界の民事訴訟を扱って、マリブに住むつもりです」

ベンはタイ・カーティスとデニス・パルマーが目配せをするのを見逃さなかった。二人の目つきが、〝このばか、信じられるか？〟と語っている。このまま二人を同席させよう、とベンは思った。あとで個別に話を聞いたら、どんな発言が飛びだすやらわかったものではない。

「わかったわ」シャーロックは言った。「彼女はあなたに時間を割かなかったから、あばずれだった。だいたいの男はね、ボビー、前に進んでこだわらず、誘いにのってくれなかった女性を悪く言わないものよ。彼女があなたを嫌っていたのは、あなたがカリファーノ判事よりもアルト＝ソープ判事を尊敬していたから？」

ボビーの頬がうっすらと赤らんだ。「正直に言うと、カリファーノ判事は仰々しくて威圧的で、そんなところがアルト＝ソープ判事とまったく違うんです。ええ、イライザはぼくがそう思ってるのを知ってましたよ。真実ですからね」ほかの三人の助手は眉をひそめ、ボビーと同室していることにとまどっているようだった。

サビッチはデニス・パルマーに視線をやった。グティエレス判事につかえるこの助手は、ずんぐりとした体つきの若い黒人で、頑固そうな顎に辛辣《しんらつ》な目をしている。四人のなかではいちばんまともな身なりだった。ハイネケンの缶を傾け、喉を鳴らして飲んでいる。手の甲で口をぬぐうと、さげすむような目つきでボビーを見た。

それを感じ取ったボビーが急いで言った。「ほら、カリファーノ判事とアルト＝ソープ判事はつねに対立してただろ。どちらも相手をよく思ってなかったんじゃないかな」

「ブルームバーグ判事はどうなの？」キャリーはさらに話をさせようと、水を向けた。「彼とカリファーノ判事の関係はどうだったの？」

ボビーは肩をすくめた。「ブルームバーグ判事はおとなしい人ですからね。大きな仏陀みたいにじっと坐ってて、審理中は一時間に一度うなずくぐらいで、ほとんど口も利かない。でも、投票はいつもアルト＝ソープ判事と同じほうなんです。それが正しい判断だから」

デニス・パルマーは将来、陪審の心をつかむのに役立つであろうよく響く美しい声で話しだした。「ブルームバーグ判事に関するボビーの発言は、おおむね当たっている。ただ実際問題として、最年少のブルームバーグ判事が審理の内容をすべて記録しているんで、弁護士に質問をしている時間がないんだ。ひじょうに信仰に篤い人物であることは、ぼくも知っているが、そのせいで揺らいだところは見たことがない。ぼくの判事、そうグティエレス判事とカリファーノ判事は、意見が異なるより合致することのほうがずっと多くて、良好な関係を保っていた。実際、ほんとの話、うちの判事があまり快く思っていないのはアルト＝ソープ判事だけだが、もちろん人のことをとやかく言う人じゃない。認めろよ、ボビー。きみはアルト＝ソープ判事にへつらって、都合の悪い部分に目をつぶってる」

ボビーは腹を立てつつ、一方で観念しているようだった。「そんなことないさ。きみたちはみんなしてぼくをいじめるんだからな」

ソーニャが言った。「あたしたちがいじめてるわけじゃないわ。実際、あなたは彼女にへつらってんの。もし彼女がトイレに向かうのを見たら、あなたなら廊下を走っていって彼女のためにドアを開けるでしょうね。しかも個室のドアまで」

「アルト＝ソープ判事なら、執務室にトイレがあるよ」ボビーは言った。

あまりに見当はずれの言いぐさなので、残る三人の助手たちは首を振りながら笑いだした。ソーニャなど笑いすぎて、腹を抱えている。しゃっくりのような音をたてながら、ボビーに話しかけた。「一度、あなたが彼女についてって、トイレまで入りそうになるのを見たんだけど。で、そうよ、あなた、彼女のためにドアを開けてた」

ボビーはふと口をつぐんでから、顔をしかめて言った。「あのときは、なんで執務室のトイレを使わないんだろうと思ったんだ」

笑い声がいっそう大きくなった。

シャーロックはボビーを見て、同僚たち全員を表の窓から突き落としてやりたそうな顔をしていると思った。ただし、可能ならばだけれど。閉じたままペンキを塗られた窓は、開きそうになかった。「みんなしてぼくを笑いものにするなんて。だったらなんで今日ここに来て、ぼくのビールを飲んで、ぼくのピザを食べてるんだよ?」

「おまえが来てくれと言ったんだろ」タイ・カーティスが言い返した。「だったら、はっきりさせようじゃないか、ボビー。おまえには謝る。さあ、みんな、ダニーは死んで、この捜査官たちがここへ来たのは、ぼくたちがトイレの冗談で笑うのを聞くためじゃないぞ」

シャーロックはタイにうなずきかけた。本題に戻さなければならない。「じゃあ、話を続けましょう。それでね、ボビー、あなたはイライザに話しかけ、彼女に無視されたまま、部屋を駆けだした。そして、金曜日の会議の時間なのを彼女に教えてあげなかった」

「ええ、そうです」ボビーはうなだれ、傷んだナイキを見おろした。「認めますよ、彼女に腹が立ってたんです」

「マゾ趣味はやめたら、ボビー」ソーニャはやさしさすら感じさせる調子で言った。「彼女をデートに誘うのはやめるの。イライザに朝食がわりに食べられちゃうわよ」

どす黒い顔色になったボビーは、ビールを飲んだ。

話を前に進めようと、ベンが口をはさんだ。「長官の会議のあとに、カリファーノ判事を見かけたか？」

「いいえ。会議ででもないかぎり、判事はそのへんをうろつきませんよ」

キャリーが尋ねる。「イライザが金曜の夜、何をするつもりだったか知ってる？」

「いいえ。彼女が言わなかったんです。尋ねたんだけど、彼女、なんて言うか、ひどくむかつく顔をして。で、ぼくはオフィスを出ました」

「きみたちが口論していたとフルーレットが言ってたが」サビッチだった。「何を言いあっていたんだ？」

「死刑の審議が近づいてて、イライザのやつに、頭に少し風を通したらどうかと言われたんです。風通しがよくなったら、新しい考えも入ってくるかもしれないって。そんなことよく言えると思いませんか？　ぼくと意見が違うっていう、ただそれだけの理由で」

ソーニャは呆れ顔になった。「まったく、ボビー、あんたってほんとわかんない人ね」

「ちょっと待ってください」ボビーが唐突に言った。「そう言えば、金曜の午後、カリファーノ判事とウォレス判事が話してるのを見ました。地下のギフトショップの外です。二人が一緒にいるのは珍しいから、へえと思ったんです。ぼくはアルト＝ソープ判事に言われて、カフェテリアにソーダを買いにいくところでした。そしたらそこに二人がいて、身を寄せて立っていた。どちらも上機嫌とは言いがたい顔をしてましたよ」

19

降って湧いたような話だった。ただしボビーが真実を語っているとしたらだと、サビッチは心のなかで条件をつけた。「二人の会話を聞いたかい？」

「いいえ」ボビーはかぶりを振った。「ただ、カリファーノ判事はかっかしてて。ジャケットのポケットから何かを引っぱりだし、それを丸めて持って、言葉を一つずつ突きつけるようにしてウォレス判事の胸の前で振ってました」

「何も聞いてないの？」シャーロックが訊く。

「ウォレス判事があとずさりするのを見ただけです。思わぬ攻撃を受けて、憤慨してるみたいでした。でも、周囲には見学客がたくさんいて、ツアーの最後にお土産を買おうと、けっこう混雑してたから、それきり姿も見えなくなって。どうしたんだろうとは思ったけど、判事どうし、誰でもときどき意見の相違はあるんで、たいして気にも留めなかったんです」

「そう」シャーロックは言った。「イライザの話に戻りましょう。イライザはカリファーノ判事をどう思っていたのかしら？」まっすぐボビーだけを見たけれど、ほかの三人の助手は自分たちにもその質問が向けられると想定して、身がまえるだろう。好ましいことではないが、ほかの助手が返事をするのを聞いて予想外のことを口走らないともかぎらない。

ボビーは言った。「アルト＝ソープ判事はイライザとカリファーノ判事がうまくいってないと思ってましたけど、どうかな、ぼくはそう思ってませんでした。あのじいさんを尊敬してるのを知ってましたからね。イライザは、彼女から見て重要でないことに判事や判事の時間が使われないように気をつけてました」

ソーニャ・マクギブンズが言った。「イライザは彼のことをほとんど崇拝してたわ。肝心なのは、カリファーノ判事は、ほかの判事の助手の扱い方とは決定的に違って、イライザを尊重してたってこと。ウォレス判事はあたしやタイをそんなふうに扱ったことはないわ。ウォレ――」声が途切れた。言いかけたことにとまどっているのか、頬を赤らめている。

デニス・パルマーがうなずいて同意した。「それは言える。グティエレス判事のぼくの扱いともまったく違う」

「たとえば、グティエレス判事はあなたをどう扱うの、デニス？」シャーロックはすかさず尋ねた。

「いや、いつも親切だし、ぼくの話にきちんと耳を傾けてくれる。けれど、いつも背中を叩いてぼくを励ましてくれようとしている気がするんだ。ぼくと本気で話がしたいことはまれなんじゃないかな」

「じゃあ、グティエレス判事がそういう扱いをするのは、あなたが黒人だからだと思う？」

シャーロックは重ねて尋ねた。

デニスは笑顔を返した。「いいや。グティエレス判事が差別的な人だと思ったことは、一度もない。判事がぼくを採用してくれたのは、ぼくがメリーランド大学でクラストップの成績だったうえに、法律評論誌にかかわり、面接でいい成績を残し、最高位の推薦状二通を渡したからだよ。それでも、黒人を雇うことでいい気分になるからだと、ぼくは思っている。それは彼自身がマイノリティだからだけれど、彼自身はそんなふうに考えたことがないんじゃないかな」

「いいだろう」サビッチだった。「次はダニー・オマリーについて教えてくれ。ボビー、金曜日の朝、きみがイライザのオフィスにいたとき、ダニーは何をしてた？」

「いいですよ」ボビーは大きく息をついた。「ダニーは自分の席について、仕事をしてました。なんだったかは知りませんけどね。顔を上げてぼくを見て、顔をしかめたんです。ぼくが行くたびにそういう顔をしました。イライザと違って、べつに意地悪は言わなかったけれど、ただ顔をしかめる。ぼくがイライザをデートに誘うのが気に入らなかったのかもしれないな。彼もイライザに気があって、自分のものだと思ってたのかも」

「違うわよ」ソーニャだった。「ダニーはイライザが大好きで、尊敬してた。そういう興味はなかったの。ほら、アニー・ハーパーとつきあってたじゃない。内務省の」

シャーロックが訊いた。「ボビー、ダニーがカリファーノ判事の執務室に入るのを見た？」

ボビーは首を振った。

タイ・カーティスが言った。「ぼくはその日はあそこに近づきもしなかった。なあ、きみたちもだろ?」

デニスとソーニャが首を振った。

ベンは言った。「ボビー、金曜日、別の時間にダニーを見かけなかったか?」

ボビーはしばらく考えて、うなずいた。「ええ、フルーレットと一緒にランチに出かけるところを見かけましたよ。なんだか知らないけど、顔を寄せちゃって、ひそひそしゃべってました。そのあとはもうダニーを見てません。彼は殺害犯の何かを知ってたんですよね、サビッチ捜査官? 何をどうやって知ったんだろう?」

「まだわからないが、じきに突き止めるよ」

キャリーがソーニャに声をかけた。「キッチンについてきてくれる、ミズ・マクギブンズ? 水が飲みたいんだけど」

「いいわよ」ソーニャは肩をすくめ、白いレース地のトップスの裾を引っぱりながら、リビングを出た。生地は二秒ほど胃をおおったのち、元の位置に戻った。以前にもここに来たことがあるのだとキャリーは思った。どうしてだろう? ボビーと二人きりで過ごすためでないのは間違いなさそうだ。

「あたしたちはみんな、ばかじゃないのよ、刑事の——ごめん、名前を忘れちゃった」

「キャリー・マーカムよ」

ソーニャはぴたりと足を止め、キャリーをじろじろ眺めた。「見かけた顔だと思った。カリファーノ判事の義理の娘さんね? 駐車違反呼び出し状でももらったことがあるのかと思ってたんだけど、全然違った。お義父《とう》さんのカリファーノ判事の執務室を訪ねたことがあるんでしょ？　で、職業は警官じゃなくて記者。〈ワシントンポスト〉の。違う？」

「そうよ。でも、今日は記者として来たんじゃないの、ミズ・マクギブンズ。新聞社はお休み中。わたしがここにいるのは、捜査の力になれるんじゃないかと思ったから。関係者の多くを知る内部事情に通じた人物としてね。義父《ちち》を殺した犯人を本気で見つけたいと思ってるの。それで、さっきウォレス判事に関して言いかけたことを教えてくれる？」

ソーニャは天を仰いだ。「内緒にしてね、キャリー。キャリーと呼んでいい？」

「もちろん」

「あたしのことはソーニャと呼んで。でね、その話だけど、信じてもらえないと思う。ウォレス判事は一度、さりげなくだけど、あたしに誘いをかけたことがあって。あたしがよっぽどぞっとした顔したんでしょうね。冗談めかして、笑い飛ばそうとしてた。いまでもときどきあたしを見てて、あたしは視覚の隅でそれを見ることがあるの。あたしはスタイルがいいし、それを見せるのも好きだけど、最高裁の判事に見つめられたら、さすがにいい気はしないわ。でも、老人が何を考えてるかなんて、誰にもわかんないわよね？」

「若い男の考えてることも、わたしにはだいたいわからないけど」キャリーは言った。

「それなら簡単よ。セックスに決まってる。あなたが一緒にいた刑事のベン・レイバンだって、あのセクシーな濃い色の瞳を見れば、心のなかはお見とおし。見え見えすぎて、〝おれと寝ないか、キャリー？〟って、ネオンサインでもつけてるみたい。彼、男として魅力があるわよね。つきあってるんでしょ?」

男として魅力のあるベンがわたしと寝たがってる? まさか。好意さえいだいていないはずだ。そう、お尻は見ていたとしても——そして民間人のお尻であるにもかかわらず、そのお尻を気に入っていた。キャリーはソーニャが自分を見てにやにやしているのに気づき、咳払いをした。「いいえ、つきあってないわ。嘘じゃないわよ、ほんと。ほら、今回の捜査のために組まされただけ。わたしが警官じゃないから、連れて歩くのもいやいやなの」

「ねえ、あなたの目、どうかしてるんじゃないの、キャリー? 視力を鍛えたほうがいいかもよ。あの刑事はあなたを好いてる。間違いない。それにいいことを教えてあげる。彼、あたしの顔より下をただの一度も見なかったわ。すごい精神力。あなたが欲しいからよ」

キャリーはにっこりした。そのことがソーニャには一大事だとわかったからだ。「参考のために教えてほしいんだけど、ソーニャ。実社会に出たら、肉体を見せびらかすつもりはないんでしょう?」

「たぶんね。でも、そうしたい誘惑に駆られそう。陪審員の男性のなかには反対意見の弁護士の話を全然聞かない人がいるでしょ。そういう人もあたしを見たら、言うとおりにしてくれるもの」ソーニャはため息をついた。「でも、プロにはプロのやり方がある。男どもとその性衝動がそれを覚えておいてくれるといいんだけど。ねえ、あなたも記者として、あなたが彼らの砂場では使っちゃいけない備品を持ってると思ってる男どもを相手に、苦労してるはずよ」

キャリーはにやりとした。「あなたに何があったか教えて。そのうち飲みに出かけて、問題を解決しましょう。とりあえずいまは、考えなきゃならないことがあるから。ウォレス判事がほかの女性助手にも不適切な行為をしたと思う？」

「女性の助手は十人しかいないけど、ちょっかい出そうとしたのはあたしだけじゃないかな。昔の話で、みんなが聞いてるんだろうけど、あたしも裁判所の秘書の話なら聞いたことある。ほんと、奥さんがかわいそう。よさそうな人なのに、踏みつけにされてる印象だった。知ってることがたくさんあるのに、あきらめてるみたいな。夫が不貞をはたらいているとわかっていても、夫を守るように躾《しつ》けられて身動きできない世代っていうのかな。ほらあたしは、自分の夫に踏みつけにされてる女には我慢ならないけど、彼女たちにとってはそれがあたりまえなのよ」

「で、ウォレス判事はイライザにちょっかい出したことはないのね？」

ソーニャは声をあげて笑い、大笑いのせいで臍のピアスが揺れた。息も絶えだえに話しだした。「サムナー・ウォレス判事がイライザ・ビッカーズにちょっかい？　突飛すぎて、笑っちゃう。よしてよ。イライザならその場で大騒ぎして、彼を串刺しにして、バーベキューにするわ。ううん、彼をなめし革にしちゃうかも。ええ、ウォレス判事には自滅趣味はないの」

ソーニャが好きになったキャリーは、イライザが自分の義父と寝ていたかどうか尋ねたくなったが、その質問を口にすることはできなかった。何かを見聞きしていたら、ソーニャなら話してくれそうな気がした。

キャリーは言った。「ねえ、ソーニャ、ダニー・オマリーがわたしの義父の殺害犯を脅したとしたら、本気で驚く？」

ソーニャは食器棚からグラスを取りだし、シンクの蛇口をひねった。手を下にやって冷たいのを確認してから水を汲み、その間だんまりを決めこんでいた。口を開いたのは、キャリーにグラスを手渡したときだ。「ええ、そうね。あのね、ダニーはいつも最高位の人に気を配ってた。優秀な助手だったわ。誤解しないで。彼は働き者だったし、頭も切れたけど、大金を追い求めてて、大金持ちになりたがってた。で、ほかの助手と違って、それが最高裁に来た理由だった。ここへ来るのがニューヨーク行きのチケットだと信じてたってわけ。ほかのどこでもないニューヨークで足跡を残したいと思ってた。ロサンゼルスに出て、スターを弁護することを夢見てるボビー・フィッシャーとは大違いよ」

「ダニーはニューヨークで大成功できるほど利口だったと思う？」

「現実問題として、どの助手にも好きなところへ行くチケットが与えられてるようなもんよ、キャリー。あたしにはダニーの将来はわからない。ほんとに賢い人だったけど、たまにひたすら話すことがあって、そういうときは決まって、その件について意見が言えるほど勉強したわけでも考えたわけでもないのが、わかったわ。彼は自分には人を言いくるめる能力があると思ってた。今回もそれをやって、でも今回はうまくいかなかったのかもね」

ソーニャはこぶしでカウンターを叩いた。「殺人犯にかかわるなんて、なんでそうばかなんだろ？　カリファーノ判事が死んだのに、それを気にかけないなんて！　最高裁の判事を最高裁の図書室で殺すほど度胸のある犯人なのよ！　脅したぐらいで、お金を払うと本気で思う？」ソーニャはかぶりを振り、言葉を切った。「かわいそうなのは、イライザよ。彼女はダニーのことを理想に満ちたアイルランドの若者だと想像するのが好きだったの。全然違うのにね」

キャリーは水を飲み、グラスをカウンターに置いた。「デニス・パルマーのことはどう思ってるの？」

「デニスは大丈夫。黒人がどうのって部分だけ乗り越えてくれたら、もっといいんだけど。デニス本人は認めないけど、彼は自分のことをグティエレス判事の黒いトロフィーだと思いたがってる。彼なら白人の判事のほうがうまくやれたんじゃないかな。保守にしろ、リベラルにしろ、それは関係ない。ピンクだろうと黒だろうと緑だろうと、いっさい頓着しないから。女だと、また、それが問題になるんだけど。最高裁判所に性差別があるなんて、ずいぶんだと思わない？」

「ええ、ほんとね。それで、タイは？」

「よく働いて、意見を言ってるけど、おとなしくしてる。発言の内容や、身なりに気をつけることに、エネルギーをそそいでるわ。ゲイだから。そのことはうちの執務室の外には流れてないから。ウォレス判事が感づいてるかどうか、あたしには見当もつかないけど」

「タイはイライザ・ビッカーズのことをどう考えてるの？」

「前に一度、あたしに打ち明けたことがあるの。金曜の夜、ジョージのパブでビールを三杯飲んだあとだったんだけど、イライザは賢すぎて、そのせいで、いつかたいへんなことに巻きこまれるんじゃないかと言ってた。彼が言うには、イライザは見ちゃいけないものを見てしまうのに、目をそらさなきゃいけないことがわかってないって」

キャリーは尋ねる腹が決まった。「タイはイライザとわたしの義父のことを何か言ってた?」

ソーニャは心底驚いたようだった。「ううん、一度も。さっきも言ったけど、タイはあたしや、ウォレス判事のほかの助手の前以外では、おとなしくしてるから。そのうちどなりだすかもね。誰かがゲイを攻撃してると思ったら、なおさら。

お察しのとおり、裁判所には噂が渦巻いてる。みんながたがいの執務室を行き来してて、噂話をしたり、自分の判事が何でどういう立場に立っていて、いま自分たちがどんな仕事をしてるか伝えたりしてる」彼女はしばらく押し黙った。「ダニーのこと、ほんとうに悲しいと思ってるの。いまさらだけどね、キャリー、いまこのキッチンにダニーがいたら、殴りつけて気絶させてやるわ」ソーニャはその場に立ちすくんだまま、頰に涙を伝わせた。「かわいそうな、ダニー。怖すぎる。あまりに身近だもの。そうでしょう?」

20

ケタリング邸、バージニア州コールファックス
日曜日の夜

サビッチがポルシェに乗り換えるために、ベンはジョージタウンでいったん車を停めたあと、コールファックスのケタリング邸に向かった。たどり着いたのは七時少し過ぎだった。近くには記者もテレビ局のバンもなかった。マスコミはいまだ未亡人の匿《かくま》われ先を突き止められずにいる。

だが、縁石に沿って四台の車がならんでいた。メルセデスが二台、レクサスが一台、BMWが一台。キャリーはベンに告げた。「母の友人たちが来てるみたい」

ベンは聞いていなかった。ずらりとならんだ高級車を見つめて、うめき声を漏らした。金持ちを差別するつもりはないが、なぜふつうの古いフォードを運転できないのだろう？　ドル記号と十二気筒で他人を面食らわせるのではなく、トラックのように実質的な車、おれのような車に乗れないのか？　クラウンビクトリアにも馬力はあるが、高級車ではない。

キャリーの視線に気づいて、ベンはもう一度うめいた。「わたしもBMWに乗ってるわ」と、キャリーは恥知らずな笑みを浮かべた。「わかったけど、わたしが乗ってるのは安いモデルだから。あなたはトラックのタイプでしょ？ ひょっとしたら、ウインドウから外を眺める犬を飼ってたりして」

サビッチとシャーロックが二人のところにやってきた。

「遅いのはわかってるんだけど、キャリー」シャーロックは彼女の腕を取った。「でも、できたら、あなたのお母さんが少し落ち着かれて、さらに何か思いだされたかどうか、確認させてもらえないかしら。長居はしないわ。お仲間がたくさんいらしてるみたいだもの」

キャリーはうなずいた。「昔からの友人が全員集まったみたい。見かけない車も二台あるけど」

雪は解けだし、冷えた空気が清々しかった。天気予報によると今夜は零度を少し下まわり、残雪が氷に変わるという。空は墨を流したように暗く、細い月すら出ていない。キャリーは実際以上に寒さを感じていた。たぶんストレスと疲労のせいだろう。義父《ちち》が死に、続いてダニー・オマリーが死んだ。怪物は大手を振って歩きまわり、警察が犯人に近づいているのかどうか、まるでわからない。サビッチは情報を秘して漏らさず、それにはキャリーもすぐに気づいた。その点では、シャーロックも同じだ。夫婦でチームを組み、FBIの捜査官として働くとは、なんと変わっているのだろう。二人の息はぴったりと合っている。結婚してどれくらいになるのだろう？ キャリーはふとベンを見た。この人とも息の合った関係になれるのかしら？　そう考えた自分に気づいて、ぴたりと足を止めた。どうかしている。ソーニャに言われたことが尾を引いているのだろう。

サビッチが妻の言った何かに笑っている。そのうちサビッチがラップトップに入力した事情聴取の内容を見せてもらえるだろうか？　見たい、とキャリーは思った。わたしには観察眼がある。サビッチによると、MAXには矛盾を浮かびあがらせる機能がある。ほかと一致しない聴取内容にはめだつように赤い旗が表示され、人間よりもずっと速い速度で分析を行なう。ひいては尋ねるべき質問まで指摘してくれるという。キャリーはそんな驚愕《きょうがく》の機能を持つMAXの仕事ぶりを見てみたかった。

キャリーは玄関のドアを開けた。一同を導き入れ、リビングまで行くと、そこで急に立ち止まった。

そこにいたのは、ジャネット・ウィーバートンとジュリエット・トレバーとビッツィ・セントピエールとアナ・クリフォードだけではなかった。ウォレス判事とその妻が、アルト＝ソープ判事とその夫とともに、マーガレットの向かいのソファに腰かけていた。

「思わぬ顔に会えたな」サビッチはつぶやきながらリビングに踏みこみ、一同の視線を一身に引き寄せた。一瞬、二人の判事がマーガレット・カリファーノの潜伏先をどうやって知ったのか悩んだものの、連邦保安官が護衛としてついているのをすぐに思いだした。彼らは遠慮して外に車を停めているのだろう。

サビッチはその足でマーガレット・カリファーノに近づき、にっこりすると、手を取って彼女を見おろした。「多少気分がよくなられたのだといいですが、マダム」

「キャリーからの電話で、ダニー・オマリーのことを知りました。彼のことはよく知りませんが、スチュワートと同じように殺されるなんて、信じられません。いったいどういうことなのですか、サビッチ捜査官?」

サビッチは広いリビングにいる全員に聞こえるように声を張った。「確かなことはわかりませんが、マダム、ダニー・オマリーは何かをつかんでいて、実行犯または実行犯を雇った人物をゆすろうとしたのかもしれません」

怒りにたぎる大声がした。「わたしたちを守るはずの者たちの無能さを考えたら、わたしはちっとも驚きませんよ。なんたる恥辱。国会になんとかするよう、はたらきかけなければ」

声にも話にも聞き覚えがある。サビッチはそう思いながら、ソファの端に腰かけるアルト=ソープ判事のほうを向いた。口をすぼめ、非難の気持ちを頭上に漂わせている。対する夫は、素知らぬ顔で、窓のほうを見ていた。

サビッチはさらっと言った。「あなたの態度には驚きませんよ、マダム。すでにあなたからはその件に対する思いを長々とうかがっていますからね」

「新しい法律を通さなければなりません。この世のなかで最高位に位置する法廷で殺人事件が起きたんですからね! わが国の歴史に汚点として残るでしょう」

「ええ、ほんとうに」シャーロックが言った。「それも当然だと思います」続いて自分たちを判事とその連れあいに紹介した。どちらの判事もここで鉢合わせしたことを喜んでいないのがはっきりと感じ取れた。キャリーが母親の隣りに坐ろうと移動すると、ビッツィがすかさず席を詰めて場所を空けた。

サビッチはハリー・ソープに話しかけた。「あなたにお目にかかりたいと思っていました、サー。〈ハリーズ〉を所有、経営していらっしゃるそうですね」

ハリーがサビッチを見あげて返事をしようとしたとき、アルト＝ソープ判事が言った。「この人は魚を売ってるんです。あなたたちはここで何をしてるんです、捜査官？」

「ミセス・カリファーノがどうしていらっしゃるか気になったので」サビッチは答えた。「みなさんがいらしたのも同じ理由ですか？」ウォレス判事夫妻も含めて尋ねた。

ウォレス判事がすぐに答えた。「もちろん、そうだとも。ベスとわたしは長年、こちらのお宅と家族ぐるみのつきあいだからな。マーガレットのようすが気にならないわけがない」

ありがたいことに、アルト＝ソープ判事は黙っていてくれた。だが彼女は、殺害事件がすべて彼らのせいでもあるように、サビッチとシャーロックとベンを見つめている。

サビッチは言った。「連邦保安官に連れてきてもらったんですね？」

ウォレス判事がうなずいた。「いい連中だよ。彼らのおかげで安心できる」ベス・ウォレスは終始無言だった。表情から察するに、いやがっているのは明らかだ。シャーロックはベスに注目した。まっすぐマーガレットに向けられた淡い色の瞳には、胸が苦しくなるような何かがある。それでわかった。ベスは知っている――夫がいまだ古びたベルトに新たな傷を刻んで、勝利を祝いたがっていることを。カリファーノ判事がそれを知っていたことも承知していて、夫に腹を立てているのだろう。それにしても、なぜあんな目つきでマーガレットを見るのか。悪いのはマーガレットではない。そのとき、夫に目をやったベス・ウォレスは、夫がマーガレットを見つめているのに気づいて顔をしかめた。膝の上で握った手を見おろし、敗者のように肩を落とす。ひと言も発さずに、それだけのしぐさで胸のうちを吐露している。黒いウールの美しいパンツにピンク色のカシミヤのセーターと、黒いウールのブレザー。外見はきちんとしているけれど、内面はどうなのだろう？

マーガレットが言った。「コーヒーでもいかが？　それとも、お茶にされます？　いえ、アナ、あなたには充分やってもらったから」

「ありがとうございます」シャーロックが言うと、ジャネット・ウィーバートンが即座に立ちあがった。彼女たちのなかでローテーションでも組んでいるのだろうか？　シャーロックから見たジャネットは、白いテニスウェアを着てたくみにラケットを振っている姿が容易に目に浮かぶ女性だった。そう、ジャネットはテニスの勝者のようだ。シャーロックはほほえんだ。「お手伝いさせていただいていいですか？」

ケタリング邸のキッチンは広く、壁紙は黄色で、調理機器はまっさらだった。中央に置かれた大きなパイン材のテーブルを前にして、シャーロックはマイルズとケイティと子どもたちと食卓を囲んだのを思いだした。彼らがテネシー州のジェスボローに戻る前のことだ。

「すてきなお宅だわ」ジャネットは言いながら、まっすぐコーヒーポットへ向かった。マーガレットに付き添って泊まっているのだろうか？　ほかの友人たちも？

思ったとおり、シャーロックにはほとんどやることがなかった。女性たちはよく組織されているようだ。カウンターにもたれてジャネットに話しかけた。「マーガレットの顔色がよくなられましたね。いいお友だちがいて、お幸せだわ」

「まだ本調子じゃないのよ。あそこに腰かけて、ぼんやりしてるから、わたしたちも一緒に腰かけて、心配しながら、気分転換をさせようとしてるの。でも、きっと元気になる。マーガレットはとても強い人だもの」

「どうやって五人、仲良くなられたんですか、ミセス・ウィーバートン？」

「ジャネットと呼んでちょうだい、シャーロック捜査官。ついでに言わせていただくと、おもしろいお名前ね。ＦＢＩの捜査官をしていらっしゃると、お名前のことでずいぶん冗談を言われるんでしょう？」

「それはもう、数えきれないほど。父はサンフランシスコの連邦裁判所で判事をしてるんですが、やはり冗談の種にされてます。でも、法廷内はべつ——絶対に。被告人によっては、シャーロック判事に足のつま先まで怯えさせられているようですから。わたしのことはシャーロックと呼んでください」

「そうさせてもらうわね、シャーロック。わたしたち五人は同窓生なの。全員ブリンマーカレッジの出身で、キャリーが学校に通ったフィラデルフィア郊外にあったんだけど」

「もうお知りあいになって長いんですよね？」

「そうね、全員が同じ日に出会ったわけではないのよ。わたしとマーガレットが一年生のとき寮の部屋が一緒だったの。だから、わたしたち二人が起源ってことね。実際、わたしたちは自分のことを二人のイブと呼んでいるわ。そのあと二年生のときに生物学の講義でビッツィと仲良くなり、ジュリエットとは三年生のとき、郊外宿舎で同室になったの。そして、数学の天才アナ・クリフォードは、四年生のとき、わたしたちの恋人の一人に勉強を教えていた。こうして親しくなり、以来、ずっと一緒にやってきたわ」

「ふた組の判事夫妻はいついらしたんですか？　前触れもなく？」

「あなたたちが来る十分ぐらい前だったんじゃないかしら。ええ、そうよ、どちらからもお知らせはなくて、わたしたちはダニー・オマリーのことを話していたわ」

ジャネットはカップと銀のトレイを手にして、一瞬、動きを止めた。「アルト＝ソープ判事には二度会ったことがあるわ。連邦の警察力に否定的なのは、いつものことなのかしら？」

シャーロックはほほえんだ。「たぶん警察権力一般を嫌ってらして、そのせいで過激になられるんでしょう。彼女があなったときに二度、その場に居あわせた者として、そう思います」

「それに唇をすぼめてしまって、顔のなかに消えてしまわないのが不思議なくらいね」

シャーロックは大笑いしたのち、すぐに真顔に戻った。「じつはウォレス判事が立ち寄られたことに驚いてるんです。彼はマーガレットを誘惑しようとして、彼女がご主人に話されたんです。殺された判事はずいぶんご立腹だったとか。それなのになぜ、来られたのかしら？」

シャーロックはジャネットがコーヒーカップを取り落とすのを平然と見ていた。二人の目の前で、カップがタイルの床に落ちて割れた。いまの非常識な発言に対する反応だ、とシャーロックは思った。

「あら、たいへん、わたしったら。不調法で困ってしまう」ジャネットはさっそくウォークイン形式のパントリーからほうきとちりとりを持ってくると、掃除に取りかかった。

ジャネットが割れたカップをちりとりでシンクの下のゴミ入れに捨てるのを見ながら、シャーロックは話しかけた。「もちろんご存じなんですよね、ミセス・ウィーバートン。まったく驚いていらっしゃらないもの。マーガレットはあなた方にウォレス判事の困った行動について打ち明けられたんですね」

ジャネットは手を洗って拭くと、シャーロックに向きなおった。「マーガレットから聞いたのは、ほんの少しよ。アナがその話を持ちだすと、マーガレットはそれを笑い飛ばしたくらい。だから、それほど気にしている印象は受けていないの。ウォレス判事のことは、愚かなお年寄りと思っているようね。彼はわたしには言いよったことがないのよ」ジャネットは大きな銀のトレイにソーサーに載せたカップをならべはじめた。

「ティーバッグはありますか？」

「どうして？　もちろんあるわよ」

ジャネットはティーバッグの入った木箱を持ってきた。十の区画に分けられたアーリーアメリカン様式の木箱で、各区画にそれぞれ異なるお茶が入っていた。シャーロックはサビッチが好きなアールグレイを選んだ。「夫はほとんどコーヒーを飲まないんです」

「あなたのご主人すてきね。お体をちゃんと手入れしてらして。あなたは運がいいわ」

シャーロックはうなずいて認めた。「はい。ショーンというまだ幼い子がいるんです。お子さんは、ミセス・ウィーバートン？」

ジャネットは首を振りながら小さなピッチャーにクリームをつぎ、トレイに置いた。「いいえ。主人と話しあって、わたしたちには子どもはいらないと決めたの。その後、離婚しました」シャーロックはジャネットを見て、たまらない気持ちになった。

「ミセス・カリファーノのブティックはとてもはやっていると聞きました。夫の誕生日のプレゼントに、ジョージタウンで何か買おうと思ってるんです。ジョージタウンに住んでいるんで」

すっきりした眉が吊りあがった。「ジョージタウン？」

「夫の祖母は画家のサラ・エリオットで、彼女の家を引き継いだんです」

ジャネットがあんぐり口を開けた。「そうなの？　サラ・エリオットがあなたのご主人のおばあさま？　あのサラ・エリオットが？　なんてすばらしいの」

シャーロックはうなずきながら、ジャネットが砂糖の小袋と人工甘味料イークゥオールを小さな鉢に入れ、クリーマーの隣りにセットするのを見ていた。

シャーロックは尋ねた。「あなたもお仕事を、ミセス・ウィーバートン？」

「いいえ。さいわいわたしには、とても裕福な両親がいたのよ。でも、よく旅行に出るわ。スチュワートが亡くなってしまったから、いままでのようなわけにはいかないでしょうけど。マーガレットが助けを必要とするかもしれないものね。まだわからないけれど」

「ビジネスのお手伝いをされるとか？」

「あいにくわたしにはビジネスの経験がなくて。それに悲しい現実だけれど、わたしでは靴中毒の人にもフェラガモ一足、売れないでしょうね」

シャーロックは笑い声をあげた。「わかりませんよ。それ、わたしが運びましょうか？」

「ありがとう。わたしが思うに、ＦＢＩの捜査官としてご主人と一緒に働いてて、自宅で問題が起きないものなの？」

シャーロックは笑顔で重いトレイを持ちあげ、ふり返って答えた。「いまのところは」他人が何を考え、何を思っているかはわからない。けれど肝心なのは、ジャネット・ウィーバートンがマーガレット・カリファーノの忠実な友であること。そこに大きな価値がある。

リビングでの会話は気詰まりなものとなった。周囲が元気づけようとするなか、マーガレットは黙りこんだまま、手を握ったり開いたりしている。キャリーはいまも隣りに坐って母の二の腕に手をやり、ときどきそっと握っては、一人ではないと伝えていた。

ベンは二人の女のあいだに強い類似を見ていた。キャリーの瞳のほうが青みが強く、眉も髪も色が濃い。それに顎の線はキャリーのほうが細いけれど、母と娘の両方が明るく燃える知性を宿しているのは疑いの余地がなかった。まだベンのなかでは、キャリーが大学生となって家を出るまで、マーガレットがカリファーノ判事と結婚しなかったことが引っかかっていた。娘を守るために慎重になるのはわからないではないが、マーガレットの心配は度が過ぎているように感じられた。

サビッチにはハリー・ソープが理解できなかった。ハリーは背中を丸めて坐り、ひと言も発していない。小柄でもなければ、不器量でもなかった。見るからに健康そうな、成功したビジネスマン然としている。そんなみずからの力で富を築いてきた男が、なぜこうも苦しげにしているのか。とうの昔にタオルを投げてしまったのかもしれない、とサビッチは思った。そして、いま彼の隣りに坐る頑固な女に手綱を渡してしまったのだろう。この心の狭い女、唇のすぼまった女、そして執拗《しつよう》に非難する女に。どうしたらこんな女を愛せるのか。彼女が何を満たしてくれるというのだろう？　愚問だと、サビッチは思った。彼女は最高裁判所の判事。歴史書に名前を刻む人物なのだ。

サビッチはアルト＝ソープ判事に言った。「お子さんはいらっしゃるんですか？」

唇は容易にはゆるまなかったが、やがて彼女がうなずいて言った。「ええ。娘が二人。どちらも弁護士になって、コロラド州デンバーで働いているわよ。ハリーは義理の父親なの。実の父親は十一年前に船の事故で亡くなって」

ハリー・ソープから話はなかった。

「きれいなところよ」アルト＝ソープ判事は言った。

シャーロックは言った。「カリフォルニアからコロラドに移住する人が多くて、家の値段が押しあげられているそうですね」

ビッツィ・セントピエールが言う。「猫も杓子も〝ふたたび西へ〟と流れてるのね」

サビッチにはお茶、ほかのみんなにはコーヒーが行きわたると、ベンが言った。「今日ボビー・フィッシャーと、彼のアパートにいた三人の助手、ソーニャ・マクギブンズとタイ・カーティスとデニス・パルマーから話を聞いて、ダニー・オマリーが殺害されたことを伝えました」

痛いほどの沈黙が広がった。

「ボビーは才能のある助手よ」口を開いたのは、アルト＝ソープ判事だった。「ダニー・オマリーも悪くはなかったけれど、ついていたのが保守派の判事だもの。そこは変わればすむことだけど。優秀な頭脳の持ち主だったわ」

「残念ながら、マダム」ベンはコーヒーカップを判事に向かって掲げた。華奢《きゃしゃ》で女性的なカップなので、うっかり壊してしまいそうで怖い。「われわれの作業仮説では、彼が命を落としたのは、最後の決断が愚かだったためです」

ビッツィが言った。「一度、ダニーに会ったことがあるけど、とてもお行儀のいい青年で、わたしが持っていた荷物をかわりに持つと言い張ってね」

サビッチはこの奇妙奇天烈なグループの動力学のなかに身を置きながら、理解不能な下層流があるのを感じ取っていた。秘密にされていることがあるのかもしれない。

そろそろいいだろう。サビッチはウォレス判事を見た。「サー、少しお時間をいただけますか？　二人きりでお話ししたいことがあります」

ウォレス判事がサビッチととくに話したがっていないことは、顔を見れば一目瞭然だったが、判事は玄関ホールまでついてきた。「わたしに話したいこととはなんだね、サビッチ捜査官？」

「あなたは公の場所でカリファーノ判事と口論をされましたね、判事。目撃者のボビー・フィッシャーから聞きました。口論されたのはカリファーノ判事の殺害のわずか数時間前のことですので、それについてお話しいただけるとたいへん助かります。カリファーノ判事の精神状態を知る手がかりになるので、そのとき彼が考えていた、あるいは案じていたことを、教えていただけたらと思います。おわかりいただけますか？」

もはやウォレス判事の顔に困惑はなかった。「わたしとスチュワートが金曜日に行なった議論は――」ついに口を開いた。「今回の事件とはいっさい無関係だ。しかしながら、タイミングがいかにも悪すぎたことは認める。スチュワートは友人だ。思いだすとつらくなるよ、サビッチ捜査官」

「心中、お察しいたします、サー。それで、何を言い争っていらしたのですか？」

「いま言ったとおり、個人的な意見の相違であって、それ以上のものではないし、今回の件とも無関係だ」

「サー、じつを言いますと、わたしはミセス・カリファーノとの一件を存じあげています。カリファーノ判事がその件であなたに詰めよられたことも。金曜日の言い争いはそれが原因だったのでは？」

「わたしが誰だかわかっているのかね、サビッチ捜査官？」ウォレス判事の声はごくやわらかで、ほかの誰にも聞こえないようひそめられていた。サビッチはその声に脅しを聞き取った。自分には何人《なんぴと》にも邪魔をさせないだけの権力があるという思いが、その声からはっきりと伝わってきた。

サビッチは同じようにやわらかな口調で応じた。「はい、もちろん存じあげています。しかしながら、手がかりをすべて検討しなければならないことをご理解いただけませんか。間接的にしか関係のない情報でも、いちいち調べなければなりません。あなたも最高裁の判事として、どんな案件だろうと、ありとあらゆる関連情報を集めるように助手に命じられるはずです。そして、その案件を持ちこんだ弁護士全員に対して、ことこまかに質問をされるでしょう。だとしたら、同じように捜査を進めなければならないわたしのことも、ご理解いただけるのではないですか」

ウォレス判事はしげしげとサビッチを見た。そして肩をすくめた。「いいだろう。この件についてはここだけの話にしてくれ、捜査官。わかるな？」

「はい、サー」

「よろしい。ひじょうに心苦しいことだが、話をするほかないようだ。マーガレットは数カ月前のパーティのときに、キッチンでわたしにキスされかけたとスチュワートに話をしたのだ。だが、それは彼女がついた嘘でね。ほんとうはマーガレットのほうがわたしと関係を持ちたがった。念のために言っておくと、わたしはいやだったが、彼女はなかなかあきらめなかった。まあ、誰しも酒に呑まれることはあるし、彼女もふだんとは違っていた。キスしてきたので、わたしもキスを返した。当然ながらスチュワートは腹を立て、ギフトショップの前でわたしに詰めよった。ボビー・フィッシャーの見ていたとおりだ」

「あなたの胸の前で振っていた書類というのは、なんだったのですか？」

「書類とな？　書類など覚えていないぞ。スチュワートはつねに紙類を持ち歩き、時間があると、考えていることを書きつけていた。ああ、そうか、思いだしたぞ。あの日はポケットから取りだして、振りまわしはじめたのだ。なんの書類だか知らんよ、サビッチ捜査官。見当もつかない」

「マーガレットの件で、彼に真実を話されたのですか？」

「もちろん話していない。わたしは彼の怒りを受け入れて謝罪した」

サビッチはウォレス判事に礼を言った。いまの発言にどの程度の真実が含まれているのだろう？　長い一日になった。家に帰ったら、ベッドに入る前にショーンと遊んでやらなければならない。幼いショーンが鼻にポレンタを突っこむのではないかとはらはらせずにすむよう、妹のリリーに時間をやって、サイモン・ラッソと楽しませてやりたい。

一同はそれから五分後に座を辞し、キャリーに玄関まで見送られた。

「大急ぎで本部に立ち寄ろう」サビッチはベンに言った。「MAXのデータを一部渡すから、今夜ざっと目を通してから、くつろいでくれ。明日の朝には脳を一新しておいてもらいたい。そうそう、きみたちに伝えなければならないことがある」だが、ウォレス判事との会話を打ち明けたのは、外に出てからだった。

「信じられない」キャリーは言った。「母のほうから誘ったなんて、ほんとに言ったの?」

「あんたも信じてないんだろ?」ベンだった。

「現時点では」サビッチは言った。「何を信じるべきかまだわからない。だが、キャリー、おれにはきみのお母さんが純金に見える」

「そうだもの」

サビッチが自宅のガレージにポルシェを入れたのは、ちょうど八時半をまわったころだった。「ショーンが寝るまで遊ばせたら、でっかいカーラーもいいかもな。どう思う?」

「冗談ばっかり。ショーンが寝ついたら、すぐにでもMAXに取りついて、三時間は離れないくせに」

「ヘアカーラーのほうが先さ」もう一度妻にキスして、にやりとした。

シャーロックは天を仰ぎ、夫のセクシーなポルシェから降りた。

21

サビッチはベッドに横になったまま天井を見つめていた。かたわらで眠るシャーロックが体をすりつけ、片脚を体に巻きつけてきている。やわらかな巻き毛が顎をくすぐり、首筋にあたる安定した寝息が温かい。眠らなければという思いとは裏腹に、頭のなかはダニー・オマリーの恋人であるアニー・ハーパーのことでいっぱいだった。時間さえあれば、今夜のうちに病院に行って、彼女の精神状態と、どの程度話ができるかを確かめたかった。訪れた先の恋人の家で、その人の変わり果てた姿を発見するなど、誰にとってもおぞましい。それが世間知らずの娘とあっては、なおさらだろう。

だが、時間がなかった。明日の朝いちばんで病院に行くのがやっとだ。サビッチはアニーが何かを知っていると確信していた。たとえ本人が気づいていなくても、知っているに違いなかった。だがとりあえずいまは頭を休め、少し眠らなければならない。ジョージ・ワシントン大学病院には明日の朝、起きたらすぐに電話……。

そのときふいに、サビッチは自分が夢を見ているのに気づいた。自分が夢のなかにいることもはっきりとわかった。そこにはシャーロックもいて、ぴたりと体を寄せていた。だがサビッチが感じたのは妻の存在ではなく、空気の変化だった。なぜか急に空気が重くなり、呼吸がしづらくなった。とりたてて恐怖はなく、これまで夢のなかでは経験したことのない異質な感覚があるだけだった。重たい空気がゆっくりと体に染みこみ、それと同時に本来なら固体であるはずの何かが入ってきた。そして意識のなかにいるのは、自分だけではなくなっていた。腕の毛を逆立たせるような何かが意識を満たしている。だが正体はわかっている。なぜなら、何かが完全なる実体となってそこにいたからだ。

サマンサ・バリスター。

いともたやすく頭のなかに入りこんでくるとは、いったいどうしたことだろう。だが、とくに怖いとは感じなかった。しょせんは夢、それ以上でも以下でもない。それでも、サマンサの恐怖と緊迫感がひしひしと伝わってきた。サマンサはサビッチが彼女に気づき、そのことを表明するのを待っていた。

次の瞬間、サマンサが像を結んだ。腰のあたりまで伸ばした漆黒のストレートヘアは、女性たちが髪をまんなかで分けていた七〇年代はじめのヒッピースタイル、着ているのは、あの夜、ポコノ山脈で着ていたのと同じサマードレスだった。すばらしくきれいだ。瞳はダークブルー。なぜだか、彼女がブラックアイリッシュ——アイルランド系の子孫ながら、なぜか漆黒の髪を持って生まれてくる者——だと、わかった。彼女が殺害された当時、サビッチはいまのショーンとほとんど変わらない歳だった。

サビッチはサマンサの白い顔を見つめながら、シャーロックを起こさないように小声で尋ねた。「おれはここだ、サマンサ。いったいどうした？　何があった？」

彼女はその問いには答えず、怯えた目でひたすらこちらを見ている。

「サマンサ、おれがＦＢＩの捜査官なのは知ってるんだろう？」サビッチは穏やかな声でさらに尋ねた。声に出して尋ねたのは、そのほうが通じそうだったからだ。「最高裁判所の判事が殺されたとき、おれたち夫妻がブレシッドクリークから呼び戻されたことを、きみにも知っておいてもらわなきゃならない。おれはその呼びだしに応じるしかなかった。だが、きみを忘れたわけじゃない。おれのラップトップに――」サマンサの顔からふいに表情が消えた。彼女の当惑が手に取るようにわかり、サビッチは笑みを浮かべそうになった。「ラップトップというのはコンピュータの一種で、古い記録を調べることができる便利な機械なんだ。七〇年代のはじめにはまだなかったが、いまじゃ簡単に手に入るし、生活の一部になってる。それはさておき、いまおれはコンピュータに大急ぎできみのことを探させてるところだ。手が空きしだいに力を貸すと約束するよ」

「わたしの坊や、大切なわたしの子」

「サマンサ、きみの坊やにいったい何が起こるんだ？」

「ディロン？」

サビッチはびくりとして目を開き、いま見ていた夢を意識から払いのけた。寝室の窓からは街頭の明かりが細く射しこんでいる。さほど明るいわけではないが、それでもベッドのまわりに人がいないのはわかった。もちろん、サマンサがベッドの裾《すそ》に立って、亡霊のような半透明の手で手招きしているはずもなかった。

「ディロン?」シャーロックが頭を持ちあげたせいで、髪で鼻をくすぐられた。その目はすぐに焦点が合ったものの、声はまだ寝ぼけている。「誰と話してたの? 夢でも見てた? 大丈夫?」

そこまで言って、はたと口をつぐんだ。目に警戒の色が浮かび、サビッチの体に載せていた腕に力が入った。「またサマンサの夢を見たの?」

「ああ、大丈夫だ。もう目が覚めた」さきほどまでの空気の重たさはなくなり、サマンサも意識のなかから消えていた。だが、すっかり目が覚めたにもかかわらず、なぜかあたりにはかすかに甘い香りが漂っている。ジャスミン。そう、ジャスミンの香りだ。サビッチは妻にキスをした。「これ以上放置できない、シャーロック。夢のなかの彼女は、息子のことをひどく心配していた。おれがどうかしてるのかもしれないが、この件に取り組まなきゃならない。ちょっと起きてMAXで調べてくる」

シャーロックはすばやくキスし、ベッドを出る夫を見送った。

サビッチは戸口で立ち止まった。「アニー・ハーパーが何を知っているのか気になって、さっきまで起きてたんだ。朝いちばんで彼女に会ってくる。きみはおれのかわりに本部に行って、オリーと一緒にMAXに入力する情報を用意しておいてくれ」

ジーンズだけはき、ウエストのボタンを留めずに書斎に向かった。ショーンの好みで室内が暖かいので、ジーンズ一枚でも寒くない。

シャーロックは寝返りを打って眠りに戻ろうとした——眠れそうにない。けれど不思議なことに、ものの数分でふたたび夢一つ見ない深い眠りに落ちた。

そのまま夫がベッドに戻ったことにも気づかず、強く抱きかかえられているのを知ったのは、翌朝、クロックラジオの音で目覚めたときだ。早朝のラジオショーの司会者がタイダルベーシンで発生した車六台を巻きこむ玉突き事故について報じていた。

ジョージ・ワシントン大学病院、ワシントンDC
月曜日の午前

アニー・ハーパーは十二歳ぐらいにしか見えなかった。顔に化粧っけはなく、明るい茶色の髪はポニーテールにまとめ、左の肩から患者用の寝巻きがずり落ちている。その薄い肩もまた、彼女を幼く見せる一因になっていた。

顔色は青白く、生気がすっかり吸い取られたかのように、頬骨のあたりの皮膚が引きつっている。だが、サビッチの心をとらえたのは、十二歳の少女どころではない、すっかり老けこんで見えるその黒い瞳だった。

「おはよう、ミズ・ハーパー」笑顔でベッドに歩みよったとたんに、ほかにも人がいるのに気づいた。腕組みをした両親が、ベッドのかたわらで怒りと警戒の色もあらわにこちらを見ていた。

一瞬、両親をうとましく感じたけれど、二人を避けることはできない。なんと言っても、アニーはまだ二十三歳なのだから。両親がそばにいたほうが、この悲惨な経験を乗り越えやすい。「会ったこと、ありますか?」アニーはぼんやりとした視線を彼に向けて尋ねた。まだ、鎮静剤を大量に投与されているのだろう。

「いや、話をするのははじめてだよ」サビッチは答えた。「FBIのディロン・サビッチ捜査官だ。ぼくもダニー・オマリーのアパートにいた」アニーの青白い手を軽く握ると、近づいてきた彼女の両親に向きなおり、握手を求めた。「ディロン・サビッチ捜査官です」父親が組んでいた腕をほどいて握手に応じ、母親もそれにならった。彼らの気持ちに配慮しているのをわかってもらうため、辛抱強く話を進めようと決め、実際、この家族には深く同情していた。「わたしもこれ以上アニーにつらい思いをさせたくありません。ですから、同席していただいてけっこうですが、話をしないわけにはいかないのです。アニーもあなた方も、ダニーを殺した男の早期逮捕を望んでいらっしゃるはずです」

アニーの父親は開きかけた口を閉じ、サビッチの顔を探るように見てから、ゆっくりとうなずいた。一方、母親の声には、疲労と怒りが滲《にじ》んだ。「サビッチ捜査官、いったいどうしてこんなことが起こるんです? わたしたち、ダニーのことは知ってましたし、気に入ってもいました。好青年でした。なんといっても、連邦最高裁判所の判事の助手ですからね。なのにあなた方、警察は、警官が何百人もいたはずの最高裁判所の建物のなかで、最高裁判所の判事をむざむざ殺させてしまった。いったい何をしているんです? なんにもしてないじゃないですか。そしていまじゃ世間は、ダニーが殺されたのは、カリファーノ判事の殺害にかかわっていたからだとか、あの事件について何か知っていたからだとか言ってるんですよ。いいですか、ダニーはカリファーノ判事のことを好いてたんです。判事のことを好きで尊敬していたのに、世間はまるでダニーが悪いことでもしたみたいに言ってるんです！　そんなことあるはずがないのに」

この母の言葉に答えたのはアニーで、サビッチはその声にいくらか力がこもっているのを感じて嬉しくなった。「ママ、わたしはダニーを愛してたわ。でもね、ほんとうに何があったのか、わたしたちにはわからないのよ。わたしは真実が知りたい。結果がどうであれ、真実が知りたいの」

サビッチは口をはさんだ。「犯人は、ダニーが何か知ってると思いこんだのかもしれない」

アニーは首を振り、自分の手に目を落とした。「そう言ってくださるのは嬉しいけど、あなただってそんなこと信じてないんでしょう、サビッチ捜査官」疲れきった声だった。そこに怒りはなく、ただ底なしの疲労を感じさせた。

「ミセス・ハーパー、お腹立ちはよくわかります。われわれはかならず犯人とその動機を突き止めます」サビッチが目を見つめると、ミセス・ハーパーは視線をはずし、夫の肩にもたれかかった。アニーの父親はしっかりと妻を抱きよせた。「アニーと話してくれ、サビッチ捜査官。だが、もし許されるのなら、わたしも妻もここにいたい」

「もちろん、かまいませんよ」サビッチは言い、アニーに目をやった。肩からずり落ちた寝巻きをかきあわせており、目には少し生気が戻ったようだった。二メートルと離れていないところに立っている両親からアニーの注意をそらしたかったので、彼女の不安を取り除くために手を握った。握りあわされた手を食い入るように見つめるミセス・ハーパーの姿が視界の隅に映る。サビッチはハーパー夫妻に背を向け、両親とアニーのあいだに立ちふさがった。ありがたいことに、病室のもう一つのベッドはからだった。

「きみは金曜の夜、彼を車で最高裁判所まで迎えにいったんだね」

アニーはうなずいた。「ええ、ダニーは何かをブリーフケースに詰めこんでたわ。先月、わたしがクリスマスプレゼントにあげたグッチのブリーフケース」声を詰まらせ、言葉を切った。鎮静剤がまだかなり残っているようだが、話の筋は通っているので、そのまま待った。

「ダニーはそのブリーフケースがすごく気に入って、べつに大切なものが入っているわけでもないのにいつも持って歩いてた。あの日はわたしの車で出かけて、彼はブリーフケースを車のトランクにしまったわ。映画館には持って入らないほうがいいだろう、って二人で笑ったの。ほら、爆弾とかに間違えられちゃうから」

母親がアニーに歩みよろうとし、父親がそんな妻を押しとどめた。

「まず、スプレックルズ・ストリートにある〈アンジェロズ〉に食事に行ったわ。ダニーはオリーブとオニオンとアンチョビが載ったあの店のピザが大好きだった。あそこは彼がワシントンでいちばん好きなレストランだったの」

「映画はどこへ観にいったのかな?」

「ジョージタウンの〈コンソーティアム〉。ほら、アート系の映画を上映してて、いつも座席の半分は空いてる映画館」アニーが自分の手を見つめる。サビッチの手のなかで、彼女の手が少し縮こまった。「でもわたしがそう言うと、彼はいつも、いや、そうじゃない、座席の半分は埋まってるんだ、って言ったけど」サビッチはアニーが軽口を叩きはじめたのが嬉しかった。心を開きはじめた証拠だ。薄いシーツをかけた膝《ひざ》の上に置かれた彼女のもう一方の手は、鉤爪《かぎづめ》のように軽く内側に曲がっていた。「わたし、その映画は観たくなかった。彼ほど興味を持てなかったし――」ため息。「でも、ダニーはこの一週間半、あの映画のことをずっと話した。早く上映が終わってくれたらいいのにと思いながら、観にいくのを一日延ばしにしたんだけど、もう先送りできなくて、九時からの回に行ったの。字幕付きのクロアチア映画だったけど、翻訳がほんとにひどくて劇場にいた十人ぐらいの観客はみんな大笑いしてた。でも、ダニーは笑ってなかった。まるで、彼だけ別の映画を見てるみたいに身をのりだして、画面に釘付けになっていた。映画はスプリットで撮影されたものだった。ローマ皇帝が建設して、いまでも使われている巨大な宮殿があるダルメシア沿岸の町」

「〈アンジェロズ〉では、その日のできごとについて話したのかい?」

「ううん、そうでもない。ダニーはそういう話をしたがらなかったから。彼はいつもカリファーノ判事やイライザやフルーレットの話をしてたけど、金曜の夜は、ただ食事をして、わたしの話を聞いてた。少なくてもわたしはそう思ってた。じつは、わたし焼きもちを焼いてたの。フルーレットのことや、ダニーが彼女をすてきだと思ってることを考えて、やきもきしてた。だから彼にはあんまりやさしくなれなくて、ただ、おしゃべりするふりをしてたの。ほんとうは、彼を置いてけぼりにして車を走らせ、一週間の給料と同じくらい高かったあのグッチのブリーフケースをゴミの収集箱に叩きこんでやりたかった」

「だが彼はフルーレットのことを考えてたわけじゃなかった」

アニーは首を振った。「ええ。ダニーのアパートに戻ったら――」アニーは両親のほうをうかがったが、さいわい二人は二メートルほど離れた場所にいた。サビッチとアニーに背を向けて窓のほうを見ている。

アニーが声を落とし、サビッチが顔を近づけた。「部屋に入ったとたん、ダニーがわたしに飛びかかってきたの。いつもやる気満々だったけど、あのときはいつもとようすが違った。ものすごく興奮してた。セックスに興奮してたこともあるけど、何かほかのこともあったみたい。でも、フルーレットのことじゃなかった。ね、そうなんでしょう?」

サビッチの鼓動がゆっくりと、しかし着実に高鳴りはじめた。

「わたしたち、リビングルームの床で愛しあった」アニーは母の背中を見て、さらに声を落とした。「そのあと、ダニーは起きあがってキッチンに走ると、ワインを開けて、二人分のグラスにそれをついだの。それからばかみたいに浮かれた調子でわたしと乾杯した。彼のあの表情、わたし、絶対に忘れない。〝アニー、ぼくは金持ちになるぞ〟って言ってた。それでわたしは、もちろんよ、ダニー、あなたは頭がいいもの、とか言ったんだけど、なんて言ったか、よく覚えてない。確か、アルバイトで弁護士の仕事でもするの、って訊いたんだと思う。ほんとうはすごく寒くて、服を着たかったんだけど、ダニーがワインを飲めっていうから我慢してた」

　サビッチの目には、二十三歳のアニーがひどく幼く頼りなげに見えた。

「ダニーは首を振って、違うって。まったく別なことだって。でも、それが何かは教えてくれなかった。そしてわたしの腕をつかんで、寝室へと引っぱったの」ふたたび、小声になった。「わたしたちはもう一回愛しあって、そのまま眠っちゃった」

「その別のことについて、彼は何も言ってなかったかい？　ヒントもなかったのかな？　まったく何も？」

　アニーは首を振った。「ええ。わたしはベッドに横になって、彼のいびきを聞いていただけ。次の日の朝はずいぶん遅く起きた。彼のTシャツを着てキッチンに行くと、彼はテレビを見ながら〝なんてことだ《マイ・ゴッド》〟って何度もつぶやいてた。わたしたち呆然と立ちつくしたまま、カリファーノ判事が殺されたっていうニュースを観てた。ほんとうに信じられなかった。ダニーは、まるでこの世の終わりみたいにすごいショックを受けてた。でもそのあと、顔つきががらっと変わって、背筋がぐっと伸びたの。覚悟を決めたみたいに、彼は背筋を伸ばして胸を張った」

「彼が何かを決断したのかい？　自分の知っていることを利用できると気がついたのか？」

「ええ、たぶんそう。かわいそうなダニー。結局、それが命取りになったんでしょう？」

「どうやらそうらしいね」サビッチの見るところ、アニーはまだほかにも知っているはずだった。だが、まだそれを思いだせないでいる。

「それで、彼はなんて言ったんだい？」

「どうしたのって訊いたら、ただ首を振るだけで、もう帰ってくれって。やらなきゃいけないことがある、すごく大切なことなんだって。

わたし、すごく頭にきちゃって、もう二度とあなたのために洗濯なんかしないから、ってどなった。そして寝室に戻って着替えると、そのまま黙ってアパートを飛びだしたの」

「きみがアパートを出たとき、彼はどこにいた？」

「キッチンを歩きまわる足音が聞こえたから、携帯で話してたんだと思う」

「話の中身は聞こえなかった？」

アニーは顔をしかめ、サビッチの手をさらに強く握ってからゆっくりと首を振った。「ええ、聞こえなかった。彼の声が小さくなって、そのあとまた大きくなったのは覚えてるけど、すごく頭にきてたから、そのままアパートのドアを叩き閉めて、家に帰っちゃった」

「でも、日曜日の朝、もう一度彼のアパートに行ったんだね」

アニーは唇を噛《か》んでいた。すっかりひび割れている。「ええ、そう」

「どうして行ったのかな？」

「彼に何が起こったのかちゃんと知りたかった。それに、フルーレットのことが、また心配になったのかも。ウォレス判事の助手のソーニャ・マクギブンズって知ってる？　彼女が法廷の外でどんな恰好をしてるか見たことある？」

サビッチは必死で笑みを押し殺した。「ああ、あるよ」

「彼女、トレーニングしてるの。すごく真剣に体を鍛えてるのよ。内務省にはトレーニングする人間なんて一人もいない」アニーはサビッチから目をそむけ、血の流れが止まりそうなほどきつく彼の手を握ってすすり泣きをはじめた。

アニーが落ち着くのをじっと待っていると、彼女の母親がこちらをふり向いた。見るに忍びないつらそうな顔を見たサビッチは、ミセス・ハーパーにうなずきかけ、声を出さずに「大丈夫ですよ」と口を動かした。

そして、ようやく泣きやんだアニーに言った。「アニー、きみに催眠術をかけさせてもらえないか」

「とんでもないわ、この子にそんないんちきくさいことさせられません！　それでなくとも、つらい目に遭ってるんですよ！」

サビッチはミセス・ハーパーを見あげた。「催眠術は、彼女が思いだせないものを思いださせてくれる、きわめて安全な方法です。ダニー・オマリーとカリファーノ判事が残忍に殺害されたことをどうか忘れないでください。アニーがさらに思いだしてくれれば、捜査は大きく進展します。もちろん、催眠術をかけるあいだ、あなたとご主人には同席していただいてかまいません」

今回も、答えたのはアニーだった。「わたしはかまわないわ、サビッチ捜査官。あなた以上にわたしがダニーを殺した犯人を知りたいの」

22

FBI本部五階
月曜の午前

「信じられないな」フランク・ハリーが手にした書類の束に目を通しながら言った。「MAXからの提案？　おい、サビッチ、ラップトップのなかにエイリアンでも飼ってるのか？」

さっき大会議室に静かにすべりこんできたばかりのサビッチは、いちばん奥の席で会議の司会をしているシャーロックに小さく目配せをした。

シャーロックが言った。「いいえ、フランク、ディロンがMAXをそういうふうにプログラムしたのよ。だからたぶん、エイリアンはサビッチのほうね。彼くらいベッドのなかですてきなエイリアンには、はじめてお目にかかったけど」

サビッチは誇らしさに胸を膨らませて、妻に笑いかけた。サビッチの登場に気づいた何人かの捜査官が冷やかしの野次を飛ばし、ハイファイブを送ってくる。ようやく笑いが収まったころ、サビッチはシャーロックがすでに最新の任務表を全員に配布しているのに気づいた。

昨日のミーティングを支配していた純然たる混沌《こんとん》とはうって変わって、今日の会議室には楽観的な雰囲気が漂っている。ほかの捜査官たちによると、シャーロックはすでにすべてを余すところなく説明していた。

サビッチは会議が終わるのを待って、妻に声をかけた。「シャーロック、一緒に来てくれ」

「おい、サビッチ、どこに行くんだ?」まだ腹立ちが収まらないらしいフランク・ハリーが、刺々しい調子で言った。

サビッチは穏やかに答えた。「ドクター・エマニュエル・ヒックスとクワンティコで会うことになってる。アニー・ハーパーに催眠術をかけてもらうんだ」

「オマリーの恋人か?」

「そう、彼女よ」シャーロックが口をはさんだ。「あなたも来る? ドクター・ヒックスとディロンがアニーの話を聞いているあいだ、アニーの両親の相手をしててよ」

「いや、よく考えたら」フランクが慌てて答える。「うちのチームの連中とやらなきゃならないことが山ほどあってな」

「きみはほんとうに口が達者だな」サビッチはシャーロックの耳にキスをして、ささやいた。

「おれ以上にベッドのなかですてきなエイリアンには会ったことがないって?」

「いまのところはね」シャーロックは会議室を出しなにふり返り、いたずらっぽい笑顔で夫を見た。

ジェファーソン棟、クワンティコ

シャーロックはアニーの両親であるハーパー夫妻をサビッチのオフィスのいちばん奥に案内し、夫妻とともに椅子にかけると、穏やかな低音で話しはじめた。駄々をこねるショーンに何かを言い聞かせるときの声だ、とサビッチは思った。

ドクター・エマニュエル・ヒックスがのんびりと登場し、サビッチはふり向いた。こののんびりとした足取りが、彼のトレードマークの一つだった。もう一つのトレードマークは、左の耳付近から禿《は》げた頭の上を通って右側へとなでつけられた三本の長い髪だ。その三本の髪とのんびりとした足取りはいかにも不似合いだが、その才能のすばらしさを考えたら、たとえピンクのターバンを巻いてサルサを踊りながら部屋に入ってきても、いっこうにかまわない。サビッチはアカデミーにいたころから、ドクター・ヒックスのことを尊敬し、きわめて貴重な人材だと考えてきた。

サビッチは立ちあがり、ドクターと握手を交わした。「来てくださってありがとうございます、ドクター・ヒックス。この件で、ほかにお知りになりたいことは？」

「いや、サビッチ、説明は充分だよ」ドクター・ヒックスはアニーの両親に会釈をすると、すぐに椅子を近づけて、アニーに笑いかけた。「ドクター・ヒックスだ。痛いことは何もしないから心配いらないよ。ＦＢＩで働くときに、そう誓約させられてね。さて、気分はどうかな、ミス・ハーパー？」

「ええ。なんとか。いえ、最低です。ずっと泣きたいのに、もう涙がないんです」

「無理もないな。つらい目に遭ったんだからね」

「でも、死んだのはわたしじゃありません」

「死んでしまった人間はもう苦労しなくていいんだよ、アニー。たいへんなのは生きている人間だ」ドクターは言った。「さて、用意はいいかな？」

「わたし、催眠術ってはじめてなんです。横になったりするんですか？」

「いや、その必要はないよ。ただ、楽な姿勢で椅子にかけて。きみのことをアニーと呼んでもいいかな？」

アニーはうなずいた。

「よしと。さあ、この一ドル銀貨をじっと見て。じつは、これはわたしの曾祖父《そうそふ》のものでね。さあ、この銀貨だけをじっと見るんだよ。そう、次にこれを目で追って」

ドクターは銀鎖の先についた硬貨をアニーの顔から一〇センチほどのところに垂らすと、それをゆっくりと揺らしながら、内務省で働いている知りあいのこと――少なくとも十人はいた――を話題にしはじめた。抑揚のないやわらかな声。五分もしないうちに、サビッチにもアニーが催眠術にかかったのがわかった。ドクター・ヒックスは一ドル銀貨をベストのポケットにそっとしまい、ゆっくりとしたやさしい声で尋ねた。「アニー、気分はどうだい？」

いまだアニーの目は、さっきまで銀貨が揺れていた場所を見つめていた。「寒い。体の内側がゾクゾクする。サビッチ捜査官に手を握ってもらってもいい？」

サビッチが彼女の手を両手で包み、三人が身を寄せあうような恰好になった。サビッチの視界の隅に、じっとこちらを見つめているハーパー夫妻の姿が映ったが、ありがたいことにシャーロックが二人を抑えてくれていた。

「アニー、少しは暖かくなったかい？」

「ええ」平板な声。「ダニーもサビッチ捜査官みたいな人だったらよかったのに。それなら、こんなことにはならなかったのに。でもダニーはご都合主義のろくでなしだった」

おもしろいことになった、とサビッチは耳をそばだてた。さすりつづけていると、アニーの手がだんだん温かくなってきた。

ドクター・ヒックスがうなずくのを待って、サビッチは質問を発した。「アニー、ダニーがご都合主義のろくでなしだと思ったのは昨日がはじめてかい？　それとも、もっと前からそう思ってたのかな？」

「たぶん、ずっと思ってた。彼、感じのいいアイルランドの好青年を装って、うまく立ちまわってた。でも、わたしを好きだったのはほんと。それは誤解しないで。彼がわたしを好きだったのは確かなの。でも、愛してくれてはいなかった。わたしが彼を愛していたようには。わたしったら、きみの服のたたみ方が好きだって言われただけで、彼のために洗濯までしちゃって、ばかもいいとこ」

「彼はきみに人柄を疑われるようなことをしてたのかい？」

「彼、イライザに嘘をついてた。ほんとうはやってないことをあたかもやったように言ったりしてた。でも、たいした嘘じゃない。イライザはすごく頭がいいから、ごまかしきれないとわかってたから。そのうち、イライザにすごくゴマをすりはじめた。イライザには彼の人生を左右する力があるとわかったから。その気になれば、彼女はダニーをクビにすることだってできる。少なくともダニーはいつも、カリファーノ判事はイライザの言葉に真剣に耳を貸してる、と言ってた」

「ダニーが信用できないことにイライザは気づいてたのかな？　彼の嘘はばれてた？」

「ダニーは何も言ってなかった。たとえ訊いても、小学生が先生をごまかすときみたいに笑って答えなかったと思う。でも、イライザはいつだってわたしに親切だった。イライザとは仲良くなれそうだったけど、彼女にはそんな時間がなかった。フルーレットのほうは、ダニーのことをよく知らなかったんだと思う。わたしがそう思ってるだけかもしれないけど」

「カリファーノ判事はどうかな？　ダニーの嘘がばれたことは？　すべきではないことをしているのを見つかったことはあったのかい？」

アニーはゆっくりと首を振った。「わからない。わたしは身内じゃないから。わたしが知ってるのはダニーから聞いた話だけ。たとえカリファーノ判事に嘘がばれても、ダニーがわたしにそれを言うはずはない。それに、ダニーはカリファーノ判事に気に入られたがっていた。任期が終わったとき、いい推薦状を書いてもらうために。だから、さすがのダニーもカリファーノ判事にだけは嘘をつかなかったかも」

「なるほどね。じゃあ次は、金曜日のことを話してくれるかい？　きみは最高裁判所に彼を迎えにいった。そのときの彼の機嫌はどうだった？」

「ダニーってすごく浮き沈みが激しくて、全然予想がつかなかった。でも、金曜はどっちでもなかった。何か気になることがあって心ここにあらずって感じ。でも、それについて話すつもりはないみたいで、ただ黙々とあの気持ちの悪いアンチョビを食べてた。わたし、アンチョビって大嫌い」

「彼はブリーフケースに何か大事なものを入れてたと思う？」

アニーは少し考えてから、かぶりを振った。「わからない。あのブリーフケースはどこにあるの？」

「見つからないんだ。彼のアパートにはなかった」

「残念だな。ダニーが棺に入れてもらいたがっただろうに。いやだ、そんなつもりじゃなかったんだけど」

「わかってるよ、アニー。気にすることはないさ」

「彼がブリーフケースをトランクから出したのは確かなの。アパートに持って入るところを見たから。あれをプレゼントしたとき、彼があそこまで大事にするなんて思わなかった」

「じゃあ、土曜の朝の話をしよう。金曜の夜は何も話さなかったんだね？」

「ええ、彼は大いびきをかいて寝てた」

「ダニーはカリファーノ判事が死んだというニュースを見て〝なんてことだ《マイ・ゴッド》〟と言ったんだ

ったね」

「ええ、何度もくり返してた。わたしだって信じられなかった。なんだか現実とは思えなくて。まるで、ダニーが観たがっていたあのわけのわからない外国映画みたいだった」

「そのあと、彼のようすは一変した。きみの目の前で、ようすが変わったんだったね」

「ええ、すっかり変わったの」

「アニー、そのときのダニーのことを頭に思い描いてくれないか。きみはその場にいてテレビを観ている。次にダニーに目を移す。彼はどんなようすだい？」

「ギャンブルで大当たりしたみたいな顔。世界を征服したみたいに得意になってる。得意満面って感じ」

「彼は自分が知ってることについて考えてるのかもしれないね。それで大儲《おおもう》けできると考えてるんだろうか？」

「そう、そのとおりよ。やっとわかった。ダニーはそのことを三秒ぐらい考えて、お金を手に入れることに決めたのよ」

「彼はなんて言ったんだい？」

「やることがあるって。それでわたしは寝室で着替えて、ドアを叩き閉めて帰ったの」

「そのとき彼が携帯電話で話しているのを聞いたんだね」

「ええ、そう」

「よし、わかった。アニー、きみはそこに立ってる。彼の顔は見たくもないが、電話で話す声は聞こえてる。いまきみはどこに立ってる？」

「玄関」

「ダニーからどのくらい離れてる？」

「わたしが立ってるところからキッチンまで五メートルないわ」

「彼は携帯で話してるんだね？」

「ええ」

「電話の呼び出し音が鳴ったのかい？　それとも彼がかけたのかな？」

「呼び出し音は聞こえなかったから、彼がかけたんだと思う」

「ちょっと待ってくれ、アニー。彼の携帯の通信記録は調べたが、土曜の朝に彼が電話をかけた記録はなかったよ」

「でも、彼はたしかに携帯電話を使ってたわ」

「使い捨ての携帯ってことはないかな？　彼、そういう電話を使ってたかい？」

「ええ、通りで売ってる安物をいくつか持ってた」

興味深い事実だ。サビッチは話題を変えた。「彼は携帯電話と一緒にアドレスブックもポケットに入れてたかい？」

「ええ、薄くて黒い手帳よ」

「じゃあ彼は、その黒い手帳で番号を調べて、電話をかけたんだね？」だが、自分の携帯電話は使わなかった。そのときふと、サビッチはあることに気がついた。ダニーは自分があぶない橋を渡っているのを承知していて、それによって害が及ばないように用心したのだ。

「ええ、たぶんそうだと思う」

「なるほど。きみはいまそこに立ってる。頭にきて、帰りたいと思ってる。だが、そこでふと立ち止まる。彼の電話の声が聞こえたからだ。きみは、彼に何が起きているか知りたかった。そうだろう？」

「ほんと、そのとおり。彼が何をするつもりか知りたかった」

「それで耳をすました。彼はなんて言ってた？」

「わからない――」

サビッチはアニーの手を握り、すっかりぬくもった手を指で軽くなではじめた。「アニー、きみはそこに立ってる。そして耳をそばだててる。彼はなんと言ってる？」

アニーは息を一つ大きく吸いこむと、たっぷり黙りこんだ。サビッチは何も言わずにただ手を握って待った。

「ダニーは〝じゃあ、なんらかの合意に達せそうだな〟って言ってる」

その瞬間、アニーの母親の痛ましい悲鳴が響き、父親とシャーロックが彼女をなだめる声が聞こえてきた。

「アニー、ほかにはどうだい？　きみはまだそこにいるんだろう？」

「いいえ、いまはドアの外」

「きみは何を考えてた？」

「すっごく怒ってた。わたしに愛されてると思いこんでるダニーは大ばかだ、って思った。わたしはほんとうに何も知らない。だって、それ以上は聞いてないもの。でも、その言葉の意味はわからなくても、彼が何か悪いことをしてるっていうのはピンときた」

「それが何かは知りたくなかった」

「ええ、そのときは」

「日曜日に戻ってきたのはだからなのかい?」

アニーはうなずいた。「ええ、やっぱりほんとうのことが知りたくて。それに、彼が心配だった。ダニーが何かしようとしているのはわかったけど、それがなんなのかわからなくて」アニーは言葉を切り、両親のほうへ目をやった。「わたし、自分に嘘をついてた。彼が、まちがったことをしてるってわかってたのに、それを認めたくなかったの」

サビッチがドクター・ヒックスにうなずくと、ドクターはゆっくりと彼女の催眠状態を解いた。ドクターはアニーに、きみはとても勇敢な女性だ、事件のことはやがてきみの記憶から遠のくだろうと語り、きみには事件をあるがままの形で受け入れる強さがある、だから事件の真相を正しく見つめられるようになるはずだ、と言って聞かせた。ドクターがセラピーを施しているのに気づき、サビッチは頬をゆるめた。愛した男に利用されたこの若い女性、だまされたあげくに死なれてしまったこの若い女性を気の毒に思っているのだろう。ドクターはさらにアニーに話しつづけ、きみは気分がよくなって、空腹を感じるだろう、と語りかけた。さらに、きみが食べたいのはクワンティコのレストラン〈ボードルーム〉のペパローニピザで、サビッチがおごってくれるはずだと続け、このやりとりの一部始終を聞いていた彼女の両親にうなずきかけた。そして、きみのご両親もペパローニピザを食べたがっているよと前置きしたうえで、両親が彼女を心配していること、二人とも彼女を愛し、彼女の力になりたいと思っていることを語って聞かせた。

ようやくクワンティコをあとにしたサビッチの頭にあったのは、惜しいことをしたという思いだった。ダニー・オマリーのグッチのブリーフケースと、メモリーチップの入った携帯電話、使い捨て携帯電話、そして黒い手帳がなくなった。

FBI本部
火曜日の早朝

サビッチは会議室のテーブルの議長席に立ち、居ならぶ捜査官たちの顔を見まわした。

「われわれが追っている犯人と高い確率で合致する暗殺者がMAXによって割りだされた。ギュンター・グラスの偽名を使い、ミドルネームはヴィルヘルム。わたしたちが追っている犯人と同じ手口で多くの人間を殺している。被害者に忍び寄って絞殺、しかもたいていはハイリスクな場所での犯行だ。この男の殺しにはかならずこの二点がセットになっている」

「聞き覚えのある名前だな」ある捜査官が言った。

「そのとおり」サビッチが答えた。「本物のギュンター・ヴィルヘルム・グラスは一九九九年のノーベル文学賞受賞者だ。彼の処女作『ブリキの太鼓』を読んだことがある人間が、ここにもいると思う。詩人であり、小説家であり、脚本家。そのうえ彫刻家でもある。彼は自分のことをスパータオフラウク、すなわち、理性に倦《う》んだ時代に遅ればせながらやってきた啓蒙の唱道者と呼んでいる。

なぜこの暗殺者が作家の名を偽名に選んだのかはわからない。たぶん、ギュンター・グラスという人間、あるいは彼の作品に影響されたんだろう。それについてはスティーブやクワンティコの行動科学課が詳しく教えてくれると期待している。いずれにせよ、犯人の本名は誰も知らず、ギュンターの名でのみ知られている。

昨日の夜、わたしは国際警察《インターポール》の担当者たちと話をした。ワシントンのジョニー・ベインズと、リヨンのジャック・ラミー、ベルリンのハンス・クラウスだ。現在、ギュンター・グラスは彼らの捜査リストに載っていない。わかっているかぎり、十年以上にわたって活動を休止しているからだ。そのせいでＭＡＸによる追跡にもいささか時間がかかる結果となった。

ドイツ、フランスの両警察は、テロリストの細胞にギュンター本人やそれに似た人物が関与している事実はないと断言している。

となると問題は、やつのこの間の居場所だ。これまでどこにいて、いまはどこにいるのか？　まだワシントンにいるのか、それともとうによそへ行ったのか？　それに、この二件の殺人事件の背後にいる人物が、なぜどうしてこんなプロの暗殺者を知っていたのかという疑問も浮かびあがってくる」

ジミー・メートランドが言った。「言うまでもないが、現在、国内にはこの名前の人物はいないし、その名前で発行されたパスポートもビザも存在しない。つまり、犯人が誰かはわかっていても、その居場所がかいもくつかめないということだ」

ベン・レイバンが尋ねた。「昔の写真はないのか？　一枚も？」

サビッチは言った。「いや、いま配っているのは、ジャック・ラミーに送ってもらった不鮮明な古い写真だ。デジタル処理してみたが、それでも見やすくなったとはお世辞にも言えない。見てもらえばわかるように、ずいぶん若いときの写真で、大柄な男だ。服装からして、撮られたのは八〇年代半ばから後半。確実に年齢は重ねているだろうが、それでもカリファーノ判事やダニー・オマリーを殺害したとなると、いまだかなり屈強だと考えていい」

ジミー・メートランドは首を振った。「ハイリスクな場所を選ぶというのは、プロの暗殺者には珍しい。プロというのは、忽然《こつぜん》と現われて忽然と去るのが常道で、鮮やかな手際で仕事をやってのけるもんだろう？　ところがわれわれが追っている男は、まるでアドレナリン注射でも打ったような狂態ぶりだ。あんな殺しは見たことがない」

「自分をギュンター・グラスと呼ぶこと自体、どうかしてますよ」別の捜査官が言った。

「世間をあざ笑ってるんだろう」メートランドが言った。「長年ずっとそうしてきたんだ。そして残念ながら、まんまと逃げのび、いまだ自由を謳歌《おうか》している。サビッチ、その暗殺者はいったい何人殺してるんだ？」

「ジャックは二十人ぐらいだと言ってました。ギュンター・グラスが仕事をしてたのは八〇年代の末までですが、人目を引くような殺しは一つもない。被害者はヤクの運び屋や、国際マフィアといった手合いばかりだ。そして以後、犯行がぴたりとやみます。カリファーノ判事が殺されるまでは」

「たっぷり稼いで引退したんだろう」メートランドは言った。「名前を変えれば、世界じゅう、どこにでも住める。われわれのうちの誰かの隣りに住んでてもおかしくないわけだ」

「そういえば、もう一つ思いだした」サビッチはため息をついた。「インターポールによると、ギュンターはドイツ語、フランス語、イタリア語、英語の四カ国語に堪能だそうです」

「英語はアメリカ風か、イギリス風か？」

「アメリカ英語だと聞きました。この二件の殺人の糸を引いている人物はギュンターと個人的に知りあったか、あるいは仕事上か社会生活上の知りあいなんでしょう。そしてなんらかの形で、ギュンターの正体を知った」

「まいったな。そこらで働いてる配管工って可能性もあるわけだ」ある捜査官が声をあげた。

「暗殺の稼ぎがあれば、わざわざ仕事をするまでもないだろうがな」別の捜査官が応じた。

23

聖ルカ・エピスコパル教会、ワシントンＤＣ
木曜日の午前

聖ルカ教会は、スチュワート・カリファーノ判事の葬儀に訪れた多くの会葬者を収容するにはあまりに小さかった。入場を許されなかったマスコミ関係者が、葬儀に参列した著名人たちのコメントを取ろうとその小さな教会の外をうろついていた。教会に収容できる人数はわずか百五十人。葬儀への参列が許されたのは親しい友人と家族、同僚判事、議員、そして大統領と副大統領およびその家族だけで、頌徳《しょうとく》の言葉は大統領がみずから述べた。

全身黒ずくめのマーガレット・カリファーノとキャリーは手を握りあって坐り、マーガレットの横には彼女の友人とその夫、そして家族がならんでいる。それを見たサビッチは、フランスの王族を護衛するスイス護衛兵のようだなと、シャーロックにささやきかけた。ミュラー長官、ジミー・メートランド副長官、シャーロック、サビッチ、そしてベン・レイバンは、マーガレット・カリファーノの二列後ろに坐り、さらにその後ろには一命を取り留めたものの、いまだ見るからに体調の悪そうなヘンリー・ビッグズを含む最高裁判所の警察官が何人か坐っていた。ミセス・カリファーノがなぜ彼を招いたのか、サビッチにはよくわからなかったが、たぶんよくできた女性だからなのだろう。

礼拝が終わり、大統領夫妻がシークレットサービスに守られて教会をあとにした。そのあとに副大統領とミセス・チャートリーが続く。ミセス・カリファーノは星条旗におおわれた夫の棺《ひつぎ》のかたわらで参列者たちと握手をしながら、低い声で言葉を交わし、会葬の礼を述べた。出棺の時間となり、教会の戸口に目をやると、マスコミ関係者が首都警察の警官たちに押しとどめられていた。ミセス・カリファーノは大きく深呼吸をして背筋を伸ばし、マスコミと話をするためにキャリーを伴って教会を出た。そのあとを追うように、残った八人の判事たちに付き添われた棺が運びだされる。サビッチの目から見ても、世界じゅうの人びとの心に永遠に刻まれるであろう感動的な光景だった。

マーガレット・カリファーノが口を開くや、矢継ぎ早に質問を発していたレポーターたちが水を打ったように静まり返った。彼女は落ち着いた口調で、自分や家族に寄せられた温かな思いやりと励ましに対する感謝を丁重に述べ、捜査に関しては、夫を殺害した犯人をFBIがかならず捕まえてくれると信じている、とのみ語った。また、セント・マーチン・オブ・ザ・フィールズで夫の埋葬を終えたら、自宅でマスコミの取材を受けると告げ、質問に対しては丁寧な口調で答えを拒み、「あとで自宅でお話しします」とだけくり返した。

墓地でも、教会を警護していた警官たちがマスコミを遠ざけていたので、近親者だけのひっそりとした埋葬はすみやかにつつがなく終了した。サビッチとシャーロック、ベン、そのほか数人のFBI捜査官たちはミセス・カリファーノがベックハースト・レーンの自宅で行なった記者会見に同行し、彼女はすべての質問にじつくりと答えた。

「ミズ・マーカム、〈ワシントンポスト〉はあなたのおかげで情報を有利に入手しているとの噂がありますが」一人の記者が叫んだ。「これほどの大事件の取材で、大手新聞社によるそのような行動が許されると思われますか？」

キャリーは前に出た。「それが事実であれば、もちろん許されません。ですが、その噂は事実無根です。現在わたしは休職中です。当局にはできるかぎり協力していますが、それはあくまでカリファーノ判事の義理の娘としてです」

キャリーの上司、ジェド・クームズが、皮肉と苦々しさの滲む大声で叫んだ。「そのとおり。彼女はわれわれに、いま何時かさえ教えてくれんよ」

その言葉に記者会見場がどっと湧いた。

「彼女をクビにするつもりは？」

クームズは考え深げに眉をひそめた。「たぶん、しないだろうな」

記者会見が終わり、テレビ局のバンや記者たちがすべて引きあげると、シャーロックはシヨーンの待つ家に戻り、サビッチはジミー・メートランドに会いにFBI本部に向かった。

FBI本部
木曜日の午後

冬の午後五時、すでに日はとっぷりと暮れ、冷たい霧雨がジミー・メートランドのオフィスの窓を叩いている。ボスのデスクの前に坐ったサビッチは、脚のあいだで両手を握り、自分の靴をじっと見おろしていた。

「結局、MAXにも自分たちにも、何もつかめませんでした」サビッチは報告した。「一九八八年を最後に、ギュンターは完全に姿を消したようです」

「一九八八年以前のギュンターの情報で、役立ちそうなことは？」

サビッチは首を振った。「彼はアメリカ人かもしれないし、アルバニア人、あるいはアルメニア人かもしれない。いっさい手がかりがありません。まさにプロです。

地元警察の捜査でも、指紋や足跡、使えそうなDNAは出てきていないし、目撃者による漠然とした人相情報すらありません。そして、痕跡が残らないことが絞殺の利点の一つです。

電話の通話記録はすべて洗い、判事が使った可能性のあるコンピュータの削除ファイルも全部調べましたが、そこからも何も出てきませんでした。

現在は、関係者全員の詳しい背景調査や被害者両名の経済状況の見なおし、それからかなり以前にまでさかのぼってカリファーノ判事が過去に有罪判決をくだした犯罪者や破産に追いこんだホワイトカラー犯罪者を調べあげ、彼らから聞き取り調査もしています。このへんはもう少し時間がかかるでしょうが、ご存じのように、こうした調査はとにかくやってみるしかありません。ということで、いまわかっているのは、MAXが見つけたギュンターとの関連性と、ダニー・オマリーがカリファーノ判事殺害の原因を突き止めたらしいということだけです。

聞き取り調査では有益な情報もあがってきていますが、決定打はまだありません。矛盾した証言やあからさまな嘘もあるものの、どれも重要度は低いようです。それからダニーについてですが、彼に関する証言で唯一信頼できるのはアニー・ハーパーのものです。ドクター・ヒックスに催眠術をかけられたアニーに、おれ自身が尋問しました」

ジミー・メートランドが口をはさんだ。「ダニー・オマリーってのは、ご都合主義のいけ好かないぼうずのようだな」

「ええ、残念ながら。アニーも内心気づいてたんでしょうが、それを認めるには若すぎるし、やつを愛しすぎてた。ですが、いまはきちんと理解してます」

「まるで父親みたいな口ぶりだな、サビッチ」

「あの娘と話してると、自分がえらく年寄りになった気分になりましてね」

「ブリーフケースや黒い手帳、携帯電話については何もわからない」それはたんなる事実の確認で質問ではなかった。

サビッチがうなずく。

メートランドがふいに尋ねた。「おまえ、最後にジムに行ったのはいつだ?」

サビッチが驚いて顔を上げた。「二、三日前です。どうしてですか?」

「だからだめなんだ。汗をかいて、いったんこの事件を忘れろ。誰かにしごいてもらって、しばらくこの事件のことを頭から追いだすんだ。さあ、サビッチ。少し運動してこい。おまえには運動が必要だ」

サビッチはのろのろと立ちあがった。「そうですね」にやりとする。「そのあと、シャーロックに筋肉痛用クリームでマッサージしてもらいますよ」

「おい、あのバレリー・ラッパーっていう女はまだジムにいるのか? おまえに色目を使っていた例のあの女」

サビッチは驚きをあらわにした。「どうして彼女のことを知ってるんです?」

四人の息子――それも全員が父親に似て牡牛のようにたくましい――の父親であり、小柄な妻の尻に完璧に敷かれているジミー・メートランドは言った。「わたしにはなんでもお見とおしだ。よく覚えておくがいい」

サビッチは口元をほころばせて本部ビルをあとにし、ジムに向かった。帰宅したときはくたくたでまっすぐ立って歩けないほどへばっていたが、シャーロックからシャワーに追い立てられ、シャワーから出てくると、大皿一杯のホウレン草ラザーニアを食べさせられた。その後、ベッドの中央にうつぶせになり、かたわらにいるショーンがマッサージするシャーロックの手の動きをテディベアで追い、その鼻先を筋肉痛用のクリームに突っこむのを感じながら眠りに落ちた。

ベックハースト・レーン、ワシントンDC
木曜日の夜

ベンとキャリーがマーガレット・カリファーノについて彼女の家に入ると、正面ドアの内側で四人組が待ち受けていた。ジャネットと、アナと、ジュリエットと、ビッツィ。彼女たちの家族はすでに帰ったようだった。

ベンが驚いた顔で言った。「彼女たちは、ここに引っ越してくるつもりか?」

キャリーは「冗談だと思って聞いておく。でも、母が元気になったと確信できるまでは、いるつもりでしょうね」キャリーは母を取り巻いた女性たちがリビングに移動するのを見守った。何はともあれ、母は家に帰ってきた。キャリーはその場に佇《たたず》んだまま、女たちの一団がリビングに入っていくのを見つめていた。「あの人たちはいつも一緒なの。おたがいのために、そして子どもたちみんなのためにね。わたし、彼女たちに見守られて大きくなったのよ。一人ひとりが大切な何かを教えてくれた」

「たとえば?」ベンが尋ねた。

キャリーは暖炉で火をおこしているジャネット・ウィーバートンに目をやった。「ジャネットは編み物を教えてくれた。アナはピアノ、ジュリエットはテニスを、そしてビッツィは、そうね、彼女から教わったのは世界一のピザ生地の作り方」

キャリーはベンを従えてリビングに向かうと、笑顔をこしらえて手を叩いた。「ねえ、みんな、これからピザを頼むわ。わたしのおごりよ。母は帰宅できたし、みんなもここにそろってる。それになんとか今日一日とマスコミをやりすごせた。スチュワートの人生とみんながここに集まれたことをシャンパンで乾杯しましょう。こちらの男性のためにはビールもあるし。どうかしら？」

一瞬、しんとしたのち、ミセス・カリファーノが笑顔で娘に言った。「きっとスチュワートなら名案だと言ってくれますよ」

「よかった。じゃあ決まり」

女性たちは自分を追い払いたがるにちがいないとベンは思ったが、みな美しく手入れされているであろうそのペディキュアの先まで礼儀を失することなく、キャリーの提案にうなずき、ほほえんだ。「わたしにはアンチョビをお願いよ、キャリー」とビッツィが声をあげた。

「はいはい、わかってます」キャリーが答える。

「わたしはダブルペパローニ」とジャネット。

その声にベンがうなずいた。「ぼくの心を読まれたのかな？　ぼくもそいつをいただこう」

キャリーは自分用のケイパーとオリーブのラージピザを含む七枚のピザを注文した。

今晩はミセス・カリファーノが家に帰ってきた最初の夜だ。キャリーはしばらく母親についているつもりのようだが、ベンの目には、母親のほうには娘にいてもらう必要も、いてもらいたいという願望もないようだった。四人の友人がいるからだ。友人のほうが実の娘よりも心を許せるのだろうか？　人生の長い歳月をともに過ごし、たがいの苦労も幸福も分かちあってきた同じ歳の仲間。たぶん、長年連れ添った夫婦同然に理解しあっているのだろう。

ベンは窓辺に目をやった。ジャネット・ウィーバートンがカーテンを少し開けて外をうかがっている。「もうマスコミはいないみたい」彼女はふり返って言った。「マーガレットのマスコミ対応はみごとだったわ」

ベンも窓辺に近づいた。「ええ、たしかに。あなたに編み物を教わったとキャリーに聞きました」

ジャネットはベンを見ずに言った。「その気になればすごくうまくなったでしょうけれど。まだ若かったし、しなければならないことがたくさんあったから。それに仕事もうまくいきはじめていて、ピューリッツァー賞のほうがアフガン編みよりも大切だったのね」腕組みをしたままベンをふり返った。「あの子にセーターを編んでもらったわ。最初の一枚だった。いまでも大切にしてるのよ」

「ちゃんとセーターの形をしてましたか？　それとも、よくあるのびのびの代物？」

「もちろん、ちゃんとしたセーターよ。十二歳だったけど上手だった。あの子のアパートに行ったことはないの？」

ベンは首を振った。「彼女はぼくが担当している一般人というだけです。個人的なつきあいはありません」

「あら、それは残念ね。キャリーは特別な子よ。昔からそうだった」

「キャリーが特別だったから、ミセス・カリファーノは彼女が大学に入るまでカリファーノ判事と結婚しなかったんですか？」

ジャネットは肩をすくめた。「そうかもしれないし、そうじゃないかもしれない。彼女の妹の娘の一件には、彼女もわたしたちもひどくショックを受けたわ。だからわたしたちも、それについて彼女の気持ちを変えさせようとはしなかった。でもキャリーは気骨のある子だったから、何かされそうになったら、義理の父親をぶちのめしたでしょうね。実際のあの子はスチュワートが大好きで、とても尊敬していたけれど」

ジャネットのような上品な女性の口から、ぶちのめすなどという言葉が出たことに驚いたベンは、思わず口にこぶしをあてて咳きこんだ。

ジャネットが声をあげて笑った。「あらあら。あなた、わたしはもっとお上品な口をきくべきだと思ってるの？　セント・ジョンのスーツみたいに？」

「セント・ジョンのスーツってなんです？」

ジャネットはほほえんだ。「わたしが着ているこのスーツのことよ。デザイナーズブランドなの。そういえば、キャリーが空手の黒帯保持者だってご存じ？」

「ええ、彼女がぼくを車の窓から放りだそうとしたときに、そんなことを言ってました」

「妹の娘がいたずらをされたとき、マーガレットはすぐにキャリーを一流の師範がいる空手教室に入れたの。キャリーが被害者にならずにすむようにね。

あなたはいい人みたいね、レイバン刑事。話がおもしろいし、とっても聞き上手だし。どんなに凶暴で冷酷な犯人でもあなたには口を割るんじゃないかしら」

「そう努力してます。ですが、尋問にかけてはサビッチ捜査官こそ本物の達人だという話です。クワンティコには、尋問に関する講座がたくさんありましてね。どんなことを教えているのか、いつかのぞいてみたいと思ってます」

「サビッチ捜査官ってほんとうにそんなに優秀なの？　スチュワートが殺害されてからもう一週間近くたつし、ダニー・オマリーが殺されてからだって五日もたっているのに、まだ何もつかんでいないみたいだけど」

「彼ならきっと何かつかみますよ。カリファーノ判事の関係者は頭が痛くなるほど多いんです。そのうえそれぞれ言うことがまちまちです。嘘を言っているのか、感じ方の違いなのか、それともたんなる嫉《ねた》みですかね？」

「おっしゃる意味はよくわかる。でも、そういうことってあるんじゃないの？　ビッツィとわたしが同じ男性と結婚をするようなものね。そのときもわたしたちがその相手に対していだいている感覚はまったく違うんじゃないかしら」

「そんなふうに考えたことはありませんでした。人間というのは、相手によってそれほど態度が異なるものでしょうか？」

「わたしならそんなことで頭を悩ませるより、ピザをいただくわね」ジャネットは答えた。

24

呼び鈴が鳴り、玄関の戸を開けると、鼻先に七つのピザの箱を積みあげたピザの配達人が、満面の笑みで立っていた。その笑顔にほだされて、キャリーはチップをはずんだ。

ビッツィ・セントピエールはアンチョビピザをほおばりながら言った。「これすごくおいしいわよ。あなたも食べなさい、マーガレット、わたしに何度も言わせないでね」ほかの三人の女性がうなずく。ベンは小首をかしげて彼女たちを見つめていた。六人の女性と一緒の食事、それもうち五人は自分の母と同年代だ。はじめての経験とはいえ、これはこれで悪くなかった。

ミセス・カリファーノはピザを小さくひと口かじると、延々と嚙んでからようやく飲みくだした。ビッツィは淡々と言った。「スチュワートのお葬式は終わったのよ。すばらしいお葬式だった。大統領も副大統領もスピーチをしてくれたし、マーガレットも立派にマスコミに対応した。そしてわたしたちは、スチュワートのお気に入りのシャンパンで彼のために乾杯もした。彼はきっと例の意思決定用のマトリックスを作って、やっぱりあなたは自慢の妻だ、って結論を出したんじゃないかしら。さあ、もっと食べなくちゃ」

その夜ベンは、彼女たちがこれと同様のことを未亡人に言うのを少なくとも三、四回は耳にした。効果のほどを疑っていたが、明らかに効くようだ。ミセス・カリファーノが食べるピザのひと口が最初より大きくなり、実際においしそうな顔までするようになった。

五人のなかではジャネット・ウィーバートンがいちばん物静かなようだが、それでもベンは彼女が無口だとも、控えめだとも思わなかった。というより、ほかの女性たちがそれをうわまわる元気さ、笑い声の大きさなのだ。ジャネットは何かに気をとられているようだった。そうだ、そうに違いない。

ベンが尋ねた。「みなさんは今晩ここに泊まるんですか？」

五人の目がいっせいにベンに向けられた。「あら、まさか」アナ・クリフォードが答えた。「わたしたちの家族は理解がありますけど、それでも帰らないわけにはいかないのよ。今日はキャリーがいるから、マーガレットが眠る時間になったらおいとまするつもり」

「ミセス・クリフォード、ご主人はどんなお仕事を？」

「以前は銀行家でしたけど、いまはベンチャー・キャピタリストよ」そこで言葉を切り、ピザを嚙みこなした。「どういう仕事かたいていの人はわからないでしょうね。わたしには謎めいて、いいえ、それどころか危険たっぷり、マフィアのマネーロンダリングみたいに聞こえるわ」

大爆笑のなか、マーガレットが真剣な声で言った。「アナ、クレイトンは何も違法なことなんてしていないのよ。ただ、自分やほかの人のお金を、これと思う起業家や新興企業に投資しているだけで。彼はそういう企業の成長の可能性や計画能力の分析が上手だし、リスクを負うだけの価値がその会社にあるかを見きわめる能力にも長《た》けているの」

アナがほほえんだ。「何言ってるのよ、マーガレット。ぼくの仕事はモノポリーで遊歩道を買うかどうか決めるみたいなものだ、ってクレイトン本人が言ってるのはあなただって知ってるでしょ」

ビッツィが言った。「マーガレット、もっとピザを食べなきゃ。このトウガラシの塊を食べれば、あなたのユーモアのセンスも戻ってくるわ」

未亡人は持っていたピザを自分の紙皿に戻した。いまにも泣きだしそうな顔をしている。

「あなたたちには、わたしがどんなにひどいことをしたのかわかっていないのよ!」

「お母さん、そんなことはいいから——」

「スチュワートは火葬を望んでいたのに、わたしは彼の遺志に従わなかった。あれは、大統領や儀典の専門家たちのアイディアだったの。みんな、教会で盛大な葬儀をやりたがっていた。有名人の会葬者たちがスチュワートの棺に別れを告げる、盛大なお葬式を。わたしは火葬を望んでいた彼の遺志を無視して、土葬してしまった」マーガレットは顔を手でおおって、すすり泣いた。「土葬してしまったのよ」

「ああ、お母さん、泣かないで」キャリーは母の体を抱きよせてそっと揺らした。女たちが集まってきて、励ますようにマーガレットの髪や肩、腕をやさしく叩く。「そんなこと気にしなくても大丈夫よ、お母さん。あそこにスチュワートがいたわけじゃないんだから。あの立派なお葬式は、彼の友だちや大統領や、彼を尊敬していた人たちのためのもの、スチュワートに別れを告げたがっていたすべての人たちのための葬儀だったの。それに、あの埋葬だってみごとなものだったし。スチュワートが気にするはずないでしょう？」

ベンはこれまで生きてきて、このときほど自分が役立たずだと感じたことはなかった。消せるものなら、姿を消していただろう。

ようやく涙の嵐は終わりを告げ、マーガレットは小さく笑った。「レイバン刑事、こんな愁嘆場を見せてしまってごめんなさい。わたしたち女ばかりに囲まれてほんとうにお気の毒だけど、よくやってくださって。ねえ、ジュリエット」

「ええ、ほんとうにそうね」

ベンが口を開いた。「あなたはさっき、捜査がたいして進んでないとおっしゃってましたが、そうでもないんです。じつはFBIは、暗殺者とおぼしき男を特定しました。ギュンター・グラス、あるいはただギュンターと名乗る男です」

マーガレットが戸惑った声で尋ねた。「あの作家のですか？　スチュワートはドイツ人に殺されたと？」

「国籍は不明です。ギュンター・グラスはその男が使っている偽名なので。彼は今回の事件が起こるまでの少なくとも十年以上、表舞台から完全に姿を消していました。英語をはじめとする四カ国語を流暢《りゅうちょう》にあやつると言われているので、一般市民に混ざって生活していることも充分に考えられます。場合によってはこの近辺に住んでいるかもしれない。カリファーノ判事の殺害をもくろんでいた人物が、この男とこの男の昔の稼業について知っていた可能性が高いでしょう。

七〇年代から八〇年代にかけて、ギュンターはヨーロッパを舞台に二十人を殺害しました。殺人稼業から足を洗った理由は不明です」ベンはシャツのポケットから二枚の写真を取りだした。「これは粒子の粗かった写真をデジタル処理で鮮明にしたものですが、インターポールは九〇パーセントの確率で本人だと考えています。そしてこちらは、現在のギュンターの想像写真です。とはいえ、故意に容貌を変えた可能性もおおいにあるのですが」ベンは両方の写真を女たちに渡し、全員がその写真を見おわるのを待った。

「この男に見覚えのある方はいますか?」

ジュリエットが答えた。「近所の人が内装を壊したときに雇った解体業者に似てるわね」

マーガレットが尋ねた。「レイバン刑事、そのギュンター・グラスが十五年間殺し屋をしていなかったということは、引退して悠々自適に暮らせるだけのお金をすでに稼いでいたということではないのですか?」

「ええ、そう考えていいと思います」

「だとしたらどうして彼は夫やダニー・オマリーを殺したのでしょう?」

「それはわかりません」

ビッツィ・セントピエールが口をはさんだ。「彼の正体を知った人物が、脅迫してやらせたんじゃないかしら」

「ビッツィ、そんなことありえないわ。ダニー・オマリーの事件を考えてみてよ。ダニーは恐喝をしようとしてから二十四時間もしないうちに殺されてるわ」とジャネット。

「たしかにそう」マーガレットが言った。「何か別の理由があるんでしょうね。このギュンターという男とスチュワートの殺害を計画した人物のあいだには、なんらかのつながりがあるんでしょう」

「その可能性はあります」ベンは、写真を真剣に見る女たちの顔を一つずつ眺め、何か気づいたようすがないかを探ったが、残念ながらそこに見るべきものはなかった。

「キャリー」マーガレットが娘に声をかけた。「この顔に見覚えはある？」

「そう言えば」キャリーが言った。「うちの社の調査担当記者の一人にちょっと似てるかも。嘘よ、ちょっとした冗談」

「ギュンターがアメリカ人でないとしたら」ベンは言った。「アメリカに来たのは十五年前の可能性が高い。体力があり、リスクを冒すのが好きなようだ。すでに五十代、あるいは六十代になっていることを考えると、激しいスポーツをしているとは思えないが、それでも体力があり健康なのでしょう」

「でも、もし彼がアメリカ人なら」アナ・クリフォードが口をはさんだ。「生まれてからずっとこの国に住んでいるのかもしれない。そうしたら、誰も彼のことに気づかないんじゃなくて？」

「たしかにそうね」とキャリー。「それに、ダニーのときなんてものすごく危険だったはずよ。だって、みんなが起きてる午前中だもの。いつアパートに入っていくところを見られたり、声を聞かれたりしても、おかしくないわ」

「でも、目撃者がいないのは明らかなのよね」ジュリエット・トレバーが言った。

ベンは驚いた目を彼女に向けた。ジュリエットが言葉を続ける。「もしいたらニュースになるでしょ？　目撃者の証言とかがあって。でも、そんな報道はなかったもの」

「そのとおりです。不審者を見た人はいないし、現場の周囲数ブロックに住んでいる人たち全員が事情聴取を受けています」ベンは写真をポケットに戻し、ピザの最後のひと切れを食べおえた。女性たちの顔を一人ずつ眺めていく。すると全員の顔がぼやけて、頭のなかで一つのイメージができあがった。彼女たちは見るからに一致団結している。そしてその瞬間、彼女たちがまさにその一致した意思の力によって、マーガレット・カリファーノがこの悲劇を生き抜くのを支えるに違いないと確信した。

腕時計に目をやると、すでに十時を過ぎていた。ベンは立ちあがって一同にうなずきかけた。「キャリー、明日の夜はサビッチとシャーロックと一緒に夕食を食べる予定だからな」

キャリーも立ちあがり、ベンの隣りにならんだ。「ええ。サビッチはすごい料理上手なんですってね。お母さん、わたしが出かけても大丈夫？」この質問は、母だけでなくその友人全員に向けられていた。

「もちろん」ジャネットが答えた。「明日の夜はわたしたちみんなここにいるから大丈夫。料理を持ちよって夕食会の予定よ。わたしたちの家族も来ることになってる。わたしたちにしても、あなたがFBIや地元警察に協力しているのを喜んでいるのよ、キャリー」ジャネットはキャリーの腕を軽く叩いた。「あなたも気がまぎれるでしょう?」

「スチュワートとダニーの殺害犯捜しに意識を集中できることは確かね。もし犯人がギュンターなら、わたしもやっぱり絶対に彼を捕まえたい。ベン、玄関まで送るわ」

彼は黒い革のジャケットに袖《そで》を通し、黒い革手袋をはめた。そしてドアノブに手をかけてから、ふとキャリーをふり向いた。「おれの母親の親友は一人しかいない。だから彼女たちのような友情を見たのは、はじめてだよ。なかなか結束力の強いチームだな」

「チーム……そうね、たしかにぴったりの表現かも。みんなすばらしい人たちよ」

「明日の朝、十時に迎えにくる。サビッチはおれたちをフルーレットに会わせたがってる。すでに四人の捜査員が彼女から事情を聞いたんだが、おれたちにも金曜日のダニーとのランチについて尋ねさせたいらしい。サビッチの腹の虫がまだ絶対に何かあると訴えて、うるさいんだそうだ。で、それをおれたちに聞きだせとさ」ベンはそこで言葉を切り、にやりとした。「サンドイッチ屋で坐った席から、そのとき食べたもの、その日の彼女のペディキュアの色まで、あの日、彼らが最高裁判所に戻るまでのランチタイムすべてを正確に知りたいそうだ」

「そう。ともかくやってみるしかないわね。なんだか、この家で寝るのは妙な気分。わたしが大学に入って母たちが家を買って以来、ここにはほとんど泊まったことがないから。できれば自分のアパートに戻りたいけど、まだそうもいかないし」

「あせるなよ、キャリー。で、明日の夕食だが、時間は六時。それまでにショーンの食事をすませるとサビッチは言ってた。彼の妹とその婚約者も来るそうだ。サビッチは避けたがってるが、絶対に仕事の話になると思う」ベンは片方の手を伸ばして、手袋をはめた手をキャリーの頬に添えた。「大丈夫か？」

キャリーは自然とその手に顔をあずけて、ベンを見あげた。「ソーニャに言われちゃった。あなたはわたしと寝たがってるって」

ベンは手を動かさなかった。「きみたちはキッチンでそんな話をしてたのか？」

「ほんの二、三分よ」

「ソーニャはほんとうにそう言ったのか？」

「ええ。あなたが彼女の顔より下には目もくれないのが、信じられなかったみたい」

ベンは思わず頬をゆるめた。「いいスタイルをしてたからな。おれにはよくわからないが」

「あなたがわたしに興味を持ってる、わたしはものが見えてないと言われちゃったわ」

「ひょっとすると、おれがきみに好意を持ってるかどうかを遠回しに訊いてるのかい？」

「というか、恋のかけひきみたいなことは昔から苦手なの。だからそう、訊いてるの」

「答えはイエスだ」彼はキャリーの頬にあてた手をゆっくりと離した。「じゃあ、明日」

「金曜日だから、事件からちょうど一週間ね」

「ああ」

「サビッチはフルーレットにも、アニーのときと同じように催眠術を使うのかしら？」

「どうかな。でもまずは、おれたちで話を聞いてみよう」

キャリーはベンを見あげて笑った。「なんだか妙な気分ね、レイバン刑事。わたりがらす《レイバン》なんていう不吉な名前をしてるのに、あなたはちっとも悪い人じゃない。少なくともこの四十八時間は、わたしと一緒にいることに文句を言ってないみたいだけど」

「もうそんなにたつのか？　ま、それはあれだな」ベンはあっさりと言ってのけた。「きみが頭がいいからだろ」

キャリーは頬を赤らめた。「うん、ありがと。ほんとに、そう、嬉しいわ、ベン」

ジョージタウン、ワシントンDC
木曜日の夜

「いま行く」

数分後、サビッチはショーンを肩にかつぎ、円を描くように背中をなでながら、シャーロックと二人で使っているオフィスに入った。「ショーンが怖い夢でうなされてさ。で、どうかしたのか？」

「サプライズがあるの」シャーロックは息子の頬を軽くなで、にっこりした。「もう落ち着いたのね？」

「たぶんな。それより何を企んでる？　サプライズってなんだ？」

「あなた、サマンサ・バリスターの件を調べたくても忙しくてそんな暇がないでしょう？で、火曜日、わたしがかわりにボストンとピッツバーグの支局に連絡をとってみたの。まずは担当者を少しおだてたんだけど、てんで通らなくて、結局、何人かのつてを使って、これは緊急に対処しなきゃならない重要な問題だと匂わせた」

「どうしてボストン支局なんだ？」

「それはあとで説明するわ。とにかく、いまＭＡＸに徹底的に調べさせてるところ。でもまだたいした収穫はないんだけど。七〇年代はじめのことだから」シャーロックはぶ厚いフォルダーをサビッチに向かって振った。「それでも調査は進行中よ。まあとにかく坐ってよ、ディロン。これまでにわかったことを報告するから」

サビッチは立ったまま、妻をまじまじと見おろした。「最近、おれのポルシェもきみにはかなわないと言ったっけ？　まったくたいした女だよ」

シャーロックは立ちあがり、夫と息子を抱きしめた。「そう言われるの、大好きよ。でも、調査結果を聞いたら、そのポルシェだってわたしにくれたくなると思うけど」

「言うじゃないか、スイートハート。でもとにかく聞かせてもらおう」彼はシャーロックの隣りに坐り、ショーンを胸に抱いた。

シャーロックはサビッチの隣りでフォルダーを開いた。「まずは一九七三年のペンシルベニア州のブレシッドクリークから始めるわね。人口は約三千七百八十五人。バリスター家は、その影響力および財力において、地元随一の有力者だった。一家はクリスター湖周辺にある唯一の観光客向けの施設、すなわち六つのガソリンスタンドを所有し、ミスター・バリスターは二十年にわたって市長をつとめた。彼はほかにも地元銀行とその地域でいちばん大きな食品雑貨店を二軒所有。この人がブレシッドクリークの外側にある小高い丘に大邸宅を建てたのよ。

バリスター家には息子が三人いて、長男は一九六四年、サマンサ・クーパーという女性と結婚した。とても盛大な結婚式で、町民のほぼ全員が招かれたそうよ。夏の盛りに、バリスター邸で大がかりなバーベキューパーティが開かれた。たくさんの手伝いを雇って、それは豪華な式だったみたい」

サビッチはショーンの背中をさすりつづけながら言った。「つまり彼らは長男の結婚を認めてたってことだな」

「そういうふうに見えるけど、断言はできない。その点はもっと詳しく調べてみないと。そして長男夫婦は二人の弟とともに両親が住むバリスター邸に同居したの」

「おっと、たいへんだな」

「それが、そうでもなかったみたい。あなたも見たように、大邸宅だから」

「彼女と義理の弟たちはうまくいってたのか?」

シャーロックがふり返ると、椅子に坐ったサビッチは胸にショーンを抱き、かすかに体を揺らしていた。シャーロックは思わず口元をほころばせた。こうした穏やかな光景を見ると、ついにやけてしまう。シャーロックは気を取りなおして咳払いをした。「ここにある資料

——つまり、一族についての記事や弟たちの経歴、ピッツバーグ事務局が集めた資料すべての行間を読むと、次男のデレクはサマンサより二歳年上で、タウンゼンドとサマンサが結婚して三カ月後に突然家を出てるわ。軍隊に入ってベトナムに行き、三カ月で戦死した。一家は悲嘆に暮れた」

「兄嫁に岡惚れしてたってことは？」

「それを示唆する資料はもちろんないけど、彼が突然家を出た原因だと考えることは可能ね。彼はペンシルベニア州立大学を卒業したての二十三歳で、父親の銀行で見習いをする予定だった。なのにぷいと家を出て、軍隊に入っちゃったのよ」

「三男は？」

「名前はジョナサン。サマンサとタウンゼンドが結婚したときは、十七歳でハイスクールの最高学年だった。その年の秋にダートマス大学に入学するまでは実家にいたみたいね。かなりの不良でドラッグにはまってた。と言っても、当時はそんな人間が掃いて捨てるほどいたんだけど」

サビッチが立ちあがった。「ちょっと待ってくれ。坊やはおやすみになられたようだ。ベッドに寝かせてくる」

戻ってきたサビッチは、かがんでシャーロックのうなじにキスした。「それでジョナサンはどうなったんだい？」

「いまはボストンよ。すごく豊かに暮らしてて、三人の息子は全員結婚して子どもがいるし、彼自身も最初の結婚をずっと続けてる。世間を騒がせることも、常軌を逸した行動もないところを見ると、経済的にも心理的にも問題はなさそうね」

「なるほど、じゃあ両親はどうなんだ？　タウンゼンドの両親には何があった？」

「それがすごく不思議なの。二人ともクリスター湖で船遊びをしていて溺死《できし》してるの。それも、タウンゼンドとサマンサの結婚一周年の日に」

「事件性はなかったのか？」

「わたしが調べた範囲ではなかったみたいね。元気でピンピンしていた夫婦が、ある日突然死んでしまった。嵐やスコールにみまわれたわけでもなかったから、なぜ二人が船から落ちたのかわからずじまいなんだけど、大量飲酒の噂《うわさ》はあったみたい。バリスター夫妻はマティーニに目がないうえ、お酒を飲んで釣りをするのが好きだった。たんに、それだけの話なのかもしれない。一人が船から落ち、もう一人が助けようとして飛びこんで、結局二人とも溺れたんだろうってことになってるわ。

そしてタウンゼンドがすべてを引き継いだ。問題は、彼は父親のようなやり手の実業家じゃなかったってこと。でも、サマンサには経営センスがあって、彼女はあっというまに仕事を自分のものにしていった。そして一九六六年には妊娠し、六七年の八月十四日にオーステイン・ダグラス・バリスターが生まれた。それから一年もしないうちに、事業のすべてを彼女が仕切るようになった。タウンゼンド・バリスターはどうやらかなりの酒飲みになっていたみたいで、飲酒および麻薬の影響下での運転で二度逮捕されている。あいにく逮捕されたのが地元じゃなかったから、マスコミを黙らせることはできなかったけれど、それでも告訴をもみ消す力はあったみたいね。

当然、地元紙はこの件を報じてないわ。このころタウンゼンドはギャンブルにも夢中になっていて、二、三週間に一回はラスベガスに出かけてる。

そして一九七三年八月十四日、彼らの結婚記念日であり、タウンゼンドの両親が溺死した命日、そしてオースティン・ダグラス・バリスターの誕生日でもあるこの日に、サマンサもまたこの世を去った。その日、バリスター邸ではオースティンの六歳の誕生日を祝う盛大なバーベキューパーティが開かれていて、サマンサは雑事に追われて飛びまわってた。タウンゼンドはたぶんバーでお酒を飲みつづけ、招待客たちはみんなパーティを楽しんでた。サマンサが発見されるまではね。〈ブレシッドクリーク・ウィークリー・ジャーナル〉には、こう報じられてるわ。〝午後三時、二階のバスルームでサマンサ・バリスターの遺体を発見したのは、招待客のミセス・エミー・ホッジスだった。手洗いを使おうとしたミセス・ホッジスは、二階のサマンサのバスルームなら空いていると思った、と語った。『彼女が倒れていた場所は血の海でした。体の下、一面に血が広がっていたんです。ほんとうに恐ろしい光景でしたけれど、彼女が死んでいることはひと目でわかりましたよ』〟

選出されたばかりのドゥーザー・ハームズ保安官の証言もある。ほら、先週の金曜にブレシッドクリークで会ったあの保安官よ。〝ミセス・バリスターは、何者かによって心臓を刺されていた〟と、書いてあるわ」

「目が輝いてるぞ、シャーロック。ほかに何を見つけたんだ？」

「まずはわたしもあなたと同じようにタウンゼンド・バリスターの行方を探したの。彼はボストンにいた。実際に彼と話もした。FBIから事情を聞かれるのをすごく迷惑がってたけど、洗いざらい話してくれるまで追いかけたの。それでわかったのは、彼が再婚してたってこと。それも、あのタウンゼンドがいまだに使い果たせないほど大金持ちの相手と結婚してたのよ。いまの彼は新しい家庭を築き、娘も二人いる。

それから、彼の息子のオースティン・ダグラスの消息がわからない理由も判明したわ。息子の行方を尋ねても、タウンゼンドは口ごもったりごまかしたりで全然、埒《らち》が明かないの。しかたがないから、捜査官をお宅にうかがわせますよって脅したら、ようやく口を割ったわ。オースティン・ダグラスはハイスクールを卒業したその日に家出して、そのまま姿を消したの。以来、息子からの連絡はいっさいないし、彼がどこにいるかもわからないそうよ」

さすがのサビッチもこれには驚いた。「まさかそんなことになっているとは、サマンサの殺害についてMAXに調べさせはじめたときには夢にも思わなかった。それはさておき、オースティンの行方を突き止めるのは簡単だ。MAXにオースティンを捜させよう」

「もうやったわ。そしてオースティン捜しがそう簡単でないとわかったの。MAXだろうと、ほかの誰かだろうとね。十八歳でボストンから姿を消したオースティン・バリスターは、どうやらほかの人間になりすましたらしくて、アメリカ合衆国のどこを探しても見つからないのよ。

ボストン支局は手はじめにオースティンの家族やハイスクールの友人たちにあたって、彼の行方を捜してるわ」

「本人の意思で逃げたようだな。問題はその理由だ」

25

最高裁判所、ワシントンDC
金曜日の午前

イレイン・ラフルーレットはカリファーノ判事の執務室にはいなかった。いたのはイライザ・ビッカーズだけで、彼女は耳と肩のあいだに受話器をはさみ、呼び出し音の鳴る別の回線ボタンの上で指を宙に浮かせていた。来客二人を見あげて会釈をし、さらに早口で受話器に向かってしゃべりはじめる。ベンとキャリーは来客用の椅子に腰をおろした。

二分後、イライザは静かに受話器を置くと、椅子に背中をあずけて目を閉じた。「遅くなってごめんなさい。ようこそ、レイバン刑事、キャリー」彼女はストレートヘアをかきあげた。「電話が鳴りっぱなしなんです。カリファーノ判事が手がけていた案件すべてを見なおして、採決済み案件の賛成意見と反対意見を引き継ぐ判事と事務官を決めなければいけないものですから。そのほかにも同意意見や参加《ジョイン》メモ、裁判官用覚書、命令書とかいろいろあって。でも、あなた方には関係のないことですよね。

助っ人をつけるとも言われたんですが、やはり自分でやらないと気がすまなくて。スチュワートの私物についてもミセス・カリファーノと話さなければならないし」声がかすかに震えたが、その感情の揺れを即座に抑えこみ、笑顔を見せた。「ミセス・カリファーノに連絡が取れないんだけれど、キャリー、お母さまがどこにいるかご存じ？」

「タイソンズ・コーナーのハイスタイル・ブティックに出かけたわ」キャリーが答えた。

「母の携帯番号を知らないの？」

「番号はわかるけど、私的な用件だから携帯にかけにくくて」イライザはゆっくりと立ちあがって伸びをした。「全部片づけるつもりで、朝六時からここにいるんです。コーヒーでもいかがですか？　スチュワートのオフィスにコーヒーをつくってあるんです」

「いいえ、けっこうよ。じつは、わたしたちフルーレットを探してるの。彼女はどこ？　どうしてあなたを手伝ってないの？」

「いま何時？」

キャリーが答えた。「もうすぐ十一時だけど」

「一九七五年の今日、彼女の叔父さんがベトナムで戦死されて、毎年この時間にはベトナム戦没者記念碑に行くんです。正午までは戻りません」

ベンはうなずいだ。少しのあいだ黙りこみ、イライザの顔をまじまじと見つめた。「きみは大丈夫なのか？　何か手伝えることはないかい？」

一瞬、イライザがためらったように見えたが、次の瞬間、電話が鳴った。しかたないわね、とばかりに肩をすくめ、顔だけふり向いて言った。「いいえ、大丈夫です。すべて掌握できてますから——というか、いずれはそうなると思いますから。それより、いいお葬式だったわね、キャリー。大統領の頌徳の辞は感動的だったし、あなたのお母さまもそのお友だちも、とてもしゃんとしてらして」

「ええ、大統領の話は感動的だったわね。でも、義父《ちち》は立派な人だったから、誰にとっても彼の美点を語るのはむずかしくないはずよ」

「ええ、ほんとうに」イライザはまたもや何か言いたそうな表情になったが、結局電話に手を伸ばすと、キャリーたちに小さく手を振り背中を向けた。「カリファーノ執務室のイライザ・ビッカーズです」

ベンが言った。「ベトナム戦没者記念碑ならここから十分だ。行ったことあるか?」

「ええ。いつ行ってもハンカチが二枚はいる場所よね。何度行ってもそう。あの戦没者記念碑はワシントンのなかでも、もっとも心を打つ記念碑だわ」

「ああ、おれもそう思う。国民のほぼ全員が、ベトナムで誰かを亡くしているからな。父の親友の一人は両足に重傷を負って復員した。足の傷はともかく、心の傷を癒すのに苦労していた。記念碑が完成した直後、父はここに来た。そうしたら、車椅子に乗ったその友人が記念碑の前で、ベトナムで命を落とした友人たちの名前を探していた。父はその友人としばらく話をして、それきり彼には会っていないそうだ」

コンスティテューション・ガーデンまでは八分ほどかかった。東にワシントンモニュメント、西にリンカーン記念館がある美しい広場だ。キャリーは通りの駐車場に車を入れながら、広くてがらんとした場所を見まわした。
「こんな一月の寒いときにここを訪れる観光客は、ノースダコタ出身者ぐらいね」

戦没者記念碑に続く小道を進むと、すぐにイレイン・ブルーレットが見つかった。記念碑の中央に立ちつくし、動いているのは一つの名前をなぞる一本の指だけだった。

イレインを驚かせたくなかったので、ベンは小道を近づきながら咳払いをした。記念碑の前にいたのはほかに三人だけ、みな年配の男性で、寒そうな、けれど決然としたようすで立っていた。三メートルは離れているけれど、彼らの目が潤んでいるのがわかるし、低い声も聞こえてきた。帰郷できずに、この美しい御影石の壁にその名を残した若者たちのことを話している。

「フルーレット？　レイバン刑事とキャリー・マーカムだ」

イレインは一瞬、呆気《あっけ》にとられたようだった。それからゆっくりとふり返り、背筋を伸ばした。「何かあったの？　こんどは何が起きたの？」

「べつに何かあったわけじゃないんだ。きみから話を聞きたいと思ってね」彼は記念碑に目をやってうなずき、素知らぬふりで尋ねた。「誰か、知りあいがいるのかい？」

「叔父よ。父の弟のボビー・ラフルーレット。生きていればもう五十代。けっして若くはないわね」彼女はふたたび記念碑に向きあうと、その名前を指でなぞった。「叔父は一九七五年に亡くなったの。兵力引きあげのちょうど一カ月前。まだ二十一歳だったのよ。あたしはいま二十六。なんだか不思議よね？　叔父はすごく若くして亡くなった。そしていろいろな意味で永遠に若いままでいる」

指でもう一度その名前をなぞった。ロバート・R・ラフルーレット。「叔父の名前は、ロバート・ペティートとダグラス・マホーニーのあいだにあるの。誰がどういう順番で亡くなったのか、どうして正確なことがわかるのかしら、って昔から不思議なんだけど。ほら、戦死者の名前は亡くなった順番で記載されるから」

キャリーが尋ねた。「フルーレット、どうしてここに来るの？」

「叔父がすごく若くして亡くなったからよ。それに、父がしょっちゅう叔父のことを話してるから。すごく楽しくて、やんちゃなやつだったとか、あの戦争を生き延びたら、きっとビジネスで大成功してただろうとか。一九八四年にこの記念碑ができたとき、あたしは父にここに連れてこられた。まだ六歳だったけど、そのときのことははっきり覚えてる」

「フルーレット、日曜に話したときのこと覚えてる？　先週の金曜日、ダニー・オマリーは得意げだったって言ってたわよね」

「ええ、言ったわ」

「得意げって正確にはどんなふうに？」

「あたしやイライザが知らない何かを知っていて、それが得意でしかたないっていう感じかな。悦に入ってる顔だった。自分の知っていることを心のなかで確認して嬉しがってるみたいに、一人でうなずいてた」

そこでベンが口をはさんだ。「思いだしてくれないか、フルーレット。会議に行くためにカリファーノ判事が執務室を出たとき、ダニーは判事のことを見てたかい？」

イレインは目をつぶり、やがてぱっと目を見開いた。「ええ、判事を見てたわ。そう、たしかにカリファーノ判事を見てた。ちょっと薄ら笑いを浮かべて。ほんの一瞬だったから、そのときはよくわからなかったけど、こうやって目を閉じて思いだすと、ダニーはペンで軽くデスクパッドを叩きながら、薄ら笑いを浮かべてたわ」

「カリファーノ判事はそれに気づいたかい？　彼はダニーのほうを見ていた？」

「さあ――」

「もう一回、目を閉じてくれ、フルーレット。よく思いだしてほしい」

イレインは目を閉じた。一瞬、体が揺らぎ、体を支えるために記念碑に寄りかかった。

「判事がダニーのデスクの前を通りすぎたとき、判事はあたしに背を向けてたわ。でも、執務室を出しなにチラッとあたしを見たときは、なんだかすごく疲れた顔をしてた」

「疲れた顔？」

「ええ、そうよ。もう耐えられないっていう感じ。判事には何か気がかりが、対処しなければならない気がかりがあって、それで疲れた顔をしてたんじゃないかしら。でも、あたしの考えすぎかも。質問されたから、あたしが無理やりその期待に応えようとしてるだけかもしれない」

「でも、ほんとうは考えすぎだとは思ってないんでしょう？」

ゆっくりとイレインはかぶりを振り、灰色の空を見あげた。「雨が降りそう。また雪になるのかな。そうじゃないといいけど。何もかもめちゃくちゃになっちゃった」

キャリーが尋ねた。「フルーレット、あなた、どうして怖がってるの？」

「怖がってる？　あたしが？　べつに怖がってなんかいないけど」

「いいえ」キャリーがゆっくりと続けた。「怖がってるわ。日曜日にそれをはっきり感じたの。あなたは怖がってる。どうしてなの？」

イレインはリンカーン記念館を見てから、ふたたびキャリーに目を戻した。「だって、身近な人が二人も殺されたのよ。怖がっているように見えたとしたら、そのせいよ」

「理由はそれだけ？」

「ええ、それだけ。もしほかにあれば、あなたに言ってるわ」

「ボビー・フィッシャー――アルト＝ソープ判事の助手の一人だが」と、ベンが言った。

「ああ、あのいけ好かない男ね」

「彼から、ダニーときみが金曜にランチに行ったと聞いた。きみはそのことをおれたちに言わなかったね」

「だって、通りの角まで一緒に歩いただけだもの。ダニーは機嫌が悪かった。何か気になってるみたいで、刺々しくて――まあ、それも、いまならわかる気がするけど――でもそのときは心のなかで、ダニーのこと、ときどきほんとうに我慢のならないやつだと思った。その日は、そこから二ブロックと離れていない〈マクシミリアンズ〉で靴のセールをしてるって聞いてたから、そこでダニーと別れて靴を買いに行ったの」

「ボビーは、きみたち二人がすごく仲良さげにしゃべってたと言ってたよ」

「ああ、ボビーがまたくだらないことを言ってるのね。きっとあなたたちの関心をよそに向けたかったのよ。彼、カリファーノ判事が嫌いだったの。たぶん、アルト＝ソープ判事とカリファーノ判事の折りあいが悪かったから」

「ボビー・フィッシャーとイライザのことを、きみはどう思ってた？　彼が彼女とつきあいたがってたのは知ってたかい？」

イレインは肩をすくめた。「ああ、そのこと。イライザは彼のことなんて歯牙《しが》にもかけてなかったわ。つまり、ボビーは彼女の興味の対象じゃなかったってこと。彼女、顔には出さなかったけど、心のなかじゃボビーに飛び蹴《け》りを食らわせて、ビルの上から落としてやりたがってたもの」

「イライザはほんとうにそんなにボビーを嫌ってたのかい？　ボビーは自分をふりつづけるイライザを憎んでいたんだろうか？」

「さあ、どうかしら。金曜日、彼がやっといなくなったあと、イライザはうんざりした顔で目をぐるっとまわしてからこう言ったのよ。〝わたしにかまわないでって彼に言うのも、たぶんこれが最後ね〟って」

「つまり、イライザは彼のことなんぞ眼中になかったってことか」

「ええ」イレインは言った。「イライザが一目置いていたのはカリファーノ判事だけ」

「じゃあ、きみが靴を買いにいくと言う前、ダニーはきみにどんな話をしてた？」

「べつに、これといって。ただ、〝女と靴。女が考えるのはそれだけだな〟とかなんとか言ってたけど。それから、夜にはアニーと外国映画を観にいくつもりだとも。そのあとは――あのね、ダニーはいつだって見栄を張ってた。だから、彼の言っていることなんてたいていの場合、なんの意味もないの」

「だが今回は違ったんだろう？」ベンは言った。

彼女の叔父の名が刻まれた戦没者記念碑のかたわらにイレインを残して帰ろうとしたそのとき、ベンはふと思いだして、金曜日の彼女のペディキュアの色を尋ねた。彼女はびっくりして、やがて笑いだした。

「〝ほんとうはウェイトレス・レッドじゃないの《アイム・ノット・リアリー・ア・ウェイトレス・レッド》〟っていう名前の色よ」

キャリーは走りだした車のなかで、ベンに言った。「フルーレットのお父さんも毎年記念碑をお参りしてるのかしら」

「そうは思えないな。いずれにせよ、彼女の父親がはじめてここを訪れたのは、多感な六歳のときじゃない」

「彼女、否定はしてたけどやっぱり怖がってるわね」

「ああ、おれもそう思う」

26

ジョージタウン、ワシントンDC
金曜日の夜

「ショーンだってもっとスパゲッティを食べたぞ、キャリー」サビッチは彼女の皿を見た。「パルメザンをもっとどうだい？　ガーリックブレッドは？　シャーロックのシーザーサラダのお代わりは？　最高にうまいぞ。おれが直々《じきじき》に教えたんだからな」

「せっかくだけど、ほんとうにもういいの。ピザ生活が終わってよかった。恐ろしく長い一週間だったわ」

「あなたのお母さんは今夜、友だちと持ちよりパーティなの？」

キャリーはシャーロックにうなずいた。シャーロックはいま、おいしそうなアップルパイを切り分けている。

リリーの婚約者で、ニューヨークで美術商をしているサイモン・ラッソは、引き締まった腹に両手を置き、ゆったりと椅子に腰かけている。サビッチの妹であるリリーを見つめる彼の目のやさしさに、キャリーは息を呑んだ。二人はさっきから〈ワシントンポスト〉に掲載されたリリーの連載漫画『皺《しわ》なしリーマス』のことや、リビングの暖炉の上にかかっているサラ・エリオットの絵について話している。だが、やがて話題はカリファーノ判事とダニー・オマリーのことに戻った。

サビッチは温かいアップルパイの上に、気前よくすくったフレンチバニラ・アイスクリームを載せた。「すごい！」キャリーは言った。「なんていい匂いなの。前世では料理人だったんじゃないの、ディロン？」

「たぶん彫刻家兼料理人ね」シャーロックが言った。「この世でもそうだから。あとでリビングに戻ったら、見せてあげたいものが――」

サビッチの携帯電話が鳴った。電話に出たサビッチは、はじかれたように立ちあがった。

「イライザ、どうした、何があったんだ？」

一同の視線がサビッチに集まる。

突然サビッチが声を張りあげた。「だめだ、イライザ！　戦うんだ！」

サビッチはすでに玄関へと走りだしていた。「あいつが来て、彼女を襲ってる。リリーとサイモンはここでショーンを見ててくれ。ベン、サイレンを頼む。マクレーンに行くぞ。あいつがいるんだ！　急げ！」ふたたび電話を耳に押しつける。「イライザ？　頼む、何か言ってくれ。戦え！　負けるな、戦うんだ！」

ベンはすぐにクラウンビクトリアにサイレンを載せた。私道を出るときには無線のスイッチを入れ、司令室にマクレーンのオークス・コンド・コンプレックスの一〇二号室で殺人だと報告した。

ポルシェに乗りこんだシャーロックは、自分の携帯からジミー・メートランドに電話をかけた。「犯人がイライザ・ビッカーズを襲っています。いますぐSWATチーム、ヘリコプター、地元警察を現場に急行させてください。なんとしても捕まえなければ。彼女が犯人に襲われるところをディロンが電話で聞いたんです！」

時速一四〇キロで高速道路に向かうポルシェの車内で、サビッチはまだ携帯電話を耳に押しあてていた。もはや声も物音も途絶えていた。

十八分後、車は猛スピードで私道に突っこみ、停まっていたパトカーに追突しかけた。一帯にはざっと見ても十数台のパトカーがあり、どちらを向いても警官だらけだった。イライザ・ビッカーズのコンドミニアムの玄関のドアは開け放たれ、制服を着た男女が出入りしていた。

サビッチはすぐに玄関に行って身分証明書を出した。「FBIのサビッチだ。彼女はどこに？」

女性が一人進みでた。「マクレーン市警のオリンダ・チェインバー刑事です。われわれも到着して間がありません。初動捜査が行なわれたので現場は雑然としています。被害者の死亡を確認してからは誰も入れないようにしました。被害者があなたに電話したと聞きましたが、襲われるところを聞いたんですか？」

サビッチはうなずいた。「森の隅々まで総力をあげて探してやつの車を見つけてくれ。FBIの捜査官とヘリコプター、それにワシントンのSWATチームがまもなく到着する。犯人は大柄な五十代の白人男性。なんらかの移動手段を講じているはずだ。全員で探してくれ」一瞬、言葉を切る。「チェインバー刑事、今回の犯人がカリファーノ判事の殺害犯だ」

オリンダ・チェインバーはぎょっとした顔をしたが、すぐに気を取りなおしてうなずいた。

「わかりました。すぐに取りかかります」

シャーロックはサビッチの横をすり抜け、台所でイライザ・ビッカーズを見おろしている男三人を押しのけた。横向きに倒れ、まっすぐな髪がもつれて顔にかかっているが、髪のベールの隙間から大きく見開かれたままの瞳が見える。もはや恐怖も驚きもない瞳は、からっぽで、生きていたという記憶まで消えている。シャーロックは彼女のそばにひざまずき、そっと髪の毛を払った。「イライザ、かわいそうに。なんでこんなことに」

「ちょっと、いったい誰だ？　何を――」

サビッチは身分証を警官の顔先に突きだした。「彼女もFBIの捜査官だ。下がってろ。外に行って犯人を捕まえるんだ」

「わかりました」別の警官が言い、さっきの警官を連れて去った。

シャーロックはイライザの上にかがみこむようにして、両手でその肩を揺さぶり、からっぽの目にもう一度生命を満たそうとしている。頰が涙で濡れていた。「イライザ、かわいそうに。どうして」顔をイライザの髪に押しつけて、すすり泣きだした。

サビッチは隣りにしゃがみ、無言で妻の肩をさすった。ただ慰めてやりたかった。サビッチ自身、泣きたい気分だった。なんという非道ぶりだろう。ギュンターはサビッチに電話が通じているのを承知で、イライザの命を奪った。電話が台所の床に落ちたあとで、犯人が言った言葉を忘れられることはないだろう。「さあ、女は死んだぞ。聞こえているんだろう、サビッチ捜査官。今回だけだ。きさまには何も、何一つ見つけられんぞ」そしてやつは笑った。笑いながら、台所の床に落ちていた受話器を拾いあげ、部屋の向こうに投げ捨てて、出ていった。サビッチにはその足音まではっきりと聞こえた。ドアや窓が開く音が聞こえないかとそのあとも耳をそばだてたが、それきり何も聞こえなくなり、イライザ・ビッカーズがすでに事切れて、もはや自分にできることがないのを悟った。

ギュンターの話し方は、さっきの夕食で彼らが焼いたアップルパイと同じくらい、純粋にアメリカ的だった。アメリカ人だ。なまりはない。ふと見ると、ベンとキャリーが台所の戸口に立ち、ほかの人びとを入れないようにしていた。

もちろんギュンターはとうに逃げている。ギュンターを見つけられないことは、直感的にわかった。今回は。コンドミニアムの建物の裏手は物陰の多いカエデとカシの林なので、車や自転車を隠しやすいし、二キロも行けば高速道路の近くまで出られる。

サビッチはイライザの死という耐えがたい悲しみを締めだすように目を閉じた。こんなシャーロックを見るのは、はじめてだった。完全に打ちのめされているようだ。聡明で、厳然と存在していたイライザ・ビッカーズ。その彼女が殺されるのを携帯電話で聞いてしまった。

一生、記憶に刻まれる。サビッチはうつむき、すすり泣く妻を抱くとともに、イライザ・ビッカーズの亡骸《なきがら》を抱いた。

突然、サビッチは顔を上げて大声で言った。「ベン、キャリー、フルーレットの家に急いでくれ。彼女に電話して隠れるように言うんだ。九一一に電話して、できるだけ早く、ありったけのパトカーを彼女の家に向かわせろ。周りで聞きこみをして、一人で車に乗っているやつにかたっぱしから職務質問するんだ。フルーレットはおれの家に運んでくれ。急げ！」

ベンに迷いはなかった。キャリーとともに部屋を飛びだし、車に乗りこむと同時に自分の住所録をキャリーに投げた。「フルーレットの番号を！」

キャリーが番号を読みあげ、ベンが電話をかけた。呼び出し音が一度、二度、三度鳴った。ようやく彼女の声が聞こえた。「もしもし？」

「フルーレット？」

「ええ、誰なの？　もうこんな時間に、誰か――」

「ベン・レイバン刑事だ。いいから、黙って聞いてくれ。家の警報はセットしてあるか？」

「ええ」

「銃は持ってるか？」

一瞬の間。「ええ、二二口径のリボルバーよ」

「弾はこめてある？」

「ええ」

「よかった。銃を取ってきて、また電話に出てくれ」

しばらくすると、彼女が言った。「はい、持ってきたけど」

「おれとキャリー・マーカムが行くまで、銃を手放すなよ。不意を衝かれる心配のない場所を見つけて、そこに隠れてくれ。もし男がきみの家に侵入したら、撃ち殺せ。わかったな？迷わず殺せ。もうすぐサイレンの音が聞こえるはずだ。おれたちはいまそちらに向かってる。でもたしかにおれだとわかるまで、誰も家には入れるな。さあ、急げ！」

「でも――どういうことなの、レイバン刑事？」

「着いたら話す。いいな、玄関のドアを開けるのは、おれが行ってから。おれを撃つなよ。そのあときみをジョージタウンにあるサビッチ捜査官の家に運ぶ。わかったか？」

「わけがわからない。それにすごく怖いんだけど」

「怖がるのはいいことだ。銃を放さず、家のなかで物音に注意しててくれ。大急ぎで行く」

ベンは携帯電話をいったん切って九一一にかけ、被害者になる恐れのある女性に銃を持たせたことを通信指令係に告げた。

そしてまた携帯電話を切った。「連中が気をつけてくれるといいんだが。彼女を人殺しにしたくない」

ベンはこぶしでサイレンを叩いた。クラウンビクトリアが轟音《ごうおん》とともに環状道路の侵入ランプをのぼる。さいわい道路はすいていたため、二十分かけずにフルーレットの褐色砂岩の家に着いた。すでにライトを点滅させたパトカーが数台到着しており、警官が家の周囲を歩きまわっていた。まだ誰も玄関には行っていないようだ。「車のなかで待っててくれ、キャリー。フルーレットを連れてくる」

ベンは歩道を走って玄関まで行き、こぶしでドアを強く叩きながら、大声で呼びかけた。

「フルーレット、おれ、ベン・レイバン刑事だ。なかに入れてくれ。撃つなよ」

イレイン・フルーレットはすぐにドアを開けて後ろに下がった。脇におろした手に小さな二二口径を持っている。「何が起きているのか説明してくれるのよね、刑事さん?」

「なかに入るんだ、フルーレット」ベンがふり向くと、キャリーが歩道を走ってくるのが見えた。「急いで」

イレインはベンの腕をつかんだ。「こんなにパトカーが。レイバン刑事、いったい何があったの?」

ベンは彼女の顔をじっと見た。「イライザ・ビッカーズが殺された」

イレインの顔から血の気が引き、目がうつろになった。彼女は喉の奥から絞りだすような声を漏らすと、崩れるように床に膝をついた。

ベンはキャリーをなかに入れてからドアを閉め、電灯のスイッチを切った。これで褐色砂岩の家のなかは真っ暗になり、人影がギュンターの標的になる心配をしなくてよくなった。少しだけ窓を上げて、表に向かって叫んだ。「ここは大丈夫だ。手分けして近所の聞きこみを行なってくれ。おれたちもすぐにここを出る」

「ベン、おまえか?」

「ああ」

「落ち着け。ここには誰もいないが、いちおう調べよう」テディ・ラッセル巡査部長の声だ。

ベンは銃を持つ手をおろした。「フルーレット、きみの二二口径をこちらにくれ」

小さな銃が大理石のタイルをすべる音がした。ベンはブーツにあたった拳銃をベルトのホルスターに差した。

「刑事さん――」

「いや、待って、もうしばらく静かにしてよう」ベンは携帯電話を取りだし、ハロウェイ警部にかけた。警部は何時間も前から起きていたように、すぐに電話に出た。手短に状況を説明した。

「その女性の安全を確保しろよ、ベン。ほかのことはすべて任せろ。ミス・フルーレットの家に集まってる警官の責任者はわかるか？」

「テディ・ラッセル巡査部長です」

「あいつはいいやつだ。仕事もできる。きばれよ、ベン。その女性を守れ。すぐにそこから出してやる」

ベンは携帯電話を切って壁にもたれかかり、一瞬目を閉じて今夜のできごとをふり返った。何もかも信じられなかった。イレインが生きているのがせめてもの救いだ。「このまま姿勢を低くして、静かにしてるんだぞ。やつがいるかどうか、まだわからない。あいつは影に身を隠すのがうまい」

ベンはキャリーがイレインに近づく音を聞き、「姿勢を低くしてろ」と、声をかけた。携帯電話を開き、待っているあいだにサビッチに電話した。「着いたよ、サビッチ。ああ、イライザのことは話した。なんとかもちこたえてくれてる。フルーレットを表に連れだしても安全だと確認できしだい、あんたの家に向かう」サビッチが近くにいる誰かに話しかける声が聞こえた。たぶんシャーロックだろう。「警官が階段をのぼってくる音がする。じゃあ、あとで」ベンはゆっくりと立ちあがった。玄関まで行き、脇に立って、名乗りながらドアを開けた。「やあテディ、ひさしぶりだな。確認は終わったかい?」

「まだだ、ベン。残りの部下たちが戻ってくるまで、もう少しなかで待ってろ」

ベンはうなずいた。「ハロウェイ警部に電話した。さらにパトカーを送ると言ってなかったか?」

「ああ、いま手分けして、この家の周囲二キロ四方で徹底した聞きこみを行なってる。苦労してるよ。このあたりの人は金曜日の夜はパーティと決まってるんだ」

「犯人はアメリカ人、たぶん五十代の白人だ」

勤続二十四年のベテランであるテディ・ラッセル巡査部長は、ベルトに差したスミス&ウェッソン一九一一の台尻に肉づきのいい手を置き、ベンと二人の女性を交互に見た。「まったく、あんたら首都圏勤めの連中は、きわどい遊びが好きで困る」

27

ジョージタウン、ワシントンDC
土曜日の早朝

イレイン・フルーレットはキッチンテーブルの席に坐ってうつむき、温かいコーヒー入りのマグを両手で包むようにして持っていた。ポニーテールに収まりきらない金髪が跳ねている。たっぷりしたケーブルニットのセーターに、ブルージーンズに、ブーツ。足元にオレンジ色のダッフルバッグともう一つ大きなバッグがあった。

「ありがとう、サビッチ捜査官」うつむいたまま、ようやく口を開いた。「たぶんあたしはあなたに命を救われたのよね」

「ベンが間に合ってよかった。きみにはしばらく、うちにいてもらう。いいかな?」

イレインは身震いした。「ありがとう」顔を上げて、彼とシャーロックの顔を見た。「いつもあたしみたいな人間を泊めてるの?」

「いいえ」シャーロックが彼女のマグにコーヒーをつぎ足した。「いつもじゃないわ。さあ、飲んで、体が温まるわ」

キャリーはベンにもたれかかっていた。疲れきって、ぼんやりしている。キャリーが言った。「お母さんに電話して、何が起きたのか伝えておかないと」

サビッチは言った。「いや、やめておけよ、キャリー。いまじゃなくていいさ。イライザの死を知らせる前に、もうしばらく休ませてあげよう。明日おれたちも一緒にきみのお母さんのところに行くから」シャーロックがそっと台所を出た。サビッチはベンにうなずきかけ、イレインに言った。「コーヒーを飲めよ」

サビッチが捜しにいくと、シャーロックは階段のいちばん下に坐りこんで、両手で顔をおおっていた。サビッチは横に坐って妻を抱きよせた。

台所では、リリーとサイモンがアップルパイを切り分け、電子レンジで温めていた。リリーが言った。「フルーレット、あなたには糖分が必要よ。落ち着くわ」

「ほんとにいらないの――」

「チョコレートじゃないけど」サイモン・ラッソは言った。「こんなときでもなければ、宇宙一うまいアップルパイを食べてカロリーを気にしなくていいなんてことはないよ」

これにはイレインも、にっこりした。すぐ消えたにしろ、ほほえみは最初の一歩になる。パイは全員に薄いスライスを配る程度に残っていた。しばらくのあいだ、台所ではパイを食べる音しかしなかった。

「ディロン?」シャーロックの声が肩でくぐもった。「ごめんなさい、こんなに取り乱して。わたしちょっと——」

「きみが取り乱してなきゃ、おれが取り乱してるさ」サビッチは妻の髪に口づけした。「つらいよな、ほんとに、つらくてたまらない。おれだってきみと同じくらい心を痛めてるんだぞ。イライザは特別だった」

「ええ、ディロン、わたしは彼女がほんとに好きだったの。まだ会って間がないのにね。二度、そして葬儀で会っただけなのに」

「だがその三度とも、琴線に触れるやりとりがあって、そういう出会いは人を近づける。おれもほんとうに彼女が好きだった。ほんとうだ」大きく息を吸って、ふたたび妻にキスをした。「どうしてやつは彼女を殺さなければならないと考えたんだ?」

「今回は見当もつかないけれど、ひょっとしたら、やっぱり何かを知っていて、彼女が耐えきれなくなるのを犯人が恐れたのかもしれない。事実、彼女は耐えきれなくなって、あなたに電話した。ああ、メートランドが捜査官を引きあげるのが早すぎたのよ」

「カリファーノ判事の葬儀がすんで、みんなもう終わったと思ってたからな」

ベンがリビングの入口にぽつりと立っていた。咳払いして話しだした。「邪魔をしたくはないんだが、一つ言い忘れたことがある。今朝、おれとキャリーがフルーレットに会おうと最高裁判所に行ったら、イライザしかいなかったんだ。カリファーノ判事の持ち物を片づけながら、ひっきりなしにかかってくる電話に出なきゃいけなくて忙しそうだった。だから話をした時間は短かったんだが、帰り際、何かできることがあるかと彼女に訊いてみた。そのとき彼女がためらったのは確かだ。決めかねてるふうだった。何か考えているというのか。だがまたそのとき電話が鳴って、彼女は手を振っておれたちに行くよう合図をした。残念だ、サビッチ、そのときはこんなことになると思いもしなかった」

「つまり、彼女は何かを知っていたかもしれないということね」シャーロックが言った。「でも何を？　犯人はコンドミニアムに彼女と一緒にいたのよ。彼女が受話器を取り、あなたにかけ、話をするのを黙って見ていると思う？」

サビッチは言った。「だとしてもおれは驚かない。やつはこんどもリスクを冒したかったんだろう。だから彼女がおれに電話をかけ、通じるのを待って、首を絞めた。カリファーノ判事とダニー・オマリーと同じように」

シャーロックは夫の首に顔をうずめたまま言った。「そしてフルーレットも無防備だった、イライザのように」

「そうだ」ベンが言った。「彼女は拳銃は持っていた。二二口径のリボルバーだ。でもやつなら、取りにいく暇を与えなかっただろう」

シャーロックは言った。「イライザは強かった。ダニー・オマリーよりも強かったんじゃないかしら。犯人とも戦ったはずよ」

ベンとサビッチは一瞬、押し黙った。ベンはキャリーの気配を背中に感じた。音はしなかったが、なぜか彼女がいるのがわかった。キャリーはもたれかかってきただけで、何も言わなかった。

サビッチが言った。「そうだな、彼女なら戦ったはずだ。死力を尽くして。遺体はクワンティコに運ばれ、ドクター・コンラッドが検死にあたる。おれたちがすぐに駆けつけたから、ギュンターも証拠の完全消滅をはかれなかったはずだ。運がよければ、イライザがやつを引っかいているかもしれない。何か、何か一つでいいんだが」

二人は坐ったまま、台所から聞こえてくる低い話し声に耳をすませた。サビッチが目を上げると、ベンとキャリーはいなかった。

突然、ショーンの泣き声が聞こえた。

二人は同時に上を見た。「人生は続く」サビッチはゆっくりと立ちあがり、シャーロックに手を貸した。シャーロックは背筋を伸ばして両手で顔をこすると、息子が目覚めた原因を突き止めるべく、夫とともに二階へ向かった。

FBI本部
土曜日の午前

ドクター・コンラッドは、引き伸ばしたイライザ・ビッカーズの写真を後ろのコルクボードに留めた。「イライザ・ビッカーズは激しく抵抗していた。彼女は大柄で、体重は六八キロ、屈強で健康だった」イライザの手を指さす。「防御創があり、少なくとも一度は犯人を傷つけ、皮膚をえぐり取っている。断定はできないが、おそらく首か顔の皮膚だろう。犯人の血液とともに爪のあいだに残っていた。それを洗い流そうとした痕跡はない。サビッチ捜査官、あんたは犯人が笑いながら去ったと言ったが、実際には負傷して血を流していたようだぞ。証拠が残ることも承知のうえでな」

サビッチは言った。「自分が彼女を殺すところをおれが聞いていたのを知っていたから、やつは笑った。わざと笑ったんです」

ドクター・コンラッドは先を続けた。「DNA分析するのに充分な皮膚片があった。分析が終わったら、一致する人物を探す。国内のデータベースだけでなく、インターポールにも問いあわせよう」

フランク・ハリー捜査官が言った。「なるほど。尻をからげて逃げださなきゃならなかったんで、あと始末をしてる暇がなかったわけだ。あるいはプロファイラーの言うとおり、ひどく傲慢なせいで、おれたちなんぞ眼中にない、どうでもいい存在だと考えたか」

「その可能性はあるな」ジミー・メートランドだった。「ギュンター・グラスなんて偽名を使うほどうぬぼれた殺人犯には、はじめてお目にかかる」

シャーロックの携帯電話から『ボレロ』の最初の数節が流れた。

サビッチが見ていると、シャーロックは相手の話を聞いてから、緊張の面持ちで話しだした。「なるべく急いで行くから、無理強いはしないで。怪我をさせないように」サビッチが近づくと、彼女は跳ねるようにして立ちあがった。「ディロン、すぐに行きましょう。サマンサの息子が見つかって、たいへんなことになってるわ」

ジミー・メートランドは迷わず言った。「サマンサの息子？　詳しいことはあとでいいから、すぐに行け。ただし、戻ってきたら電話するんだぞ。いいな？」

サビッチはうなずきつつ、すでに会議室の出口に向かって駆けだしていた。「ベン、キャリー、一緒に来てくれ」

四人そろってガレージのエレベーターへと走りながら、シャーロックが言った。「ボストン支局に連絡して、オースティン・ダグラス・バリスターという名前が出てきたら連絡をくれるように頼んでおいたの。それでさっきのは、メリーランド市警のハワード・ガーバー本部長がピーターズボロからかけてきた電話よ。ある男が妻と子ども二人を人質に家のなかに立てこもる事件が起きて、人質救出チームが説得しようと話しかけたら、男が自分の名前はマーティン・ソーントンではなくオースティン・ダグラス・バリスターだと叫んだというの。聞き覚えのある名前だと気づいたガーバー本部長が調べて、わたしに電話をくれたってわけ。すぐに行くからと言っておいたわ」

「しっかりついてこいよ」サビッチは大声でベンに声をかけると、ポルシェを急発進して、ガレージを飛びだした。

サビッチがポルシェを駆って環状道路を北進するなか、隣りのシャーロックは夫と携帯電話の向こうのベンの両方に話しかけた。「サイレンをお願いね、ベン。なるべく早く行きたいから。この情報が入るまでは、地球から消えたみたいにオースティン・バリスターの居場所が突き止められなかったの。ボストン支局もＭＡＸも行方を追えなかったのよ」

「ピーターズボロは、メリーランド州アルストンから一五キロほど西、２７０号から少し離れたところにあるわ。四十五分で着けるわね、ベン、あなたがサイレンを鳴らして走ってくれれば。到着するころにはパトカー四台にエスコートされてるかもしれない」

ベンは言った。「サビッチにすぐ背後におれがいると言ってくれ。少なくともその努力はしてる。そのポルシェはすごいな」ベンは笑いながら、携帯電話を切った。

サビッチは妻に言った。「組織的に情報を収集していたとは、初耳だぞ」

「ええ、何か出てくるとは思ってなかったから。いちおうのつもりだったの」

サビッチは妻の周到さに感心して首を振り、ウィンカーを出して時速一六〇キロでビーマーを追い抜いた。「そうか、ボストンから逃げて以来、マーティン・ソーントンという偽名を使ってたんだな」

「そうみたい。人質救出チームが彼の名を連呼したんでしょうね。どんな感じだかわかるでしょ。マーティン、聞こえるか、マーティンって。それにキレた彼が本名を叫び返した」

「運がよかったな」

「本部長がわたしの依頼を思いだして、すぐに行動してくれて助かったわ」

クラウンビクトリアのなかでは、キャリーが次つぎ抜かされていく車や、こちらの車に気づいて路肩に寄る車を見ていた。ほとんど静止しているように見える。ほかに走行車のない直線道路に入ると、ポルシェは赤い尾灯だけしか見えなくなった。

「全速力で行くぞ」ベンが言い、まもなくポルシェを視界に収めた。

「今日は、今まで生きてきたなかで最高に変な日だわ」

「ほんとにこれが変な日だと思うのか？」

「そんな疑わしそうに眉を吊りあげることないでしょ、ベン・レイバン。第一に、FBIの神聖な五階で行なわれた会合に参加させてもらえたのよ。かと思ったら、いまは三十年前に殺された女性の息子だという男に会うために、サビッチのポルシェを追いかけてる」

「だからおれは警察に入ったんだ」ベンは言った。「刺激だよ。それがずっと続く」

「そうね、あなたはそう言うでしょうけど。わたしがいつも話をする警官たちは、退屈でたまらないと愚痴ばかり言ってる。一日じゅう電話番やコンピュータばかりだって」

車はカーブを曲がり、ポルシェは加速しながらカーブを抜けていった。「おっと」ベンは言った。「しっかりつかまってろよ。あの車、そうとうだな。見てみろよ」

キャリーは笑った。「あなたも一台買えば——トラックに合うのを」

「きみを迎えにいくのに、ポルシェがいいかい、それともトラック？」

「デートに誘ってるの？　わたしの車の好みなんか訊いちゃって」

ベンは肩をすくめた。「トラックも楽しいと思うけどね。きみとおれの犬が窓から身をのりだして、舌で風を受けたりしてさ。ほかの季節はともかく、夏はいいぞ。ポルシェとなると——おれはスピード違反のチケットをごまんと切られて警察をクビになるだろう」

彼女はまた笑って、呆《あき》れたように首を振り、また笑った。いい感じだ。

「ほんとだぞ。ポルシェって車は、足をアクセルに置いたが最後、ひとりでに足が重たくなってどんどん踏みこんでしまう。サビッチだって例外じゃない。どれほどスピードが出ているか、あいつがちゃんとわかってると思うか？」

「ええ、彼ならちゃんとわかってると思うけど」

「そうだな、今回はきみの言うとおりかもしれない。どうだろう？　いま時速一七五キロくらいかな？」

キャリーは首を振って、指で顎を軽くなでた。「いいえ、一九〇キロは出てるんじゃない？」ふと言葉を切り、ベンのほうを見た。「そっか。あなた、わたしの気をそらそうとしてるのね？　それもとても巧妙に。わたしを笑わせてくれたもの。ありがとう。ところでわたしたちの最初のデートのことだけど、トラックにして、バージニアの荒野に行きましょう。田舎のバーベキュー場。テーブルクロスなんてない、ただの木の細長いテーブルが置いてあるようなとこ。クーラーボックスには氷とビールを入れていくの。ねえ、見失いそうよ」

クラウンビクトリアはすぐに加速して前に出た。時速一六〇キロ。ベンは背後からサイレンが聞こえるのに気づいた。よかった。護衛のパトカーだ。もっとサビッチに近づいておかないと、警官たちがぶっ飛ばすポルシェを見て激怒するだろう。ベンは無線を取りだし、通信指令係に告げた。「ベン・レイバン刑事だ。２７０号線を走行中。いまメリーランド州ロックビルを通りすぎたところだ。ピーターズボロから西に一五キロのアルストンへと向かっている。ＦＢＩのディロン・サビッチ捜査官がポルシェ９１１で前方を走行中。おれの車はサイレンを鳴らし、後ろに二台護衛のパトカーがついてる。ハイウェイパトロールに、この車とポルシェの位置を知らせてくれ。緊急事態なんだ」しばらく相手の話に耳を傾け、二度ほどわかったと返事をしてから、携帯電話を切った。

「よし、運がよければこれで大丈夫だ。この有能さは拍手もんだぞ」

「有能ってすごいわよね。いつもつまずいてびっくりしちゃう」

　ベンはポルシェをちらっと見た。「ポルシェが高速道路の入口から出たばかりのパトカーの前を通りすぎた。念のため、もう一度通信指令係に伝えておくよ」ベンはパトカーのナンバーを覚えて、無線で通信指令係と話した。

　パトカーが少し下がるのがわかった。「よし」

　キャリーが唐突に尋ねた。「なぜ犯人はフルーレットを狙うの？」

　これ以上気をそらすのは無理らしい、とベンは思った。「おれも同じことを考えてた。もしかしたら彼女もやり残しの一つなのかもしれない。イライザのように」

「わたしにはイライザがやり残しだったとは思えない。だって、彼女はサビッチに電話をかけてきて、何かを伝えようとしてた。もしかしたらそれは、前から知ってたけど、言わずにいたことだったのかも。だとしたら、なぜ言わなかったの？　怖かったから？　それとも、彼女もわたしの義父《ちち》殺しに連なる環の一つだったから？」

「おっと――そいつは飛躍だろう。でもきみは記者だ。とんでもない推理をするために雇われてるんだよな？」

「ほんとにとんでもない推理だと思う？」

「どうだろう。なんとも言えないが。なあ、おれはいま、事故で二人とも死なないように鋭意努力している。時速一七五キロ出てるんだぞ。ほかにパトカーがいないか見張ってろよ。それに、高速道路を横断しようとする歩行者もだ」手袋をした手を、笑っているキャリーの脚に置いた。「ほんとに、ど田舎の垢《あか》抜けないバーベキュー場で、顔じゅうバーベキューソースだらけにして、ビリーボブに口説かれてみたいかい？」

キャリーはまた笑った。「それこそがわたしの願いよ。考えてもみて。男のなかの男と一緒に行くのよ。トラック、ビール、テストステロン、いかしたお尻。それ以上、何を望める？ あ、もうすぐアルストンよ。ピーターズボロの出口に気をつけてなきゃね」

「ポルシェを見ててくれ。シャーロックは膝のうえにＭＡＸを置き、それに道案内をさせてるんだろう」

「まさか。彼女は本物のナビゲーターよ。わたしなら昔ながらの道路地図を使ってるほうに賭《か》けるわ」

ベンはポルシェに合わせてスピードを落とした。後ろのパトカーは一〇メートルほど離れてついてきている。

サビッチに導かれるまま、彼らは高速道路からほど近い場所にある、農家風の建物が建ちならぶ一角に入った。半ダースほどのパトカーがそのなかの一軒を囲み、パトカーを盾にして十二、三人の警官たちがその後ろにうずくまっていた。

28

ピーターズボロ、メリーランド州

近所の人びとが集まってきていた。怖がりつつ興奮しているらしく、家から半ブロックの位置に張られた警察の非常線の背後に立ち、話しながらしきりに指さしている。サビッチはオースティン・ダグラス・バリスターが暮らしている家から三軒離れた家に停まっていたパトカーの後ろにポルシェをつけ、その背後にベンの車と二台のハイウェイパトロールの車がついた。

厚地のジャケットを着て拡声器を持った男性が走ってきた。サビッチとシャーロックがその男に近づく前に、巡査から声がかかった。「おい、おまえたち、下がってろ!」

サビッチはふり返り、身分証明書を取りだして、巡査の顔に突きつけた。「ガーバー本部長はどこだ?」

リドリー巡査は黒い革のジャケットを着て、給料の三年分に相当しそうなセクシーな赤いポルシェから降りてきたばかりの大男を見つめた。「FBIだから、なんだってんだ? ガーバー本部長はお忙しいんだぞ。これは一地域の事件だ、捜査官。おれたちが担当する」

「もう一度尋ねるぞ、巡査。ガーバー本部長はどこだ?」

リドリーはさらに一歩、サビッチとの距離を詰め、顔をくっつけんばかりにした。「で、それがおまえらの妙な仕事にどんな関係があるって言うんだ?」

サビッチは襟元をつかんで、リドリーを地面から持ちあげた。「ガーバー本部長はどこだと訊いているんだ、巡査」

「おい! 何してんだ? おい、おまえ、巡査をおろせ! ほら、下がって」

二人めの巡査は拳銃に手を伸ばした。シャーロックがその腕をつかみ、身分証明書を顔に突きつける。「連邦捜査官に拳銃を抜こうなんて、考えるのも許されないわよ。さあ、あなたたち全員下がって」

「だが——」

シャーロックは言った。「わたしたちがここへ来たのは、あの家の男——彼の母親がわたしに電話してきて、必死に助けを求めたからなの。FBIは彼を捜してた。それで、ガーバー本部長はどこなの?」

「ここだよ、シャーロック捜査官」五十前後で、ビール腹が幅広ベルトの上に載った童顔の警官が、二人に近づいてきた。「そういきり立つな、おまえたち。わたしが呼んだんだ。ルー、下がってろ。二人とも持ち場に戻れ」

サビッチはゆっくりとリドリー巡査をおろしたものの、彼を注視しつづけた。テストステロンがあたりに漂い、アドレナリンが大量に放出されている。家のなかで何が起きているのかがはっきりしないために、一触即発の危機にあった。

シャーロックは手を差しだした。「わたしはFBIのシャーロック特別捜査官、彼がサビッチ特別捜査官です。ハワード・ガーバー本部長ですか？」

「ああ、わたしだ」本部長は二人と握手をした。「やけに早く着いたな」

シャーロックが応じた。「あの家に住む男性を一週間ほど前から捜していました。ありがとうございます、本部長。早々にお電話いただきまして。今回の件は個人的であると同時に業務でもあります。わたしたちが力になれると信じています」

リドリー巡査はいまだ荒い息をしているが、怒りを抑えつけているのをサビッチは感じた。少なくとも、これなら銃で撃たれることはあるまい。サビッチは声を低め、穏やかかつ淡々とした口調を心がけた。「状況を説明してください、本部長」

「シャーロック捜査官に伝えたとおり、ここにはマーティン・ソーントンという男が住んでいる。そいつの奥さんのジャネットと、八歳と十歳になる娘が家のなかに閉じこめられたまま、出てこられなくなった。一時間半ほど前、銃声と悲鳴が聞こえたとして、近所から通報があった。どうやら旦那がおかしくなったようなんだが、はて、確かなことはわかっていない。拡声器を持ってるのがジョー・ゲーンズといって、人質救出チームの所属だ。男に話を持ちかけ、会話を成立させようとしているが、いまのところ相手はろくに話もせずに大声で一度どなったきりだ。そのときマーティン・ソーントンじゃなくオースティン・ダグラス・

バリスターだと名乗ったんで、名前を調べ、きみが電話を求めているのを知ったわけさ、シャーロック捜査官」ここで言葉を切り、サビッチに目を向けた。「いいだろう、さっき個人的なことでもあると言ってたな。こっちは知っていることを打ち明けたんだから、こんどはきみに話してもらおう」

サビッチは言った。「わたしたちは殺人事件の目撃者である可能性のある人物として、あの男を捜していました。そしてわたしは彼の人生について多くを知っています。防弾チョッキを貸していただきたい。わたしが彼に話します。彼に話を聞かせることができるのは、わたしだけかもしれません。彼がおかしな行動に走った原因は母親にあり、その母親を知っているのはわたしだけだからです。彼にとってきわめて大切な存在なのです。どうか信じてください。彼の妻子のためにも、そして当のオースティンのためにも」

ガーバー本部長はじっと耳を傾け、その抑揚の一つずつを聞き取ったうえで、決断をくだした。「通常ならあの家の近くに赤いポルシェで乗りつけたというだけで、そんな不届き者の話には耳を貸さんが」本部長は黙りこみ、やがてゆっくりとうなずいた。「だが、なにせ非常時だ。ジョー、サビッチ捜査官に拡声器を渡せ。彼にしゃべらせる。ダンカン、サビッチ捜査官に防弾チョッキを持ってきてやれ。何も言うなよ。責任はおれが取る」サビッチの顔をしげしげと眺めた。「絶対の自信があるんだろうな?」

「これ以上ないほどに」

「その顔で思いだしたぞ。きみは最高裁で起きた殺人事件の指揮を執っているFBIの捜査官だろう？」

「はい」

ダンカン巡査が防弾チョッキを持ってきた。サビッチは革のジャケットと革の手袋を脱いで、シャーロックに投げ、シャツの上にチョッキを装着した。上から革のジャケットを重ね、こんどはホルスターを隠すようにジッパーを閉めた。シャーロックの手を取って、小さな声で話しかけた。「歌にあるとおり、また幸せにやれるさ《アナザー・デイ・イン・パラダイス》、愛しい人。祈っててくれ」

シャーロックは夫に抱きついて、引きとめたかった。できることなら、銃を振りまわす困った男がなかにいる罪のなさそうな家に、サビッチを近寄らせたくなかった。「任せといて。ちゃんとお祈りしてる」口が恐怖でからからになっている。シャーロックは唾を飲みこんだが、それでもまだ声が引っかかってかすれた。「気をつけてね、ディロン」夫から離れた。背中に人の気配を感じ、男の手に腕をつかまれた。ベンがキャリーと一緒にそこにいた。

サビッチはジョー・ゲーンズから拡声器を受け取り、私道に向かって歩きだした。オークの巨木が表の庭の中央から少しはずれた位置にあり、車二台用のガレージのドアの上には、バスケットボールのゴールが取りつけてあった。使いこまれているらしく、ネットが破れている。女児用の自転車が二台、左側のガレージの閉じたドアに立てかけてある。サビッチは家の表側を縁取っている休眠中の薔薇《ばら》の茂みを通りすぎた。一つきりのはめ殺しの大きな窓にはカーテンが引かれていた。背後から警官たちのつぶやきが聞こえる。さらにその向こうからは、不安と興奮の入りまじった近隣住民たちの声がしていた。ふたたび男が発砲したら？　地面に倒れるより先に死んでしまうなどということが、ありうるだろうか？

サビッチは狭い玄関のポーチに続く歩道に移る手前で立ち止まり、拡声器を持ちあげた。

「マーティン、オースティン——おれはディロン・サビッチ、ＦＢＩの捜査官だ。きみのおふくろさんと知りあいで、それが縁でここへ来た。おふくろさんは、きみのことを心から案じている。もしその機会をつくってくれたら、すべて説明させてもらう」

　完全な沈黙。

「おふくろさんのサマンサ・バリスターがきみのことを心配してるぞ、オースティン。おれをうちに入れて、彼女から聞いたことを話させてくれ」

サビッチは動かなかった。拡声器をなにげなくかたわらに垂らしていた。

家のなかで動きがあり、女の小声が聞こえた。よかった、オースティンの連れあいは生きている。

サビッチは石のように立ちつくし、ブーツや手袋を通して入りこんでくる冷気に耐えていた。ようやく玄関のドアが開き、一瞬何かが動いた。マーティン・ソーントン——ことオースティン・ダグラス・バリスター——が、縁石の警官からの発砲を避けながら、薄く開いたドアのすぐ奥にいる。

サビッチは黙して待った。

「嘘つきめ」オースティンが言った。「ぼくの母さんは三十年前に死んだんだ。なあ、聞いてるか？　誰かに殺されてな！　で、おまえは何者だ？　なんでそんな嘘をつくんだ？」

その怯《おび》えた小声には、制御を失いつつある予兆のようなものがあった。だが、向こうから質問を発しているのは、いい兆しだ。

「嘘はついてないよ、オースティン」サビッチは短い歩道を一歩進んだ。

「ぼくはマーティンだ。オースティンなんてやつじゃない。動くな!」

「わかった、動かないよ。だが、おれは嘘はついてない」

「いや、ついてる。誰から母さんのことを聞いたんだ?」

「そちらに行かせてくれないか。すべて話す」

一瞬の沈黙をはさんで、「いいだろう。ポーチにのぼっていいが、そこまでだ」

サビッチはのんびりとした足取りでポーチに近づき、ステップをのぼって待った。

「話せ」

「おれは一週間前の金曜の夜、ブレシッドクリークの近くできみのおふくろさんに会った。週末用に借りた、家族が待つキャビンに車を走らせていたら、タイヤがパンクしてね。半狂乱の若い女性が車の前に飛びだしてきたのは、タイヤを交換した直後のことだ。その女は男に殺されそうだ、いますぐ家に連れて帰ってくれと訴えた。それ以上のことは聞きだせなかった。彼女の指示に従って車を走らせると、丘の頂に立つ大きな家にたどり着いた。きみが昔住んでいた家だよ、オース——マーティン。おれは彼女をリビングのソファに坐らせて、家のなかを探ったが、誰もいなかった。それできみのおふくろさんを置いてきたリビングに戻ると、彼女まで消えていた」

マーティン・ソーントンが叫んだ。「死んだって言ったろ？　もう三十年になる。おまえの作り話だな？　父から頼まれたのか？　いや、ぼくを見つけることはできない」

穏やかな声音のまま、サビッチは続けた。「翌日、ワシントンに急遽《きゅうきょ》呼び戻されて、その夜、おれはサマンサの夢を見た。そして、何日かあとにも。サマンサはきみのことを、わたしの息子、大切な坊や、と言っていた。きみの居場所を突き止められなかったんで、情報提供を求めておいたら、きみがさっき本名を叫んだおかげで、ガーバー本部長が電話をくれた。おれは嘘はついてないぞ、マーティン。嘘をつく理由がないだろう？」

サビッチには自分たちの声が警官たちに聞こえていないとわかっていた。

マーティン・ソーントンの声にためらいが滲《にじ》んだ。「そっちの名前を叫ぶつもりはなかったのに、つい叫んじゃったんだ。おまえ、何を言ってるんだ？　幽霊なんていないんだぞ。母さんは戻ってこれない——だろ？」

「わからないが、彼女はおれのところへ来て、次に夢に登場した。マーティン、おれはきみの力になりたくてここへ来たが、そのためにはきみの人生に何が起きて、どうしてこうなったのか教えてもらわなきゃならない。おれを家に入れてくれ。きみやきみの家族を傷つけるつもりはない。ぼくがここへ来たのはきみのためだが、おれがここにいるのはFBIの捜査官という立場とはべつに、きみのおふくろさんのサマンサのことがあったからだ」

ドアが開いて、男が横向きに現われた。そして、顔をめぐらせてサビッチを見た。オースティン・ダグラス・バリスターはサビッチよりほんの数歳上だから、三十七歳くらいのはずだが、見た目はもっと老けていた。薄くなりつつある黒い髪。ひどく青ざめた顔に母親譲りの驚くほど美しい瞳が輝いている。だが、瞳孔が広がり、母親がそうであったように、恐怖に黒ずんで大きくなっていた。体つきは細く、背中は丸まっている。焦げ茶のコーデュロイのズボンにスニーカー、それに白いシャツと焦げ茶のVネックのセーターという恰好《かっこう》だ。妻のジャネットの声がした。「入れてあげて、マーティン。わたしはその人を信じる。嘘にしては、奇妙すぎる話だもの。さあ、みんなで考えましょう。彼を入れて」

サビッチが見ると、マーティンはショットガンを小脇に抱えていた。標的が防弾チョッキを身につけていようといまいと、その体に風穴を開けられる銃器だ。

マーティンはそろそろとうなずいた。居ならぶ警官たちを見て、少し怯《ひる》んでいる。「わかった、入っていいぞ。だが、やっぱりおまえはどうかしてるな」笑い声をあげた。「な、どうかしてるだろ？　これでおたがいどうかしてるもんどうしだ。名前はなんて言った？」

「ディロン・サビッチ」

「警官から拳銃を渡されたのか？」

「FBIの捜査官だと言っただろう。当然、拳銃を携帯してる。ベルトのホルスターに入ってるが、ここへ置いていったほうがいいか？」

マーティン・ソーントンはサビッチを見つめ、右手で散弾銃をしっかりと抱えこんだ。それがSKBモデル七八五だとわかるほど、二人の距離は近かった。きれいなうえに、自動放出装置までついていて、仕上げは亜硝酸銀だ。高価で殺傷能力の高い銃器だった。

マーティンがゆっくりと言った。「いや、ホルスターに入れたままでいい。入ってくれ」

「ジャネットと娘たちを出してやらないか？」

マーティンの右肩から、ふいに女が現われた。「いいえ。マーティンを残していきたくないわ。わたしはここで平気だし、娘たちは鍵をかけた寝室にいるから、やっぱり大丈夫よ」

深々と息を吸った。「これまでに二度、こうなったことがあるけれど、ちゃんと切り抜けてきたもの。入って、サビッチ捜査官」

「ああ、大丈夫だ、入ってくれ」マーティンは戸口に全身をさらさないように気をつけながら、後ろに下がった。無理もない、とサビッチは思った。背後をふり返って、ガーバー本部長にうなずきかけ、そのあと玄関のドアをくぐりながら手を振った。

家のなかに入った。薄暗くてぼんやりとしか見えない。マーティンの隣りに立つ女性すら、はっきりとは見えなかった。「明かりをつけてもらえないか？」

マーティンは玄関のドアを閉めて、鍵をかけると、明かりのスイッチを入れた。

たっぷりとした広さのあるリビングだった。硬材の床に二枚の厚いカーペットを敷いた細長いスペースで、居心地よく整えられ、厚地の木綿プリントが多用されている。女性的なインテリアではあるけれど、包みこまれるような感じがある。これぞ家庭、幸せで満ち足りた家庭のリビングだった。これまでに二度、こうなったことがある？　それをジャネットは耐え抜いてきたのか。その事実から、彼女の人柄や二人の関係をうかがい知ることができる。

ジャネットは夫と同じくらいの身長のあるふくよかな女性で、豊かな胸の持ち主だった。自然にカールした茶色の髪を長く伸ばしている。

サビッチはリビングの壁にマーティンが近距離から発砲した際に空けたぽっかりとした穴があるのに気づいた。近所の連中はこのときの銃声を聞いて、警察に通報したのだろう。もう自制心を失わないでくれ、とサビッチは祈った。これと同じ大きさの穴を空けられたらたまらない。だが突然、見通しが怪しくなった。マーティンの目つきに暗い熱っぽさが表われたのだ。

29

サビッチは動かなかった。呼吸すら止まりかかっていた。この距離でSKBのショットガンに撃たれたら、この胸はどうなるんだ？　たぶんベストも肉体もずたずたにされ、本人もそれと気づかないうちに事切れているだろう。サビッチはマーティンに笑いかけた。「壁のあの穴だが。この穴を見て、おれが何を考えたかわかるかい？」

マーティンの目がしばたたかれ、ゆっくりと正気が戻ってくる。彼は壁に目をやった。

「なんだって？」

「ショットガンで壁を撃つとどうなるかを見るのは、正真正銘これがはじめてだと思ってたのさ。で、人間の体だとどうなるかを考えてた。おれはいま防弾チョッキを着てるが、だとしても、ショットガンで撃たれたら次のブロックまで飛び散るだろう。ひどく散らかるだろうな」

マーティンはおかしな人間でも見るような目つきでサビッチを見つめた。ゆっくりと首を振った。「いや、ぼくはこれであんたがどうなるかなんて、考えたくもないな」

「きみにそんな場面を見せたくないよ。さあ、おれの話を注意深く聞いてくれ、マーティン。

聞いてるかい？」

サビッチは待った。マーティンがゆっくりとうなずいた。その指が引き金から外れ、ショットガンを抱える腕の緊張がゆるむ。よし、マーティンの注意を引きつけることができた。

「きみはそのショットガンを発砲するという、ひじょうに危険な行為に走ったが、さいわい誰も負傷していない。さあ集中して、心に意識を向けてくれ。心のなかを見つめてもらいたいんだ、マーティン。きみにそんなことをさせた強い思いに注目してくれ。それを一つずつ検討し、熟考してくれ。それらを食べてしまいたい何かのように見つめるんだ。なんだかわからないけれど、きみは腹が減っていて、目の前にあるすべてを食べたい衝動に駆られている。そんな強い思いがどこから湧いてきたのか、自分に尋ねてもらいたい」

マーティンは困惑をあらわにした。「わからない。そんなもの見たくないよ。どっか行って、近づいてこなきゃいいのに、そうならなくて。全部、頭のなかに積みあげられて、ぼくにははっきり見えなくて、切り離せないんだ。藪《やぶ》から棒にやってきて、ぼくを壊そうとして、こうして——そう、今朝みたいに、すべてが突然に始まってしまう。始まるのがわかるのに、自分じゃどうしても止められないんだ」

「きみは強い人間だ、マーティン。たいがいの人間なら挫《くじ》けたであろう環境を生き抜いてきたんだから、今回のことも処理できるはずだ。おれは医者じゃないから、薬を出したり、その感情に圧倒されないようきみに黙想しろとは言えない。

だが、おれにもわかっていることがある——きみとおれがいま向きあい、きみはショットガンを抱え、外には警官がいて、そしてきみの家族が怯えていることだ。それが現実だ、マーティン。悲劇になりかねない現実だ。いますぐ対処しなきゃならない。これ以上暴力に訴えたり、暴走したらまずい。きみには生きていくうえでいちばんリアルな相手のことを考えてもらいたい。奥さんのジャネットは、うまく隠してはいるが、ひどい怯えようだ。彼女をこれ以上怖がらせたくないだろう？」

「ぼくは——ああ、怖がらせたくない。こんなことになっていやだった。ジャネットが怖がってて、ぼくのことも怖がってるのがわかったから。そして、娘たちのことで、もっと怖がってた。ああ、ぼくはジャネットのことを愛してる」

「その気持ちはよくわかる」

マーティンは霧を払うように、頭を振った。そして震え声で言った。「悪かった。わかったよ。ずっと気分がよくなった。さっきまでの気分が収まって、いつもの自分が戻ってきた。いや、口先だけじゃない、ほんとうだ。頼む、サビッチ捜査官、椅子にかけてくれ」

マーティンは動きを止めた。美しいクログルミのショットガンを抱える腕から、さらに力が抜けた。驚くほど子どもっぽい、思い悩んでいるような声で言った。「ＦＢＩの捜査官に会うのは、はじめてだよ」妻をふり向き、さっきほど怯えを感じさせない気安げな声で言った。「ジャネット、彼の話を聞いたかい？」

「ええ。わたしはもっともな話だと思ったわ、マーティン。あなたはお医者さんにかかるのをいやがってたけど、やっぱり行かないとね」サビッチをちらと見てから、ショットガンに視線を戻した。

「ジャネット、彼がぼくの母さんの話をするのを聞いたかい？」

彼女はうなずいた。「ええ。あなたの死んだお母さんが彼のところへ行き、そのあと夢を介してまた彼に会おうとした。そしてあなたのことを、大事なわたしの坊や、と言った。あなたを助けたいのね」夫の肩に触れた。「マーティン、お願いだからそのショットガンを置いて。わたしはもう二度と見たくない。川に投げ捨ててやりたいくらいよ」

マーティンはうなずいて、にっこりした。妻に笑いかけたのだ。「壁を修繕するには大金がかかりそうだね」

「壁なんてどうでもいいの。サビッチ捜査官がわたしたちを助けてくれるわ、マーティン」ジャネットは手を差しだした。「それをちょうだい。きれいだとは思うのよ。大金を払って買ったのもわかってるけれど、わたしには怖い。それは破壊するためのもの。弾を抜いて、玄関の脇に置いてくるわ。いいでしょう？」

「ほら」とだけ言って、マーティンはショットガンを妻に渡した。ジャネットが一瞬ためらった。触るのも汚らわしいと思っているのだろう。だがやがて受け取ると、言ったとおり、玄関まで持っていって、弾を抜き、床に置いた。

わたしたちを助けてくれる、と彼女は言った。マーティンだけでなく、わたしたち、と。サビッチはそこに注目した。それこそが的確な発言というものだろう。ジャネットが戻ってくると、サビッチは二人に話しかけた。「おれのことはディロンと呼んでくれ」サビッチのことをファーストネームで呼ぶ人は数えるほどしかいないが、状況からして、それが正しい対応だった。そして笑顔を浮かべた。

「ありがとう、ディロン」ジャネットは言った。「坐って、マーティン。わたしはあの子たちに話をしてくるわ。怖がってるから、もう心配いらないと伝えてやりたいの。すぐに戻るからね」

マーティンは決めかねていたが、すぐに答えた。「わかった。悪かったな、ジャネット。そんなつもりじゃなかったのに――あの子たちを、死ぬほどびびらせてしまった。ほんとうに悪かった」

ジャネットは彼を抱きしめ、頬にキスした。「大丈夫よ。あの子たちにはわたしから話して、ちゃんと理解させてから、戻ってくる。あの子たちはこのまま寝室にいさせるわね。そのほうが安心だろうから。ディロン、コーヒーでもいかが？」

サビッチは笑顔で答えた。「お茶をもらえると最高なんだが」

「本物のお茶好きのようね。この家ではコーヒー中毒のほうが優勢なのよ。すぐに戻るわ。ディロンに話すのよ、マーティン。彼に話して、全部打ち明けて、相談にのってもらうのよ」うなずいて夫の肩を叩き、大ぶりの安楽椅子にそっと腰かけさせた。脇にリモコン用のホルダーがついているところを見ると、マーティン専用の椅子なのだろう。

腰かけたマーティンは昔からの友人と再会したようにくつろぎ、脚を前に投げだした。習慣になっているらしく、脇のポケットに手をやり、リモコンを取りだした。まだサビッチのほうに顔を向けず、しばしリモコンを見おろしていた。そのあとリラックスしようとしているのか、両方の手のひらを開いて脚に置き、顔を伏せたまま、しゃべりだした。「わけがわからなくなった。何がなんだかわからなくてね。ジャネットが言ってたとおり、前にも二度あったんだが、そのときは銃を持ってなかった」身震いして深く息を吸いこみ、最後にサビッチの目を見た。「先週、ボルチモアの銃器フェアに行って、ＳＫＢと大箱入りの弾を買ったんだ」

「どうして？」

「よくわからない。そうしなきゃならないって感じだった。何かに背中を押されて、そのことに支配されたような感覚さ。何か悪いことが近づいてきてた」

「それは記憶の形で？　それとも夢を見たのかい？」

「一面、黒く塗りこめたような夢だった。ぼくは隠れていて、場所はわからないが、そのまま隠れてなきゃいけないことだけわかってた。恐ろしいことが起きるという予感で、身動きできなかった」

「おふくろさんの殺人事件に関係があるのか？」

マーティンはリビングの壁に空いた穴を見やった。「何もかもがまっ黒だった。何も見えなくて、どこにいるかわからなかった。母が殺されたことは、十八まで知らなかった」

「知らなかったのか、覚えてなかったのか？」

「どちらだろうな。もういないことだけはわかってた。ハームズ保安官――彼のことはよく覚えてるんだが、いまのぼくより若くって――のことを、十八のときに夢で見たんだ。夢のなかでぼくの手を握ってた。ぼくの手はひどく小さくて、彼のが巨人みたいに大きかった。保安官はぼくをつれて廊下を歩き、父さんやほかのおおぜいの人がそこにいて、ひどく思いつめた悲しそうな顔をしてた。保安官はぼくを父親に引きわたした。そのあとは何も覚えてなくて、ボストンに住んでる記憶しかなくて、なぜそこへ引っ越したのかは思いだせない。母さんがいなくなってて、それには心底まいったけれど、父さんは、母さんが死んだのは自分たちのせいじゃない、ぼくには強くて、ちゃんとした若者になってほしいと言ってた。

そのあとしばらくは、母のことをまったく尋ねなかったし、考えることもなくなって、父親と二人でボストンに暮らしている事実を受け入れ、みんなと同じように学校に通って、友だちをつくった。

さっきも言ったとおり、母の死にざまは十八まで知らなかった。ハイスクールの卒業を二カ月後に控えた時期、ぼくは悪夢を見るようになった。ひどく暴力的で、人が喉をかき切られたり、胸を突き刺されたりする場面が出てきた。恐ろしい夢で、いたるところ血だらけで、悲鳴をあげながら夢から目を覚ました」言葉を切り、思いだして身震いした。「一度、父が寝室に入ってきたことがあった。何も言わなかった。ぼくが息を切らして夢から目覚めたときも、黙っていた。そこに突っ立ったまま、ぼくのことを化け物でも見るような、おぞましげな目つきで見ていた。で、部屋を出ていき、それからはぼくが夢を見ても来なくなった。ぼくは一人で目覚め、一人で過ごした」サビッチを見て、先を続けた。「何かが決定的におかしいと気づいたのは、そのころだった」

マーティンの父親はそのことについてシャーロックにひと言も語らなかった。タウンゼンド・バリスターは夢が何を意味するのか気づいていたのか？　気づいていないはずがない。サビッチはソファに浅く腰かけ、膝のあいだで手を握りあわせていた。「その後、父親とその夢について話したことはあるのかい？」

マーティンはかぶりを振った。「できなかった。それに、父がそれを望んでいないのもわかった。ぼくは夕食のテーブルを囲んでいる父を見て、二つ下の弟を見て、二人の義理の妹たちを見て、それで考えた。今夜、誰かがキャシーの首を刺し、タミーの喉を切り裂く夢を見てもおかしくない、と。彼らの血や、驚き、そして顔の表情が見えて、それで死んでいく。とうてい口に出して言えることじゃなかった。わかってもらえやしない。父はぼくなどそこにいないような、もとから存在しないような態度だった。まるでぼくを恐れてでもいるみたいだった」

「そのあと何があった？　父親に何か話したのか？」

「ああ。ある日、母がどうやって死んだか尋ねてみた」

「唐突に？　一九七三年におふくろさんが殺害されてから、尋ねようと思ったのはそれがはじめて？」

マーティンはのろのろとうなずいた。「そうだよ。その気になったのは、たぶん夢のせいなんだろう。ともかく、その気になった。突然、訊かずにいられなくなった」

「親父さんはなんと？」

「ぼくの六歳の誕生日に恐ろしい事故があったと答えた。母さんが転んで、キッチンナイフの上に落ち、そのせいで死んだ。それでここボストンへぼくを移し、親子ともどもやりなおして回復しようとしたんだ、と。母さんの死を事故だと言ったんだぞ。信じられるか？」

「つまりきみは信じなかったんだな？」

「ああ。父の目を見たら、隠しごとをしているのがわかった。父はその件を腹違いの妹たちや、後添えのジェニーには知られたくないと思っていた。彼女たちから怖がられるのを、そうだ、父は、自分が怖がられるかもしれないと思ってたんだ。

それで、ぼくは自力で真相を突き止めることにした。古新聞のファイルでバリスターの名前を探した。といっても、事件が起きたのはインターネット以前の一九八四年だった。それでも突き止められた。ブレシッドクリークという道路標識が記憶に焼きついてたからだ。ペンシルベニア州北部の、ポコノ山脈あたりにある小さな田舎町だとわかってたんで、車を走らせた。それから記録を調べてみたら、あまり時間をかけずに母が殺されたことや、その葬儀のあとに父がぼくをボストンに移したのを突き止められた」

「ハイスクールの卒業式のあと失踪したのは、それが理由なのか？　親父さんが事件に関与してると思ったのか？」

マーティンは目を合わせようとしなかった。

「聞いてくれ、マーティン。きみはおふくろさんが殺されたとき、たった六歳だった。子どもには驚くべき能力があって、自分を傷つけそうなものごとを頭から排除する。きみもまさにそれを行なったんだろう。もっと年齢を重ねて、真実に立ち向かう準備ができるまで、起きたことのすべてを抑圧して身を守ったんだ」

「わかってる、わかってるよ」サビッチは腕をねじりあわせるマーティンを見て、いま二人で了解できるのはここまでだと悟った。

「心配するなよ、マーティン。それより、そのリモコンを使ってみせてくれないか。凝った機械みたいだな」

30

それから五分後、ジャネット・ソーントンがリビングに戻ると、自分の夫がFBIの捜査官にジャネット自身まだ使いこなせずにいるリモコンを使って見せていた。ジャネットの手にはカラフルな木製のトレイがある。トレイに載っているのはコーヒーとお茶と、そしてクッキーの小皿だ。彼女はサビッチにお茶をつぎ、カップを渡しながら眉を吊りあげて無言で尋ねた。

「ストレートでいいんだ。ありがとう」

うまい、とサビッチはお茶を飲んで思った。こんなに体が冷えていたとは、気づいていなかった。あまりに平凡でふつうの時間だった。ここに坐り、リモートコントロールの使い方を教わりながらお茶を飲んでいる。マーティンがハイスクールの卒業後に失踪しなければならなかった理由は、じきに探りだせるだろうから、まずはお茶を楽しめばいい。飲んだお茶のぬくもりが腹まで広がり、いまだ命があることを神に感謝した。「おれの妻もFBIの捜査官でね。警官とこの近所の人たちと一緒に外で待ってるんだが、電話してもう心配いらないと伝えたい。それに、警官たちをいつまでもはらはらさせておいて、ここに何かを撃ちこまれても困る。連絡していいかな、マーティン？」

マーティンは黙ってコーヒーを飲み、うなずいた。

「それがいいわ」ジャネットはソファの反対側に腰かけた。夫の膝《ひざ》にこそ乗っていないものの、ぴたりと身を寄せている。

『ボレロ』の二小節めに入る前にシャーロックが電話に出た。

「シャーロック、おれだ。マーティンは銃器を手放して、話に応じてくれた。いまはいっさい心配いらない状態にある。マーティンは穏やかかつ理性的で、何が起きたか話してくれたから、ガーバー本部長と、人質救出担当のジョー・ゲーンズに警戒態勢を解くように伝えてくれ。それが無理なら、せめて銃器を遠ざけてくれるように言ってくれないか。ここまできて誰かが傷つくのは意味がない」

彼女が警官に伝える声が聞こえた。やがて携帯に戻ってきた。「ガーバー本部長がうんと言ってくれないから、あなたから直接話して、ディロン」

サビッチはそうした。穏やかな声でゆっくりと説き、危機的状況を脱したことをガーバー本部長に納得させた。

「はい、それは保証します。いまこの瞬間、わたしはうまいお茶をご馳走になっています。目の前の皿にはチョコレートチップクッキーがあるし、ジャネット・ソーントンは元気で、娘たちも同様です。野次馬たちには、もうなんの心配もないと言い聞かせて、解散させるのがいちばんでしょう。マーティンがここを出たときに、カッとして何をしでかすかわからない異常者を見るような目を向けられたくありません」

長い沈黙の果てに、ガーバー本部長が言った。「そうしよう、サビッチ捜査官。きみを信じないのなら、電話を切ってフィジーまで流されろと、きみの奥さんに言われたよ。まあ、それも悪くないがな。だが、マーティン・ソーントンが勾留されて、全員が無事に家から出てこないかぎり、おれの部下たちが納得せんぞ」

「信じてください、ガーバー本部長。ご協力に感謝します。ただ、まだ少し時間がかかると思います。そう、もう少しかかると妻にも伝えてもらえますか？」携帯を切り、ジャケットのポケットにしまった。

「ずいぶんはっきり言うのね」ジャネット・ソーントンは濃い色の眉をたっぷり三センチは持ちあげた。

「いけないかい？　きみたちは二人ともいまきみたちが置かれた状況や、外がどうなっているかわかっている。近所との関係を考えると、ここから引っ越したほうがいいだろう。ショットガンが発砲される音や、駆けつけてきたたくさんのパトカーの音を忘れる人はいない。子どもたちが周囲にいればなおさらだ」

「ほんとにずけずけ言うんだな」マーティンは言った。「ああ、引っ越すことにするよ。そんなに先のことまで、まだ考えてなかったが」

「そりゃそうだ」サビッチは言った。「話を戻してもいいか、マーティン？」

「ああ」

「卒業式の直後に、父親にすら何も言わずいなくなった理由を教えてくれないか」

「父がぼくの目をのぞきこんで、母親が事故で死んだと言ったとき、ぼくのなかで何かが死んだ。人として、そのあり方として、父が受け入れられなくなった。はっきり覚えてるよ。父親がぼくに嘘をついた、まっ赤な嘘をついた、しかもぼくのためではなく、ぼくの継母である新しい妻のジェニーと、彼女とのあいだにできた二人の娘のためだ、と思ったのを。父の新しい人生に自分の立ち入る余地はないんだと悟った。父はできることなら、ぼくをカーペットの下に掃きこむか、ゴミと一緒にぽいと捨てたかったんだろう」

「おれの妻のシャーロック捜査官からは、まったく別の話を聞いてる。きみの親父さんに話をしたら、きみの居どころをしきりに知りたがってたそうだ」

マーティンの澄んだ茶色の瞳、深い知性を感じさせる瞳には、もはやなんの影も狂気も宿ってはいなかった。ただ、不信感があるだけだ。「いまはそうかもしれない。ぼくにはともかく父が信じられない」

サビッチはうなずいた。「父親のことはおれたちよりきみのほうがよく知ってる。だが、教えてくれないか。なぜ、自分を消したのか」

「自分を消す」マーティンは言葉を味わうように、ゆっくりとくり返した。「ああ、ぼくがしたのは、そういうことだと思う。ぼくはまっさらな新しい自分を手に入れた。ボストンに住んでいれば、むずかしいことじゃないし、試してみたくもなる。ぼくは世間のはみだし者、つまり故買屋やヤク中に近づいて、ぼくに新しい人生をくれる人を見つけた。マーティン・

ソーントンという名前を買い、社会保障番号と運転免許証と、必要なもろもろを手に入れてから、ヒッチハイクでボストンを出て、ただの一人にも行き先を言わなかった。ほんとは、ぼく自身知らなかったんだ」

「どこへ行ったんだい？」

「まずシアトルに出てガス田で働き、働きながら学校を卒業した。もう夢は見なくなっていた。母さんが殺されたのを知ったら、夢を見る必要がなくなったみたいでさ。おかしいのは、母さんを思いだしたいことと、どんな人だか知りたいことだった。母さんが誰にどうして殺されたのか、知りたくなった。だが、夢はそのあたりの事情を語ってはくれなかった」ふいに口を閉ざすと、手を差し伸べてジャネットに手を握らせ、ふたたび話しだした。「ぼくは女の子とつきあいだした。十九のときには、最初の恋人とベッドに入った。男になった気がした。ふつうの男に」

「あなたはふつうよ」ジャネットの声には、絶対の確信があった。「あなたの身に降りかかったことを考えてみて、マーティン。母親が殺されて、知らない土地に移され、父親からは真実を語ってもらえなかったのに、ほんとによくやってきたわ。もしわたしがそんな夢を見はじめたら、ボストン港に身を投げるか、手首を切るかしてただろうに、あなたはどちらもせずに、生き抜いてきたのよ。

お父さんのもとから逃げて、すべてを投げだしてきたのは、しかたのないことだと思う。でもね、わたしには話してほしかった。結婚して十一年になるのに、一度も話してくれなかった。サビッチ捜査官が真実について言ってたこと、そのとおりだと思う。真実を探る以外に方法はないわ。わたしに打ち明けて、手伝わせてくれたらよかったのに」

「できなかったんだよ」マーティンは妻の目をまっ向から見た。「あの男のことを二度と考えたくなかった。そのことにぼくの人生を邪魔させたくなかった。そのせいできみが、いやぼくたちが傷つくのを避けたかった」

「ほんとに、もう。ばかじゃないの？」

マーティンはにっこりして、妻の手を握った。この瞬間、二人からは自分が見えなくなっているだろうと察して、サビッチは気配をひそめた。

そしてしばらくしてから、二人を現実に呼び戻した。

「マーティン、最初の症状《エピソード》の出現はいつだった？」

ジャネット・ソーントンが音をたてて息を吸いこんだ。「なんて恐ろしい言い方なの」

サビッチは肩をすくめた。「だが、ぴったりの表現だと思わないか？」

「ああ」マーティンが答えた。「いまならそう言える。半年前に突然、ハンマーで殴られたようだった。ありとあらゆる種類の荒々しい思いが、頭のなかをがたごとと音をたてて走り抜けていった。頭がおかしくなると思った。ほんの数時間しか続かなかったけれど、ジャネットを心底怖がらせた。ジャネットがぼくをなだめてくれたんだ。娘たちはそのときも二度めも、ここにはいなかった。それが二カ月前のことで、二度めのほうが長く続いた」

「そのときはここ、自宅にいたんだな？」

「ああ。ジャネットとぼくは夕食をとっていた。ホットドッグとベークドビーンズ、ポテトチップス。どれもぼくの好物だ。ぼくの誕生日の翌日だった。二人きりでお祝いしようとジャネットが思いついて、娘たちは友だちの家に泊まりにいかせたんだ。そのとき唐突に思いだした。ぼくが幼いころ、好きで食べていたものとまったく同じだってことに、急に気がついてしまった。ぼくは泣きだし、ジャネットはぼくを抱きしめて、ずっと話しかけてくれた。しばらくしたら、ようやくいろんなことが消えてきた」

サビッチは思案顔になった。「誕生日の次の日。きみは何かを思いだしかけたんだ」

「そうなのか?」

「かもしれない。それからどうなった、マーティン?」

「ぼくは――医者に行こうと思った。ほんとだ。精神科医に行こうと思ったけれど、医者を知らなかったし、それに、恥ずかしかった。いや、精神科医から何か言われて、壁にクッションを張った小部屋に入れられ、ぼくの人生が終わりになるのが怖かった。それもこれも、あの恐ろしい夢のせいだ。もちろん、ジャネットは行けと言ったけれど行かなかった。とにかく行かなかったんだ」

「もういいんだ。もしきみさえよければ、マーティン、ショットガンを片づけさせてくれ。そしてこれから死ぬまで、二度と家のなかに銃を持ちこまないと約束してくれないか」

マーティンはジャネットがショットガンを置いた玄関脇の床を見やった。

「わかった。約束するよ、ディロン」マーティンは立ちあがったが、サビッチが手を出して制した。

「ガーバー本部長に電話させてくれ。おれがショットガンを引きわたすから、心配しなくていいと伝えたい」

何分かしてリビングに戻ると、サビッチは言った。「すべてすんだよ。万事うまくいった。外にいるのはたくさんの安堵《あんど》した人たちだ。で、いいベビーシッターは見つかったかい？」二人してサビッチを見つめた。ジャネットがうなずいた。「ええ、わたしの母に頼むわ。ロックビルに住んでいて、孫娘の世話を楽しみにしてるの。マーティンが二度めに調子を崩したときも、理由をつけて娘たちを三日間預かってもらったわ」

「それはいい。きみたちはこれからおれと一緒にワシントンに向かう。娘さんたちは途中、おばあさんのところへ置いて、きみたちには今夜、クワンティコのジェファソン棟に泊まってもらうよ。心配しなくていいからな、マーティン。また頭に何か浮かんでも、あそこなら対処してくれる人がいる。

ところで、どこで働いてるんだい、マーティン？」

「〈ジャイアント〉のITセクションだ」

「ほんとかよ。おれもコンピュータには興味がある。あとで話ができるかもしれない。それはともかく、きみの上司に電話をして、しばらく休みをもらおう。

あんなことがあったあとだから、きみを勾留しなければならない。一時的な勾留だ。そうしておけば、ガーバー本部長からどんな罪でも告発されずにすむ。

明日の朝には、ドクター・エマニュエル・ヒックスに会ってもらう。きみを催眠状態にして、六歳のときに何があったかをさらに掘りさげる。そのあと、ドクター・エマニュエルに精神科医を推薦してもらい、その医者に事実を打ち明けよう。これでどうだい？」

「まるで奇跡みたい」ジャネットが言った。

マーティンはサビッチの顔を探ったのち、おもむろにうなずいた。「ああ、それでいいとぼくも思う」

ジャネットがサビッチの顔を見た。目を合わせて、すらっと言った。「わたしたちの人生に入ってきてくれて、ありがとう、ディロン。わたしたちと娘たちの荷物を詰めて、母に電話してきます」

サビッチは言った。「お礼なら、サマンサ・バリスターに言ってくれ。わかってる、奇妙に聞こえるのは。夢を見ていたのかもしれないが、おれにはリアルな存在だった。クワンティコに着いたら、詳しく話すよ。

いまはまず、おれの妻と――きみを捜しだしたのは彼女なんだ、マーティン――レイバン刑事とミズ・マーカムを呼び入れる。彼らに助けてもらいながら、道路まで行こう。じつを言うと、おれはスチュワート・カリファーノ最高裁判事殺害事件の統轄を任されてるんで、ワシントンに戻らなきゃならない」

二人の目がサビッチに釘付けになった。ジャネットが近づいて、サビッチを抱きしめた。

「奥さんを呼んでください。早く会いたいわ」

31

ジョージタウン、ワシントンDC
土曜日の夜

あまりに突然のことだったので、床でレゴを組み立てていたショーンには反応しようがなかった。イレイン・フルーレットはソファに腰かけ、キャリーの話に大笑いしていた。と、表側の窓の一つが割れて、フルーレットの頭から二〇センチと離れていない壁に銃弾が撃ちこまれた。

サビッチは折りしも、お茶とコーヒーを載せたトレイを持って、キッチンに続く戸口をくぐろうとしていた。「伏せろ！　シャーロック、ショーンを頼む！」トレイを落として走り、イレインをソファから引きずりおろした。彼女におおいかぶさると同時に、拳銃を抜く。表側の割れたガラスを見やった。きわどい。間一髪だった。「誰も動くなよ。シャーロック、きみはショーンを抱えててくれ。ベン、そうだ、明かりを消してカーテンを引き、九一一に電話だ」

「了解」

「キャリー、床に鼻を押しつけてろ」

キャリーはすでにソファの前に伏せて、動かないようにしていた。

シャーロックはショーンを組み敷いていた。わめこうが騒ごうが怯まず、息子をカーペットに押しつけて、全身をおおっている。ベンは這《は》って移動すると、膝立ちになって、明かりのスイッチ二つを切った。まだキッチンから射しこむ明かりがある。這ったまま表側の窓まで行って厚地のカーテンを閉めようとしたとき、次の銃声が鳴りひびき、残っていた表のガラス窓が砕け散った。下のほうを狙ってきている。一発。さらにもう一発。

ようやく静かになり、リビングには人の息遣いだけが残った。サビッチが言った。「全員無事か？」

ショーンの叫び声は母親の体でくぐもっている。「ダディ！」

「ショーンは元気だな。怒ってるようだが」ベンが九一一をダイヤルし、きびきびと端的に指示を出している。

「すぐに来るそうだ。サビッチ、どうした？」

「いまおれの上司に電話をしてる」ジミー・メートランドは最初の呼び出し音で電話に出た。そのときまたもやリビングに銃弾が撃ちこまれ、サビッチの好きな椅子の背が吹き飛んだ。

「聞こえたぞ」メートランドが言った。「どういうことだ、サビッチ？」

「ギュンターが家庭訪問に来ました」

「なんたる頭の壊れっぷりだ」

「まったくです」サビッチは言った。「急いでください」

「あっという間に街の半分がそちらへ向かう。怪我人を出すなよ」

サビッチは電話を切り、ふたたびイレインの頭に腕をまわした。「よし、いいぞ。みんな、なるべく床に近い位置にいろよ。ゆっくりと落ち着いて、肘で這ってリビングから階段に移動する。あそこならキッチンの明かりが届かないし、近くには窓もない。この家でいちばん安全な場所だ」イレインから体を持ちあげた。「大丈夫か？」

「ええ」

だが、大丈夫には聞こえない。「おれはきみにおおいかぶさりつづける。一緒に肘で移動しよう。おれがついてるからな。シャーロック、ショーンときみは大丈夫か？　助けがいるなら言ってくれ」

「いいえ、ショーンは任せて」息子のわめき声に負けじと、シャーロックはどうなるように言った。「わたしたちは大丈夫。この子はわたしがお腹の下を引っぱって、あなたのあとに続くわ」

「みんな伏せてろよ」ベンだった。「サビッチ、シャーロック、あんたたちには銃がある。キャリー、床を吸ってるか？」

「吸ってるわ」リビングの外からキャリーの声がした。「一週間は掃除機を使わなくていいくらいにね。階段までもうすぐよ」

また銃声が轟《とどろ》いた。こんどの一発は、大きなソファの隣りにあったランプを粉々にした。そしてまた一発。側面の窓を斜めに抜けて、ガラスを砕いていった。

ベンが言った。「さあ、みんな坐ってくれ。おれは外でギュンターを捜してくる。おれとダンスを踊りたがってるかもしれない」

「だめ！」キャリーが勢いよく立ちあがって飛びかかったので、ベンの体が後ろの壁に当たった。キャリーはシャツをつかんだ。「どこへも行かせない。何考えてるの？ 助けを待ってるところなのに！」ベンを引きよせ、かけがえのない命にしがみついた。「殺されたいの？」

「よせよ、キャリー、おれは警官だぞ」ベンは彼女の手をつかんで押しやろうとしたが、しがみついて離れない。「首を絞めるのはやめてくれ。いいか、おれはこれで食べてるんだ。奉仕して、人を守る。さあ、床に伏せて、這って階段まで行っててくれ」

シャツをつかむキャリーの手に力が入った。「ヒーローになりたいんだったら、わたしも連れてって」

シャーロックはショーンを夫に渡し、黙ってキャリーにタックルをかけた。キャリーはあっけなく押し倒されて、動きを奪われた。「あなたがほんとにこんなことをするなんて、信じられない」絨毯《じゅうたん》に顔をすりつけられたキャリーは、息をはずませながら言った。「あなたにできるわけないと思ってた」

「最高の師匠から学んだのよ。黙ってなさい、キャリー。動いたら、痛めつけるわよ。ベン、気をつけて行ってきて。キャリーは道理を言い含めてから立たせるから。ディロン、ショーンは？　フルーレット、床に伏せてる？」

「ああ、みんな元気だ。きみはキャリーの顔を床に押しつけてろ」

「どうして犯人はあたしを殺そうとするの？」イレインはつぶやきながら、膝立ちになってサビッチをつかんだ。泣きわめくショーンをあいだにはさんで、彼女の吐息が熱くサビッチの首筋にあたった。「あたしは何もしてないのに、犯人はあなたの家に発砲したわ。あたしを殺すためよ。どうして？　犯人の害になるようなことは、なんにも知らないのに、どうしてあたしを狙うの？」

「あなたが何かを知ってると信じこんでるのよ」ショーンの泣き声を圧するように、シャーロックが言った。「そして、今後もそれをやめるつもりはないようね。さあ、キャリー、おとなしくしてくれる？　それとも、もっと木片で顔に傷をつけたい？　念のために言っておくと、ショーンが大泣きしてるせいで、ひどく気が立ってるの。あの子をあやしてやれないからよ」

「もう大丈夫」キャリーが言った。「少なくとも、あと少しで落ち着く。ごめんなさい。ベンの大ばかは、どうせもう外に出ちゃったし。あとを追わないと約束するから、ショーンのところへ行って、シャーロック」

「ショーンにはフルーレットとおれがいる」サビッチが言った。「冷静になれよ、キャリー。今回の捜査にきみを引き入れたことを後悔させないでくれ」

キャリーは深呼吸し、何度かしゃっくりのような音をたてた。「悪かったと思ってる。ただベンが――」

「わかってる。だが、あれがあいつの仕事だ。やらせておけ。さあ、落ち着けよ」

「わかってる、わかってるの。そうしようと思ってるんだけど、彼があんまりマッチョばかだから。外に出て、あの怪物とダンスを踊るなんて言うんだもの」

「あのマッチョばかは優秀な警官なのよ」シャーロックが言った。

「たんなる言いまわし、警官がよく言う冗談だよ」サビッチが補足した。

「彼は万事心得てるわ。さあ、キャリー、床をゆっくりとすべって、ディロンとフルーレットの隣りに坐るわよ。ショーンを抱きしめてやらなくちゃ。騎兵隊の到着を待たないとね。それまでおとなしくしておくこと。いいわね？」

階段にもたれかかったときには、二人とも息を切らしていた。シャーロックはイレインとサビッチのあいだからショーンを引っぱりだし、小さな顔を自分の肩に押しつけた。「もう大丈夫よ、チャンピオン」濡れた頰にささやきかけた。「さあ、もう心配いらない。マミーはここにいる。大きな音がしただけよ。あなたのほうが大きな声が出せるでしょう？」

一分もしないうちに、サイレンのけたたましい音が響いた。少なくとも五、六台は来ている。玄関のドアが開き、シャーロックとサビッチは銃を構えた。ベンが大声をあげてから、顔をのぞかせた。「ジミー・メートランドがうちの連中と捜査官を大量に引き連れてお出ましになったぞ。早くもあたり一帯に広がって、ギュンター捜しに取りかかってる。玄関を開けてくれた住民一人ずつから、話を聞いてるよ。そっちは無事か？」

「ええ、無事よ」シャーロックが答えた。

ベンはリビングの側面にならんだ窓の一つまで行くと、きちんとカーテンを閉めた。そうやって隙間を塞いでから、部屋の明かりをつけた。全員が目をしばたたいている。

サビッチが言った。「全員、窓から離れてろよ。あの異常者が何をしでかすかわからない。最初の一発のあとは、リビングの中央におれたちが立っていないのを承知で、見境なく発砲してきたやつだ。なぜ撃ちつづけなければならなかったんだ？」

「流れ弾が当たらないともかぎらない」ベンが答える。

「だが、フルーレットに命中する確率はどれぐらいだと思う？」

シャーロックが答えた。「たぶん、そういう問題じゃなくて、わたしたちを怖がらせて、近くまで迫っていることを教えたいんでしょうね。あなたたちはどう思ったか知らないけど、わたしには効果があったわ」

キャリーは四つん這いになった。ベンを見つめたかと思うと立ちあがり、彼に向かって走りだした。ベンを引きよせてしがみつき、肩に顔をうずめた。「あなたみたいなマッチョばか、殺してやればよかった。おかしな男が銃を持って、雨あられと発砲してきてるのに、さっさと外に駆けだすなんて。相手は銃の扱いに慣れた男なんだからね。フルーレットを殺せなくても、あなたが死ぬのを見たら、大喜びしたわ。シャーロックの言うとおりよ。犯人は誰が撃たれようとかまっちゃいないのに、あなたは犯人とダンスを踊るなんていう、くだらない冗談を言って。それが警官の冗談の一例なら、新しい台本作家を雇うべきよ」

ベンはベルトのホルスターに拳銃をしまい、両腕でキャリーを抱きよせた。「銃の扱いに慣れてるわりには、もう一歩だったよな？　六度も撃ったのにさ。きみが泣きだしたら、玄関のドアから投げ捨てるつもりだった」

「泣くわけないでしょ、ばか」

ベンは頬をほころばせて、キャリーを見おろした。「いいぞ。おれは無事だ。やつはとうに逃げてる。ギュンターについて一つ言えることがあるとしたら、愚かではないってことだ。ここに発砲したら、あっという間に警官が群がってくるのを知ってたんだろう。一発めをはずしたあとは、奇跡でも起きないかぎりフルーレットに当たらないこともわかっていた。あるいは車が見つかるかもしれないし、数ブロック先に住む人が車に走りよる犯人を見ていて、車が特定できるかもしれない。顔を見た人間がいないともかぎらない」

シャーロックは大損害をこうむったリビングを見まわし、一同の顔を一つずつ見た。「ギュンターは銃撃を試みて失敗したけれど、わかってるでしょう、また来るわ。フルーレットの死を望み、それが成就するか、こちらが向こうを捕まえるまで、あきらめようとしない」

サビッチが言った。「きみのご両親がいらっしゃらなくてよかったよ、フルーレット」

いまだサビッチに張りついて離れないイレインは、ぶるっと身を震わせた。「もしまだここにいたら、どちらかが撃たれてたかもしれない。あたしには耐えられない。なんでこんなことするの？　あたしは何も知らないのに！」

ショーンがハミングを始め、その声がエントランスホールに大きくこだました。それが一同の笑顔を誘い、よい効果をもたらした。シャーロックは階段に近い脇のほうに立って、ショーンを左右に揺すり、頰にキスしつつ言った。「全員無事だったけれど、あぶなかったのは間違いないわ。あなたを守るためには、フルーレット、クワンティコに連れていくしかないと思う。あそこなら誰もあなたに近づけないし、あそこのセキュリティならノミだって逃げきれずに周辺部分で息絶えることになるもの」

砲弾ショックを受けたような顔をしていたイレインが、背筋を伸ばして、夢から覚めるように目をしばたたいた。シャーロックを見て、言った。「おもしろいこと言うのね。あなたたちにはびっくりしちゃう。だって――もし、ショーンが撃たれてたらどうするの？　あたしには耐えられない。あたしのせいかもしれないのに」

シャーロックは穏やかに応じた。「いいことを教えてあげましょうか、フルーレット？ある点ではあなたの言うとおりなのよ。わたしも息子のことを考えてた。この子もあなたと一緒にクワンティコにいたら安全だわ。この家が暴力にさらされるのは、これで二度めなの。ディロンとわたしだけなら話は別だけれど、大事なのはショーンの無事だし、わたしたちにはこの子を守る義務がある。さあ、心配はこれでおしまい。わたしはコーヒーの色が染みてしまわないうちに床を掃除しないと。そのあとあなたはクワンティコへ行くのよ、フルーレット。ご両親には向こうから電話すればいいわ。ワシントンにいるあいだ、好きなだけ訪ねていただけばいいから」

サビッチが立ちあがり、ショーンをシャーロックから受け取ると、妻と同じように息子を揺すりだした。大きな手で背中をなでている。「ご両親にこの件を話さずにすんだらどんなにいいかと思うよ、フルーレット」

「無理よ、ディロン」キャリーが言った。「警察の無線で流れたから、そこらじゅうでニュースになる。だから、伝えるしかないの。マスコミはいつ押しかけてきてもおかしくない状況だし、ここにいれば、完全に包囲されちゃう」

床にこぼれたコーヒーとお茶を見たシャーロックは、ぶつくさ言いながら、キッチンまでペーパータオルを取りにいった。「キャリーの言うとおりよ、ディロン」リビングに戻りながら言う。「ここはジョージタウンよ。〈パンプロナ〉のシェフがニンジンを切っていて親指に切り傷をつくったら、〈ポスト〉の一面に載るんだから。しかも悪いことに、この家はFBI捜査官の自宅なのよ。その住人がいままたま中心となって担当しているのがカリファー ノ判事の殺害事件で、そのあと助手のダニー・オマリーとイライザ――」喉を詰まらせ、床に膝をつくと、乱暴な手つきでコーヒーとお茶の跡をごしごしとこすりだした。その心の痛みを手に取るように感じたサビッチは、ショーンをベンに渡し――ベンの腕の曲がりにすっぽりと収まった――ペーパータオルを手にして妻を手伝いだした。

イレインとキャリーは立ちつくしたまま、ベンがショーンを揺すり、サビッチとシャーロックが広がった液体を拭き取るのを見ていた。コーヒー用のクリームが幅広のオークの厚板の継ぎ目に入りこんでいた。「きれいなオークの床ね」イレインは言い、ペーパータオルを持ってコーヒー用のクリームを拭きだした。「こんなにすてきな床は見たことがないって、お母さんが言ってたわ。ショーンがそこらじゅうを走りまわってるのに、よくきれいに保てるって、不思議がってた。これ、染みになる？」

「いいえ、大丈夫よ」シャーロックは最後にひと拭きして、立ちあがった。「キャリー、あなたまで膝をついてくれなくていいのに。ありがとう、フルーレット。これでいい。あら、ベン、生まれつき才能があるのね。ショーンがおねむになってる」

ベンがショーンを揺する手を止めて、シャーロックを見る。シャーロックは彼の顔に浮かんだなんとも言えない表情を見て、笑いたくなった。ベンがおもむろに口を開いた。「ああ、たぶん生まれつき才能があるんだろう。それを言ったら、赤いポルシェの運転にも生まれつき才能があるんじゃないかと思うんだが」

キャリーが笑いながら立ちあがり、ベンに近づいて、腕をこづいた。「なんて人なの」小首をかしげて、腕のなかで眠るショーンを見つめた。「ほんと、天性の才能があるみたいね」

それから少しすると、ドアをノックする音がした。「さて、終わりにしよう」サビッチは玄関に向かい、ジミー・メートランドと半ダースからなるＦＢＩの捜査官と首都警察の警官を招き入れた。

32

クワンティコ、ジェファーソン棟
日曜日の朝

ドクター・ヒックスがうろたえている。サビッチには理由がわかっていた。マーティン・ソーントンが催眠状態に入らないのだ。抑制を失うまいと彼の内部で何かがあらがい、マーティンは意識を保ったままだ。

これがドクター・ヒックスにとってはじめての失敗なのかどうかが、サビッチには気になった。いまヒックスの狭いオフィスには、三人しかおらず、ジャネットはクワンティコのジムで付添いの実習生たちと一緒に汗を流していた。

ドクター・ヒックスがふたたび催眠術を試みだした。「マーティン、わたしの言うことをよく聞くんだよ。さあ、リラックスしよう。気を楽にして。きみは安全だ。わかるね？」

「もちろん」

「きみを傷つける者は誰もいない。きみは記憶を取り戻したいと思っている。六歳の誕生日に何が起きたか、真実を知りたがっている。わたしはその手助けをするためにここにいるが、それにはきみの協力が欠かせない。さあ、意識をゆるめて、もう一度やってみよう。このぴかぴかの一ドル銀貨から目を離さずに集中して。揺れる銀貨を見つめ、思考をそこに絞りこむんだ」

何十回と左右に振れる銀貨に目を凝らしているうちに、マーティンの目がかすんできた。ついに首を振って、こめかみを揉《も》んだ。「悪いが、ドクター・ヒックス、何も起きないんだ。先生の言うとおり、ほんとうに知りたいし、思いだしたい。あの日、母さんに何があったのか。それから、母さんはどんなだったのか、どんな匂いだったのか、思いだせたらいいと思う。花みたいな香水をつけてたのは覚えてるんだが、どんな香りだったか、もうわからない。あの日、起きたことを知っているという確信は深まってる。母さんを殺したやつの顔を見てやりたい」

「たしかに、おふくろさんが殺されるところを目撃したのかもしれない」サビッチが言った。「マーティン、屋根裏に隠れたことは覚えてるか？　マーティン――オースティン。どちらで呼ばれたい？」

「いまのぼくはマーティン・ソーントンだ、ディロン。オースティンだった期間よりずっと長くなった」

「わかった。だったら、マーティン、おれはきみに家のようすや屋根裏、おふくろさんについて語ったが、屋根裏を覚えてるか？　思い浮かべられるか？　屋根裏に入ったことがあるかどうか記憶にあるかい？」

「いや。何も思い浮かばない」

ドクター・ヒックスは硬貨をしまい、革の椅子にもたれて痩《や》せた腹の上で手を組んだ。

「考えたんだが……サビッチ捜査官がいま担当している事件が片づいたら、ブレシッドクリークに戻って、六歳になるまでいた家を訪ねてみるべきじゃないだろうか。屋根裏への梯子《はしご》をのぼり、きみのお母さんが発見されたバスルームに立てば、記憶を塞ぐダムを決壊させ、すべてをよみがえらせることができるんじゃないか？」

マーティンの目が明るくなった。「いまでも行けるよ、ジャネットと」

「どこへも行けないぞ、マーティン」サビッチが厳しい声で制した。「ここに留まると約束してくれ。いいな」

「でも――」

「約束しろ」

「わかった。約束する」

「どこへも行くなよ。ここなら安全だ。いま、必要なのはそれ、安全だと思えることだ。ここなら頭のなかで何かが起きても、乗り越えるのに手を貸してくれる人がいる。思いだせないことに対するいらだちは忘れてくれ。心がまえができたとき、すべてがよみがえるさ。ドクター・ヒックスが優秀な精神科医を紹介してくれる。きっと知っていること、感じていることを何もかも話したくなるぞ。誰を紹介してくれるんですか、ドクター・ヒックス？」

「リネット・フォスターというドクターだ。ちょくちょくＦＢＩの仕事をしている。記憶やトラウマの第一人者で、信頼のできる医者だよ、マーティン」

マーティンはゆっくりうなずいた。

サビッチは言った。「さっきジャネットと話した。いいかい、ジャネットは娘たちでも誰でもなく、きみを心配している。きみにはこれからしばらくここにいてもらう。ボードルームの食事は悪くないし、ＦＢＩの土産物がずらりとならぶ売店があって、プレゼントにぴったりのいい品が買える。なにより、ジャネットとしばらく過ごせるんだぞ。おれの事件が片づくまでここにいてもらうからな、マーティン」

マーティンがうなずき、ドクター・ヒックスが笑顔を見せた。

「よし。さて、ジャネットはジムにいる。一五ポンドの減量を開始するそうだ。かれこれ一時間はたってるな。ドクター・ヒックスにジムまで案内してもらってくれ。それからジャネットと昼食をとり、なんなら散歩でもするといい。

おれは本部に行ってくる。ところで、コンピュータが使えれば、離れていても仕事ができるのかい？」

「ああ、もちろん。だいたいはコンピュータの前にいる」

サビッチが部屋を出るとき、マーティンはもはやうなだれたようすはなく、胸を張っていた。ドクター・ヒックスに話しかける彼の声が聞こえてきた。「やらなきゃならない仕事がいっぱいあるんだ。〈ボードルーム〉ってところにおいしい料理があるって？」

ジェファーソン棟の廊下を歩くサビッチが耳にしたのは、マーティン・ソーントンの口笛に違いなかった。

FBI本部、ワシントンDC
日曜日、昼過ぎ

サビッチは、会議室に集まった三十人以上の捜査官と刑事を見わたした。「おおかた知っていると思うが、昨夜、ギュンターから自宅のリビングルームに六発撃ちこまれた。目下のやつの狙いはフルーレットだ。昨夜の一件からして、やつは日増しに抑制を失い、やけくそになってきているが、ジョージタウンのどまんなかであんな行為に及ぶとは、命知らずとしか言いようがない。やつがこういうことを続けるかぎり、逮捕のチャンスはふえる。いまのところ物的証拠は発見された弾の弾道だけだ——おそらく一般的な三八口径の古い銃だろう。ギュンターがいた位置はおおよそつかめたが、雪の上に折れた枝や不明瞭な足跡の一部があっただけで、何も残っていなかった。

だが、手がかりにつながるかもしれない情報がある。市の警官二人が目撃者を見つけた。二ブロック先で犬の散歩をしていた年配男性だ。信頼が置けるかどうか、心もとないということだが、ミスター・エーブリーというその目撃者によると、彼は車に駆け寄る男を見たそうだ。車は明るいグレーもしくは白で、新型のトヨタだと思われる。男は軽快な走りっぷりで、背が高く、がっしりした体格だった。バーバリーのコートを着て、黒い手袋をはめていた。

問題は、ミスター・エーブリーの知力がどうも疑わしいことだ。関心を引くために話を脚色し、なんやかやとでっちあげているかもしれないと、警官たちは言っている。ミスター・エーブリーは車が横すべりしながら東に走り去ったとも証言している。バージニア州のナンバープレートで、最初の文字はRTもしくはBT。トヨタの新型車種でナンバーがその文字の車はなかった。そこで、最近、盗まれたトヨタと、盗難された該当のナンバーを調査中だ。ミスター・エーブリーは銃声は聞かなかったということだ。

さっき言ったとおり、警官たちはその証言があてになるかわからないと言っている。なにしろミスター・エーブリーは駐車場を歩きまわり――犬にまで意見を訊き、少しばかり、なんというか、風変わりな年寄りだそうだ。ちなみに、意見を訊かれた子犬は、ちゃんと吠えて答えたらしい。

われわれには今回の事件、イライザ・ビッカーズ殺人事件と昨夜のイレイン・ラフルーレット殺人未遂に関する具体的な統一見解がない。ダニー・オマリーに関しては、犯人と接触した可能性がきわめて高いと考えていいだろう。女性二人については、カリファーノ判事とつながりはあるものの、殺人犯の具体的動機は明らかになっていない」

サビッチはいったん間を置き、集まった人びとを見まわした。「では、なんでもいい、意見を言ってくれ。なぜイライザ・ビッカーズは殺されたか、なぜフルーレットが銃撃されたのか、思いつくまま発言してもらいたい。まず、防弾ベストを吹っ飛ばされそうになったオリーから始めてもらおうか」

CAU――犯罪分析課――におけるサビッチの補佐役、オリー・ヘイミッシュは咳払いをした。

「わかりました。まずイライザ・ビッカーズですが」彼は前傾して、会議室のテーブルに組んだ手を置いた。「ベンによると、金曜日にキャリーと二人でフルーレットに会うためカリファーノ判事のオフィスに行ったそうですが、イライザが一人で片づけをしており、何かあるかとベンが尋ねると、イライザは躊躇《ちゅうちょ》したそうです。それがどうにも引っかかります」

オリーはいったん口を閉じ、考えをまとめていた。「イライザは何かを知っていたんでしょう。どれほど重要か気づいていなかったのかもしれないが、その可能性は低そうです。いったいなんだったのか？　彼女はカリファーノ判事の殺害にかかわっているのか？　判事が奥さんと別れるつもりがないから、攻撃したのか」オリーはすまなそうにキャリーを見やった。

「憤怒は惨事を引き起こす。それは、ここの誰もが知っています。イライザ・ビッカーズはギュンターを探しあてていたのかもしれません。その男とデートするなりなんなり、なんらかの方法で顔を合わせ、カリファーノ判事を殺すために雇うか、あるいは殺すようにしむけ――」

シャーロックが勢いよく立ちあがり、目の前のテーブルに積みあがった書類に手をつき、身をのりだした。「いいえ、オリー、それは違うわ。イライザはまじめな人よ。たしかにイライザとは二度しか会っていないし、カリファーノ判事の葬儀で少し話しただけだけど、本質は理解できてるはずだし、称賛に値する人だとさえ思う。イライザがカリファーノ判事を殺せるはずがない。彼に献身的に仕え、愛し、尊敬していた。異性としても判事としても。嫉妬《しっと》から殺す？　ありえないわ。彼とのあいだに未来がないことは、最初から承知してた。だから違うわ、オリー。ほかの事情があるのよ。あなたはイライザ犯人説を唱えたけれど、だとしたら、ギュンターが彼女を殺したのは、彼女が重圧に負けそうになったからだということになる。それでは筋が通らない。そうよ、ベンとキャリーが見たとき彼女がためらっていたのは、まったく別のことだったはずよ」

「なるほどな、シャーロック。じゃあ、イライザは何を躊躇してたんだ？」

サビッチの静かな声はつねに落ち着きをもたらす。シャーロックは刺々しさのない声で、ふたたび話しはじめた。「ダニー・オマリーについて何か言いたかったか、もしくはフルーレットが心配だったのかも。フルーレットも狙われるかもしれないと考えていたのかもしれないわ」

オリー捜査官が言った。「ならば、そう考えてみよう。もしイライザがダニー・オマリーかフルーレットのことを考えていたとすれば、なぜ、レイバン刑事に何も言わなかったのか？　フルーレットが危険かもしれないことや、なぜそう思うか伝えなかった理由は？」

ベンが言った。「実際、あそこはてんやわんやだった。なにせ、イライザが一人で切り盛りしてたから、電話がかかってきて、おれたちは追いだされた。そういうことだ。彼女が何を考えていたかは……」ベンは肩をすくめ、キャリーを見た。「どう思う？　きみはあの場にいて、おれと同じものを見てる」

キャリーが答えた。「ええ。たしかに彼女はためらってた。一瞬、どうしたのかと思ったもの。残念ながら、わたしもベンもフルーレットを見つけることを優先してた」

ベンが続けた。「もしかしたら、イライザはフルーレットが何かを知っているのではないかと思っていたのかもしれない。だとしても、やはり、なぜおれたちに話さなかったのかという疑問が残る」ベンは、シャーロックが口をはさもうとしていることに気づき、なかば笑顔でつけ加えた。「いや。イライザがカリファーノ判事殺害について何かを知っていたとは思わないし、どんな理由にせよカリファーノ判事の死を願ったとは思えない。たとえカリファーノ判事がソーニャ・マクギブンズかフルーレットかタイ・カーティスを相手にマホガニーのデスクの上でよろしくやっているところに出くわしたとしても、イライザは暴力に訴えるような人じゃない。シャーロックが言うように、自制心が強くて、順調にキャリアを積んでいる女性だ。カリファーノ判事をそっくりそのまま受け入れていた」

オリー・ヘイミッシュが言った。「そうですか。わかりました。つまりイライザが躊躇していたのは、何かを見聞きしたけれど、その意味がよくわからなかったってことになる。もしかしたら、確信が持てるまで、口にしたくなかったのかもしれ――」

ベンが言った。「ということは、イライザが何を聞いたにせよ、相手は彼女が信頼しているか、気に入っているか、もしくはカリファーノ判事殺害と関係があるとは思えない人物だったんだろう」

そこではじめて、ジミー・メートランドが口を開いた。「イライザ・ビッカーズが何かを見つけたとしよう。これは、ありうる話だ。そのせいで彼女は命を奪われた。こうなると、もう一度彼女の動きを追わなければならない。どこへ行って、誰と会い、誰と話したか、カリファーノ判事が殺されたあとの行動をすべて、できるかぎりさかのぼって洗いだすんだ。ジャガー、おまえとブルーワーが担当してくれ」

「イライザの通話記録はすべて調べたから、もういいぞ」サビッチだった。「誰にせよ、運がよければイライザがその相手を訪ねている可能性もある。あれこれつきまわして、そいつを不安にさせ、自分の死刑執行令状にサインをするはめになったのかもしれない」

メートランドが言った。「犯人にはイライザがそれを見逃さないのがわかった。頭のいい女で、突き止めるまでかじりついて放さないと思ったんだろう。それでそいつはギュンターを呼んだ。サビッチの言うとおり、彼女は墓穴を掘ったんだ」

フランク・ハリーが言った。「それにしても、イライザは何を聞いたんだろう？　それにどこにいたんだ？　カリファーノ判事の執務室？　それとも誰かが彼女に連絡して警告したが、信じなかったとか？　もしかしたら別の人物かもしれない。最高裁判所内の誰かとか、助手とか」

サビッチはうなずいた。「いいぞ。その調子で続けてくれ」

別の捜査官が言った。「だとしても、なぜその人物は何も言わなかったんですかね？　そこらじゅうに捜査官がいたし、あそこの職員全員に三、四回は事情聴取をしてる。それになぜフルーレットが？」

サビッチが言った。「よし。イライザに関しては妥当な線が見えてきたが、まだ決定打とは言えない。では、なぜフルーレットなのか？　ギュンターがフルーレットを消したがった理由は案外、単純なことかもしれない。先週金曜日、ダニー・オマリーと話しているのを見て、ダニーが彼女に打ち明けたと思いこんだとか」

キャリーが補足した。「フルーレットとダニーは、昼食のために最高裁判所を出て一ブロックほど一緒に歩いたのよ」

「そしてギュンターは二人がいるところを見た」サビッチは続けた。「どうやらもう一度、助手にあたる必要がありそうだな。そのうちの誰かが、すでにしゃべった以上のことを知っているかもしれない。それと、わが家の近所の聞きこみ範囲をもっと広げてくれ。各自任務を把握したら、仕事再開だ」

捜査員が会議室から出払うと、サビッチはメートランド副長官とミュラー長官に近づいた。「残ってくださって、ありがとうございます。わが家からイレイン・ラフルーレットがいなくなったと公表する許可をいただけませんか。理由は二つ。まず、ショーンの安全の確保。そして――」二人の顔を順番に見つめる。「積極策に出るべきだと思うからです。ギュンターを狩りだせるかもしれない。フルーレットの替え玉になってもいいという捜査官を見つけ、クワンティコで姿を見せるようにする。通常の殺人犯ならクワンティコで殺しをするような危険は冒しませんが、ギュンターならあるいは」

ベンが言った。「ギュンターにしたら、最高に興奮する状況だよな。世界でもっとも安全だと考えられている場所でフルーレットを殺害する――やつがそんな機会を見逃せるとは思えない」

「まさに」サビッチは答えた。「ギュンターはライフルを使用せざるをえません。平均的な射撃の腕前だとすると、ガス圧式セミオートマティックなど性能のよい狙撃用ライフルがあれば、七五〇メートル離れたところから標的を撃てる。腕がよければ、距離は九〇〇メートルまで延びます。飛行機が離陸できるほどの距離です。

新式の狙撃ライフルは、五年前われわれが使用していたものにくらべて、はるかに性能が向上しています。たとえば、ユーゴスラビア製のＭ76の銃身は従来のものより長くて重く、人間工学的に改良された銃床がついています。原型となったライフルより、さらに長距離用の弾丸を装填《そうてん》できます。ギュンターは間違いなくそうした高性能のライフルを使用するでしょう。やつが九〇〇メートル先から人を撃てるかどうか？　できないほうには賭けたくありませんね」

ミュラー長官がゆっくりとしゃべりだした。「捜査官の生命を危険にさらすことになるな。そして広大なエリアを毎日二十四時間カバーするための捜査官とＳＷＡＴの数を考えると、目がくらむようだ。出入口も、通路もたくさんある。しかもギュンターをプロ中のプロと仮定しなきゃならん。ギュンターの狙撃場所になりそうな位置は割りだしたか、サビッチ？」

サビッチはうなずいた。「はい、検討ずみです。残念ながら一箇所ではありません」

ミュラー長官は、うなずく副長官を見た。「リスクは高いぞ、ジミー。だが、うちの狙撃手に賭けるしかない。捜査官の身の安全をはかるに充分な人員を確保できるか？」

「全力を尽くします」メートランドが答えた。「まずワシントンDCのSWATチーム、クワンティコの人質救出チームがいます。それに、各地元警察のSWATチームの協力も得られる。みなこのくそったれを倒したがってますよ。だが、秘密にしておくのは無理でしょうね。それほど多くのSWATを人目につかないように隠すのは不可能だ。罠《わな》だと見抜かれるでしょうが、それについては手の打ちようがありません」

サビッチは二人に笑顔を見せた。「それならご心配なく。むしろやつに見せつけたいと思っています。そう、ギュンターならこれを真っ向からの挑戦と受け取る。やつはクワンティコの外から、望みどおりの狙撃場所や、こちらの狙撃手の居場所を見つけ、逃走経路を確保しようとします。そうです、ギュンターなら、われわれをこけにしようと考えるでしょう」

「そうか。まずはフルーレットの居場所をギュンターに知らせるんだな。キャリー、裏切り者になってフルーレットの隠れ場を〈ポスト〉に暴露してみないか？」

キャリーは笑った。「わが編集長が高笑いしてちびっちゃうかも。夕刊に載るわよ」ベンの腕をつつく。「ピューリッツァー賞が獲れそうだと思わない？」

「いや、たんにきみが首にならずにすむだけなんじゃないか」ベンが答えた。

全員が笑った。ミュラー長官が立ちあがり、一同を順番に見た。「幸運を祈る」

長官が去り、会議室のドアが閉まると、サビッチが言った。「いいだろう。これで計画はできた。たんなる対抗策ではなく、ようやくこちらから手が打てるぞ」

「さあて、しっかりやり遂げんとな」ジミー・メートランドがしめくくった。

33

クワンティコ
月曜日、午後遅く

枯葉が動き、三本の指が小さく振られる。デイブ・デンプシーの耳にジョー・ボイルの抑えた低い声が聞こえた。「おい、ギュンターをこの手で捕まえるかもしれないと、かみさんに言ったか？」

デイブがささやき返す。「いや、それがいま口をきいてくれなくてさ。おれは豚だと」

小さな含み笑い。「毎度のことだろ？　それで、ギュンターのやつ、ほんとうに現われるだろうか？」

デイブが答える。「サビッチ捜査官はそっちに賭けると言ってた。危険が好きなやつだから――クワンティコにイレイン・ラフルーレットを殺しにくるほどでかい危険があるか？　サビッチ捜査官は、ギュンターは罠だと承知で気にかけないだろう、とも言ってた。なんとしても現われておれたちをもてあそんでやる気になるんだと。ジョー、おまえはどう思う？」

「さて、おれにはわからんよ。ギュンターってやつは何年も生き延びてきた。ばかじゃないってことだ」

デイブはささやいた。「だが一方で、ジョージタウンのサビッチの家に現われて弾を撃ちこんだんだぞ——いかれてるとしか思えないだろ？　それで逃げた。おれの姑《しゅうとめ》以上に立ちまわりのうまいやつらしい」

ジョーが言った。「このあたりを見ろよ。低い丘や木や茂みがたくさんあるが、いまは全部、葉が落ちてる。隠れようたって、隠れられない状態だぞ」

「だが、隠れる場所がまったくないわけじゃない。げんにおれたちにしたって、三十人近くがどうにか隠れてるだろ」

「まあな」と、ジョー。「たしかに。だが、クワンティコは造幣局以上に安全だ。やつがいくら頭がおかしくても、ここに実際に乗りこもうとするか？」一瞬、黙る。「たぶんおれたちを一週間、ここに張りつかせておいて、そいつを眺めて笑うんだろうよ。サビッチが計画の中止を宣言するまでに、ジフィー・タルボットはどのくらいジェファーソン棟の外を歩きまわることになるやら。

ジフィーといえば——たいしたもんだな。おとりを買って出るとは」

デイブはかろうじて体をおおう茂みの下にさらに深くもぐりこみ、西に視線を動かした。

「おい、狙撃用ライフルこそ持ってるが、おれたちだって同じおとりなんだぞ。サビッチによれば、やつは射撃の名手の可能性がある。まあ、仮定の話だが」

デイブが茂みのなかで体を動かす音を聞いていたジョーは、そのとき枝が折れる音を耳にした。「聞こえたか、デイブ？　おい、三時の方向を見ろ。何かが動いたぞ。全員かがんでろと指示されてるのに、動くものが見えたんだ。あの松の木の向こうだ」

デイブ・デンプシーは、淡い日の光の向こうの低い丘を透かし見たが、何も見えなかった。

「あそこにいるのは誰だ？」

「ルーサー・リンジー」

「何も見えないが、ルーサーに連絡してみろ、ジョー。ぐずぐずしてる場合じゃないぞ」

デイブの耳に、あわただしく無線にささやきかけるジョーの声が聞こえてきた。「ルーサー、そのあたりで何かが動いた。何があった？　ルーサー？　くそっ、応答しろ、ルーサー！」

デイブにもジョーにも、みずからの息遣いが聞こえていた。ルーサーは勤続十五年。十代の娘二人と妻と暮らし、岩のごとく頑丈で、絨毯の上の足音さえ聞き取る男だ。ギュンターがルーサーに近づけるはずがない。

ジョーはくり返した。「ルーサー？　くそっ、返事をしろ、ルーサー！」

デイブ・デンプシーは自分の無線を使った。「ラムジー指揮官、問題発生のもよう。リンジーから応答がありません。ジョーはリンジーの持ち場付近で動くものを見たと言っています。連絡がつかないので、移動します」

またたく間に六人のSWATのメンバーが身をかがめて、すばやく動いた。枝を踏みしだく音だけを残して、リンジーの持ち場へ向かった。

銃声が響いた。さらにもう一発。

丘にのぼったジョー・ボイルは、眼下にクワンティコの敷地を見おろした。ジフィー・タルボットが警護のFBI捜査官を二人従えて、ジェファーソン棟の入口に立っている。彼女はよめきながら、胸にあてた血まみれの手を見おろしていた。背後の捜査官が大声をあげ、銃を取りだして彼女の前に立ちふさがった。ジフィーの体が傾き、地面に倒れる前に捜査官が受け止めた。周囲に怒声が飛び交うなか、捜査官二人が彼女の盾になった。

ジョーがどなった。「ちくしょう。デイブ。やつはルーサーの持ち場近くからジフィーを撃ったんだ。捕まえろ！」

「ルーサー！」デイブ・デンプシーはルーサーのかたわらに膝をついた。優秀だったルーサーが、枯れた低木になかばおおわれている。デイブは首に指を押しあてて脈を探り、身震いした。めりこんだ指に、深く食いこんだ銀の針金が触れた。ルーサーは死んでいた。

ラムジー指揮官が緊急信号を使い、瞬時にSWAT全員を二、三人ずつ組ませ、発砲地点に向かわせた。大声で指示を出しながら、ラムジーは仲間の死体がこれ以上見つからないことを祈った。

六分後、〈花売り娘作戦〉のあいだクワンティコに待機していた外科医のドクター・クライド・ピーターソンは、血に染まった手術用手袋を脱ぎながら狭い診察室から出てくると、サビッチに言った。「タルボット捜査官は生きてる。容態を安定させてから、ベセスダに運ぶ。気休めは言わんよ、サビッチ捜査官。大きな口径の弾丸だった。防弾ベストで勢いは弱められたとはいえ、心臓のすぐ近くだった。出血は激しいが、いまは止まりかけている。あとはどこが傷ついているかだが、無事を祈るしかないな。引きつづき連絡する」

祈り。ドクター・ピーターソンは祈れと言った。サビッチは、ストレッチャーに乗せられたジフィーが、二人の男に大急ぎで運ばれていくのを見送った。その顔は、首までおおっているシーツ同様、真っ白だった。口と鼻に酸素マスクをあてがわれ、腕には輸血チューブが刺さっていた。彼女の血がいたるところに飛び散っている。どう見ても命にかかわる失血量だ。もしジフィーが死んだら、その責任はサビッチにある。SWATチーム三組であたりを掌握してフルーレット――ジフィー――を守れると、傲慢にも思いこんでいた。神よ、ジフィーを連れていかないでくれ。優秀な捜査官であるジフィーは、数々の任務に進んで身を投じ、いつもさまざまなことに取り組もうとしてきた。

サビッチがレンガの塀にもたれ、周囲の動きに気を配っていると、ヘリコプターがジェファーソン棟のすぐ外の離着陸台から飛び立った。ラムジー指揮官が組織的に捜索を続けているのはわかっている。できるだけすばやく効果的に一帯をくまなく捜査する方法は、ラムジーのほうがよく知っている。手を貸せることは何もない。この結果は自分が招いたのだと自覚しながら、ただ呆然とそこに立っているしかなかった。

ジミー・メートランドが大股で近づいてきた。「チップ・ラムジーと話してきた。くそっ、ルーサー・リンジーが殺《ゃ》られた。さいわいほかは全員、無事が確認できた。ギュンターは監視をすり抜けてルーサーに近づいた。つまりSWATと同じ迷彩服を着、顔を黒く塗っていたと言うことだ。地形を充分に把握したうえで、狙撃できる斜面を選んでいた。チップが言うには、はっきりとはわからないが、ルーサーを殺すまでにそれほど長くは待たなかっただろうということだ。長くかかれば、誰かが気づいたはずだからな。ギュンターは、フルーレットが二人のボディーガードに守られてジェファーソン棟の前にいるのを見てルーサーに気づき、彼の命を奪った。その物音に気づいたデイブとジョーがルーサーのほうへ向かい、おそらくその音をギュンターが聞きつけたおかげで、ジフィーの命が救われた――狙いがずれたのさ。

問題はな、サビッチ。なぜやつは、われわれがフルーレットを狙われるかもしれない場所に出すと思ったかということだ。こちらが罠を仕掛けたのに気づいてたんだ」

サビッチは言った。「今朝、化粧と髪のセットをすませ、借りた服とコートを着たジフィーが、フルーレットとならんだところを見ましたが、見分けがつきませんでした。まるで双子でした」

「だとしたら、ギュンターもあれがフルーレットだと思ったのかもしれんな。わたしとしては、やつが数時間見張るつもりでいたほうに賭けたいが。早々に決着がついて、あの悪党め、驚いているかもしれんぞ」

「ルーサー殺害の手口は？」

「チップによれば、うつぶせで、ジフィーを狙える方角を向いていたそうだ。ギュンターは背後から飛びかかり、首に針金を巻きつけた。ルーサーは精いっぱい抵抗し、そのようすにジョー・ボイルとデイブ・デンプシーが反応した――ルーサーが生き延びようとしてたてたかすかな物音と動きとにだ。だが、力尽きた。そしてギュンターはジフィーを見つけ――なんと、ルーサーのライフルを使ったが――撃つ前にジョーとデイブが近づく音を聞き、おかげで、狙いが少しそれた。引き金を引き、彼女が倒れ、胸に命中しているのを確認してから、逃亡した。

悲惨なことになったな、サビッチ。ルーサーとは十年以上のつきあいだった。彼の家族には、ここを離れしだい、チップとわたしから話をする。アマンダ・リンジーはすばらしい人だし、十代の娘たちもいい子だ。やりきれんよ」

サビッチはうなずき、唾を飲みこんだ。ルーサーとは六年ほど前に知りあい、彼の能力、ユーモア、家族に対する愛に感服した。だが卓越した能力をもってしても、ルーサーは自分の命を救えなかった。何かを言いたいのに、何も思いつかない。ただみずからの血にまみれて、ストレッチャーに寝かされていたジフィーの姿が目に浮かぶだけだ。耐えられない。それでようやく言葉を押しだした。「ジフィーは死ぬかもしれません。そうなったら、自分の責任です」

「危険はみなが承知していたんだ、サビッチ。ジフィーもだ。この計画が最良の策だと全員が同意した。ギュンターを捕らえる唯一の方法だったかもしれん」

そのときだった。サビッチの頭に、フルーレットを守りつつギュンターを捕らえる絶好の方法がひらめいた。「別の作戦を思いつきました、副長官。今回、惨敗した以上、口を閉じていろと言われてもしかたありませんが」

「言ってみろ、サビッチ」

サビッチが話しおわると、ジミー・メートランドは深く息を吸った。「いいじゃないか。それなら成功しそうだ。たいした頭脳だよ、サビッチ。その調子ではたらかせろ。それと、フルーレットに会いにいかんとな。両親とシャーロックがついてるが、動揺が激しい。こちらはベセスダと連絡を取りあい、ジフィーの容態がわかりしだい、ドクター・ピーターソンからおまえに連絡させる。

さて、こんどはうまくいくぞ。ギュンターはTVにかじりつき、祝杯をあげようと、フルーレットの死を報じる臨時ニュースを待ち焦がれるに違いない」

サビッチは言った。「やつを出し抜かなければなりません。であれば、自分たちがのこのこ出ていって彼女の死を発表するわけにはいかない。誰がヘリでベセスダに搬送されたか発表するのを遅らせせましょう」

「ミュラー長官はこんな隠し立てやごまかしを嫌うが、今回は同意してくれるだろう。それにこちらにはキャリーがいる。彼女に協力してもらえると思うか？」

「一も二もなく」

「もしかしたら先を急ぎすぎているかもしれないな。まだ、今日のうちにギュンターを捕らえられるチャンスはある。チップが全域にSWATを配備して、ほかに有力な手がかりがないから、最新モデルの車をとくに念入りに調べている。そう、ミスター・エーブリーの証言に出てきたトヨタと、彼の証言にあてはまる人物を捜しているんだ。やつを捕まえられるかもしれない」

メートランドはしゃべるのをやめると、ぴくりともしないサビッチを見つめた。まるで寄りかかった壁と一体化しているようだ。

「サビッチ、自分を責めるのはやめろ。おまえには思考を研ぎすまし、計画がうまくいくよう集中していてもらわなきゃならん」

「ドクター・ピーターソンに祈れと言われました」

「クワンティコの多くの者が祈ってるさ。おのれの仕事をまっとうしろ、サビッチ。こんなときにシャーロックはいないのか。おまえを気絶するほど殴りつけてもらいたいんだが」

「さっきフルーレットと両親に付き添っているとおっしゃってたじゃありませんか」

「ああ、そうだったな。それに、もう一つ忘れてたことがある——おまえがここのすべてを決定する神だったとは、すっかり忘れていたよ。わたしも、耄碌《もうろく》したもんだ。ああ、そうだ、おまえは神じゃない。だから忘れろ。自分の仕事をして、ギュンターを捕まえろ」ジミー・メートランドはサビッチに背を向けるなり、携帯電話を取りだした。そこでふり返り、顔をしかめた。「おい、ジフィーというのは、何を縮めた愛称なんだ?」

「ジフォードです。母親がフランク・ジフォードにちなんでつけたとか。ニューヨーク市のワン・リンカーンプラザで、ジフォードの近所に住んでたんだそうです。父親もジフォードが好きで、熱烈なフットボールのファンだった。両親の意見が一致したのは、思いだせるかぎりそれだけだと、ジフィーから聞いたことがあります」

「彼女の両親にも伝えるよ。ベセスダに行ってもらわなきゃならん」メートランドは腕時計を見た。「ミュラー長官にすぐにおまえの計画を伝えなきゃな。すでにマスコミから電話が入ってるだろう」

サビッチは、上司のメートランドがジフィーの両親とルーサーの家族と対応してくれるのをありがたく思った。かくのごとく、世界はたった一本の電話で崩れ去りうる。ただ崩壊するのだ。もし家族に伝えなければならないのが自分なら、泣きだしていたかもしれない。

34

サビッチがオフィスに戻ると、イレイン・フルーレットが父親に抱かれて泣いていた。母親はなすすべもなく立ちつくし、シャーロックはデスクに腰をかけて三人を見守っていた。

シャーロックが顔を上げた。「ジフィーは?」

「ヘリでベセスダに搬送された」血の気の失せたイレインの顔を見て、さらりと嘘をついた。「大丈夫だ。ジフィーは強靭《きょうじん》だ、心配いらない。頻繁に連絡が入ることになっているから、何かあれば、すぐに知らせる。いいね?」

外交官のようにイタリア製のグレーのカシミヤのスーツを着こなした、ハンサムで背の高いビッグ・エド・ラフルーレットが、娘の頭越しに顔を上げた。「どうしてこんなことになったんだ、サビッチ捜査官?」

「起きてはならないことが起きました、ミスター・フルーレット。予期していない事態です」

「あの男の狙撃の腕ときたら——あんな遠くからまともに撃てるとは信じがたい」

「九〇〇メートル以上ありました」サビッチは一瞬口を閉じ、距離感をつかみかねている三人を見て、続けた。「フットボールのフィールド十個分以上です」

イレインの顔が上がった。「フットボールのフィールド十個分？　そんなに先、見ることさえできそうにないのに」

「強力なスコープがあった。最高の装備が」サビッチはシャーロックに目を向け、苦労して小さくほほえんだ。「ちょっと失礼」イレインに言うと、彼女の母親のノーマ・リーに重々しくうなずいた。彼女はまるで救い主を見るようにサビッチを見ている。おれに救えると思うか？　サビッチはシャーロックを外に連れだし、妻と額を突きあわせた。

シャーロックは顔を上げてほほえみ、サビッチを抱きしめて、両手を頰にあてた。「ジフィーは生き延びてくれるわ、ディロン。だめ。わたしに向かって首を振らないで。罪の意識でつぶれそうな顔をするのはやめて。あなたは現状にもとづいて正しい決断をしたの。ジフィーはよくなる」

そのときのサビッチは、自分の人生にシャーロックがいる幸運をただ感謝した。「そうだな。はじめて、ジフィーなら大丈夫かもしれないと思えたよ」もう一度、妻を抱きしめた。

「ショーンはどうしてる？」

「リリーがあなたのお母さんのところへ連れて行ったわ。リリーに言わせると、お母さんがあんまり哀れっぽく訴えるから、そうするしかなかったんですって。サイモンは点数を稼ぎたいんでしょうね。一緒に行ったわ。あなたのお母さん、サイモンにはめろめろだもの」

「魅力をふりまくんだろうな。リリーにぞっこんだから。さて、これから話すことについて、きみの意見を聞かせてくれ」

自分のオフィスに戻ったサビッチは、背中から一〇〇ポンドの重しが取り除かれた心地だった。「フルーレット、事態を説明しよう。これからキャリー・マーカムを通じて、ＦＢＩの捜査官ではなくきみが撃たれたとマスコミに報道させる。きみの身の安全を確保するためだ。だが、きみには少なくとも数日間、この内部に留まってもらわなければならない。講義を受けたり、ジムで汗を流したり、ピザを食べたりはできるが、屋内から出てはいけない。つねに二人の捜査官が行動をともにする」

「何をするつもりなんだ、サビッチ捜査官？」

サビッチはミスター・フルーレットににっこりと笑いかけた。「ギュンターを捕らえます。ですが、娘さんの身の安全が最優先です。どうだろう、フルーレット？　そのとおりにできるかな？」

イレインは自分を取り戻し、居ずまいを正して、サビッチがオフィスに入ってきてからはじめて大人の顔になった。父親から離れ、両腕を体に巻きつけ、母親にうなずきかけてから、話しだした。「ええ、サビッチ捜査官。言われたとおりにするわ。あのね、どうやらようやくまともに考えられるようになったみたいなの。ギュンターはダニーとあたしが話してるのを見て、彼が秘密を打ち明けてると思ったのよ。で、一ブロックくらい先であたしがダニーから離れたのは見てない。わからないのはなぜすぐにあたしを殺さなかったかよ」

サビッチが答えた。「理由はなんであれ、ギュンターを雇った人間はダニー・オマリーとイライザ・ビックスのほうが早々に邪魔になると考えたんだろう」

「すべてが脅威です、サビッチ捜査官」ミセス・ラフルーレットが言った。「だって、殺人犯が逮捕されるか命を落とすまで、娘は危険にさらされるんですよ」

シャーロックが口を開いた。「おっしゃるとおりです。髪型も、目も、首の傾きもイレインにそっくりで、姉で通るほど若々しかった。だから多人数でいま犯人を追っています。目撃者はかならずいます。それを見つけださなければ。昨夜、ミスター・エーブリーを見つけたように。でもあなたの言うとおりよ、ディロン。犯人を倒すまでフルーレットは安全ではないわ。だからここに、屋内に留まってもらいたいの」

シャーロックは少し間を置き、シャツのポケットから二枚の写真を出した。「もうこの写真は見せたわよね、フルーレット。でも、もう一度見てくれる？」

イレインは写真を受け取り、窓辺に近寄り、明るい光でじっくりと見た。そして結局、首を振った。「いいえ、残念だけど」

「金曜日、ダニーと歩いていたときのことを思いだして。人の視線を感じなかった？」

イレインはもう一度、首を振った。「いいえ。犯人がいたとしても、あたしは全然感じなかった」

「わかったわ」シャーロックは言った。「じゃあ、テレビがある下の会議室に移りましょう。ディロン、三十分たったわよ。そろそろミュラー長官が登場しそうだから、観にいきましょう」

ちょうどミュラー長官が現われたところだった。FOXテレビの動きは迅速だった。ミュラー長官は感情を抑え、重々しく沈痛に見えた。目に涙を光らせながら、ワシントンDC支局のSWATに所属していた、故ルーサー・リンジーについて語った。長官はおしなべて低姿勢だった。ほかの犠牲者や誰が襲撃されたかについては、情報が入りしだいすべて公表すると約束した。全責任を負いながら、厳しい状況で精いっぱい、できるかぎりのことをしているという印象を与えていた。質問は受けつけなかった。サビッチが見るかぎり、官僚的に言い抜けた完璧な声明だった。フルーレットに関してはひと言もなかった。これを観たギュンターの頭には、それが疑問の芽となって残る。

一方、サビッチは、ミュラー長官の母親が記者会見の直後に彼に電話するのではないかと考えずにいられなかった。母親に真相を問いつめられても、長官は事実を隠しておけるだろうか？

サビッチの電話が鳴った。まっ先に思い浮かべたのはジフィーのことだった。ところが電話はキャリーからで、彼女は開口いちばんこう言った。「ジフィーはどう？」

「まだ何も聞いていない。そっちは、うまくやったか？」

「ええ。ちょうどいま、FBIがフルーレットを守ろうとしてひどいへまをして、ミュラー長官が隠蔽《いんぺい》をはかってると、クームズにファックスを送ったところ。ついでに撃たれたのはフルーレットで、ベセスダに搬送されたと思うと書き添えておいたわ。ジェドおじさん、食いつくわよ、きっと。クワンティコで彼女が撃たれたことをミュラー長官は認めようとしていないと主張するでしょうね。誘導記事を書かせるのは気分よくないけど、あなたの指示に従ったわよ。ジェドはスクープとして書きたて、FBIをこれでもかとばかりに愚弄《ぐろう》する。フルーレットが怪我一つせず現われたら、彼とわたしは厄介なことになるわ。だからこそ、あなたにとってそれだけの価値があることを祈ってる」

「おれもそう祈ってる。一つ借りができたな、キャリー」

三分もしないうちに、ふたたびサビッチの電話が鳴った。こんどこそジフィーに関する連絡と直感した。出たくなかった。襲いかかろうとする蛇を見るような目で電話を見おろした。シャーロックがすっと手を握ってくれる。彼女は何も言わず、笑顔でうなずいた。

「サビッチだ」しばらく相手の話に耳を傾け、そして答えた。「よかった。ありがとう、ドクター・ピーターソン。では、また」

会議室は静まり返り、シャーロックが音を消したテレビの画面だけがちらついていた。

サビッチが言った。「ドクター・ピーターソンからだ。ジフィーの手術は、胸部の外科手術では世界一といわれるドクター・エドワード・ブリッカーが執刀したそうだ。出血は止まり、ジフィーは持ちこたえてる。ドクター・ピーターソンの見立てでは、助かりそうだ。まだ手術を受けなければならないし、今後二十四時間が山だが、ドクターの声は明るかった。ジフィーがよくなる可能性は高い」

「よかった」イレイン・フルーレットが言った。「神さま、ありがとうございます」

一時間後、サビッチが自分のオフィスに戻ると、ベンとキャリーが親しげに話しをしていた。ふたりはサビッチを見ると、気まずそうに慌てて離れた。おや、おや、と思いながらサビッチは笑いかけた。そして、すぐに頭をはたらかせた。「二人に頼みがある。今夜、時間があればだが」

「もちろん、大丈夫だ」ベンが答え、キャリーはうなずいた。

サビッチは一瞬、自分の親指の爪に目を落としてから言った。「きみたち二人で今夜、ジョージタウンの洒落《しゃれ》たレストランに行ってきてくれないか——ウィスコンシンの〈フィロメナ〉はどうかな」

「あそこはとてもいい店よ、ディロン」キャリーが言った。「母のお気に入りなの。そんなに急に入れるとは思えないけど」

「支払いは誰が？」ベンが尋ねた。

サビッチは笑った。「FBIの経費さ。電話でボーイ長におれの名前を出すといい。祖母のサラ・エリオットを知ってて、いまでもおれが孫だということで感激してる。二人分の席を確保してくれるよ。たぶんいい席をな。

まずはバーで一杯やりながら、あたりの会話に耳を傾けてもらいたい。ミュラー長官のみごとな言い訳を世間がどう見ているか、探ってきてもらいたいんだ。〈ポスト〉を読んでいれば、フルーレットがベセスダにいると思っているだろう。いろんな人と話して、どう思っているか聞きだしてくれ。流れていて困るのは、クワンティコで撃たれたのはフルーレットでないとか、彼女が死んだとかいう説だ。世間の人の憶測が知りたい。やってくれるか？」

キャリーはベンをちらりと見てからうなずいた。「わかったわ」

数分後、シャーロックと顔を合わせたサビッチは、妻から言われた。「ベンとキャリーに会ったわ。FBIの仕事をするって言ってたけど。キャリーはなんだかとまどってるみたいで、どうしてあなたがそんなに重要だと思うのかわからないって言ってたわよ」

サビッチはにやりとした。「まあね。結果を楽しみに待つさ。さて、おれはベセスダの対応でもするか」

〈フィロメナ〉、ジョージタウン、ワシントンDC
土曜日の夜

キャリーは美しく盛られたメカジキを口に入れた。顔を上げると、ベンが見ていた。「どうしたの？」

ベンは首を振りつつも、視線をそらさなかった。じつは、キャリーがいつもの彼女と違って見え、いつまでたってもその変化に慣れられなかったからだ。スカート丈の短い、背中がほとんどないような長袖《そで》の黒いドレスを着、高いハイヒールをはいているせいで、身長が一八〇センチを超している。さっき彼女の母親の家に迎えに行ったとき、キャリーは軽やかに階段をおりてきて、女が男を骨抜きにするときの目つきでベンを見た。それでベンも、キャリーを見つめずにいられなくなった。髪型もいつもと違っていた。後ろでまとめて結いあげ、小さな巻き毛が耳元で揺れていた。ベンは言った。「今夜のきみはすごくきれいだと思ってたのさ」

「あら、どうもありがとう、サー。あなたのスーツもすてきよ」

「おっと、こんな着古したのがか？」

キャリーが笑った。「ええ。着古したスーツ——イタリア製でしょ？　そのくせ母の友人たちのことをスノッブだって思ってる」

「きみをクラウンビクトリアで迎えに行ったんだぞ。あんなに平凡な車があるかよ」

「ええ、そうだったわね。トラックで来てほしかったけど、このハイヒールじゃよじのぼれなかったかも。ねえ、ベン。ほんとに、あなた、すてきよ」

ベンは口を閉ざしたまま、ポテトのフリッターの山を崩した。

「このドレスを着ると、お尻がきれいに見えると思わない？」

「ああ、かなり丈が短いな。これまではパンツとブーツと、おれにも着られそうなセーター姿しか見たことがなかった。それに髪はいつも帽子に押しこんでた」

「今夜は、髪が帽子でぺちゃんこになると困るから」キャリーはロールパンをちぎりながら、できることならテーブルを乗り越えて、思いきり彼にキスしたい、と思っていた。けれど、実際は咳払いをして、こう言った。「どうしてディロンがわたしたちをここに来させたのか、いまだにわからないわ。ギュンターが洒落たレストランで食事をするようなタイプだと思ってるのかしら？」

その瞬間、ベンはひらめいた。ベンとキャリーは練達の士によって操られていたのだ。そして彼は衝撃とともに、自覚していてしかるべきにもかかわらず、思いつきもしなかったことを悟った。キャンドルの明かりのもとでディナーをすることになったきっかけがなんにせよ、いま、ミニスカートの黒いドレスを着てメカジキを食べる、この美しい女と差し向かいでいる。ええと、いま彼女はなんと言った？　ああ、ギュンターのことだ。ベンは返事をした。「ここがギュンターが来るような店かどうか、誰にもわからないさ」

「わかっているのは、店を所有している可能性もあるってことだけ」

「いまいましいが、そのとおりだ。食後に〈バーンズ・アンド・ノーブル〉まで歩くか。ぶらぶらしながら噂話《うわさ》を聞くには恰好の場所だからね」

Mストリートをそぞろ歩いていると、一月の冷たい空気がキャリーの襟元やドレスの裾《すそ》から忍びこんできた。ベンが言った。「その竹馬をはくと、おれの鼻ぐらいの身長になるな」

「いいえ、眉毛より上よ。認めたら？」

ベンにはキャリーの手を取るのが自然に思えたし、キャリーには彼に身を寄せることがさらに自然に思えた。

〈フィロメナ〉がそうであったように、〈バーンズ・アンド・ノーブル〉でも、店内のいたるところにミュラー長官がもう一人の助手が撃たれたことを隠していると信じる人たちがいた。みな、真のスクープを報じる〈ポスト〉を読んでいた。

キャリーが言った。「ジェドのせっかちなこと。わたしが伝えたことの一〇メートル先を行ってるわ」

ある男が言った。「ロースクールを卒業したてだとしても、おれなら最高裁判所には応募しないね。来年は人手不足になるんじゃないか」

もう一人が応じた。「カリファーノ判事のもとで働いてた助手が三人とも死んだんだもんな——一週間で」

「〈ポスト〉によると、彼女は死んでないぞ。ベセスダにいるんだそうだ」

「わかるもんか」

ベンとキャリーは通路を歩きまわり、人が集まっている場所を見つけては立ち止まって耳を傾けた。

「こんどこそ、あの気の毒な助手を守れるといいけど。もしまだ生きてるなら」

書店を出たベンとキャリーは、気がついてみると、ベンの運転する車でサビッチの家に向かっていた。「きみが化粧室に行ってるあいだに、サビッチと話した。聞いたことを伝えたら、よかったと言ってたよ。狙いどおりだそうだ。ジフィーのことをひどく思い悩んでるみたいで、それが声にも出てた。自分を責めてるんだろう」

「でしょうね。あれだけのことが起きたら、わたしも自分を責めると思う。どこに行くの？」

ベンは家の前で速度を落とし、路肩に寄せ、車を停めた。「ようすをチェックしたかった。平穏無事なようだな。サビッチが、おばあさんの絵を守るために最先端の警報システムを入れてるのは知ってるが、どうしても――」

「確かめたかったのね？　いいわよ」

「もう一箇所、いいかな？」

ベンは方向指示器を出して右折し、ミスター・エーブリーの家へ向かった。「確かロンバード通り二三七一だった。まだ、遅すぎる時間じゃないから、立ち寄って話しを聞いてみよう。よかったら、一緒に来ないか？」

35

ナサニエル・エーブリーはほどなく玄関に出てきた。身にまとったバスローブは骨ばった足に届きそうなほど丈が長く、けばけばしい水色だった。奥さんのものなのだろう。ベンはたちまち楽天的な気分がしぼむのを感じた。実際に会ってみたミスター・エーブリーは、頭のおかしい偏屈じじいにしか見えない。フロントガラスにでかでかと書かれてでもいないかぎり、それがトヨタの車かどうかわかるとは思えなかった。

とはいえ、ふわふわのスリッパははいておらず、さもなければ、さっさと回れ右をして立ち去るところだ。彼の室内ばきは、紳士物らしい濃い茶色の革製だった。

「何者だ、若いの？」

ベンはバッジを出し、エーブリーにとくと検分させた。実際、相手はずり下がった眼鏡を押しあげ、しばらく黙りこくってベンのバッジを眺めた。長々と見てから、ようやく顔を上げた。「ほお、本物の刑事だな。で、あんたは？」

「わたしはキャリー・マーカム。彼に同行してます」

「で、お二人さん、めかしこんでなんの用かね？」

「〈フィロメナ〉で食事をしてきました」ベンがさらりと言った。「メカジキが絶品でした」

「メカジキに興味はない」

キャリーが言った。「昨夜の件をお訊きしたくてうかがいました。車に飛び乗って逃げたという男についてです」

「すでに五人以上の地元警官に話したぞ。もしかしたらＦＩＢが来るかと思ったが、まだ調べに来ん。来るだろうか？」

「残念ですが。せいぜいわれわれくらいでしょう」ベンが答えた。「ほかの者に話しをされてから、二十四時間たっています。ミスター・エーブリー、その後いろいろ考えたり、何度も場面を思い返したりされたでしょう？」

「まあな。あの捜査官の家の狙撃についちゃ、すべて知っとるぞ。このあたりであんなわくわくすることが起こったことは、ついぞなかったからな」

「一緒に考えてみませんか。忘れていたことを思いだすきっかけになるかもしれません」

エーブリーの眼鏡が鼻からずり落ちる。彼は薄暗いリビングに二人を招き入れた。テレビの音が消してある。「マリリー。心配するな。刑事だよ！」

美しく豊かな銀髪をいただいた老婦人が、安楽椅子に腰かけていた。淡いピンクのバスローブと、同じ色合いのピンクのスリッパをはき、足載せに足を上げて、こちらを見ている。

「なんですって、あなた？」

エーブリーは声を張りあげた。「警察だ！　編み物に戻りなさい、マリリー。大丈夫だから。ルチアノはどこだ？」

びっくりするほど元気な声とともに、高速のメトロノームのように尻尾を振りまわしながら小さな黒い犬が飛びだしてきた。「こいつがルチアノ、うちのぼうずだ。まだ二歳なんだが、外が大好きなかわいいやつで、いつも駆けまわっておる。一日六回も散歩に連れてかなきゃならん。そこらをほっつきまわるのが好きでな。でっかい犬に吠えちゃあ、舐《な》めようとする」エーブリーは膝をきしらせながらかがみ、ルチアノを抱きあげた。犬は彼の顔じゅうを舐めてから吠え、黙りこんだと思うと、小さな頭をかしげてベンとキャリーを見つめた。

「まあ、ルチアノ、なんてかわいいの」キャリーが言った。「なんという犬種ですか？」

エーブリーはキャリーに近寄ってささやいた。「ミニチュア・プードルだが、自分じゃわかっとらんのだ。こいつに訊いたら、人間だと言うだろう」彼は犬の頭をなで、声を大きくして二人を招き入れた。「ともかく、入って坐ってくれ。マリリーはテレビの音をつけんのだ。近所じゅう吹っ飛ばすくらい大きくしなけりゃ聞こえんからな。だが、編み物をしているときはテレビをつけておきたがる。マリリーは読唇術の名人なんだ」

エーブリーはもう一つの安楽椅子に腰をおろし、骨ばった脚の上にルチアノを乗せ、ベンとキャリーを正面の美しい紋織りのソファに坐らせた。

「さあ、質問してくれ、レイバン刑事」

「では。まず、男を見たときのことです。正確にはどこにいましたか？」

「わが家から約六メートルくらい南だ」

「昨晩は半月でした。つまり、明るかった。眼鏡はかけていた？」

「ああ。スコップでルチアノのあと始末をしなけりゃならんからな。それにルチアノがマディソン・アベニューまで行きたがったとき、車に轢《ひ》かれちゃことだ。このあたりだと、あそこがルチアノの気に入りの縄張りなんだ」

「わかりました。それで男を見たんですね。何歳くらいでした？　男を見てどう感じましたか？」

「それほど歳はいってなかったが、いまいましいことにな、レイバン刑事、わしくらいになると、七十より下はガキに見える。そうだな、あの男は中年に近づいとったな。四十前後。大柄で、健康そうで、太ってなかった。そのくらいだね、言えるのは。バーバリーのコートを着とったぞ。わしの兄弟がそろいもそろって着てたのがバーバリーだから、それはわかる。ばか者たちめが。男に気づいたのは、走ってたからだ。土曜日の夜にここらあたりでそんな人間を見かけることはめったにない。このへんに麻薬中毒はおらん。立派ないい人たちばかりだ。マリリーやわしやルチアノみたいなね。ここで暮らしてかれこれ四十五年になる」

「男の車が停めてあったのは？」

「この家の六メートル北側だ。こちら側だよ。通りに停まっていた車はそれだけだった。前に言ったとおり、このあたりは住宅地で、みなガレージに車を入れる。私道のブロックに乗りあげたり、道端に停める横着者はおらんのだ」

「白かグレーの車とおっしゃいましたね？」

「いま考えてみると、白だった気がする」

キャリーはエーブリーにほほえみかけた。「はっきり思いだしたんですね」

「ああ。よくよく思い返してみたんだ。レイバン刑事の言うとおりな。前の刑事にはグレーか白の二〇〇〇年か二〇〇一年型の新型トヨタだと話したが、あのときははっきりしなかった。あの刑事たちがわしの話をまともに受け取らなかったのも、わからんじゃない。今日、トヨタを何台か見て、ようやくわかった。ツードアのトヨタだ。フォードアじゃない。真新しかった。しかも、ラジアルタイヤだったよ」

ベンが言った。「で、男は運転席のドアを開けて飛び乗り、車をスタートさせて、縁石をこする勢いで走り去った」

エーブリーは首を振った。「それがな――おい、ルチアノ、父さんのところへ戻ってこい。マリリーのスリッパを嚙《か》むんじゃない！　よし、いい子だ。さてと、なんの話だ？　おお、そうだ。じつはあとになって思いだしてみると、車はすでに動いていたんだ」

ベンは筋肉一つ動かさなかった。

「それに、いまもう一つ思いだした。いいかね、レイバン刑事。男にはイグニッションにキーを入れてエンジンをかけている時間はなかった。そう、男は運転席に飛び乗ったのさ」エーブリーは指を鳴らした。「そうだ、はっきり思いだしたぞ。すでに車のエンジンがかかってたんだ。男はドアを開ける必要はなかった。もともと開いてたから」

ベンは、疑いだした自分がいまいましく、エーブリーが作り話をしていると言った刑事が間違っていることを祈りながら尋ねた。「FBIに思いだしたことを伝えますか?」

エーブリーは首を振った。「うむ。もう一度、質問されたら話すかもしれんが、あいつらはわしのことをポストみたいに目もろくに見えず、マリリーと同じで耳も聞こえない、頭のおかしな耄碌じじいだと思っとるからな。昨日の刑事たちはそんなふうな態度だったよ。さも敬ってるように、うなずいて話を聞いていたが、わしが見てないと思うと、こっそり顔を見あわせておった。そんなやつのために、時間を割いてやる意味があるか?」しばし口を閉ざしてから、悪態をついた。「わかったよ。明日、電話してみるかもしれん。警官だった親父から、正しいことをしろと教えこまれてきた」

「なによりです」キャリーが言った。

ベンは膝に置いた手を曲げ、身をのりだした。目が輝き、胸の高鳴りを感じた。「力になりますよ、ミスター・エーブリー。それにお見受けしたところ、あなたはわたしと同じくらいしっかりしていらっしゃる。さっきのお話ですが、つまり、車のなかに誰かがいたということですね?」

誰にも聞こえないテレビ番組のテーマソングをハミングするマリリーの歌声と、編み棒のあたる音を聞きながら、キャリーとベンは待った。ルチアノまでが、エーブリーの膝に前足をかけて後ろ足で立ちあがり、尻尾を振って、飼い主の言葉を待っていた。

「そうさね、エンジンがかかる音は記憶にないが、注意してなかったからな。男が車へ向かって全速力で走ってきてはじめて気づいた。バーバリーのコートの裾が脚のあたりでぱたぱたしてた。走ってくるのを見て、車内の誰かがエンジンをかけたんだろう。運転席のドアは閉まってなかった。うん。少し開いてたはずだ。そうだ。さっき言ったとおり、男は走ってきて――息も切らしてなかったように思う――ドアを開けて飛び乗り、めいっぱいアクセルを踏んだ。そして車は左右に車体を振りながら走りだした」

キャリーは片足をこつこつと踏み鳴らし、身をのりだした。

エーブリーが膝にルチアノを抱きあげた。「そうだ、はっきり思いだしたぞ。いいかね、誰かが車のなかで動いてたんだよ。助手席で。男がアクセルを踏んで、車が少し横すべりしたとき、そいつの頭ががくんと後ろに引っぱられた。女だったな。髪の毛がばさっと広がった。うん。女が待ってたんだ。その女が車のエンジンをかけた。そうだ。もしくはロングヘアーのいかれたヒッピーか」

核心に迫る証言だったが、ベンはエーブリーとルチアノの手を取ってリビングルームを踊りまわるのは思いとどまった。

十分後、ベンは携帯電話でサビッチに連絡し、エーブリーじいさんは頭脳明晰《めいせき》だということが判明したと報告した。

サビッチが言った。「たしかに頭が冴えていて、作り話じゃないんだな？」

ベンは答えた。「扱いにくい御仁であることは確かだけどな。登場あそばしたときには風変わりなじいさんだと思ったが、頭はぼけちゃいないぞ、サビッチ。間違いない。おれが十一歳のとき隠してた〈プレイボーイ〉をおふくろがしっかり見つけていたのと同じくらい確実だ」

「わかったよ。そうだろうな、ベン。これは大発見かもしれない。よくやったな。キャリーにきみは女神だと伝えておいてくれ。ああ、それから、〈フィロメナ〉は楽しめたかい？」

「ああ、あんたの思っていたとおりな」

「それは何よりだ」

ベンはふり向き、キャリーに向かって言った。「サビッチが、きみは女神だとさ。誇らしいだろ？」

キャリーは笑い、すぐに真顔になった。「それで、これからどうするの？」

「きみを家まで送るよ。今日はこのくらいで充分だ」

「そうね。ギュンターの車に女が乗ってた。サビッチは、この事件にかかわるすべての女性が、昨夜、どこにいたか探りだすでしょうね。それから、ベン、ジフィーについて何かわかったら、すぐ連絡してくれる？」

「もちろん」

ベンはクラウンビクトリアの方向を変え、ベックハーストにあるマーガレット・カリファーノの家に向かった。

五分ほどして、フロントガラス越しに正面を見すえながら、キャリーが言った。「あのね、あなた、自然に見えたわよ」

「うん？　自然って何がだ？」

「昨日の夜、ショーンを抱いてたとき。とても自然だった」

「ああ。まあ、姪《めい》も甥《おい》も二人ずついるからな。何回かオムツを替えたこともある」

これを聞いて、キャリーはベンに顔を向けた。「ほんと？　あなたがほんとにオムツを取り替えたの？」

「高度なロケット技術じゃあるまいし。マジックテープがあるんだぞ。赤ん坊だって自分で取り替えられるさ。なんでこんな話題になったんだ？」

キャリーは肩をすくめた。「すてきなディナーだったわね」

「おれはメカジキよりきみのドレスによだれをたらしっぱなしだったよ」

「まだ一週間なのよね。信じられない」

ベンはうなずき、すべるようにカレドニア通りに曲がり、西へと進んだ。キスしたいのかと訊きたかったが、かろうじて我慢した。

「ねえ」キャリーが言った。「ミスター・エーブリーって、たいした人だと思わない？」

「ああ、まったく。それにあの毛むくじゃらも、なかなかの子犬だった。というか、あいつが好きになったよ。あのチビは幸運だよな。プードルについて、おれがこんなことを言ってるなんて信じられないが。いや、ミニチュア・プードルか。まったく、朝六時におれの上を這いまわり、顔を舐めまくるようすが目に浮かぶよ」

じつは意外なことに、キャリーにもそのようすが目に浮かんだ。意外でなかったのは、ベン・レイバンの隣りに寝ている自分が見えたことだ。ルチアノがこちらに飛びかかってくるのを笑いながら待っている。よりによってどうしてこんなときに、恋心や愛情が雑草みたいに芽吹かなければならないのだろう？

ベンはちらりとキャリーを見たきり、何も言わなかった。マーガレット・カリファーノの家に着き、キャリーを玄関まで送った。ポーチの照明を除いて、明かりはすべて消えていた。「ご友人さま一行は夜になって帰ったようだな」キャリーがドアを開け、なかに入るまでベンは待った。

「キャリー、さっきの自然だって話だが」

「うん？」

「いや、忘れてくれ。気にするな。ジフィーについて何かわかったら連絡するよ」キャリーは黒いウールのコートに身を包んで首に真っ赤なスカーフを巻いているが、ベンの脳裏にはその下の露出の多いセクシーなドレスがはっきりと刻みこまれていた。いや、いまはそんなときではない。まったく、何を考えてるんだか。「よく寝ろよ。また明日」ベンが向きを変えて立ち去ろうとすると、キャリーが腕をつかんで引き戻した。キャリーはベンを見あげて、言った。「行かないで。わたしったら何してるんだろ？　今夜は自分の家に戻れって、母に言われてたの。もう大丈夫、しばらく一人になりたいって言うから、明日の夕食のときに会うことにしたのに、忘れてた。どうしよう？」

「お母さんのようすを見てこいよ。それからきみのアパートメントまで送ろう」

キャリーはうなずいた。「わかった。明日はどうする？」

「八時半に本部ビルで、ハロウェイ警部やハルト警察本部長と会議があるが、連絡するよ。迎えにいける時間がわかったら連絡する。たぶんサビッチから何か頼まれるぞ」

「なかに入って。母のようすを見てくるわ。それから母のおいしいフレンチローストのコーヒーを飲みましょうよ。わたしの部屋にあるのはどれもこれも古くて。カビが生えちゃってるかも。それに母はつねに冷凍庫にクロワッサンを入れてるの。どう?」

ベンも疲れてはいなかった。気分が高揚していた。世界を相手に戦えそうだ。ほんとうはキャリーをベッドに連れこみたい。そのせいで何もかもがさらに緊迫感を増していた。「いいね。クロワッサンか。本物のバターはあるかい?」

「母ならきっと置いてあるはずよ。チャンスは生かさなくっちゃ」

キャリーはベンを超近代的なステンレスのキッチンへ案内すると、グルメコーヒーの袋を渡して、コーヒーメーカーを指さした。イタリアで工学学士の学位でも取っていなければ、理解できそうにないヨーロッパ製のマシンだ。

キャリーは声を落としてささやいた。「上に行って母を見てくる。やっぱり、まだ母が心配なの。ちょっと行ってくるわね」

「ああ、お母さんがぐっすり眠っているか見てこいよ。もし起きてたら、下でおれたちが歩きまわってる音を聞いて、怖がってるかもしれない」

「すぐに戻るから」

「わたしはここよ」マーガレットが、二人にほほえみかけながらキッチンに入ってきた。べンは元気そうな顔に会釈した。

「コーヒーメーカーは使えて、ベン？」

「お母さん、彼は男なんだから。遺伝子に組みこまれてるはずよ」

マーガレットは笑った。「スチュワートにはその遺伝子はなかったわね」声が沈む。それでも泣きだすことはなかった。キャビネットに向かい、マグカップに手を伸ばした。

ベンの携帯電話が鳴りだした。「レイバンだ」

女二人は電話に耳を傾けるベンをしばらく見ていた。ベンは電話を切ると言った。「申しわけない、何か起きたようだ。ミセス・カリファーノ、キャリー、また明日」

ベンは帰った。

キャリーはあとを追おうとして立ち止まった。「どうしたんだろう？」

「明日、話してくれますよ」

「ええ。でもそれまで、つまらないわ」

マーガレットが言った。「わたしはお茶にするけれど、あなたもどう？」

36

ベセスダ海軍病院、外科集中治療室

影におおわれた広い部屋のなかにあって、半円形のナースステーションだけが明るかった。六人の看護師と三人の事務員が、それぞれコンピュータとモニターを前にして坐り、明るさを落とした手元の照明の下で記録を整理したりカルテを記入したりしていた。機械の低音とくり返し鳴るモニターの信号音に混じって、しきりに小声が交わされている。

十二号室のカーテンだけがわずかに開いていた。

十一時半、X線技師が集中治療室の扉のカードリーダーにIDカードを差しこみ、移動式のX線装置を押して入ってきた。ゴム底の靴で物音一つたてずにホワイトボードに近づき、患者の部屋を確認して、看護師にうなずきかけた。看護師は画面から顔を上げ、頭を動かして十二号室を示してから、手元のカルテに視線を戻した。患者を探しだしたX線技師は、カーテンのない五号室のなかに消えた。くぐもった声と、機械を設置する音が聞こえ、そして静かになった。

それから五分後、五号室から出てきたX線技師は、大きなナースステーションに坐るスタッフに小さく手を振って、機械を運び去った。さらに数分すると、別のIDカードが、同じドアのカードリーダーに差しこまれた。前の技師より年上の背の高い男が静かに入ってきた。緑の手術着に白衣をはおり、手には採血用の器具を載せたプラスティックのトレイがある。そしてかすかに口笛を吹いている。看護師はわずかに視線を上げ、やけにめだつ黒く染めた髪と口髭を見て首を振った。彼女はかたわらの小さな押しボタンに伸ばしていた指を引っこめた。

検査技師は笑顔を見せ、X線技師と同様、ホワイトボードで患者を確認した。検査技師が言った。「べつに緊急じゃない採血なら、患者が起きている可能性が高い時間帯にしたらいいのにと思ってるんだろ?」

「そんなことないわよ」看護師が答えた。「半分寝てるくらいのほうがいいの。患者があんまりびびらずにすむから」

検査技師はトレイを四号室に運び、静かにドアを押し、なかに入った。

検査技師がいなくなると、広い部屋にふたたび静寂が訪れ、それから二時間、集中治療室ではなにごとも起こっていないようだった。モニターは引きつづき夜を徹して低い音でうなりつづけ、集中治療室にしては不自然なほど安定した患者の心拍と血圧を記録していた。看護師たちは中央のナースステーションに詰めたまま、一人として出てこない。

午前一時十五分前、十二号室のドアが開いた。サビッチ捜査官とシャーロック捜査官が出てきて伸びをした。

サビッチが言った。「シフト交代の時間だ。次の患者の準備はいいか？」

「ブラディ捜査官から連絡がありました。すべて異常なしとのことです。もうすぐ全員まとまって来るころです」

次の瞬間、集中治療室のドアが開き、病院の夜用ガウンを身につけた三人の男と二人の女が現われた。その後ろに何人もの看護師、事務員、技師が続く。

「急げ」患者の一人が言った。「ブラディによれば、病理検査室からこちらに男が向かってるそうだ」

頭をターバンのように包帯でぐるぐる巻きにした患者が、担当の看護師に点滴の管を振った。看護師がぐるりと目をまわして見せる。

二分以内に、新しい患者が五つの病室のベッドに横になった。看護師とスタッフは機械の前に坐り、装置とモニターがまた低くうなりだし、またしても、どれもこれも正常値を示しだした。

サビッチはしばし立ち止まり、出入口から再度、集中治療室をチェックした。「さあ、帰ろう、シャーロック」

四十五分後、サビッチはポルシェを自宅のガレージに入れた。シャーロックが警報装置の解除コードを入力し、顔だけふり向いて言った。「くたくたよ。現われない人を待つほど疲れることはないわね」

サビッチは妻の肩を揉みながら、二人でキッチンに入った。シャーロックが天井の電灯をつけた。

「ベッドという言葉がこれほど心地よく耳に響くのははじめてだ」サビッチは冷蔵庫から水のボトルを取りだしながら言い、蓋《ふた》を開けてたっぷり飲んだ。手で口をぬぐい、カウンターにもたれた妻に言う。「ギュンターはいかれているとおれは確信している。これまでやつが冒してきた危険を考えれば、今回もやると思ってた。だが、いっぱい食わされたな」

「もしかしたら真夜中に現われるかも」

サビッチは首を振った。「静かだし、人の気配がなさすぎる。頭がおかしいとしても、愚かなやつじゃない」

ふたたびたっぷりと水を飲んだ。

三メートルも離れていない暗いダイニングルームからかすかな物音が聞こえ、サビッチはボトルを握る手に少し力を込めた。

シャーロックが視線を合わせる。手にした布巾でアイランドカウンターの表面を拭いてから、サビッチを見た。胸の前で腕を組んだ彼女は、リラックスしているようだった。「ギュンターの頭がおかしいとしても、運は続かないとわかってたはずよ。もう歳だもの。くたびれきったおいぼれ。クワンティコで最後の虚勢を張ったはいいけど、もうこれ以上はやれない。それなのになぜ、ここにいるの？」

闇から男の低い声が聞こえた。南部風のゆったりとした口調がかすかに聞き取れる。「なぜなら、まぬけな捜査員どもが、ベセスダで見えみえの罠を張っているのがわかったからだよ。クワンティコと同様にな。だからここで待っていたのさ、サビッチ。かなり待たされたよ。さて、イレイン・ラフルーレットが隠れている場所を教えてもらおうか」

「客が来たようだ、シャーロック。ギュンター、明るいところへ出てこい。恥ずかしがることないだろう？」

胸板の厚い長身の男がドアから入ってきた。左手にシグ・ザウアーが握られている。隠していない顔を見た瞬間、ギュンターが自分たちを殺すつもりだとサビッチは確信した。手に黒い革手袋をはめ、黒い帽子を深くかぶり、全身黒ずくめだ。頑強そうだが、顔には深い皺《しわ》が刻まれ、薄い唇はきつく引き結ばれていた。多くの死のたくらみを謀りつつ、いく晩も長い夜を過ごしすぎたとでもいうように、老けて見えた。精神の異常が外見にも現われているだろうか？　目に狂気が見える、とサビッチは思った。冷たく空虚な目だった。

「ギュンター・グラス」響きを味わうように男が言った。「早々に名前を見つけだしたもんだな。何年も使っていなかったんだが」

サビッチはじりじりと男に近づきながら尋ねた。「フルーレットはベセスダにいるのに、ここに来たのか」

「離れていろ、サビッチ。飛びかかろうなんて考えるなよ。おまえが戦い方を知っているのはわかっている」ギュンターは後退し、三メートル距離を取った。「二人とも、シグを下に置き、こっちに蹴るんだ」

サビッチとシャーロックは腰のホルスターから銃を抜いてキッチンの床に置き、立っているギュンターのほうへ蹴った。

ギュンターはシャーロックにまっすぐシグを向け、狙いをつけた。「二人ともリビングへ移動しろ。サビッチ、女をあいだにはさむんだ」リビングに入ると、ギュンターは身ぶりでソファにかけろと示した。アーチ型の開口部からリビングに入るあいだも、シグの狙いはシャーロックの胸からはずれなかった。「お遊びはここまでだ。イレイン・ラフルーレットはどこにいる？」

「ベセスダよ」シャーロックが言った。「外科集中治療室。覚えてないの？　あなたが撃ったでしょ」

ギュンターが発砲した。耳をろうする銃声がリビングに響きわたり、シャーロックは鋭く息を吸った。弾丸が腕をかすり、背後の壁にめりこんだ。シャーロックは衝撃に体をこわばらせつつ、声を漏らさず、手で腕を押さえた。サビッチがすぐさま立ちあがりかけた。

「そこまでだ。女を殺すぞ！」

サビッチの息は荒くなり、体じゅうがアドレナリンと怒りで沸き返っていた。ギュンターを殺したいのはやまやまだが、シャーロックに銃が突きつけられている。自分を抑えて腰をおろした。恐怖が胸に兆して、心臓が激しく轟いている。「大丈夫か？」

「ええ。大丈夫よ、ディロン。大丈夫」

ギュンターがにやりとした。「いいか、舐めたまねをするんじゃないぞ。そちらと同じくらいこちらもプロだ。質問したら、生意気な口を叩くな、わかったか？」

「わかったわ」シャーロックはじきに麻痺《まひ》状態を脱して、腕に激痛が走るのを知っていた。だが、傷は深くはない。脅したいだけ。さらに凶暴になりうるという無言の脅迫が、体をえぐった弾丸以上に恐ろしかった。

サビッチが言った。「ギュンター、銃をおろせ。十人を超すＦＢＩ捜査官がこの家を包囲している。これで終わりだ。逃げられないぞ」

ギュンターはサビッチを見つめた。「ベセスダに罠を張ったうえに、この家までもか？」

「そのとおりだ。一度はおまえを見くびった。同じ失敗はくり返さない。銃を置け。これ以上の殺しはなんの得にもならない」

サビッチはそのとき、ギュンターが納得したのを見て取った。これで終わりだと悟ったのだ。彼の目のなかで何かが息絶え、精気が消えた。と、ギュンターが、止める間もなく自分たち二人を殺すのではないか、と恐怖に駆られた。話を続けさせなければならない。「なぜカリファーノ判事を殺したんだ、ギュンター。ダニー・オマリーとイライザ・ビッカーズを殺した理由は？　なぜいまもイレインを殺したい？　おれたちと世間に知らしめる、またとない機会だぞ。共犯は誰なんだ？　いまとなってはもう明かしてもかまわないだろう？」

ギュンターの銃はあいかわらずシャーロックの胸に向かっている。「真相を知りたいのか？　いいだろう。真実の一端を明かしてやるよ」

そこで一瞬黙りこんだ。そのころには観念したように穏やかな目になっていた。シャーロックはその目に、たしかに安堵の色を見たように思った。ギュンターはゆったりした声で話しだした。「正直なところ、おまえには感心したよ、サビッチ捜査官。おたがいプロとしてな。だが誰しも終わりを迎える。おれ、カリファーノ、おまえ――ただ違ったのは、おまえはおれの末路を決定し、自分の終焉《しゅうえん》にはしなかった。だが、おれはすでに腹をくくっている。しばらく前におれの人生は終わっていた。どうやって幕引きをするか、問題はそれだった。どうやって去るかだ。

ギュンター・グラスという名前を選んだ理由を教えてやろうか？　父がギュンター・グラスと同じ、ダンツィヒで生まれ、グラスはそこを舞台に『ブリキの太鼓』を書き、おれが生まれた町を描きだした。主人公オスカルの世界は崩れ、彼は自分の持てる技術で人生を築いた。おれも同じだ。両親の家は文字どおりナチに略奪され、すべてが破壊された。終戦間際、ポーランド人判事が父に死刑判決をくだした。母は自分と腹のなかのおれを守るため、身を貶《おとし》めて、判事と寝た。だからおれはいまここにいる。父が銃殺隊に殺されたのち、母はその判事のところに身を寄せた。そして結婚しやがった。父を殺した男と。母は父を裏切り、怪物と交わった。おれはそれを忘れなかった。十七になったとき、おれは裁判官兼死刑執行人となって、父の敵をとった。二人を鉄線で絞首刑に処したんだよ。あの売女《ばいた》のイライザ・ビッカーズと、仲良しのダニエル・オマリーと同じように。

以前からおれは自分をギュンターと呼んできた。ギュンターについて話してやろう。ずいぶん前からやつは日々の糧《かて》を得るために人殺しをしてきた。自分にできる唯一の秀でたもの、好きになれるものがそれだった。ターゲットは全員、死に値するやつらだ。悪人、麻薬の売人、革命家、狂信者、テロリスト、もしくは周囲の人びとを堕落させた、たんなる犯罪者、そういったやからだ。当然ながら、賄賂《わいろ》を受け取って愛人を囲う不誠実な判事もそこに入る。だがギュンターは、社会のクズを片づけているにもかかわらず、つねに追われる身であることに、うんざりしてきた。そこでギュンターの存在を消して、アメリカ人になった。

カリファーノ判事が真っ昼間に小さな公園で若い女にキスしているところを見かけたとき、まさに宿命のなせる業だと思った——運命の車輪がまわったってやつだな。二人はオークの木陰に立っていた。あたりには誰もいなかった。いたのはおれだけだ。女は笑って、年寄りの口にキスをし、二人の体のあいだに置いた手を彼に押しつけた。相手はおれの義理の父のような、ただの堕落した判事ではない——最高裁判所の判事だ！

二人を見ているうちに怒りがつのり、その公園で二人とも殺してやりたくなったが、それが愚かで危険な行為であることは心得ていたし、確実にしとめなければならない。そこでマンションまで二人のあとをつけた。判事の不貞の相手が助手だということも突き止めた。あの判事は、あの若い女を淫売《いんばい》にした。おれの母と同じだ。女を殺すのは楽しかったよ。むしくあがくようすがたまらなかった。おまえが一部始終を聞いているとわかっていたから、なおさらだ。女の命が消える瞬間、おれには母の顔が見えた。あの女を殺したときは、堕落したあの判事の息の根を止めたときと同じくらい満足できた。あれは汚らわしい男だ。陳腐な薄汚い男で、ヨーロッパで殺してきたクズども同様、腹黒かった。カリファーノが自分の死を悟った瞬間、究極の報いを受けることになったと悟った瞬間は、最高の気分だった。やつの人生を終わらせること。それが、なんとしてもやらねばならないおれの宿命だった。

もう少し聞きたいか、サビッチ捜査官。最高裁判所とクワンティコで、あんなことができるとは、われながら驚いたよ。おまえたちの危機管理の、なんとお粗末なことか」

サビッチは言った。「二人が不倫をしていたから三人を殺したと言うのか？」

「おまえにもよくわかっているとおり、しっかり目を開けて見ていれば、悪はつねにいたるところにあふれている。悪は別の悪を見つけ、それを育む。だからおれは、最高裁判所判事と二人の助手を――そう判事と食事をし、交わり、判事の言葉に聞き入り、人となりを知り、心酔した若い信奉者を――殺した男として歴史に名を刻む」

サビッチは尋ねた。「おまえがダニー・オマリーを絞殺し、イレイン・ラフルーレットを殺そうとしたのは、カリファーノ判事とイライザ・ビッカーズとの関係を黙認していたからなのか？」

「連中は判事の行状を知りながら、手をこまねいていた。おれの母親が判事と寝ていても、誰も何もしなかったのと同じさ。やつらは判事の権力を笠に着て、自分でもそんな力を欲していた。死んで当然だ」

ギュンターの息が荒くなり、手の銃がかすかに揺れている。崖っぷちの精神状態に近づいている。サビッチはしっかりした低い声でたたみかけるように質問した。「三人を殺した理由を世間に発表しなかったのはなぜだ？　カリファーノ判事を見せしめにした理由を世に知らしめたくなかったのか？」

つかの間、ギュンターはサビッチをただ見つめていた。それから肩をすくめ、まるで動きのない空気そのもののようなうつろな声で言った。「おれはやつを破壊した。必要なのはそれだけだ。世間がどう思おうと、おれには関係がない」

サビッチは言った。「おれが発表しないと思うのか？」

ギュンターがほほえむ。「おまえたちは死ぬ。おれと一緒に。三体の死体だけが真実を知っている。それで充分だ」

シャーロックが言った。「でも、あなただけの問題じゃないでしょ？　この家を銃撃したとき、一緒にいた女は誰なの？」

ギュンターは笑い声をあげたが、銃の狙いはシャーロックの胸からはずれなかった。「そんなこと誰が気にする？　車にいたのはバーで拾ったただの飲んだくれだ。検問を突破するとき、かっこうのカモフラージュになった」

「でもこれで終わりよ、ギュンター。もうおしまい」

ギュンターはまた笑った。「おれが終わりを告げるまで終わらない。おまえたちもこれまでだ。おれは死ぬ。だが、地獄の道連れとして一緒に死んでもらうぞ」

ギュンターの背後からベンがどなった。「やめろ！　発砲したら、頭を吹き飛ばすぞ！」

ギュンターはすばやく向きを変えて発砲し、一瞬のうちに蹴りを入れた。ベンの頭からわずか五センチ先の壁に弾丸がめりこみ、ギュンターの左足がベンの腕を直撃した。痺《しび》れたベンの腕から銃が飛び、床に落ちて玄関のほうへすべった。

ベンはギュンターに飛びかかり、玄関ホールに仰向けに押し倒した。だがこぶしで喉を強打され、背中を蹴りあげられて、投げだされた。椰子《やし》の鉢に倒れこみ、呼吸をしようと咳きこんだ。ギュンターがリビングへ発砲し、サビッチとシャーロックがソファの陰に飛びこむ。続いてギュンターは転がりながらベンに向けて発砲した。美しい中国製の花瓶が砕かれ、椰子の木が玄関ホールの床に叩きつけられる。その椰子がベンの命を救った。次の一発は椰子の葉越しに飛び、ジャケットの袖が焦げる臭いが嗅げるほど近くに撃ちこまれた。ギュンターは玄関から飛びだすと、叩きつけるようにドアを閉め、ポーチの階段を駆けおりた。

サビッチのどなり声が聞こえても、ベンは止まらなかった。左手に銃を持ち、玄関のドアを開け、ギュンターを追った。サビッチが一メートルあとに続く。

闇のなかでジミー・メートランドが叫ぶ。「だめだ、撃つな！」

「逃げきれないぞ、ギュンター」サビッチが叫んだ。「そこらじゅうに捜査官がいる。立ち止まって銃を捨てろ」

サビッチは玄関の明かりをつけてシグを構え、ギュンターを見すえた。ベンがそのすぐ左、イタリア糸杉を植えこんだ大鉢の陰にいた。一瞬二人の目が合った。

ギュンターは銃を捨てなかった。腰の位置から発砲した弾が、サビッチの数センチ脇を通った。二発めが放たれる前に、ライフルの銃声があたりに轟いた。ギュンターが体を回転させながら前に倒れ、片手で首を押さえた。ギュンターが最期に見たのは、狙撃用ライフルで狙いをつけながら、路肩に停めた車の後ろから出てくるデイブ・デンプシーの姿だった。
五、六人の捜査官が配置場所から走りでて、身動きしない相手に銃口を向けると、惨事を引き起こした男が静かに横たわる場所へ全員で近づいていった。
たっぷり三十秒間、物音一つしなかった。ようやく、ジミー・メートランドが言った。

「なんともはや。ついに終わったか。やれやれだ」

ベンがうなずき、立ちあがった。「シャーロック、大丈夫か?」

「ええ、大丈夫。心配しないで」

メートランドが言った。「こうなると、ちっとも恐ろしげじゃないな。顎《あご》のたるんだ、死んだじいさんにしか見えない。よくやったぞ、デイブ。それからベン、ご苦労だった。少し近すぎたが、うまくやつを押しだしてくれた」

メートランドは、シャーロックを固く抱きしめているサビッチを見た。「リビングの窓から見ていたぞ。やつがシャーロックの腕を撃ったときは、この手で撃ってやろうかと思ったくらいだ。よし、ドクター・コンラッドに連絡だ。それからこのクズを撤去してもらおう」

救急隊員二人が、シャーロックの傷を調べるべく、そそくさとギュンターをまたいだ。ベンが見ると、サビッチは妻にかかりきりだった。

ベンは向きを変え、デイブ・デンプシーに笑いかけた。「会心の一撃だったよ、デイブ」

「ルーサーの家族に少しは報いられたかな。といっても、とうてい満足はいかないが」

「ベン」サビッチが呼んだ。「やつの身分証明書を確認してくれ。何者か確かめたい」

ギュンターは銃を握りしめたまま歩道に仰向けに倒れていた。メートランドとベンはすべてのポケットをあたったが、何も出てこなかった。偽の運転免許証すらない。二人でゆっくりと立ちあがり、ベンは言った。「何もないぞ。まったくだ」

「ありそうな話だ」メートランドがギュンターを見おろしながら言った。「やつは他人の名前で生き、まったくの名なしで死んだ」

サビッチはシャーロックの腕をむきだしにした。「ナイフの傷のすぐ近くをかすってる」

「大丈夫よ、ディロン。救急隊員に取り囲まれる前に、あなたとベンとわたしで話すべきだと思わない？」

「ああ」サビッチがのろのろと言った。「そうだな、きみの言うとおりだ。ベン、ちょっと家のなかに来てくれるか？」

ベンはうなずいた。

サビッチは、救急隊員にあと十分待つように指示し、抵抗するシャーロックをかまわず抱きあげて家に運んだ。

そのときジミー・メートランドが案じていたのは、サビッチが三人で話しあった内容を教えてくれるかどうかだった。

火曜日の夜

37

十一時過ぎ、ベンの運転するクラウンビクトリアが、マーガレット・カリファーノの家の私道に入った。

「終わったなんて信じられない」キャリーが言った。「しかも、あなたが何も教えてくれないなんて。わたしだって、ほかの捜査官たちと一緒に外にいられたはずよ」

「いや、サビッチから直接命じられてたんだ。さっきから、ずっと同じことを言ってるぞ。これからも延々と聞かされるってことか？」

「かもね。でも今朝、サビッチが非公式に〈ポスト〉にインタビューさせてくれたから、許してあげる。クームズったら、ファイルキャビネットの上で小躍りしちゃって、出会う人全員とハイタッチしながら、にたにたしてるわ。あなたはいい記事だって褒めてくれたけど、ほんとのとこはどうなの？　一面トップだって気づいた？　しかもわたしの署名入りよ」

とても誇らしげだ。ベンはほほえんだ。「ああ。ほんとにいい記事だと思ったよ。すばらしかった。おめでとう。で、首にならずにすみそうなんだな？」

「それはもう。またもや突然、クームズの大切な部下になったみたい。それより、シャーロックがほぼ回復してくれて、ほっとした。ディロンったら、口を開けば三角巾がどうのって言ってたわね」

「三角巾を見てると、思いだしたくない一夜の記憶がよみがえるそうだ。話す気はないみたいだけどな」

「わたしがシャーロックに訊けば、教えてもらえるかも」キャリーはシートにもたれ、目を閉じた。「すべてがあっという間だったわね。記事は書いたけど、まだよく整理できてないの。ギュンターが死んでほっとしてる。でも、わたしの義理の父を選んだのは偶然？　どの判事でもかまわなかったの？　スチュワートはあんなに立派な人だったのに――」そこで押し黙り、深いため息をついた。

ベンはあの夜、キャリーに何度も言い聞かせたことをくり返した。「あの男はまともじゃなかったんだ、キャリー。ただの異常者だ。輝く栄光の死を遂げたかったんだろう。最高裁判所の判事を殺すくらい、注目を浴びることがあるか？　最高裁判所の判事とその助手全員を殺すんだぞ。

それに、もう一つ。サビッチの罠にはまったと気づいたあとも、やつはFBI捜査官の家のリビングで不名誉に死ぬつもりはなかった。昨夜のあの男は、なおも栄光を求め、サビッチの家を出て、しとめようと待ち受ける十人以上の捜査官と対決しようとした。それだけでも、どんなやつだかわかるってもんだ」

少ししてキャリーが尋ねた。「カモフラージュとしてバーで女を拾ったっていう話、ほんとだと思う？」

「まともじゃなくとも、頭は使える。そこがやつの抜け目ないところだ。カップルなら目をつけられない」

「長年ギュンター・グラスとして生きてきたせいで」キャリーが言った。「本当の自分がわからなくなってたのかもね」

「ジミー・メートランドが言うように、あいつは他人の名前で生き、まったくの名なしで死んだ。キャリー、帰る前に一ついいか。先日の夜、着てた黒いドレス、すごく似合ってたよ。いつか、また着てもらえるかな？」

キャリーは小さくほほえんだ。「明日、自分のアパートメントに戻るわ。解決したから、もうわたしはいなくていいと母に言われたの」

「へえ」

「へえ、よかったな？　それとも、残念だな？」

「知ってるか？　おれの部屋は玄関から三十八歩で、キングサイズのベッドにぶつかる」

キャリーは笑い声をあげると、身を寄せて唇を重ね、クラウンビクトリアから降りた。

「また明日ね、ベン」

「ああ、楽しみだ。なあ、あの黒いドレスだけど、おれのベッドルームのドアノブに引っかかってたら、もっといいドレスに見えるんじゃないかな?」

「いかにも男が耽りそうな妄想ね。胸の鼓動よ、静まれ」キャリーは小さく手を振り、母親の家へ続く道を歩きだした。彼女が玄関の鍵を開け、なかに消えるのを待って、ベンは車をスタートさせた。

キャリーは家の警報装置をセットしながら、母はどうして寝る前に装置をセットしなかったのだろうと考えた。二階に上がり、母の寝室の前で立ち止まって耳をすませた。そして、ゆっくりとドアを押し開け、美しくしつらえられた母の寝室に入った。窓から射しこむ月明かりを受けて、ベッドカバーが白く冷ややかな輝きを放っている。

母に変わったところはないか確かめようとベッドに近づいた。

ベッドは空だった。

明かりをつけ、置手紙を探し、さらに自分の部屋に行って、手紙を探した。

寝室の電話でビッツィに連絡しようと受話器を取りあげたとき、点滅している留守番電話のランプに気づいた。再生ボタンを押す。ショッピングモール、タイソンズ・コーナーの店の担当者や、クリーニング屋からの連絡、スチュワートの遺言について弁護士に電話するようにという伝言、そして最後にこんなメッセージが入っていた。「マーガレット、アナよ。ジャネットの家にすぐに来て。緊急事態なの」

アナは一時間十二分前に電話してきていた。

緊急事態? キャリーは電話をかけようとして、ゆっくりと受話器をおろした。ジャネットの家に集まるのは不思議ではない。十年ほど前に離婚したジャネットには、家に相手をしなければいけない家族がいないので、母たち五人はよくそこに集まっていた。

ジャネット・ウィーバートンはメリーランド州のエミッツビルに住んでいる。夜遅いこの時間なら、車で二十分とかからない。

往来は少なく、思っていたよりも早く到着した。十九分後、キャリーはジャネットの家の私道に車を入れ、母のメルセデスの後ろに停めた。

私道には、母のメルセデスのほかに見覚えのある車四台が停まっていた。

家には煌々《こうこう》と明かりがついていた。キャリーは玄関に近づき、静かにドアを開いて、暖かな玄関ホールに足を踏み入れた。そっとドアを閉める。ミニマリストのジャネットの家は、すべてが抑制されていて、実用的だった。キャリーが子どものころのジャネットは少女趣味だったが、夫に去られて変わったのだ。

リビングルームに近づくにつれて、女たちの声が聞こえてきた。開いたドアの外で立ち止まったとき、ちょうどジュリエットの声がした。「だったら、これからいったいどうしようと言うの？」

母、マーガレットが応じた。「落ち着いて、ジュリエット。わたしたちが争ってもどうにもならないでしょう。たしかにショックだけど、なんとかなるわ。話しあって、最善の方法を見つけましょう」

「でもスチュワートはあなたのご主人だったのよ、マーガレット」ビッツィの声だった。

「それなのにどうしてそんなにどっしり構えていられるの？」

「ほかにどうしろというの？　ばかなことをした彼女を撃つ？　男を見る目がないから撃ち殺す？　何もいまに始まったことではないでしょう？」

アナが言った。「FBIがあの男の単独犯だと納得しているのは確かなんでしょうね？　車に乗ってたのは彼だけじゃないんだから——」

マーガレットは諭すような口ぶりだった。「サビッチ捜査官によると、ギュンターは、カモフラージュのためにバーで女を拾ったと言ったそうよ。最後の扉を閉じてくれたのね。わたしたちを巻きこまずに」ふと口を閉じ、そして続けた。「ギュンターはあなたを、そしてわたしたちみんなを守るために、みごとな嘘をついてくれた。何もかもキャリーが〈ポスト〉の一面に書いたとおりよ。ギュンターは、自分の腕前と大胆さを見せつけるために殺人を犯した。最高裁判所の図書室で判事を殺すことさえできると誇示しようとした」

ジャネットの声が涙でかすれていた。「でも、彼は正気じゃなかった。頭がいかれてたのよ。やったことを見ればわかるでしょう。裁判所か、クワンティコで殺されていてしかるべきだった。もう抑えがきかなくなっていたの」

キャリーはリビングルームに入った。

五組の瞳が彼女を見つめた。

「キャリー！」

「こんばんは、お母さん」キャリーは、ほかの四人に会釈した。アナ、ジャネット、ビッツィは泣いていた。いちばん痛手をこうむったはずの母は涙を見せておらず、ジュリエットはショック状態のようだった。キャリーはゆっくりと言った。「やはり女性がかかわっていたのね。このなかの誰なの？」

自然で狡猾《こうかつ》な動きだった。五人がすっと身を寄せあった。まるでキャリーに対抗するように、しばらくのあいだ肩を触れあわせ、一丸となって結束を固めているようだった。「何が起きているか話してくれる？」

「あなたには関係のないことよ、キャリー」マーガレットが言った。「国じゅうのほかの人たちと同じように、わたしたちもあの殺人者、ギュンター・グラスについて話していただけです」

「あの男は、一人でこの凶暴な事件を起こしたと嘘をついて、五人のなかの誰かをかばった。そう、あなたたち全員をかばったのよ」

マーガレットはほかの四人に視線を向け、全員がうなずくのを見てから、キャリーに顔を戻した。「しっかり聞いてね、キャリー。これからわたしが言うことは、あなたの人生のなかでもっとも重要なことよ」

母ではありませんように。どうか、わたしの母ではありませんように。「話して」

「このなかの一人がギュンターと関係があったんです。もちろん、ギュンターとは知らずに。彼はジョン・デービスと名乗っていた。それも偽名でしょうけれど、メリーランドで生まれ育ったと言われて、疑う理由はなかったのよ」マーガレットはいったん言葉を切り、自分たちの顔をじっくりとうかがうキャリーを見つめた。「なぜこんな恐ろしいことが起きたか知りたいでしょう、キャリー？　ええ、話しますよ。イライザ・ビッカーズが、直接わたしに電話してきて、スチュワートと寝ていると告げたのは知っていた？」

キャリーは首を振った。「知らなかった」

「そうなのよ。あの女は本気で彼を欲しがっていた。わたしが浮気に気づいているかどうか知りたがっていたけれど、もちろん、知っていましたよ。妻はその手のことに聡《さと》いものです。でも、わたしはスチュワートに離婚を求めなかった。それに納得がいかなかったあの女は、こんなことを言ったわ。スチュワートがわたしと結婚したのは、キャリー、あなたに近づきたかったからだと、本人に聞いたとね。ばからしいにもほどがあるんで、もちろん、笑い飛ばしてやったけれど」

「なぜスチュワートの不貞を知っていて、離婚しなかったの？」

「いまになって思えば、そうすべきだったわ。スチュワートを罰するために、わたしはサムナー・ウォレスに誘いをかけた。卑劣なやり方だけれど、二人の友情を壊してやりたかったの。まあ、いまさらそんな話はどうでもいいわね」

「信じられない――イライザはほんとうにそんなことを言ったの？」

「ええ、ほんとうよ。あの女は追いつめられていた。スチュワートの執務室にいられるのもあと半年。それで去らなければならなかった。

当然ながら、わたしはみんなに話し、そしてその一人が恋人に話した。ギュンターよ。最高裁判所判事が助手と情を通じ、スキャンダラスで不名誉な行為をして、妻を傷つけ、ひいては妻の友人までも傷つけていることに彼は憤った。彼女も同様に腹を立てていたけれど、いま思い返してみると、彼の怒りは度を越していたそうよ。でもそのときの彼は、それきり、何も言わなかった。

　ギュンターはスチュワートを殺すと決めた。そして彼女には自分のしたことを言わなかったから、もちろんわたしたちも、スチュワートを殺したのが彼だとは知らなかった。

　そんなとき、ダニー・オマリーが電話をしてきて、もしもお金を払わなければ、スチュワートがあなたを手に入れるためだけにわたしと結婚したと世間に言いふらすと言ったの。きっとイライザがわたしにかけた電話を盗み聞きしたんでしょうね。不注意な女」

　キャリーは言った。「わからないんだけど。ダニーはあの金曜日の朝、お義父《とう》さんのオフィスに入ってたのよ。スチュワートもゆすってたの？」

「いいえ。困ったことになると警告したのよ。スチュワートを崇拝していたからではなく、国内最高の法律事務所に推薦状を書いてもらえると思ったから。でもスチュワートが殺されて、ダニーはすぐに自分の知っていることがお金になることに気づいた。彼は、イライザにも連絡して、彼女からも金を受け取るつもりだと言っていたわ。もちろん、わたしは友だちに相談し、彼女はすぐに恋人に伝えた。そしてスチュワートと同じように、ダニーも絞殺された」

「それでもまだ、今回の殺人犯は身近な人かもしれないと考えなかったの？」

「キャリー、わかるでしょう？　ギュンターは恋人には何一つ漏らさなかった。ギュンターが話をちゃんと聞いていたかどうかさえ、わからなかったそうよ。あなたなら、そんな恋人が殺人犯かもしれないと疑う？　当然、そんなことないでしょうね。

あなたには正直に言わなければね。みんなはスチュワートの死の裏にわたしがいるのではないかと疑っていた。でも、わたしのことが好きだから、面と向かって言い立てなかったの。いいえ、ビッツィ、黙ってて。そう、ほんとうのことだもの。もっともな動機があったんだから。

スチュワートの葬儀の晩、あなたのレイバン刑事が、だいぶ前に撮られたギュンターの写真を持ってきた。ほかの人はその男に見覚えがなかったけれど、彼とつきあっている一人にはわかった。でも、確証が持てなかった、というより、なにより信じられなかったのね。

それでも金曜の朝、彼に面と向かってぶつけてみたら、彼が豹変《ひょうへん》したそうよ。そのとおりだと認めながら、まったく見知らぬ男に変わった。そして彼は、彼女が誰かに話したら、人を使って彼女だけでなく、わたしたちみんなを殺害させると思いこませた。ＦＢＩに通報すべきだったのに、彼女はしなかった。いまとなっては遅すぎるわね。

イライザを殺すつもりだという話は出なかったけれど、土曜日にイライザが殺されたニュースが流れたとき、彼女にはわかったそうよ。そう、わかったの。そして自分がまともでない男とつきあっていたと悟った。

彼女が口をつぐんでいたのは、自分とわたしたちが心配だったからよ。ギュンターは、彼女のためにやっているんだと言いつづけた。彼女のため、友人のため、そしてわたしのためだと」

キャリーは言った。「ギュンターがフルーレットを殺そうとして、サビッチ捜査官の家を銃撃した夜、あなたたちのなかの一人が一緒にいたのね」

マーガレットが答えた。「フルーレットの殺人未遂事件に関しては、彼女も共犯ね。車のなかで彼を待っていたのだから、言い逃れできないわ。ギュンターに無理に同行させられたのよ。そのときも言われたとおりにしなければ殺すと脅されて。でも彼女は、断じて計画を知らなかった。あなたがその場にいたことも知らなかったのよ」

「でも、銃声を聞いたでしょ？　何か恐ろしいことが起きたとわかったはずよ」

「ええ、わかったそうよ。でも恐ろしかったのよ。ギュンターがＦＢＩに殺されたと聞いて、ようやくわたしたちに打ち明けた。だからここに集まったの。ギュンターがわたしたちを守るために嘘をついたことは、あなたが書いた記事を読むまで知りませんでした」

「彼女は知っていたのに、誰にも言わなかったのね」

「だとしても、異常者に殺されていてもおかしくなかったのよ。あの男は壊れていたの、キャリー。わかってるでしょう？　あんなことをした理由はどうであれ、正気ではなかったわ。彼は失うものはないと思っていた。あなたならどうしたかしら、キャリー？」

わたしならこの手で彼を殺していた。が、キャリーはその言葉を胸に納めた。「わからない」

「そうでしょう？　あの状況でどうすべきだったか、誰にわかって？　でも、あんな頭のおかしい男でも、昨夜、殺される前に彼女とわたしたちを守ったという事実は残る。サビッチと、シャーロックと、ベンに嘘をついた。そして彼らはそれと知らずにあなたと世間に嘘を伝えた」

「わたしが黙っていられるかどうかわからないわよ、お母さん」

「いいえ、できますよ。そうしてもらいます、キャリー。考えてごらんなさい。彼女はギュンターの計画を知らなかった。わたしたちの誰も知らなかったの。彼がしたことは知らず、写真を見せられてはじめて、彼女は疑問を抱いたの。そのあとでイライザが殺された。彼女は恐ろしくなり、正気を失いかけた。

それに、わたしのことをとても心配してくれていた。わたしは取り乱していたわ。彼女は何もおかしなところがないふりをしなければならなかった。わたしを守るために。さっき話したとおり、わたしたちはギュンターがＦＢＩに射殺されたと知った彼女から真実を打ち明けられて、はじめて真相を知ったんです。

あなたがお友だちのレイバン刑事に話したところで、なんの役に立って？　いいことがある？　彼女は起訴されるかもしれないけれど、手はくだしていないのよ。そんなことをする理由があって？　ただ真実が明るみになるだけのこと。わたしはあなたの義理のお父さんを愛していたのよ、キャリー。助手に手を出したせいで殺され、ほかの二人の助手も殺されたと知られて、最高裁判所判事の名を汚すのは本意ではないわ。あなただって彼のことが好きだったでしょう？　それに、わたしがかかわっていると疑われてもおかしくないのよ。彼女は充分苦しんだ。わたしたちみんなも。そっとしておいてちょうだい、キャリー。お願いだから、そっとしておいて」

「スチュワートとイライザが関係していたなんて、ほんとうに残念よ、お母さん。知ったときはつらかったでしょう？　イライザがシャーロックが思っていたようなすばらしい女性でなくて、残念」

マーガレットは肩をすくめた。「さっきも言ったとおり、妻にはわかるものよ」

キャリーは言った。「あなたたちみんなに聞いてもらいたいことがあるの。ギュンターは大きな誤解をしていた。フルーレットはスチュワートとイライザの関係を知らなかったの。にもかかわらず、あなたがたのなかの誰かは、殺人を幇助《ほうじょ》した」

マーガレットが言った。「自分の意思に反し、意図せずにね。彼を抑えることはできなかったのよ。彼女は囚われの身だった。ほかの人と同じように、彼女も犠牲者よ」

「いいえ。だって、彼女はまだ生きてるでしょう？」

「とにかくギュンターは異常者だったんです。彼女に責任はありません」

キャリーは順番に五人を見つめた。生まれたときから、その全員を知っていて、愛し、尊敬してきた。五人はいつも仲がよかった。そのひとりが、義父の殺人について口をつぐんでいたのに、母はその人を突きだそうとしない。誰一人、そうしようとはしていなかった。キャリーが警察に話せば、ほかの四人と自分の母親を告発することになる。

「わからない」キャリーは言った。「よく考えてみないと」

「あなたの新聞社がこの話をどう扱うかという点も、考えてみてちょうだい。スチュワートの名誉を守らなければ」

「わかってる」

母は後ろに下がり、友人たちのあいだに入った。「じっくり考えてね、キャリー」

友人は四人とも、なびくに足る長さの髪をしている。ギュンターと車内にいたのは、そのうちの誰でもおかしくない。四人ともミスター・エーブリーの証言にあてはまるのだ。

キャリーは最後にもう一度四人を見つめ、ギュンターと寝たのは誰だろうと考えた。彼から脅され、彼の罪を知りながら狂気の彼と暮らし、結局、彼を止めようとしなかったのは誰なのか。

38

ペンシルベニア州ブレシッドクリーク
次の火曜日の午後

マーティン・ソーントンはドゥーザー・ハームズ保安官の事務所に入っていった。保安官しかいなかった。大きな木の机に向かい、〈ニューヨークタイムズ〉のクロスワードパズルに勤しんでいる。ドアが開いたので、保安官は顔を上げた。「なんだね？」鉛筆だけ置いて、立ちあがらなかった。

マーティンは言った。「ぼくのことは覚えてないだろうけど、ハームズ保安官だね？　ぼくは覚えてるよ。最後に会ったのは、六歳のときだった」

ハームズ保安官はぴたりと動きを止め、目の前に立つ男の背後のガラス窓の外を見やった。メインストリートには、誰もいない。笑顔になって椅子にもたれ、ブーツをはいた足をデスクに載せた。「これはこれは、オースティン・バリスターか。よりによってきみが、この美しい雪まじりの日に舞い戻り、この戸口にひょっこり現われるとはな。ほんとうにきみかね？　いつまでも子どもじゃないから、見分けろたってむずかしいぞ。こんなに年月がたってから、ここに現われるとはなあ」

「あんたに会いに来たんだ、保安官。なぜって、やっと思いだしたからさ。ぼくはずっと家を離れてた。なのに、あのバスルームに足を踏み入れたら、全部よみがえったんだ」

「つまり」ハームズ保安官はのろのろと言いながら、ベルトのピストルの握りをなでた。「おふくろさんをめった刺しにしたのを思いだしたんだな？」

マーティンは笑みを見せた。「なかなかやるね、保安官。でもそうじゃない。言っただろ、思いだしたって。すべてを、はっきりとね」

ハームズ保安官は立ちあがり、開いた手を机の上に置いた。「おふくろさんが死んだとき、きみは六歳だったんだぞ、オースティン。まだほんの小ぼうずで、自分の名前も、どこにいたかも言えず、ヒステリックになってた。何を思いだしたというんだ、オースティン。そんなもんはみんな、ガキの空想だ」

「またまたやるね、保安官」

「そうとも、思いだすことなど、何もないぞ。なのにおまえはこの事務所で、傲然《ごうぜん》とおれの前に立っている。人生ってやつは、筋が通らないこともあるもんだ。わかるか？　ほら、でっかい悪い狼《おおかみ》なんていないときもあるんだ」

「だが、いるときもある。つまりあんただよ、保安官。あんたが母さんを殺した」

ハームズ保安官はホルスターから銃を抜いた。「法の番人を脅すつもりじゃないだろうな、オースティン。さて、再会できて嬉しくないわけじゃないが、もう帰ってくれ。二度と戻ってくるな」

「あんたが母さんの胸にナイフを突き刺すところを見た。いま、目の前で起きてるのと同じくらい、はっきりと見える」

「何が目的だ、オースティン」

「真実。それだけだよ」

「真実が知りたいだと？　抜け目なく盗聴器をつけているのか？　このろくでなしめ」

保安官はデスクの上に銃を置き、マーティンに詰めよってコートの前を開くと、体を叩いて足元まで探った。盗聴器はなかった。銃もなかった。「ここに来た、ほんとうの目的は？」

「さっき言ったとおり、真実が知りたいんだ。なぜ、あんなことをしたか訊きたい」

ハームズ保安官は後ろに下がり、銃を持ちあげてゆるく握った。

マーティンが言った。「ぼくを殺さないのはわかってる。少なくとも、ここでは。でも、殺す気にならないともかぎらないから、言っておくよ。一時間後に妻と〈ブルーバード・カフェ〉で待ちあわせてる。そう、この事務所では、ぼくを殺せない」

「おまえを殺す？　とんでもない。信頼できないやつと一緒にいるときは、嘘をつかせないために、手元に銃を置いておきたいだけだ。何を思いだしたつもりか知らんが、おれは間違ったことはしてない。さあ、出て行ってもらおうか」

「おまえが母さんを殺したのはわかってる。ぼくにはどうしようもないことも。ばかじゃないからね。小さい子どもだった三十年以上前のできごとについて、ブレシッドクリークの尊敬すべき保安官に不利な証言をしたって、誰が聞いてくれる？」

「まだ、おれを責め立てるようなことを言うか？」保安官は銃を上げ、マーティンの頭に狙いをつけた。「いちゃもんつけやがったら、おまえとおまえの女房を始末してやるからな」

「いちゃもんをつけるつもりなんかないよ、保安官」

ハームズ保安官は一歩下がり、机に寄りかかった。あいかわらず銃を握ったままだ。「おまえが言うとおり、おまえがいくらしゃべったところで、誰も聞かんぞ。だが、おれの気が収まらない。腹立ちまぎれに、おまえを追っかけて、殺してしまうかもしれん。わかったか、オースティン」

「ためらう理由が何かあるのか、保安官？」

「おれは法の執行者だ。この三十年間、気概をもって、おまえのような人間からわが身と町の安全を守ってきた。おかしなまねはやめておけ、オースティン」

「なぜ母さんを殺したか教えろと言ってるんだ」

ハームズ保安官は入口へ行き、ドアを開けてメインストリートの左右を見わたした。長年の知りあいが数人いるだけで、見知らぬ顔は見当たらない。保安官はふり返り、ドアを閉めて鍵をかけた。そしてまたデスクにもたれ、にやりとした。「いいか、ここには二人しかいない。助手たちはパトロールに出ている。グレースは昼食だ」

「だったら、真実を話せ。なんの問題にもならないと、あんたが言ったんだぞ」

「真実を知りたいか？　わかった、教えてやるよ。おまえの親父は肝をつぶしたのさ。おまえのせいでな」

「父さん？　こんどは父さんを持ちだそうっていうのか？　おれが見たのはあんただぞ」

保安官はからからと笑った。「本気でそう信じてるのか？　おまえはあれから十二年、母親を殺した人間と暮らしていたんだぞ。というか、その代金を支払った男とな。しっかりしろ、オースティン。当然、おまえの父親がかかわっていたのさ。それにな、タウンゼンドは町を出てから、週に一度、連絡してきて、おまえが何も覚えていないとか、起きたことに気づいてもいないとか、母親を覚えてすらいないとか、関心もないようだとか、そんなことを伝えてきた。やきもきしたもんさ。心配でね。だが、数年して、ようやく忘れることができた。

するとまたタウンゼンドから電話があり、いつだったか──ああ、そうだ、たしか二十年近く前だ。おまえの父親は、突然おまえが質問を始めたと怯《おび》えきっていた。おまえが思いだすんじゃないかって、びくびくしやがって。最低な野郎さ。やらなきゃならないことがわかっているのに、実行する勇気がなかった」ハームズ保安官は肩をすくめた。「だから、こっちからすぐにボストンに行き、おまえのケツにぶっぱなしてやるべきだと思った。もちろん、おまえの父親には内緒でな。ところが、やつが何をしたか知らんが、おまえはハイスクールを卒業と同時に消えやがった。そんなことをするとは、おれもおまえの父親も信じられなかった。だが、事実、いなくなった。ふっと消えちまった。戻ってくるかと思ったが、現われなかった。見つけだしてやろうと思った。どのみち十八のガキだ。何も知らない。だから、逃亡犯を探すようにおまえを捜索した。いたるところを探したが、どこにも姿が見当たらなかった。クレジットカードも、運転免許証も何もない。

そして、インターネットの時代になり、年々、技術が進んだ。簡単に見つかるはずなのに、やっぱりそうはいかなかった。痕跡すら見つけられなかったぞ、オースティン。どうやったんだ?」

「新しい身分をそっくり買ったんだよ。ボストンの通りなら、それほどむずかしいことじゃない」

「金持ちのひよっ子にしては上出来だ」

「ぼくはずっと思いだそうとしてきた。でも、できなかった。影や声しかつかめなかったんだ。でも今日の午後、あの家に入って、あんたが母さんを殺したバスルームに足を踏み入れ、屋根裏にのぼったとき、ついに思いだした。

さあ、保安官。父さんがかかわっているというのは嘘だと言え。何が起きたか話すんだ」

保安官は大声で笑い、銃身に指を走らせてから、何度も銃を左右の手で持ち替え、オースティンに見せつけるようにもてあそんだ。そう、オースティンを怖がらせるために。このちょっとした茶番をもしかしたら乗りきれないのではないか、少なくとも長生きはできないのではないかと思わせ、不安に陥れようとしていた。オースティンの車が転落事故を起こし、隣りに乗せた妻もろとも、崖沿いの道からロングス・クアリへ真っ逆さまに落ちていくということだって考えられる。

マーティンが言った。「話せない理由はないだろ。父さんがかかわっていたと言いつづける理由もない。真実を話すのが怖いだけなんだろう？　あんたは他人に罪をなすりつけてるだけだ」

「いいや。おまえがどう思おうと、おれには関係ないさ。タウンゼンドはおまえの父親だ。おまえは十八年間、あいつを信じてきた。それはわかっている。だがほんとうは、心の底では、何かが変だと知ってたんだろ？　でなきゃ、行方をくらまし、ボストンから逃げだして、二度と父親に連絡をとらないなんてまねをするか？

そうだ、おまえの父親はおまえの母親を殺したくて、彼女を消すためにおれに大金を払った。だがな、オースティン、おれは金が入りつづけるか心配だった。実際、仕事を動かしてたのはおまえの母親だったからな。三十年前の話にしちゃ、おかしいだろう？　だがおまえの父親は問題ないと請けあった。金はうなるほどある。彼女さえいなくなれば、自分がまた仕事をやると。おまえの父親はギャンブルが好きで、月に一度はラスベガスに行き、賭《か》けに負けては、サマンサからやいのやいの言われてた。やつのほうから離婚を考えたこともあるのかもしれないが、まあ、それはわからない。実際はおまえの母親のほうが、夫に裏切られていることに気づいた。彼女が雇った探偵が、尾行して、近所の女どもの尻を追いかけまわしているところをばっちり白黒写真に撮ったんだ。おまえの母親は離婚を求めたが、やつにしてみたら、そうはいかない。すべての金と息子は奪われてしまうからだ。だからおれに彼女を殺させるしか選択肢はないと思ったんだろう。そこで、おれがそれを望むなら、一生、ブレシッドクリークの保安官にすると約束した。おれは望み、おかげで、僅差で選ばれつづけた。次の選挙でも仕事を続けるためにはかなりの大金が必要だったんだ。それにしても驚いたもんで、金さえあれば人は丁重に扱われ、おまえの父親は長年おれにたっぷりと払ってくれた。どちらにとっても、やつがボストンで金持ち女と結婚できてよかったよ。金を扱う才能のない男だからな。両親の心配はもっともだったわけだ。

それに知ってるか、オースティン？　おまえの祖父母は酔っ払っててボートまで泳ぎつけずに溺《おぼ》れ死んだろ？　おれはおまえの親父が、二人のマティーニを濃くしすぎた、もしくは何か別のものを混ぜたんじゃないかとにらんでる。たぶん、じいさん、ばあさんは、おまえの父親がまともじゃなく、金に関しては能なしだと世間に知らせようとしてたのさ。まあ、いまとなっちゃ、どうでもいいことだがな」

「つまり、ぼくの六歳の誕生日に、おまえたち二人は母さんを殺そうと計画したんだな」

「みんなが集まってな。すごいパーティだった。驚くほどたくさんの人がいて、笑ったり、食べたりしてた。アリバイ作りのため、おまえの父親が十数人に取り囲まれているのを確認してから、おれはおまえの母親についてバスルームに行き、心臓をひと突きした。あっけないもんさ。

ところが顔を上げたら、おまえがいたのさ。ふくろうみたいに目を丸くして突っ立ってやがった」

マーティンはゆっくりと言った。「それであんたは、ぼくの手を取って、ママは大丈夫だと言ったんだ。そして屋根裏に連れてった」

「よく思いだしたな。おまえの父親は、息子に殺人を目撃されたと知って、びびってたよ。一緒に遊んでいた子どもたちのなかから、どうやって抜けだしたもんやら。そこで、おれが屋根裏に連れていき、じっとしていないと恐ろしいことが起こると言って聞かせて、真っ暗な屋根裏にしばらく置いとくことにした。あれこれ気を揉ませるため、たっぷり一時間はそこに置いておいた。そのうちにエミリーばあさんがおまえの母親が死んでいるのを見つけた。それで、ほかの人に探しだされる前に、おまえを屋根裏から出してこなきゃならなくなった。おまえがあんまり怖がるもんで、屋根裏から引きずりださなけりゃならなかったんだぞ。ひと言もしゃべらず、うつろな目でこっちを見るばかりだった。

葬式のあと、おまえの父親は早々におまえを連れてここを出た。おれがおまえを殺す計画を立てることを恐れたんだろう。そうとも、おれはやり残しが嫌いでね。もう一つの事故やらなにやら、考えついたに違いない。おまえはひと月間、ひと言もしゃべらなかった。しゃべりはじめたときには、明らかに何も覚えていなかった。記憶喪失になり、二度と思いだすまいとおまえの父親は考えた。やがておれも、小さなガキの言うことを誰が信じるかと思うようになった。なんの証拠もありゃしない。また一か八か殺人を犯す必要があるか？　さてと、これが真実だ。だが、どうにかしようなどと思うなよ。ささいな証拠一つないんだからな。おれがサマンサ殺しの捜査責任者である保安官だから、その点は抜かりない。凶器、目撃者、容疑者、どれもなし。一方、夫のほうは、どんなときでも容疑者になりうるが、あいつは十人以上の客に飲み物を配ってた。立派なアリバイさ。いったい誰が彼女を殺したんだ？　いや、おれはベストを尽くしたんだが、殺人犯を挙げられなくてな」

マーティンは両脇でこぶしを握った。「ぼくのことを気に病んで、潰瘍《かいよう》のひとつもできればいいのに」

「悪いな。おまえのことなど、とうに昔話さ。さて、知りたいことはわかったろう。われわれのために、さっさと失せて、忘れてくれ。二十年近く、おまえは別の人間として生きてきた。おれがおまえなら、そのままその人物として生きつづけ、父親には近づかんぞ。立ち向かったが最後、何をされるかわかったもんじゃない。いまのあいつはすてきな金持ちの妻と二人の娘をもつ身だ。おまえから家族を守ろうとするだろう。タウンゼンドのところへ行き、やったことはわかっていると言えば、みずからおまえを始末しようとする可能性すらある」

「ぼくを殺すのか、ハームズ保安官？　まさかここで殺すほどばかじゃないよな。でも、ぼくが誰かに話しそうで心配なんだろ？　あんたにしてみたら、すべてが明らかになれば、大騒ぎになるんだから、やってられないよな。それに父さんのこともある。ぼくが父さんを見逃してやると思うか？　半分、血のつながった妹のために？」マーティンは保安官に詰めより、シャツの襟をつかんで、顔に向かってどなりつけた。「呆《あき》れたもんだ。頭のぶっ壊れた田舎者め。父さんに雇われて母さんを殺しやがった。ぼくの母さんを！」

ハームズ保安官はやけに静かに言った。「おれから離れてろ、ぼうず。でなけりゃ、ドアから放りだすぞ。おれは本気だ。何かひと言でもしゃべるなり、おれに手をかけるなりしたら、おまえとおまえの女房を殺してやる。本気だぞ。さあ、出ていけ、オースティン」

マーティンは後ろに下がって右手を上げ、袖のボタンをはずした。彼が手首を振ると、医療情報を刻んだ小さな金のブレスレットがハームズ保安官の目に映った。「これが盗聴器なんだよ、保安官。技術は進歩してる。あんたが言ったことは、このなかに埋めこまれた小型機器にしっかり録音された。この先、陪審員に聞いてもらうためだ。だまされたな」

「首尾よくやったつもりだろうが」ハームズ保安官は言った。目がにぶい光を放っていた。「なんもいいことはないぞ、このろくでなし。ほんとうにいるんだとしたら、おまえの女房もな」保安官はひとけのない外の通りにふたたび目をやり、銃を取りあげた。「さあて、オースティン。ここじゃやりたくないが、やるしかないらしい。それもこれも、おまえがのこのこやってきて、おかしなまねをするからだぞ」

背後から深みのある男の声がした。「おれはそうは思わないぞ、ハームズ保安官」

ふり向いた保安官は不安のあまりぶっ倒れそうになった。二週間半前の雪の日に見かけた男、サマンサ・バリスターを見かけたと言い張った男の顔がそこにあったからだ。「きさま!」保安官は銃を上げようとしたが、サビッチのほうが速かった。ふり向きざまに目にも留まらぬ速さで脚を蹴りあげた。銃は正面の窓へ吹っ飛び、勢いよくガラスを突き破って、保安官事務所前の歩道をすべっていった。

ハームズ保安官は手首の痛みと、あまりに不利な状況にたまらず叫びをあげ、サビッチに突進した。

マーティンが保安官の傷つけられた手首をつかんで振りまわし、こぶしで顎を強打した。保安官はよろけつつも、倒れない。マーティンは続いて彼の側頭部を殴り、腹に深々とこぶしをうずめた。保安官はデスクに激しくぶつかり、うつぶせに床に倒れた。

サビッチは保安官をまたいでマーティンの肩を叩いた。「どうやらのしたみたいだな。よくやった」満面の笑みで、マーティンと握手を交わした。「みごとだよ、マーティン。ここまできた目的は無事、果たせたか？」

マーティンは手の関節をなでながら晴れやかな笑みを見せた。「ああ、果たせたよ」

ペンシルベニア州警察のエリス・ウィルクス巡査部長が、三つの留置場に続く奥のドアから入ってきた。後ろに三人の警官が続く。巡査部長は保安官を見おろした。「考えてみるに、この野郎は人生の半分以上、ブレシッドクリークの保安官をやってたわけだ。それもこれも悪辣《あくらつ》で残虐な殺人のおかげでな」

マーティンが言った。「これでほんとうに大丈夫ですか？」彼はウィルクス巡査部長に金のブレスレットを渡した。

「今日、ここにこれだけ目撃者がいて、そのうえこの録音があるんだぞ。ハームズ保安官はもうおしまいだ。ああ、刑務所入りは間違いない」

「よかった」マーティンが言った。「よかった」その声には満足感より安堵《あんど》が色濃く表われていた。ようやく片づいた。ただし、父親に関してはまだ終わっていない。

マーティンとサビッチは、警官が失神したハームズ保安官の体を引っぱっていくのを見ていた。そして二人きりになると、サビッチはマーティンの肩に手を置いた。「さて、親父さんのことだが、マーティン。昨日、ボストン市警と話をした。これまでのあらゆる事実に加え、向こうでも、ここ二十年にわたって保安官に支払いを続けてきた証拠をつかんでいるそうだ。それにハームズ保安官は親父さんに不利な証言をしゃべりまくるだろう。ボストン市警は、おれの電話を待って、親父さんを逮捕すると言っている」

「父がかかわっていたことを知ってたんだな、ディロン」

「ああ。でなければ筋が通らない。ボストンに電話するぞ、マーティン」

「でも、ぼくには黙ってた」

「ああ」

「うまく対処できないと思ったからかい？」

「いや、疑うと思ったからだ。ハームズ保安官から直接聞かせるしかなかった」

マーティン・ソーントンはうなずき、ためらわずに言った。「父は母さんを殺すためにあの男に金を払った。電話してくれ、サビッチ捜査官」ジャネットの声が聞こえてきた。ふり向くと、シャーロックの前を走り、保安官事務所に駆けこんでくる姿が見えた。マーティンはにっこり笑って妻を抱きしめた。

エピローグ

ジョージタウン、ワシントンDC
一月末

サビッチが言った。「誰から電話だったんだ?」

「リリーよ。サイモンと三月に結婚することに決めたって」

「なんでまた三月なんだ?」

シャーロックはほほえんで首を振った。「それがいちばんいい気がするんですって。それに、サイモンをじらせるためでもある。サイモンがワシントンに半年、ニューヨークに半年住むことに同意したと言って笑ってたわ。いつまで続くやら。ああ、それから、〈ニューズデイ〉紙に『皺なしリーマス』の掲載が決まったそうよ」

「なによりだよ、脳みそのある担当者がいて。過去に例を見ない最高の風刺漫画だからな。それに、よかったよ。ようやくリリーはいい男を選んだ。神に感謝だ」

シャーロックは眠りに落ちたショーンを夫に渡した。父親の大きな手で背中をなでられると、息子が小さな寝息をたてた。

「今日、ジャネットとマーティン・ソーントンから連絡があったよ。元気でやってるらしい。知ってのとおり、マーティンは診察を受けてるが、精神科医によると、今回の一件からしても、それほど長く続ける必要はないそうだ。マーティンは頭がよくて洞察力があり、何より、ジャネットがついてる。ジャネットは継母と腹違いの妹二人に連絡をとったほうがいいと勧めているらしい。たがいに助けあえるかもしれないからだ。さて、スイートハート、ベッドに入る用意はできてるかい？」

「そうね」シャーロックが答えた。「ショーンはすぐにもベッドに入れなくちゃならないけど。で、わたしは熱いシャワーを浴びようと思ってたの。しばらくあなたの背中を洗ってあげてないわ。ジムから汗まみれで帰ってきた水曜日の夜以来だと思うんだけど、どう？」

サビッチはシャーロックの耳にキスし、静かに口笛を吹きながら二人で二階に上がった。シャワーを浴びながら、シャーロックは手でたっぷり泡をたて、背中に泡をなすりつけられたサビッチは、タイルの壁にもたれてくずおれそうになった。シャーロックが尋ねた。「ギュンターの件だけど、正しい解決だったと思う？」

サビッチは一瞬、体をこわばらせた。「ああ。きみから、ほかの連中に話す前に三人で話そうと言ってもらってよかった。マーガレット・カリファーノとキャリーを永遠に苦しめずにすんだし、カリファーノ判事の名前を汚して、ひいては最高裁判所にダメージを与えかねないスキャンダルを避けられた」

サビッチの肩にもたれ、シャーロックはうなずいた。「それでも、ギュンターの単独行動だったかどうか、疑問が残るわね」

「あのときギュンターは真実を教えてやると言っただろう？　そして、そうしたんだと、おれは思う。さあ、もうよそう、スイートハート。おしまいにしなきゃな」

サビッチはふり向き、シャーロックと顔を合わせた。湯が二人に降りそそいでいる。「あの事件のファイルは〝パンドラの箱〟と名付けて、ギュンターの単独犯ということでメートランド副長官は満足していることを記憶に留めることにした。箱の蓋はしっかり閉じて、開けないつもりだ」

シャーロックはそのまま背中で湯を受けながら、サビッチの胸に泡をなすりつけ、顔を上げて言った。「その箱の鍵はもういらない。そうね、ディロン、忘れましょう」

夜も更けて、真夜中になっていた。サビッチは妻の肩を揺すった。「起きろ、シャーロック。目を覚ませ。夢を見てるんだろう？」

シャーロックはびくっとして目を開け、見おろす夫の顔をまばたきしながら見つめた。

「どうしたの。ディロン？　何があったの？」

「夢を見て、もがいてた。悪い夢を見たのか？」

シャーロックは枕の上で頭を振った。「いいえ。悪い夢じゃないわ。じつは、はじめてサマンサの夢を見たの」

サビッチはシャーロックを固く抱きよせ、髪に顔をうずめた。「おれもサマンサの夢を見たんだ。きみの夢のなかで何か言ってたか？ 何かしてたかい？」

「いいえ。視界のなかに彼女がいたの。笑顔だったわ。ディロン、あなたの夢は？」

サビッチは頭の下で手を組んで仰向けになった。「こぼれそうな笑顔を見せてくれた。そしてうなずき、おれの腕に触れた。温かく心地いい満足感が広がった。彼女は姿を消し、きみが動きまわる音で目が覚めた」

「いつかショーンにサマンサのことを話す？」

サビッチは笑った。「どうかな。まあ、先のことはわからないが」

「あなたのお父さんも、息子に話したことがない経験をしたのかしら」

「銀行を丸ごと賭けてもいいね」

シャーロックは夫の肩に頭を預けて横になり、また眠ることにした。「不思議なんだけど、ディロン、ジャスミンの香りを嗅いだような気がするの」

サビッチは何も言わなかった。声を出す気になれなかった。かすかな香りを胸に吸いこみながら、黙って目をつぶった。

キャリー・マーカムのアパートメント、ジョージタウン、ワシントンDC
同じ夜

ベンはドアベルを鳴らした。

ゆうに三分たってから玄関のドアが開き、キャリーが姿を現わした。着古したセーターを着て、分厚いソックスをはいている。ぼさぼさの髪に、化粧気のない洗いたての顔。キャリーはさも不満げに食ってかかってきた。「なんて人なの。こんなぼろの女王みたいな恰好のときを狙って来るなんて。早すぎるのよ。まだあの黒のミニドレスを着てないのに」

ベンはなかに入り、キャリーを抱きよせてキスをした。「かまわないさ。仕事を早く切り上げたんだ。きみに会いたかった。うまいビールで祝えればと思ってね」

「二人でスーパーボウルを観ながら飲もうと思って、冷蔵庫にクアーズを入れてあるわ」

キャリーのあとからリビングを通り抜けてキッチンに入るベンは、いつもながら、驚くほどの数の本に圧倒された。リビングの三方の壁に造りつけの本棚があるにもかかわらず、本棚からあふれた本がいたるところの、あらゆるものの上に積んである。そして三つの花瓶に花が飾られていた。シャコバサボテンは満開で、さらに五種類以上のアイビーが床に勢いよく蔓を伸ばしている。鮮やかな色のクッションが十個以上、椅子やソファに置かれていた。木の床をおおうラグも、スタイルはまちまちながら、いずれも華やかさを競っている。この部屋は人を温かく迎えてくれる。ベンはこの部屋でテレビを観たり、本を読んだり、キャリーと愛しあったりすることに、喜びを覚えていた。これこそ家というものだ。ベンは彼女の肩に軽く触れた。「この部屋がすごく気に入っていると、言ったことがあったっけか?」

「この先の展開が読めるような発言なんだけど、ベン」

「ここのほうがおれのアパートより広い。ゲストルームがあるし、きみが一人で使うには広すぎる仕事部屋もある。ここを家庭らしくしたければ、もう一人、人間がいるぞ」

「ディロンとシャーロックみたいにってこと？」

「そんなところだ。おれが自然に見えたって言ったの、覚えてるだろ？」

「ええ、覚えてるけど」

「どういう意味だったんだ？」

キャリーは、キッチンの窓にかけた、白地に赤いポピー柄のカーテンを見つめた。ジャネットに縫ってもらったものだ。しばらく目を閉じ、息を深く吸い、そして爪を見た。指の手入れをしなくては。

「なあ。どうなんだ？　おれと結婚したいか？」

キャリーはゆっくりとふり向いてベンに近づき、彼を抱きしめた。そして首元で言った。

「男にしては悪くない申し出ね。考えてみる」

「わかったよ。きみも同時に言ってくれるなら、愛してると言おう。三つ数える」

「数えるわよ」キャリーは指を鳴らした。二人は笑い、同時に大声で言った。「愛してる！」

そのあとソファに腰かけた。キャリーはベンの膝の上に乗り、肩にもたれかかった。ベンが言った。「きみがお義父《とう》さんを悼んでいるのはわかってる。だが、何かほかにあるんじゃないか？」

「どういう意味——？」

ベンはすぐに言った。「ときどき、きみが遠くにいるような気がするんだ。考えごとに没頭してて、心がよそに行っている」

キャリーは何も答えなかった。

「なんでも打ち明けてもらえるようになりたいよ、キャリー」

キャリーは顔を上げ、まっ向からベンを見た。「ああなったこと――そう、ギュンターがあんなふうに死んで――よかったのよ。そうなんだと思う」

ベンはうなずき、続きを待った。

「つまり、すべてが終わったってこと。あとはただ、乗り越えなければいけない結果があるだけ。わたしはいま、乗り越えようとしてる」キャリーはベンの頬にキスした。「人生にあなたが現われて、とっても幸せだって言ったかしら?」

キャリーが見つめていると、ベンの表情から緊張が消え、目にユーモアが戻ってきた。満面の笑みでベンは言った。「毎日、そう言ってもらえると嬉しいな。そうだ、一つ言っておこう」

「婚約者も同然の仲なんだから、何を言われても平気よ」

「きみもやっぱり自然だよ」

訳者あとがき

ロマンスを書きはじめて、すでに三十年以上、いまや〈ニューヨークタイムズ〉ベストセラーリストの常連となったキャサリン・コールターのFBIシリーズから、シリーズ九作めの『追憶（原題 *Blow Out*）』をお届けします。この作品も発表時、リストの六位にランクインしています。そして日本での紹介はこれが六冊めとなりますが、本国では今年二〇〇九年の六月に十三冊めとなる“*Knock Out*”が出版されるとのこと。一作めの『旅路（原題 *The Cove*）』の発表時には、まったくシリーズ化を考えていなかったといいますから（ドイツでのインタビューより）、よくぞここまで育ったものです。

登場したときは亡き姉の復讐だけを考えてFBIに入ったシャーロック（『迷路（原題 *The Maze*）』）と、主人公の友人で頼りになるコンピュータおたくといった役まわりだったサビッチ（『旅路』）も、複雑怪奇な事件を解決するごとに絆を深めて、いまでは仕事でも家庭でもすっかり息のあったパートナーぶりを見せています。ポレンタを手でつぶす息子のショーンは、もちろんかわいいけれど、それをかすがいにしなくっても、ちゃんと成立する愛と信頼の夫婦。それに引き替え……ぶつぶつぶつ。

さて、つまらない愚痴はさておき、これから読んでくださる人のために、殺人事件をきっかけにして結びつくヒーローとヒロインを紹介しておきましょう。いきのいいヒロインはキャリー・マーカム、二十八歳になったばかりのやり手の新聞記者。〈ワシントンポスト〉に籍を置き、ピューリッツァー賞を狙っているが、ある雪の日、彼女自身の身に一大事が起こる。義父であり、合衆国最高裁の陪席判事であるスチュワート・カリファーノが殺されたのだ。しかも殺害現場は、最高裁内の図書室であったため、国をあげての大騒動となる。キャリーは記者の仕事を休み、悲しむ母親マーガレットを母の古くからの友人たち四人にまかせて、捜査への協力に専念する。そして、捜査の現場責任者であるサビッチの指示で彼女を連れて歩くことになったのが、首都警察のベン・レイバン刑事だった。ベンは革ジャケットがよく似合う敏腕刑事で、サビッチとはある事件を通じて知りあった（『死角』に登場）。最初こそ、生意気な口をきく女性記者を連れて歩くことに抵抗を覚えたベンだったが、やがてキャリーの鋭さや聡明さに一目置くようになる。だが、捜査と並行して、事件はさらに混迷の度合いを深める。スチュワートの殺害に加えて、その助手たちが次つぎと殺されていく……犯人は誰？　そしてその狙いは？

この二人を中心に進む判事の殺害事件と並行して、もう一つ、サビッチは三十年前の殺害事件を解決せざるをえない立場に追いこまれます。被害者であるまだ当時三十代の女性サマンサに指名されたといったらいいのでしょうか。サマンサの息子が、サビッチの助けを得て抑圧されていた遠い昔の記憶を取り戻したとき、その記憶の底から浮かびあがってきたのは、誰も想像できない事実だった。

この作品で主要な舞台の一つとなるのが、合衆国最高裁判所です。不幸にもワシントンDCを訪れたことのない訳者ですが、ほんと、ありがたい時代ですね。その気になれば裁判所の外観から内部まで、インターネットを使ってかなりの部分をじっくりと観察できます。上から見ると四つの中庭を含む田の字形であり、横から見ればギリシア神殿風のいかにも権威の象徴然とした建物。建てられてからずいぶんになるのだろうと思って調べてみたところ、意外にも竣工は遅く、一九三五年。その間、たくさんの場所を転々としてきた歴史がありました。一七八九年の設置当初はニューヨーク市に置かれ、フィラデルフィアが首都となると、その独立記念館、そしてさらに市庁舎へと移ります。一八〇〇年、連邦政府の首都がワシントンDCに移ったとき、最高裁判所もワシントンDCに移され、議会の一画に置かれます。議事堂内で移動すること五、六回。一八一二年に議事堂が英国との戦火にみまわれたときは、いっとき個人宅で開廷されていたのだとか。一八一九年から一八六〇年は、いまでいうところの「旧最高裁判所判事室」に、一八六〇年から一九三五年までは「旧上院判事室」で開かれ、この二カ所についてはいまも当時の姿を見ることができます。議会から現在の建物の建築許可がおりたのが、一九二九年。三二年に着工し、三五年に竣工。ニューヨークに最高裁が置かれたときから、なんと百四十六年がたっていたのですから、長い放浪の旅です。ちなみに、最高裁判所のビルは古代コリント様式とされ、柱頭にはあざみの葉《アカンサス》っぱのモチーフを使ったものをコリント様式と呼ぶようです。

最後に一つお詫びしなければなりません。この作品の前に出版された『旅路』のあとがきで、次回の予告として“*Point Blank*”をあげておりましたが、その前に今作品の“*Blow Out*”がありました。よって次回お届けするのが、ＦＢＩシリーズの十冊めの“*Point Blank*”となります。バージニア州の音楽学校生の殺人事件と、サビッチとその家族を標的とした二人組が引き起こす騒動の二本柱。サビッチの部下であるルース・ワーネッキー捜査官が洞窟探検をする不気味にして雰囲気たっぷりな場面から始まります。どうぞお楽しみに。

二〇〇九年四月

ザ・ミステリ・コレクション

追《つい》憶《おく》

著者　キャサリン・コールター

訳者　林《はやし》 啓恵《ひろえ》

発行所　株式会社 二見書房
東京都千代田区三崎町2-18-11
電話 03(3515)2311［営業］
03(3515)2313［編集］
振替 00170-4-2639

印刷　株式会社 堀内印刷所
製本　合資会社 村上製本所

ISBN978-4-576-09068-9
http://www.futami.co.jp/

迷路
キャサリン・コールター
林 啓恵［訳］

未解決の猟奇連続殺人を追う女性FBI捜査官。畳みかける謎、背筋つたう戦慄――最後に明かされる衝撃の事実とは!? 全米ベストセラーの傑作ラブサスペンス

袋小路
キャサリン・コールター
林 啓恵［訳］

全米震撼の連続誘拐殺人を解決した直後、サビッチのもとに妹の自殺未遂の報せが入る…『迷路』の名コンビが夫婦となって活躍――絶賛FBIシリーズ！

土壇場
キャサリン・コールター
林 啓恵［訳］

深夜の教会で司祭が殺された。被害者は新任捜査官デーンの双子の兄。やがて事件があるTVドラマを模した連続殺人と判明し…待望のFBIシリーズ続刊！

死角
キャサリン・コールター
林 啓恵［訳］

あどけない少年に執拗に忍び寄る魔手――事件の裏に隠された驚くべき真相とは？ 謎めく誘拐事件に夫婦FBI捜査官SSコンビも真相究明に乗り出すが……

旅路
キャサリン・コールター
林 啓恵［訳］

老人ばかりの町にやってきたサリーとクインラン。町に隠された秘密とは一体…？ スリリングなラブ・ロマンス！ クインランの同僚サビッチも登場。FBIシリーズ

カリブより愛をこめて
キャサリン・コールター
林 啓恵［訳］

灼熱のカリブ海に浮かぶ特権階級のリゾート。美しき事件記者ラファエラはある復讐を胸に、甘く危険な世界へと潜入する…ラブサスペンスの最高峰！

二見文庫 ザ・ミステリ・コレクション

エデンの彼方に
キャサリン・コールター
林 啓恵［訳］

過去の傷を抱えながら、NYでエデンという名で人気モデルになったリンジー。私立探偵のテイラーと恋に落ちるが素直になれない。そんなとき彼女の身に再び災難が…

黒き戦士の恋人
J・R・ウォード
安原和見［訳］

NY郊外の地方新聞社に勤める女性記者ベスは、謎の男ラスに出生の秘密を告げられ、運命が一変する！ 読みだしたら止まらない全米ナンバーワンのパラノーマル・ロマンス

永遠の時の恋人
J・R・ウォード
安原和見［訳］

レイジは人間の女性メアリをひと目見て恋の虜に。戦士としての忠誠か愛しき者への献身か。人間とヴァンパイアの壁をふたりは乗り超えられるのか？ シリーズ第二弾！

危険すぎる恋人
リサ・マリー・ライス
林 啓恵［訳］

雪嵐が吹きすさぶクリスマス・イブの日、書店を訪れたジャックをひと目見て恋に落ちるキャロライン。だがふたりは巨額なダイヤの行方を探る謎の男に追われはじめる……。

あの夏の秘密
バーバラ・フリーシー
宮崎 槇［訳］

八年前の世界一周ヨット・レースに優勝したケイト一家のまえに記者のタイラーが現われる。レースに隠されていた秘密とは？ 暗い過去を抱えるふたりの恋の行方は？

かなわない愛に…
エリザベス・ローウエル
中西和美［訳］

愛してはいけない男性を好きになったとき……陰謀と暴力が渦巻く世界でヒロインが救いを求めるのは？ RITA賞作家が贈る全米の読者が感動した究極の愛の選択！

氷に閉ざされて
リンダ・ハワード
加藤洋子［訳］

一機の飛行機がアイダホの雪山に不時着した。乗客の若き未亡人とパイロットのジャスティスは、何者かの陰謀ではないかと感じはじめるが…傑作アドベンチャーロマンス！

ロザリオの誘惑
M・J・ローズ
井野上悦子［訳］

ホテルの一室で女が殺された。尼僧の格好をさせられ、脚のあいだにロザリオを突き込まれ…。女性精神科医と刑事は事件に迫るが、それはあまりにも危険な行為だった…

スカーレットの輝き
M・J・ローズ
井野上悦子［訳］

敏腕女性記者に送られてきた全裸の遺体写真。ニューヨーク市警の刑事ノアとともに死体なき連続殺人事件を追う女性精神科医モーガンを描くシリーズ第二弾！

ヴィーナスの償い
M・J・ローズ
井野上悦子［訳］

インターネットポルノに生出演中の女性が死亡する事件が相次いだ。精神科医モーガンと刑事ノアは、再び底知れぬ欲望の闇へと巻きこまれていく…。シリーズ完結巻！

死のエンジェル
ナンシー・テイラー・ローゼンバーグ
中西和美［訳］

保護観察官キャロリンは担当する元殺人犯が実は冤罪ではないか、と思うようになる。やがてその疑念を裏付けるような事件が起き、二人の命も狙われるようになり…

エンジェルの怒り
ナンシー・テイラー・ローゼンバーグ
中西和美［訳］

保護観察官キャロリンは大量殺人犯モレノを担当する。事件の背後で暗躍する組織の狙う赤いフェラーリをめぐり、死の危機が彼女に迫る！ノンストップ・サスペンス

そのドアの向こうで
シャノン・マッケナ
中西和美［訳］
〔マクラウド兄弟シリーズ〕

亡き父のため11年前の謎の真相究明を誓う女と、最愛の弟を殺されすべてを捨て去った男。復讐という名の赤い糸が激しくも狂おしい愛を呼ぶ…衝撃の話題作！

影のなかの恋人
シャノン・マッケナ
中西和美［訳］
〔マクラウド兄弟シリーズ〕

サディスティックな殺人者が演じる、狂った恋のキューピッド。愛する者を守るため、燃え尽きた元FBI捜査官コナーは危険な賭に出る！　絶賛ラブサスペンス

運命に導かれて
シャノン・マッケナ
中西和美［訳］
〔マクラウド兄弟シリーズ〕

殺人の濡れ衣をきせられ、過去を捨てたマーゴットは、彼女に惚れ、力になろうとする私立探偵デイビーと激しい愛に溺れる。しかしそれをじっと見つめる狂気の眼が…

真夜中を過ぎても
シャノン・マッケナ
松井里弥［訳］
〔マクラウド兄弟シリーズ〕

十五年ぶりに帰郷したリヴの書店が何者かによって放火された、さらに車に時限爆弾が。執拗に命を狙う犯人の目的は？彼女の身を守るためショーンは謎の男との戦いを誓う！

夜の扉を
シャノン・マッケナ
松井里弥［訳］

美術館に特別展示された〈海賊の財宝〉をめぐる陰謀に、巻き込まれた男と女。危険のなかで熱く燃えあがる二人を描くホットなロマンティック・サスペンス！

夜明けを待ちながら
シャノン・マッケナ
石原未奈子［訳］

叔父の謎の死の真相を探るために、十七年ぶりに帰郷したサイモンは、初恋の相手エルと再会を果たすが…。忌わしい過去と現在が交錯するエロティック・ミステリ！